ハヤカワ・ミステリ文庫
〈HM㊵-1〉

I　Q

ジョー・イデ
熊谷千寿訳

早川書房
8206

日本語版翻訳権独占
早　川　書　房

IQ

by

Joe Ide

Translated by
Chitoshi Kumagai
First published 2018 in Japan by
HAYAKAWA PUBLISHING, INC.
This book is published in Japan by
arrangement with
ICM PARTNERS
through TUTTLE-MORI AGENCY, INC., TOKYO.

母、父、ビー、そして、ヘンリーのために

あんなあやまちを犯したからには、おまえを救うことぐらいしか心の安らぎを得られない。それがおれの真実だ。

——ジリアン・ピーリー、TigerLily

I

Q

登場人物

アイゼイア・クィンターベイ……探偵。通称〝ＩＱ〟
マーカス・クィンターベイ………アイゼイアの兄
フアネル・ドッドソン……………実業家。元ギャング
フラーコ・ルイス…………………リハビリ中の少年
デロンダ……………………………ストリッパー。ドッドソンの元彼女
カル（カルバン）・ライト…………ラッパー〈ブラック・ザ・ナイフ〉
バグ・ムーディー
チャールズ・ムーディー ………カルの部下
アンソニー…………………………カルの付き人
ノエル………………………………カルの元妻。元歌手
ロジオン……………………………ノエルのボディーガード
ボビー・グライムズ………………カルと契約しているレコード会社社長
ヘガン・スウェイジー……………ボビーの運転手
ドクター・フリーマン……………人生アドバイザー
ブラーゼイ…………………………Ｒ＆Ｂシンガー
スキップ……………………………犬のブリーダー
ジミー・ボニファント……………薬物ディーラー
ボイド………………………………変質者
ジュニア
ストークリー ……………………〈クリップ・バイオレーターズ〉のギャング

〈カート〉
〈フルーク〉
〈Ｄスター〉 ……………………謎の人物

プロローグ

ボイドは学校の向かいにトラックを駐め、チャイムが鳴るのを待っていた。外の気温は三十五度近くで、運転席の空気は墓の中のように息苦しくよどんでいる。汗がボイドのフィッシング・キャップに黒い染みをつくり、だらだらと顔に垂れ、目に入り、日焼けした肌にしみた。いくらかでもましになるかとTシャツの襟を揺すったものの、腋の下から饐えたにおいが押し寄せて思わず笑ってしまった。

ボイドはさっきまで何時間もバスタブに入っていた。濁った生ぬるい湯から頭を出し、手立てをイメージした。〝くそ、なんてばかだ。ほかの手を考えろ、ボイド。どうした、どういうしたんだよ、くそ、ばかなまねはよせ〟

前歯を折ったとき、すぱっとやめようかと思った。キッチンでクロロフォルムをつくろうとしていて折ったのだ。クロロフォルムは医者か研究者でもなければ買えないが、オンラインでつくりかたを見つけた。必要なのはアセトンとプール用の薬品だ。そいつらを混ぜるだけだから簡単だが、ガスを吸い過ぎて気絶し、床にくずおれるときに歯をシンクにぶつけてしまった。

　その後、ふらつきが収まると、出血した歯茎の痛みを和らげるために〈チャンキーモンキー〉のアイスクリームをいくらか食べながら、もし女の子に怖がられなかったり、笑われたり、冗談だと受け取られたりしたらどうしようと思った。歯医者に診てもらうことも考えたが、腸の中でいらいらと闇雲に暴れている、飢えたサナダムシのような欲求が先決だ。ふたつ目のパイント容器入りチャンキーモンキーを半分くらい食べたころ、腹が立ちはじめた。歯が一本折れたからってどうした？　もともと気味悪い面《つら》だ。口は大きな丸顔に引いた波線のようで、残っている歯はぎざぎざ、コーヒーの染みがついている。黒いボタンみたいな目は離れ過ぎている。首から下はまるで卵の形だ。

　十一歳のとき、ヨランダといういかれた少女とそのサッカー仲間から脚が痣だらけになるまで蹴られているあいだ、ボイドはくそったれの卵野郎《ハンプティ・ファッキング・ダンプティ》とののしられた。〝ハローーー、ヨランダ〟なんていってこないで、とヨランダに注意されていたが、結局いってしまう。トレードマークみたいなもので、人が嫌がるとわかっていても、やってしまう。〝ハローーー、アーネスト。ハローーー、ラキーシャ。ハローーー、ミスター・ブリーカーマン〟

　ボイドは今でも人をいらつかせる。リーグ戦の夜、レーンの先にあるのがなんなのか思い出そうとしているかのようにピンを見つめながらラインに立っていると、チームのみんなが不満の声を上げ、〝ボイド〟といい、早く投げろ、ボケ、とニックがいう。ようやくボールを投げるが、指がなかなか抜けずにボールが宙を飛んでレールの上を跳ねたり、ガーターに落ちたり、六番ピンにだけ当たったりする。そんなときには脇で拳を握りしめて〝ファーーック〟と声を上げたあと、ボイドは打ちのめされるとそれしか話せないかのように、〝どうした、ボイド、どうしたんだよ！〟と呟きつつ、足を踏みならして座席に戻るが、〝どこを狙ってんだ、アホ、空でも狙ってんのか？〟とニックにいわれる。そのひと言でみんな笑う。

チャイムが鳴った。ボイドはハンドルをボンゴのように叩き、子供たちが校舎から続々と出てくる様子を見ていた。バックパックを背負い、携帯を指でいじり、ふざけ合い、猿のように金切り声を上げている。〝アキーム！　こっちだぞ、おい！　マジか、頭おかしいんじゃね！　メッセージ送れよ？　忘れんなよ！〟。子供たちが発散しているエネルギーにはじめこそぞくぞくしたが、じきに腹が立ち、悲しくなった。眼鏡にかなう少女がひとりもいない。好みより歳上だったり、体が大きかったり、大人びていたり。〝どうした、どうしたんだよ、誰かいるはずだろう〟。そして、見つけた。かわいいやせっぽち。三つ編みにした長い髪が腰下まで届き、笑い声は祖母宅の玄関にあった風鈴の音に似ている。少年たちがその子の気を引こうと、手で突つき合っている。

誰かがその子の名を呼んだ。「カーメラ！　カーメラ！　あたしたち行くからね？」

カーメラという名前か。

ボイドは薄汚いアパートメントに帰り、風呂に入った。あの子が暗がりで目を覚ましたら、口がダクトテープでふさがれ、抜けた歯の隙間から漏れるボイドの熱い吐息が聞こえ、冷たい光を放つ黒いボタンのような目が見える。そのとき、あの子の目にどんな恐怖が浮かんでいるのだろうか、とボイドは死体のように湯船に浮かびながら考えた。

〝ハローーー、カーメラ〟

1　知られざる無免許探偵　二〇一三年七月

　芝生が刈りそろえられ塗装が真新しく、玄関が少し変わっている点を除けば、アイゼイアの自宅は街区《ブロック》のほかの家とよく似ていた。防犯用の網戸は、ロングビーチの警察署でクラック常用者や銀行強盗を留置するところに使われているものと同じ頑丈《ヘビー・デューティー》なメッシュでできている。玄関のドアにはクルミ材の薄板が張ってあるが、その内側には二十ゲージの鉄板が挟まれ、鋼鉄の枠で固定され、さらに、こじあけも打ち壊しも突き通しもできないメデコ・ダブル・シリンダー・ハイ・セキュリティー・マクサム・デッドボルトがついている。こういうものをすべて突破するには、本格的な電動工具が必要となるし、突破しても、どんなところに足を踏み入れてしまうかわかったものではない。噂では、罠が仕掛けてあるらしい。新車で買って八年になるアウディＳ４が私道《ドライブウェイ》に駐まっている。ダークグレーの小さくて目立たない車だが、大型のＶ８エンジンを積み、スポーツ・サスペンションがついている。近所の少年たちには、リムくらいつけろよとしきりに声をかけられる。

アイゼイアがリビングルームでマックブックのメールを読みつつ、二杯目のエスプレッソを飲んでいると、車の防犯アラームが鳴った。コーヒー・テーブルから折り畳み式の警棒を素早くつかみ取り、玄関に行ってドアをあけた。デロンダがワールド・クラスの巨尻をボンネットにもたせかけ、ヘッドライトからフロントグリルの一部までを覆い隠していた。デブ女《ビッグ・ガール》ではないが、男物の短パンと二サイズばかり小さ過ぎるピンクのチューブ・トップという格好では、かぎりなくそれに近い。水色の爪に付いているきらりと光るものを見て顔をしかめ、何度も溜息をついたりと、すねたふりをしている。アイゼイアは午後のぎらつく光が目に入らないように片手を掲げ、アラームを消した。

「連絡しなかったのは番号を忘れたからじゃない」アイゼイアはいった。「連絡する気がなかったからだ」

「少し《い、》も？」デロンダがいった。

「おまえは子供の父親にしてもいい男を探してるだけだし、おれがそうならないこともわかってるんだろ」

「あたしが何を探してるかなんて知らないくせに。だったとしてもあんたじゃないわ」ただ、デロンダはたしかにいくらかカネを出してくれそうな男を漁っているし、それがアイゼイアでもかまわない。まあ、でも、アイゼイアを前にして落ち着かなくなっている。誰だって落ち着かなくなる。こっちの芝居を見抜いて、その理由を探っているかのようにじっと目を向けられたら。顔はふつうで、不細工ではないけれど、クラブやパーティーで人の目を引くことはほとんどない。身長百八十ちょっと、痩せぎす、ネックレスも耳のスタッドもつけず、時計はアルミのフライパンのような色。刺青を入れているのかもしれないけど、デロンダの見えるところにはない。この前ばったり出会ったときも、今と同じ服を着ていた。水色の半袖シャツ、ジーンズ、ティンバーランドの靴。あの目は好き。アーモンド形で、まつげが女の子みたいに長い。「中に入れてくれないの？」デロンダがいった。「ママの家からここまでずっと歩いてきたのよ」

「嘘をつくのはやめろ」アイゼイアはいった。「どこから来たのかは知らないが、おまえが歩いてきたんじゃないことはわかっている」

「どうしてわかるの？」

「おまえのママはマグノリアの向こう側に住んでいる。この炎天下にサンダル履きで、外反母趾まで抱えているのに、十キロ以上も歩いてきたというのか？　ティーシャに車で送ってもらったんだろ」

「何でも知ってると思ってるのね。誰が送ってくれたかなんてわからないくせに」

「おまえのママは仕事、ノナも仕事、アイラはまだ足にギプスをはめている、デショーンはこの前の酔っ払い《DUI》運転で免許取り消し。押収車両保管場であいつの車を見た。フロント部分が壊れた白のニッサンだろ。残ってるのはティーシャだけだ」

「アイラが足にギプスをはめてるからって、運転できないとはかぎらないじゃない」

アイゼイアは戸口に寄り掛かった。「歩いてきたといっていたような気がするんだが」

「ちゃんと歩いてきたわよ」デロンダがいった。「まあ、途中までだけど。そしたら、ある人が通りかかって――」デロンダがボンネットから尻を下ろし、足を踏みならした。「ほんとむかつくわね、アイゼイア！」デロンダがいった。「どうしていつも人をむかつかせるの？　仲良くしようと思って来ただけでしょ？　どうやって来たかなんて関係なくない？」

まったく関係ないが、どうしても彼にはいろいろと見えてしまう。ちがう点、おかしな点、辻褄が合わない点。あるいは、辻褄など合うはずがなかったり、相手のいっていることとちがうはずなのに、バッチリ合っている点。

「それで？」デロンダがいった。「あたしをここに立たせっぱなしにして、熱射病にさせるつもりなの？　中に入れて、カクテルでも注いでくれないの？　ひょっとして、いいことが起こるかもしれないわよ」

デロンダは彼女の足首のあたりに目を落とし、横に何かがくっついているかのように足首の側面を見た。アイゼイアの目がこっちに向いているのかとでも思っているのだろう。カリフォルニアの日差しを受けてきらめくダーク・チョコレート色の太股か、チューブ・トップから懸命にこぼれ出そうとしているチョコレート色のおっぱいか。ふたりにこれから何が起こるのかわからずに気まずくなり、アイゼイアは目を背けた。デロンダはアイゼイアのタイプではない。好きな女のタイプがあるわけでもない。性生活はもっぱら好奇心から転がり込むセックスだ。薄気味悪いくらい頭がいい控え目な男に引かれる女ばかり。ここのところはご無沙汰だが。アイゼイアは網戸をあけた。

「まあ、なら入れば」アイゼイアはいった。

アイゼイアは安楽椅子に座ってメールを読み直した。見逃していたメールはないものかと期待しながら。カネになる仕事が必要だが、届いているのはそんなものとはほど遠い。

やあ《オラ》、セニョール・クィンターベイ
おれはベニートの友だちだ。あんたは信用できると聞いた。職場のやつがしつこく脅迫してくるんだ。カネをよこさないと、おれがグリーンカードを持ってないことを入国《I》帰化局《NS》にばらすと。そうなると息子は学校にも通えない。力になってくれないか？

親愛なるミスター・クィンターベイ
夜遅くにベッドで寝ていると、男が入ってきてわたしの大事なところを触ってくるようなんです。朝、ナイトガウンがめくれ上がっていて、下半身におかしな感覚が残っているんですから、きっとそうです。このことは人にはいわないでください。前にばかにされたので。日曜日、教会に行ったあとで来てくれませんか？

アイゼイアはウェブサイトも、フェイスブック・ページも、ツイッター・アカウントも持っていないが、なぜか人はアイゼイアを見つける。アイゼイアは警察が手を出せない、あるいは出さない地元の事件を優先的に引き受けている。処理しきれないほどの仕事があるものの、依頼主の多くは、サツマイモのパイとか、庭掃除とか、一本の真新しいラジアル・タイヤなどで仕事の報酬を支払う。支払わないやつもいるけれど。日当を払えるクライアントなら、ひとりで食っていけて、フラーコの費用の足しにもなるのだが。

「ちょっと」冷蔵庫の中のフィジー・ウォーターとクランベリー・ジュースを見て、デロンダがいった。「飲み物は何もないの？」

「そこにあるものだけだ」アイゼイアはリビングルームからいった。

つまみもない。プレーン・ヨーグルトを使ったレシピを知っていたら、デロンダは何かを混ぜていたかもしれない。プラム少々、Ｍ＆Ｍなしのトレイルミックスひと袋、〈アイ・キャント・ビリーブ・イッツ・ノット・バター！〉、表面に細かいシリアルがまぶしてあるパン、平飼い卵《ケージ・フリー・エッグズ》とかいうよくわからないもの。カウンターに複雑な機械があった。ステンレス・スチール製で大きさは電子レンジくらいだが、把手やボタンがついていて、ソーダ・マシンのような格子網の真上にふたつの蛇口が垂れ下がっている。やたら小さいコーヒー・カップと小さな金属のピッチャーが、格子網に載っている。「これがあんたのコーヒー・マシン？」デロンダがいった。

「エスプレッソだ」

「もっと大きいカップが要るんじゃないの」

アイゼイアはメールを読み続け、プラムのように熟れておいしそうなデロンダのことは考えないようにした。しかたなくディーゼルのパンツのジッパーを上げたままにしていた。楽な決断ではなかった。もしデロンダと寝たりしてみろ、夜に帰ると彼女がペットのアレハンドロをフライにして食べながら『アイドル』を見ているそばで、彼女の三歳の息子がここをめちゃくちゃにしている場面に出くわすことになる。アイゼイアがデロンダに服を脱ぐんじゃないぞというと、デロンダは腹を立てたというより、驚いていた。

「何を逃したかわかってないわね」デロンダがいった。「あたし、すんごいのよ」

親愛なるミスター・クィンターベイ

娘が二週間も家に帰っていません。娘の相手にしては歳を食い過ぎているオレン・ウォーターズという男と駆け落ちしたようなのです。手遅れにならないうちに、そいつから娘を取り戻さなければなりません。連れ戻していただけませんか？　あまりお金は出せませんが。

親愛なるミスター・クィンターベイ

二カ月前、わたしのかわいい息子ジェロームが自分のベッドで撃ち殺されました。警察は逮捕できるだけの証拠がないといっていますが、妻のクローディアが引き金を引いたのはみんな知っています。あなたを雇いたいのです、ミスター・クィンターベイ。あの女に裁きを受けさせたいのです。

リビングルームはひんやりとほの暗く、柔らかい陽光と影の帯が防犯の鉄格子越しに伸びている。ここは埃が宙に舞ってさえいないほどきれいだ。アイゼイアが顔を上げると、デロンダが素足でぺたぺたとオープン・キッチンから出てきて、磨き上げられたセメントの床を横切った。床は予想とはちがった仕上げになったが、気に入っている。熱帯雨林の衛星写真のような、形にならない灰色と緑色のまだら模様。デロンダがアイゼイアの向かいのソファーに腰を下ろし、両足をコーヒー・テーブルにのせた。ガラス天板には、車のキー、携帯電話、ハーバード大学のロゴ入り帽子、折り畳み式の警棒が散らばっている。

デロンダがテーブル下の黒い箱に気付いた。「これは何？」デロンダがいった。何かの仕掛けかもしれないと思っているようだ。

「サブウーファーだ。コーヒー・テーブルから足をどけろ」

「誰がハーバードに行ってたの？」

「誰も」

「テレビを観ちゃだめ？」

「テレビがあるように見えるのか？」

「プレイステーションもないの？」

「ああ、プレイステーションもない」

「もっと家具が要るんじゃないの」

バーガンディー色の革張りソファーと肘掛け椅子をのぞくと、クロム・メッキとガラスのコーヒー・テーブル、ラッカー塗装の籐のオットーマン、サクラ材のサイド・テーブル、アンティーク風のロングネック読書ランプ。床から天井まで壁一面を占める本棚を含めなければ、それだけだ。バーコードのようにきれいに並んでいるLPやCDの膨大なコレクションと凝ったステレオがある。とげとげしくしわがれたコルトレーンのサックスが、スピーカーからがなり立てている。

「ちがうレコードをかけていい？」デロンダがいい、生ごみ処理機の音でも聞いているかのように顔をしかめた。

「だめだ」

アイゼイアはうつむき、別のメールを読んだ。デロンダは頼みごとがあるようだ。中に入れてすぐにそんな気配を感じていた。その目つきが、必要なのは都合のいい男だけではないと物語っていた。セックスをパスしたせいで切り出すきっかけを逃したらしく、今では、デロンダがタイミングを見計らいながらソファーでもぞもぞし、頰をきしらせる音さえ聞こえるほどだ。しばらく相手にしなければ、先に折れてくれるかもしれない。

「ひとつお願いできないかな？」デロンダがいった。

「だめだ」

「ちょっとさ、紹介とかしてくれないかな？」

「紹介って、誰に？」

「ブラーゼイに。けっこう親しいんでしょ」しばらく間を置いてから、デロンダがいった。

「I、Q」

《ザ・シーン》誌にこんな見出しの記事が躍ったことがある。

IQ　アイゼイア・クィンターベイは知られざる無免許探偵

記事は近隣で発生した数多くの事件を詳述しているが、タブロイド紙に載ったのはいちばん楽に解決できた事件だった。R&Bシンガーのブラーゼイ絡みだ。パーティーの最中に何者かがブラーゼイのカメラを盗んだ。その中には、ブラーゼイがアイロン台に身を乗り出し、同居しているキーボード・プレーヤーにうしろからスパンキングされている動画が入っていた。それが表に出れば、ただのスキャンダル以上の騒ぎになる。ブラーゼイは〝ストレート〟なセックス・シンボルとして売り出していた。最新アルバム『豊満バディ宣誓証《キャン・アイ・ウィットネス・トゥ・ユア・シック》言《ネス》』のカバー・アートでは、ひも状ビキニと神父の詰襟といういでたちのブラーゼイが、いかれたブロンドのかつらと丈の短い聖歌隊ローブを身に着けた、赤ん坊でも入っているのかと思えるほど尻が突き出た女三人の聖歌隊を率いている。ブラーゼイはこんな脅迫状を受け取った。〝こっちの要求は追って知らせる。呑まなければ、おまえの罪《トランスグレッション》を明かし、キャリアを潰す〟

「言葉遣い」アイゼイアはいった。「〝おまえの罪《トランスグレッション》を明かす〟。聖書の言葉です。客の中に信心深い人はいませんでした？」

「いない」ブラーゼイがいった。そして、大きく息をした。「でも、ぼくの母親は信心深い」

ブラーゼイの母親はジョージアの小さな街の生まれで、原理主義のバプティスト派だった。アイゼイアが問い詰めると、母親はブラーゼイのカメラでバラ園の動画を撮ろうとしたところ、息が止まるほどびっくりしたのだと白状した。気を落ち着けて、カノコソウ根のお茶を飲んだあと、罪悪の暮らしから抜け出るように息子を脅迫することにした。

「ぼくはこういう人間なんだ、母さん」ブラーゼイがいった。「でも、ぼくだって自分自身を受け入れられないんだから、母さんが受け入れられなくても不思議はないよ」

ブラーゼイはこんなひとときをもたらしてくれたといってアイゼイアに感謝したが、アイゼイアは脅迫状を読む以外に何をしたのかわからなかった。ブラーゼイは『ザ・ションダ・シモンズ・ショー』でカミングアウトした。アルバムの売り上げには響いたが、アルバムを買った人々は、オンラインで三十九ドル九十五セントで売られているセックス・テープを買った。収益の半分は母親の教会に寄付された。

「ブラーゼイにあたしのキャリア・アップの手伝いをしてほしいの」デロンダがいった。「彼はゲイかもしれないけど、セレブだし、ちょっと手を貸してもらえればいいの。だってさ、上のほうで顔が売れさえすれば、お偉方はあたしのスタイルを間近でじっくり見られるでしょ？　だからビッグになれることまちがいなし」

デロンダがこっちを見ていて、時間の問題だなとか、あきらめるなよとか、そんな戯言《たわごと》を待っているのはわかっているが、アイゼイアは目をマックブックに落としたままにしていた。デロンダがふくれた。今度は芝居ではなかった。「あたしにはこんなスター性があるんだから、とっくの昔にここから出ていかなきゃいけなかったのよ」デロンダがいった。「期待の新人っていうの？　セレブになる星のもとに生まれたんだもの。とっくにスポットライトを浴びてなきゃいけなかったのに」

「スポットライトを浴びて──どうなる？」アイゼイアはいった。

「どうなるってどういうこと？　あのキム・カーダシアンって子のお尻はあたしのにはかなわないのに、どうなるかだなんて。あの子が去年三千万ドル稼いだって知ってる？」

アイゼイアはほかにもそう思っている女を知っていた。でかいケツをしているのが、不動産を所有しているとか大学の学位を持っているのと同じで、職探しのときに履歴書に書けるようなものだと信じきっている。

ペットのアレハンドロが頭をひょこひょこ動かし、床をくちばしで突つきながら廊下からペタペタやってきて、赤いビーズのような目でデロンダを一瞥した。「そんなのに家の中を歩き回らせてるの？」デロンダが怯えた様子で足を床から持ち上げた。

「おまえがちょっかいを出さなけりゃ、あいつもちょっかいを出さない」アイゼイアはいった。

アイゼイアは仕事の報酬としてミセス・マルケスからアレハンドロとアロスコンポヨ（鶏料理）のレシピをもらった。鶏の糞の始末は好きになれないが、床に染みがつくわけでもないし、鶏を一日中ガレージに閉じこめておくのは気が引けた。ある朝、ベッドルームのドアを閉め忘れていたら、アレハンドロがクローゼットのバーに止まって、服という服に糞を落としていた。

「お願いよ、アイゼイア、力になって」デロンダがいった。「ちょっと手を貸してくれるだけでいい」

「手を貸すのはおれの仕事じゃない」

「それはまちがいよ、アイゼイア」

「おれは毎日まちがう」アイゼイアはいった。ラップトップを閉じ、車のキーと折り畳み式警棒を持ち、ハーバードの帽子をかぶると、立ち上がった。

「どこかへ連れていってくれるの？」デロンダがいった。

「ああ。家まで送ってやるよ」

ボイドはきのうと同じ場所にトラックを駐めた。やたらぴりぴりしているが、腹は決まっている。必要なのは、横のシートに置いてあるトカゲのような緑色のボウリング用バッグだけだ。ダクトテープ、ゴム手袋、熟れたトマトを透けて見えるくらい薄くスライスできる切れ味鋭い骨取り用ナイフ。そのほか、大きな青いスポンジと自家製のクロロフォルムを入れた水筒もバッグに入っている。

ボイドは〈F&Sマリーン〉という中国製船舶用品の卸業者のところで働いていた。セメント・ブロック造りの社屋は荒涼とした工業地区にあり、プロパンガス・タンクの貯蔵場と、レーザー・ワイヤーがフェンスの上でとぐろを巻いている名もない倉庫に挟まれている。ロサンゼルス・リバーがそばを流れ、広い緑色に縁取られた流域がイースト・ロングビーチを分断し、ロングビーチ・ハーバーに流れ出る。

〈F&S〉の店長、ニック・バンコウスキーはつんつんにとがった髪形で、アロハ・シャツを着ているが、筋肉が盛り上がった巨体で張り裂けそうだった。五年前、ニックはドラフト二巡目でサンディエゴ・チャージャーズの指名を受けた。トレーニング・キャンプも首尾よく終え、開幕戦のラインバッカー候補に上がっていたが、プレシーズン・ゲームがはじまる一週間前、チーム・バスから降りたときに前十字靭帯をやってしまった。

「おれはそこまで行ったんだ」ニックは最初の六本パック・ビールを飲んだあと、よくそういったものだ。「そこまで行ったんだ。ロッカーももらった。名前の入ったユニフォームももらった。おれはくされチームにはいった。プロのチームにはいったんだ」

ニックはくさい仕事をぜんぶボイドにやらせた。小汚いトイレの糞詰まりを直させたり、フォークリフトのチェーンに油を差させたり、駐車場のビールの空き缶や使用済みコンドームを拾わせたり、連動スイッチ、六角ボルト、ピストン・ピン、クランク軸受けなど、何千もある部品の一覧表をつくらせたりだ。ボイドは愚痴をこぼすが、キレたりはしない。ニックにボウリング・チームから追い出されたときでさえも。「おまえを切らないといけなくなったんだ、ボイド」ニックはいった。「ロンが休暇から戻ってきた。あいつのアベレージは、いくらだっけ、百七十五か？　おまえは調子がいい夜でもめったに百を超えない」

「マクシーンは？」ボイドはいった。「あいつのスコアはおれより悪いよ」

「まあ、たしかに、スコア的にはそうだが、あの子にはなかなかいいオッパイがついてる。士気の高揚に役立つ」

「でも、おれもやりたいんだ」

ニックはボイドの肩をぽんと叩いた。そんなことをされたのははじめてだった。「気持ちはわかるが、近々トーナメントがあるし、おまえだって負けたくないだろ？　どうだ、ボイド？　チームのために耐えてくれねえか？　みんな恩に着るんだが、どうだ？」

リーグ・トーナメントの夜、ニックはしばらく事務所に残り、バドワイザーを何本か飲んでからボウリング場に向かった。駐車場に行き、アルティマに乗り込もうとしたとき、ボイドは漫画のネコのように背後から忍び寄り、南京袋に包んだ重さ三キロの錨で殴った。

「どうだ、ニック、チームのために耐えてくれねえか？」そういいながら、ボイドは何度も打ち付けた。

〈F&S〉の者はみな、人ちがいで襲われたか、腹を立てた夫の仕業だと思った。ニックがボウリング場にいる人妻とやりまくっていたのは周知の事実だった。ボイドに疑いの目を向ける者はいなかった。変わり者で頭の発育が少し遅れているが、人を傷つけたりはしないと。マクシーンが病院に見舞いに行った。袋に入れられた生焼きのハンバーガーみたいな姿になっていて、マクシーンが誰かも覚えていないらしい。ボイドも見舞い《ゲット・ウェル》のカードに名前を寄せた。

　チャイムが鳴った。ボイドは心臓が飛び出るほど驚き、首を伸ばして少女を探した。どこだ、カーメラ？　どこにいるんだ？　早く来るんだ、早く。さあ、カーメラ、来いよ。カーメラは数人の友だちと一緒だった。丈の短いデニム・スカートと白いトップスという格好で、髪は長い三つ編みにしていた。ボイドはほっとした。髪形を変えていたらどうしようと思っていた。カーメラはぐずぐずテキスト・メッセージを送ったり、届いたテキストを読みながら笑ったり、それを友だちに見せてまた笑い、もう一通送ってまた笑っている。「早く早く！」ボイドは叫んだ。「何をしてるんだ？　とっとと家に帰れよ。まったく、帰れよ」カーメラがついに友だちから離れ、バイバイと手を振ると、通りに向かって歩いてきた。「ようし」ボイドはいった。「いいぞ」

　アイゼイアはハーストンに住んでいる。イースト・ロングビーチ西端の小さな地区で、ロサンゼルス・リバーから車で二分、州間高速道路710号線から二分半の距離だ。アイゼイアはアナハイム・ストリートに入り、スヌープ・ドッグが『ザ・クロニック』でラップしていた界隈を抜けた。このあたりで有名なものといえば、そのラップくらいだ。ストリップ・モール、酒屋、車の修理工場、美容院、格安の歯科医院、草の生えた空き地からなる街区《ブロック》ばかり。

「まじめな話よ、アイゼイア」デロンダがいった。「あたしはどうしても社会での立ち位置を変えたいの。文化環境を変えたい。住所を変えたいの」

デロンダは十八のとき、カルバー・シティーの〈ビッグ《B》・ミーティー《M》・バーガー《B》〉レストラン主催の〝ミス〈ビッグ・ミーティー・バーガー〉〟コンテストで優勝した。チャンネル5のテレビ・レポーターがいて、朝の番組で七秒間だけテレビ画面に映った。デロンダの名前と写真が《ロングビーチ・プレステレグラム》に載ると、人々がプラスチックのティアラと、赤と金色の〝ビッグ・ミーティー・バーガー〟のたすきを見に来た。

　ＫＨＯＰでインタビューも受けた。その巨大な尻を健康的に保つために何か特別なことをしてるのか、自然にそこまで育ったのか、それとも努力したのか、最後に盛ったのはいつか、とＤＪに訊かれた。この一連の経験のハイライトは、実際の写真撮影と、そのときの写真が〈ＢＭＢ〉の広告に使われたことだった。広告写真には、肉汁が滴り落ちる巨大な三段重ねバーガーが写っている。デロンダが肩越しに振り返り、磨き上げられたマホガニーのようなぴかぴかの頬で愛想よくにっこりほほ笑んでいる。蛍光ピンクのビキニのあたりまでの写真だ。キャプションにはこうある――

〈ビッグ・ミーティー・バーガー〉
LAでいちばんジューシー
きっと食べたくなる

当時、デロンダは今しかないと思った。ここからはじまるのだと。誰かがあたしに気付き、カリスマ性と可能性を感じとるに決まってると思ったが、誰も連絡してこない。あれ以来、インタビューも新聞記事もなく、数カ月後には〈BMB〉が広告に起用する女を変えた。デロンダは希望を保ち続けた。きっと何かが起きる。起きないわけがない。セレブになるのはあたしの夢、運命だ。理由はないけど、今やっていることを続けてもいい、続けるほうがいいとさえ思っていた。髪のセットとネイルをきれいにやってもらい、ノーナたちと遊び回り、『ジャージー・ショア』や『ザ・リアル・ハウスワイブズ・オブ・アトランタ』や『バッド・ガールズ』や『カーダシアン家のお騒がせセレブライフ』や『ザ・リアル・ハウスワイブズ・オブ・オレンジ・カウンティー』や『ザ・バチェラレット』を見続けた。その帳尻合わせに、たすきとティアラだけという格好で〈キャンディー・ケイン〉のストリップ・ショーに出た。〈メトロ・トランジット〉の保線係を二十年務めている父親には、人生を無駄にすり減らしたりしないで別の道を探したらどうだといわれたが、デロンダはますますかたくなになり、白熱の稲妻が空を切り裂き、デロンダを大爆発させるときを待ち続ける覚悟を固めた。

「この界隈から抜け出たくないの？」デロンダがいった。

「さあな」アイゼイアはいった。「出てもいい」

「出てもいい？　嘘でしょ、いかれてる。だってさ、あたしにあんたくらいのプロフィールがあれば、今ごろはブランドになってるのに」

　アイゼイアはアナハイム・ストリートからキンボールに折れた。

「あたしの家の方向じゃないけど」デロンダがいった。

「ボーモントの店に寄っていかないといけない」アイゼイアはいった。〈六時－十時半《シックス・トゥ・テン・サーティ》〉という街角の小さな店だ。冷えたビールから電子レンジで温めるブリトーからピニャータから『スカーフェイス』のポスターまで、雑多なものを売っている。

「変わらないものはないっていうでしょ？」デロンダがいった。「でも、どこが？　変化なんてどこにもないじゃない」

「物事は変わっても、同じままともいえる」アイゼイアはいった。

　ふたりはカプリというセクション8のアパートメントにやってきた。住宅都市開発省《HUD》の規則では、そこの居住要件は、銀行口座残高、持ち株の明細、保有する不動産の総額が同地域の平均資産額の五十パーセントである四万ドル前後を超えていないことだ。長い空室待ちのリストがある。

〈イースト・サイド・スレーニョス・ロコ13〉の連中が入り口前の草地でたむろしている。

彼らが入念に選んだ場所だ。シンダーブロックの低い壁で身を隠せるし、大きな葉をつけているバナナの木で拳銃も見えにくい。彼らのメンバーの多くは拳銃所持で郡刑務所に入っている。大半のメンバーは十代《ティーンズ》だが、紛れもない筋金入りの殺し屋だ。今日はみんな〝制服〟姿だ。バギーパンツ、特大サイズのTシャツかフットボール・ジャージー、そして、赤い色の小物。リストバンド、帽子、ポケットからはみ出している旗。赤は連中の色だ。

「あれ見て」デロンダがいい、小便にも似た〈ミラー〉を四十オンスボトルのまま飲んでいるやつ《ロコ》を顎先で示した。「〝ロコ4ライフ〟(死ぬまでロコ)なんて〝墨〟を額のあちこちに入れたりして、どこをどう見てもいかれた犯罪者よね?」

〈ロコ〉の連中はアイゼイアが何者かは知っているが、彼らはギャングのハンドサインを掲げると、それがルールだといわんばかりに悪態をついてきた。スキンヘッドにヘアネットをつけているヒスパニック系の若者が、大げさにうなずいている。「ここはもうてめえらのシマじゃねえぞ、おい《エセィ》」その男がいった。「失せろ」アイゼイアは恐れも見下しもせず、ただ男を見た。アイゼイアが筋金入りのギャング《OG》たちと育ったことを、この手のガキは気にもしない。〈ロコ〉のメンバーか、敵か、だ。

アイゼイアの携帯電話が鳴った。着信番号を見て、ためらった。ラジオから流れてくるオールディーズのようなやつ。別の時、別の場所、その当時の自分を呼び起こさせる。ドッドソンの声と口調が、胸の奥底で黒く焦げたごたまぜの記憶を揺り動かした。前回、話をしたのはモジークの葬式のときだったが、口の中の焦げた味が消えるまで一、二日かかった。

「誰なの？」デロンダがいった。「女からなんでしょ？」

アイゼイアはこのまま留守番電話に応答させようかと思ったが、ドッドソンはほしいものがあれば、いつまでも電話してくるし、家に押しかけてくるかもしれない。アイゼイアはスピーカー・モードにした。「おい」彼はいった。

「調子はどうだ、アイゼイア？」ドッドソンがいった。「えらいご無沙汰だな。モジークを永眠の床につかせたときから、顔を見てないけどよ。むちゃくちゃ悲しい日だったな？　あれだけの悪党だから、ずっと喧嘩沙汰で死ぬと思ってたら、どうなったよ？　サンタ・アニタで三連単を当てたあと、ちょっと草《ウィード》を買いにラファエルに戻ろうとしたら、アムトラックの列車に轢かれるなんてよ。それでわかるだろ。幸運はいつだってカネに勝る。幸運があれば、カネは勝手にやって来る」

デロンダが天を仰ぎ、いった。「ええ、嘘、ドッドソンなの？」

「ああ、おれはフアネル・ドッドソンだが、おまえは声色からすると、デロンダだな」

「ムショにいるんじゃなかったの？」

「ムショにいるいわれはねえ。犯罪に手を染めていたのは昔の話だ。今じゃれっきとしたビジネスマンだが、おまえの知ったことじゃねえ。惨めたらしいてめえのありさまがしっかり見えてるなら、〈キャンディー・ケイン〉でケツ拍手なんかしてねえだろうによ」

「そっちはまだ車のトランクに詰め込んでる手垢にまみれた偽物のグッチ・ハンドバッグを売ってんの？」

「いや、おまえの手垢にまみれたプッシーみたいにただでくれてやるのさ」

悪口の応酬に十分間も付き合える気分でもなく、アイゼイアはいった。「何かあったのか、ドッドソン？」

「仕事《ケース》があるってわけよ」ドッドソンがいった。「困ってる人を助けて、ひょっとしたら命も救えるかもしれねえ」

「へえ、そうなのか？」アイゼイアはいったそばから後悔した。ばかにしているような印象を与えるのに、自分が抑えきれなかった。ドッドソンがこらえているのがわかる。ばかみてえにでかい脳みそのくそ生意気な野郎めとののしりたいのだろうが。

「クライアントが話をしたいってよ」ドッドソンがいった。「おまえのクライアントとはちがって、その人はカネを持ってる。パトリス・コールマンなんかは店で買ってきたブルーベリー・マフィンで代金を払ったそうじゃねえか」

「別の仕事をはじめる時間はない」アイゼイアはいった。

「どこかで会って、細かい話をしようぜ」

「いったとおり、時間がない」

「時間をざっくり割いてくれってんじゃねえ。ほんの五分ばかり話を聞いてほしいだけだ」

「もう行かないと」

「行く？　どこへさ？」

「あんたから逃げるってこと」デロンダがいった。「あんたに用はないってことよ、おばかさん」

「またな」アイゼイアはいった。電話を切る間際、くたばれアイゼイア、というドッドソンの声が聞こえた。


白いピックアップ・トラックが学校の向かいの赤線の前に駐まっていた。こいつは〝赤線の前駐車禁止〟の表示が見えないのかと思いながら、マルティネス巡査はそのピックアップのうしろにパトロール・カーを停めた。電話をしているだけならいいのだが、と思った。ドラッグでハイだったり、酔っぱらっていたり、マスをかいていたりするなよ。あと二十分でシフトが終わるというのに、違反報告を作成して、レッカー車を待つことになれば、あと一時間は帰れない。今日は三十一歳の誕生日だ。子供たちは祖母の家に預けてあるし、グラシエラはミディアム・レアのリブアイ、ガーリック入りマッシュポテト、そして、面積がサンドイッチ用ジップロックくらいしかない透け透けのネグリジェを用意して、家で待っている。

男の様子を見るまで、マルティネスは胸を膨らませていた。男はそわそわしていて、ブタのように汗をかき、喉が渇いて死にそうなときに四リットル容器入りのレモネードを見るような目つきで、校舎を見つめている。〝怪しいことなどひとつもない〟とマルティネスは自分にいい聞かせた。〝うわ、これは体臭か？〟

「こんちは、お巡りさん」男がいった。

「ここで何をしているのですか？」マルティネスはいった。男はチャーリー・ブラウンのようなでかい頭を動かさず、まるで答えは向こうのツツジの茂みにあるとでも思っているかのように、まっすぐ前を見つめている。「あの、ここで何をしているのかと訊いたのですが」マルティネスはいった。

「何もしちゃいない」男がいった。「ただこうして座ってる。法律は破ってない」朝露を低速で撮影したかのように、男の顔に新しい汗の粒が浮き出ている。

「お子さんがこの学校に通っているのですか？」マルティネスはいった。

「いやいや、子供はいないよ」危うく弾に当たりそうだったかのような口調で、男がいった。

マルティネスは顔を前に出してウインドウをのぞき、素早くトラックの中に目を走らせ、一瞬だけボウリング・バッグに視線を止めてから男に戻した。「免許証、保険証、登録証を見せてください」彼はいった。男がいわれたものを取り出し、差し出した。「未履行の逮捕状はありますか？」マルティネスはいった。

「おれが何をしてたっていうんだよ、お巡りさんよ？　何もしてはいねえだろ」

「未履行の逮捕状は？」

「ねえ、ねえよ」

「キーをダッシュボードに置いて、車内から出ないでください」

「何もしてねえだろうが。マジかよ、座ってるだけだぜ」

マルティネスはボイドの免許証を受け取り、パトロール・カーに戻った。このばかのせいで帰宅が遅くなったら、思いつくかぎりの違反をつけてやる。

ボイドは両手でハンドルを握り、檻に閉じこめられて怒り狂ったチンパンジーのように揺すりながら、「ちくしょう!」とわめいていた。ぜんぶ行き当たりばったりだったこれまでとはちがって、今度は何もかも順調だったのに。

はじめて少女を襲ったとき、ボイドはポートランドに住んでいた。ヘイデン・アイランド・マリーナのボート用桟橋のあたりで釣りをしていたとき、水玉模様の水着とライムグリーンのサングラスを身に付けた小さな子が女子トイレに入ろうとしているのに気付いた。その子は大声で泣き叫び、殴っても黙らなかった。二度目はハロウィーンの夜だった。ボイドは愛想よく見せようと、大きな耳がついたウサギのお面をつけていた。ボイドが選んだ子は杖を持ち、判事のような黒い長衣《ローブ》を着ていた。ボイドは通りを歩いていた少女をつかみ、生け垣の中に引きずっていった。少女はトラのように抵抗し、二度噛み付いてきたので、やはり殴るしかなかった。三度目は少女を学校から家までつけていき、玄関から強引に家に入り込んだ。少女を寝室まで追いかけていったところで、少女の兄が起きてしまった。そいつは〈ワイルド・ビルズ・ホテル・アンド・カジノ〉で夜勤の警備員として働いていた。そして、妹にスペリング大会で勝ち取ったトロフィーで何度も殴らせようと、ボイドの手首をねじり上げて無理やり膝を折らせた。刑務所病院に搬送されていたとき、ボイドは今度は計画を立てようと思った。

ボイドは強姦未遂で四十一カ月を喰らい、スネーク・リバー刑務所に入れられ、当然、性犯罪者として登録された。州から出る許可を仮保釈保護観察官に求め、カリフォルニアに着いたら報告しなければならなかったのだが、ボイドはどちらも怠った。今ごろボイドの名前がコンピューター画面に出てきているから、あの警官はボウリング・バッグの中身を調べるだろう。それで終わり。ゲーム・オーバーだ。黒人やメキシカンと一緒に刑務所に入れられて、誰にも罪状を悟られないように祈って耐え忍ばないといけない。なぜかはわからないが、人殺しは無事でも彼のような並みの連中は袋だたきにされるか、強姦される。ふつうは両方いっぺんにやられる。あんなのはごめんだ。二度と。

サイド・ミラーで、パトロール・カーのそばに立って無線機で話している警官の姿が見える。いやなことを聞いているのだと表情からわかる。ボイドは上体を動かさないように気をつけて手を伸ばし、ボウリング・バッグのジッパーを少しだけあけると、手を中に滑り込ませ、骨取り用ナイフの生温かい細い把手をつかんだ。

ボーモントはマーガレット・チョーを脇にすっぽり抱きかかえて、物置から出てきた。この韓国系コメディアンは赤いミニスカートと黒い網目のストッキングという格好だった。挑みかかるかのように両手を腰に当ててそっくり返り、ただのでぶ女だったころに尻のことでからかわれて、くたばれと怒鳴りつけたときのように唇を突き出している。店の正面に行くと、ボーモントはアイゼイアが雑誌棚の前で《LAタイムズ》を読んでいるのに気付いた。身じろぎひとつしないので、潮だまりにたたずんで獲物が泳いでくるのを待っているシラサギを思い出した。イースター・バスケットに入っている二個のハムみたいな尻をした軽そうな女が、冷蔵庫をのぞき込んでいる。

「ソーダを取ってもいい、アイゼイア？」デロンダがいった。

「好きなものを取ればいい」アイゼイアがいった。

養子にもらった娘でも抱くかのように、ボーモントはマーガレットに腕を回して立っていた。

「どうだい？」彼はいった。「おれが組み立ててやったんだ」

「だれなの、それ？」デロンダがいった。

「アジア系の女にはまってるとは知らなかったな」ボーモントはそういった。どうしてそんなものがほしくなったのか、アイゼイアが教えてくれないものかと思ったが、教えなかった。

デロンダとマーガレットがにらみ合っていた。「誰かわかった」デロンダがいった。

「〈マンダリン・パレス〉のウエイトレスでしょ」


アイゼイアは等身大パネルの広告を〈イーベイ〉で見つけた。売り手はどんな人でもどんなものでもつくりますと謳っていた。人間、ペット、植物、風景、体の一部。マーガレット・チョーだってつくれる。値段は十八ドル、加えてデロンダがカウンターに載せたドクター・ペッパー、レッド・バインズ、ピーナッツ・バター・チーズ・クラッカーで四ドル五十セント。

アイゼイアはズボンの前ポケットから束にした札を取り出し、何枚か取り分けた。自分でオーダーしてもよかったのだが、UPS（アメリカの運送会社）が玄関に置いていったら、誰かが盗んでいく。UPSの置いていった荷物を盗むことしかしないやつがいることを、彼は知っていた。

「手間をかけさせてすまない」アイゼイアはいった。

「手間なんかなかったよ」ボーモントがいった。「お役に立ててよかった」

アイゼイアはボーモントの前では気まずさを感じた。アイゼイアが天才少年だったころも、兄のマーカスが死んだあとに起こった抗争が街を恐怖に陥れたときもボーモントは知っていて、暮らしを立て直したアイゼイアが犯罪者以外の誰からも称賛される一人前の男になるところも見守ってきた。ボーモントもアイゼイアのファンのひとりだが、アイゼイアは自分の過去や恥部を知られているのがいやだった。

「元気そうだな、アイゼイア」ボーモントがいった。「よかった」

「ありがとう、ボーモント。また来るよ」

アイゼイアはマーガレットを受け取り、出入り口に向かった。ボーモントは訊かずにはいられなかったらしい。「そんなもの、何に使うんだ？」ボーモントがいった。

「プレゼントだ」アイゼイアはいった。

ボイドは自分のアパートメントに車で戻っているとき、その子がキンボールを歩いているところに出くわした。好みからすると少しばかり年上だが、カーメラより痩せてるし、髪は背中の真ん中くらいまで伸びている。近くには誰もいない。この暑さでみんな家に引っ込んでいる。学校の前にいたときはもう終わりだと思ったが、例の警官は、カンボジア・タウンのあたりで発砲事件が発生して警官がひとり倒れたとの連絡を無線で受けた。カーメラを逃すのは悔しいが、カーメラの身に何かあれば、誰がやったのかあの警官にはわかる。

痩せた少女は携帯電話でぺちゃくちゃ喋っている。ボイドがボウリング・バッグのジッパーを最後まで引くと、バッグの口があんぐりとあいた。

アイゼイアは店を出て、路肩に駐めていたアウディに向かって歩き出したが立ち止まり、少女が前を歩き過ぎるのを待った。小学校の高学年くらいで、小枝のように細くて、この暑さなど気にもしないで、極細のジーンズ、ダウンベスト、アグのブーツという格好だ。この年ごろの子はいちばんのお気に入りをすり切れるまで着る。ピンクの携帯電話で話していて、笑いながらこういった。「ええ、マジで？　ラモンはあの子が好きでもないのに」

少女は話を一瞬たりとも止めずにマーガレットのパネルにほほ笑み、そのまま歩き続けた。アイゼイアがアウディのきしるドアをあけたとき、ピックアップ・トラックが歩くような速度でのろのろと通り過ぎた。十年ほど前に製造された白のシルバラードで、サイドの青いレーシング・ストライプが禿げかけていて、クォーター・パネルが大きくへこんでいる。エンジンがつっかえるような音を立てている。燃料噴射装置だな、とアイゼイアは思った。運転している男はロゴのついた帽子をかぶっていた。前歯が一本抜けていて、日焼けした顔がてかっている。何かをじっと見ている。何が起きようとしているのか、アイゼイアは予見しておくべきだった。なぜ男はこれほどのろのろと走っているのか、アイゼイアもデロンダも見ていないのなら、誰を見ているのか？　だが、このときはすべて見逃していた。その〈マンダリン・パレス〉のウエイトレスにヤラせてもらうのかとか、〝ムー・シュー〟って中国語でイヌの意味なのかとデロンダに話しかけられているあいだ、カネになる仕事がどうしてもほしいし、どうやってマーガレットのパネルを後部シートに入れようかと考えていたから、気が散っていた。

アイゼイアが車から出て、デロンダが乗り込んだとき、あるにおいがして、その場で凍りついた。クロロフォルムは無臭だとどこかで読んだことがあるが、実はにおいがある。ほんのり甘い香りが混じったアセトンのようなにおいだ。つっかえがちなエンジンが全開で動く音が聞こえて、アイゼイアは右に目を向けた。さっきのピックアップが猛スピードで走り出していた。角を鋭角に曲がるとき、リアタイヤが勢いよく路肩を乗り越えた。丸くて光を反射するものが後部バンパーに貼ってある。さっきの少女が消えていた。ピンク色の携帯電話だけが歩道に残されている。

「まずい」アイゼイアはいった。

三十秒後、アウディもミシュラン・タイヤをきしらせ、ゴムの煙を上げ、尻を振って角を高速で曲がっていた。アイゼイアが車の向きを直し、アクセルを踏みしめると、三百四十馬力のエンジンが巨大スズメバチの巣のようにブーンとなった。デロンダがシートに押し付けられ、水色の爪でドアの枠をつかみ、ダッシュボードに食い込ませた。「何してんのよ、アイゼイア？」

ボイドはうまくやり遂げたことがまだ信じられず、何も考えずに運転していた。アドレナリンが血管にどっと流れ込み、息切れした鳥のような音が抜けた歯の隙間から漏れ、心臓がどくどくと高鳴っていたせいで、トラックがでかい穴を踏んでバウンドしたのも気付かなかった。少女は気を失って、うしろのエクストラ・キャブのシートにだらりと横たわり、シートによだれを垂らしている。あのクロロフォルムはマジで効きがいい。少女は電話でのお喋りに夢中で、ボイドがうしろから近づいていっても気付かなかった。ボイドは片手で少女の顔にスポンジを押し付け、もう一方の手を腰に回した。少女が足をばたつかせ、細い腕を振り回していたが、エクストラ・キャブに乗せたころには、体から力がすっかり抜けていた。誰にも見られていない。ブロックを走ってきたとき、車の中に首を突っ込んでいた黒人と、そばに立って話をしていた女がいたが、こっちに目を留めてはいないだろう。今では機嫌も良くなり、ボイドはシートで体を上下に弾ませたり、指をハンドルに打ち付けて笑ったりした。「つかまえたぜ」彼は叫んだ。「嘘だろ、つかまえたぜ！」

アウディが通りを疾走し、ぼやけた家並みが過ぎ去っていく。アイゼイアは歯を食いしばっているが、それを除けば表情は変わっていない。おそらくあの男はこうしようとたくらんでいた。クロロフォルムを持って荒っぽい界隈に来て、手ごろな少女を探していた。しかも、あの少女を素早くピックアップに乗せ、前もってどう動くかも決めていた。そこまで考えていたのだから、適当な場所へ行くとは思えない。計画があるはずだ。

デロンダが両手で顔を覆った。「アイゼイア！」

アイゼイアがブレーキを踏み、アウディが一時停止の標識で急停止した。左、右、まっすぐ、どっちに進んだ可能性もある。

「何がどうなってるのか、頼むから教えて？」デロンダがいった。

アイゼイアは左を見た。通りの両側に家が並び、さっと入れる私道《ドライブウェイ》が十以上ある。子供たちが通りでホッケーをしている。ネットを移動し、トラックを通してまた戻す時間はなかったはずだ。

「誰かを追ってるのはわかる」デロンダがいった。「それが誰なのか、どうしてこんなことになったのかはわからないけど――」

「静かに」アイゼイアはいった。口調がかなりきつかったらしく、デロンダはすぐに黙り、アイゼイアが右を向くと、一緒に右を向いた。やはり家と私道《ドライブウェイ》が並んでいる。男性の集団が一ブロック先にたむろしている。ピックアップを見なかったかと訊くこともできるが、そこまで行かないと訊けないから、ピックアップとの差が一秒ごとに広がる。まっすぐ前にも通りが伸びているが、前方でカーブしているからずっと先までは見えない。アイゼイアの目が路面の穴に向けられた。穴のまわりに〝泥の花〟が咲いている。アイゼイアはアウディのギアを入れ、そのまま狭い通りを進み、手を伸ばせば触れられるほどすれすれで路上に駐まっている車とすれちがった。

「お願い、ああ、やめて」デロンダが目を閉じていった。

アイゼイアはパシフィック・コースト・ハイウェイとの交差点で急に停まった。大きな通りで、目の前を車が次々と風を切って走り抜けていく。アイゼイアは車から降り、ひょいとボンネットに乗った。前方百八十度をざっと見渡すと、KFC、駐車場、〈ファイブ・スター・オート・パーツ〉、シェブロンのスタンド、〈デル・タコ〉、〈トップ・ノッチ・アプライアンシズ〉、〈リライアブル・パブリック・ストレージ〉が目に留まった。あの男が寄り道して点火プラグを買ったり、軽く食べたり、冷蔵庫を買ったりするとは思えないし、ガソリンスタンドにはさっきのピックアップは見当たらない。だが、〈リライアブル〉に行った可能性はある。そこはアイゼイアも知っている。シャッターのついた同じロッカー・タイプの倉庫が何列も連なっている。そのどれかひとつに少女がいるかもしれない。目が覚めかけ、クロロフォルムで朦朧としているそばに男の黒い影がそびえ、シャッターが下ろされ、空が閉ざされる。

デロンダがウインドウから顔を突き出した。「何してるの、アイゼイア？」デロンダがいった。

アイゼイアのシャツが背中に張り付き、頭皮が引きつった。逃げられてしまう。少女はどんなことに巻き込まれてしまったのか見当もつかない。〝何が見えた、アイゼイア、何が見えた？〟。ボーモントの店から出てきたとき、痩せた少女が通りかかり、ピックアップがのろのろとあとをつけていった。男がじっと見つめていた。日焼けした顔がてかっていた。帽子にロゴが縫い付けてあった。ルアーに食いついた魚、それに、後部バンパーに光を反射するものがついていた。トレーラー・ヒッチだ。

〝あの男はボートを持っている〟

アイゼイアはまた車に乗り、アクセルを目いっぱい踏むと、クラクションを鳴らされながら赤信号もかまわず突っ切った。マリーナに行くなら南へ向かっていたはずだ。だが、あの男は西のロサンゼルス・リバー方面に走っていた。倉庫か誰もいないビルで少女を襲うつもりなのかもしれないが、ボートのほうが好都合だ。沖に出れば、少女とふたりきりになれて、好きなだけ遊んだら、少女を船から突き落とせる。

「警察に電話しろ」アイゼイアはいった。デロンダが携帯電話でかけ、スピーカー・モードにして、アイゼイアの耳に付けた。

「九一一です」通信指令係がいった。「どうかしましたか？」

アイゼイアはV8エンジンの轟音に負けないように、大声を出さなければならなかった。

「誘拐事件だ」アイゼイアはいった。「小さな女の子がさらわれた」

「いつのことですか？」

「数分前だ。今その男を追っているんだが、見逃しそうだ。ドーバーを西へ移動していて、パシフィックとの交差点を過ぎたところだ」

「誘拐の現場は見たのですか？」

「いや、見ていない。犯人は少女にクロロフォルムを嗅がせてトラックに乗せた」

「あの、現場は見なかったとのことでしたが」

「クロロフォルムのにおいがした。今ごろはおそらく男のボートにいる」

「クロロフォルムは無臭で——どんなボートですか？」

「アイゼイア！」デロンダがいい、電話を落とした。

　川が急激に近づき、フロントガラスを塞ごうとしている。アイゼイアはギアを低速に切り換え、右に急ハンドルを切ったあと、また素早く左に戻した。車が横滑りして自転車専用道路に乗り上げると、アイゼイアはアクセルを思い切り踏み、埃や小石をうしろに吹き飛ばしながら下流に向かって突き進んだ。

「あたし、どうして車から降りなかったんだろ？」デロンダがいった。「どうして？」


〈マーキュリー〉の船外機が低いうなりを上げ、〈ハンナ・M〉が航跡ができるほどの速度でロサンゼルス・リバーを下っていった。上流は浅過ぎるが、入り江に近いこのあたりはちょうど船底が着かないくらいの水深がある。ボイドは全長二十一フィート（六・四メートル）のカディ・ボートのブリッジに胸を張って立っていた。風が生ぬるい毛布のように顔を包んでいるが、ともかく気持ちはいい。

　ボイドが祖母の来客用の寝室で暮らしていたとき、祖母が老衰で死んだ。家は銀行に持っていかれたが、貸金庫にいくらか現金を残していた。大金ではないが、船体に〈ボンドー〉の補修材が貼ってあり、風防ガラスが割れ、舷側にぱらぱらと錆が浮いている中古のボートを買えるくらいはあった。ボイドはこのボートが大好きだった。これまで自分のものにした中でいちばんだ。ニックに好きなときにボートを使わせる代わりに、フォークリフトを使ってボート・トレーラーをチェーンリンク・フェンスで囲まれた広場に置かせてもらっていた。トレーラーをバックで水際に着けてボートを進水させるのは楽だった。

痩せた少女は下のキャビンに閉じこめている。カビの生えたマットレスに少女を寝かせ、ダクトテープで手首と足首を縛り、口を塞いでおいた。信じられないくらい細い腰までシャツがまくれ上がったとき、二、三度、うめき声を漏らした。ボイドは横にひざまずき、少女の吐息に耳を澄ましていると、自分の腸のサナダムシがむくむくと身をよじるような感覚を覚え、体中に怒りが満ちてきた。あの場ですぐに襲いそうになったが、やっぱり計画どおりにやることにした。

〈ハンナ〉が右舷に流れていた。ボイドは我に返り、黒人が灰色の車で自転車専用道を走っているのに気付いた。〝さっきの男か？　まさか、なわけねえ〟。ボイドはボートを川の中央に戻し、スロットル・レバーを前に倒した。〈マーキュリー〉がますますやかましくなり、ボートはぐんぐん進んだ。だが、車が追いつき、並走している。〝あいつは何者だ？〟。車の男がウインドウから腕を出して指さしている――いや、指さしているのではなく、フロントガラスのワイパーのように左右に振り、何事かを繰り返しいっている。唇が読めた。〝やめろ。やめろ〟。ボイドはスロットルを全開にした。ボートがぐいとつんのめり、速度を上げたが、車もくぼみを踏んで跳ねたり、自転車に乗っている人やジョギング中の人を避けながらついてきた。「あいつ何者だ？」ボイドはいった。

あの黒人がじきに行き止まりにぶち当たるのはわかっている。自転車専用道は八百メートルほど下流のシーサイド・フリーウェイの高架橋までしかない。あいつはそこで立ち往生し、おれはまんまとおさらば。あと数分でクイーンズウェイ・ブリッジだ。そこから川は広くなり、こじゃれたマリーナ、灯台、それから〈クイーン・メアリー〉を過ぎて、ロングビーチ・ハーバーに出て、そこから浮標係留索に沿って外洋に出れば、どんな大声でわめいてもクラゲにしか聞こえない。黒人が速度を上げて、ほかの道に折れても、ボイドは心配しなかった。あいつに何ができる？　何もできやしない。「くたばれ！」ボイドは丸めた両手を口に当てて叫んだ。「くたばれ、くそったれ！」

ボイドは下に降りていき、キャビンの中をのぞいた。少女はまだ朦朧としている。いいぞ。またクロロフォルムを嗅がせたくはない。目を覚まさせておきたい。しっかりと。ボイドはにやりとして、掌をこすり合わせた。顔のダクトテープをはぎ取り、〝起きろ、チビ。おまえはもうおれのもんだ〟という場面を想像した。

アイゼイアはアウディを高架橋の橋台の近くに駐めた。すぐさま降りてトランクに回ってあけた。フロア・パネルとスペア・タイヤを取り去ると、その下のスペースが現われた。さまざまな大きさのプラスチックの収納箱にラベルが貼ってあり、きれいに並べられている。〝工具〟〝ハンダ／溶接〟〝拘束器具〟〝ドリル／丸鋸〟〝梃子〟。その中でも〝武器〟の箱には、スタンガン、テーザー、ゴム弾銃、熊避けスプレー、警棒、サップ・キャップが入っている。ごくふつうの帽子に見えるが、鉛粒が詰まった秘密の仕切りがある。その帽子で人を殴ると、相手の顔の骨が粉々に砕ける。ディターミネーターは専用の黄色いハード・プラスチック・ケースに入っている。

「〝ディターミネーター〟って何？」デロンダがいった。

ボイドが足の親指の付け根で跳ねていると、シーサイドの高架橋が見えてきた。ロッキーのように両手を広げた。「やったぜ！」ボイドは声を張り上げた。強烈な尿意でも催したかのように、体を小刻みに揺すったり震わせたりしはじめた。「やったな、ボイド、やったな！」その後、声がすぼみ、顔色が暗くなった。「今度は何だよ？」ボイドはいった。さっきの黒人と女が捨て石の基礎から岸へ降りてきた。女がサンダルを手に持ち、文句をいっている。黒人の男も何か持っている。ライフルにしては短過ぎるし、拳銃にしては太過ぎる。ひび割れ補修に使うコーキング・ガンのように見える。ボイドは笑った。〝せいぜいがんばりな、まぬけ〟。ボイドは空港で待ち合わせていたかのように、黒人に向かって手を振った。

「撃てよ！　撃てよ、ばぁか！　撃ってみろ！」

ディターミネーターHXグレネード・ランチャーは狙いがつけにくい。重さは三キロ弱、ピストル形のグリップ、銃床を伸ばすと長さは六十センチほど。銃身はテニスボール缶並に太くて丸い。アイゼイアはグレネードを尾筒《ブリーチ》に込めて、装塡口を閉じた。警察機関専用の特殊閃光音響弾《フラッシュバン》タイプのグレネードだが、花火グレネードならオンラインで買える。アイゼイアは角度を見定めた。ボートは真正面を横切ってへさきを上げ、両岸へ波を蹴《け》立てて高速で走っている。至近距離で撃てば、グレネードはブリッジを取り囲む風防ガラスに当たって爆発する。男はびびるだろうが、それだけだ。ボートがいくらか前に進んでから、風防ガラスの内側に命中させるしかない。

ボートがエンジン音を轟かせ、近づいてきた。男はくるりと尻を向け、ズボンを膝まで下ろした。尻をくねくねと揺らし、〝撃てよ、撃てよ〟と叫んでいる。アイゼイアはランチャーをかまえた。

「なんで撃たねえんだ?」ボートが前を通り過ぎたとき、男が笑いながらいった。

アイゼイアは撃った。グレネードが男の左肩を飛び越え、風防ガラスの内側に当たった。赤と白の閃光が飛び跳ねる派手な爆発が起きた。男が操舵輪から手を放して目を覆い、うしろによろめいた。Tシャツに火がつき、ズボンが足首のあたりでねじれた。デッキに倒れていき、そのときに竿受《ロッド・ホルダー》けに顔をぶつけた。ボートは火花を散らしながら全速力で円を描いていた。

「今日はくされ独立記念日だったわね」デロンダがいった。

男が立ち上がり、すぐさま川に飛び込んだ。水を跳ね散らし、水中でもがき、無数の配水管に汚染された水でむせ、沈んだり浮かび上がったりしているうちに足がついたらしく、目のへどろをぬぐいながら岸に向かってゆっくり歩いてきた。

アイゼイアは折り畳み式警棒を持って岸まで出向いた。「女の子は無事だろうな」アイゼイアはいい、すでにどれだけ苦しみを味わったことかと思った。デロンダが思わず顔をしかめるほどしたたかに、男の頭を警棒で横から殴った。男が転んで水中に沈んだ。アイゼイアはそのままおぼれさせようかと思ったが、襟をつかんで頭を水面から出してやった。「あの子は無事だろうな。聞いてるのか？」アイゼイアはいった。「無事なんだろうな」

二十分後、パトロール・カーと救急車が高架橋のまわりに駐まり、ヘリコプターが上空でローター音を響かせていた。警官があちこちで何かを指さしたり、話たりするそばで、ボイドのボートは係留され、黄色いテープで縦横に囲まれている。少女が担架に乗せられている。意識はあるが、怯えていて吐き気を催しているから、救急医療隊員がそばについている。

「お名前は、お嬢ちゃん？」隊員がいった。

「テレサ」少女がいった。

「もう大丈夫だ、テレサ。今からこの酸素マスクを顔につけるから、ぼくのいうとおり大きく息をしてくれるかい？」

テレサがマスクを脇にどけた。「あたしの携帯はどこ？」テレサがいった。

警官がボイドをパトロール・カーに連れていっている。ボイドは手錠をはめられ、濡れ犬のようにびしょ濡れで、パンツもはかず、Tシャツは黒焦げのぼろきれになり、顔をやけどしている。二本目の前歯をなくし、口が血だらけの穴と化している。「おれはしゃにもししぇねえ」男がいった。

「誰に何もしてねえって？」警官がいった。「おまえが誘拐して、縛り上げてボートに閉じこめていた少女にか？」

ボイドはちょっと乗せて回ってただけだといおうかと思ったが、いくらボイドでも、それはまぬけないいわけだと思った。「おれにふぁくだんをふっふぁなしたやつは？」ボイドはいった。

「おまえに爆弾をぶっ放して、おまえがボートにさらってきた少女を救ったやつのことか？黙って車に乗れ」

テレサの父、ネスターがやってきた。あの店の近くを歩いてたら、だれかに何かを顔に押し当てられて、目が覚めたらボートの中にいて、黒人の男の人が大丈夫かって訊いてた、と少女はいった。

「そいつに何かされたのか、なあ」ネスターがいった。

「いいえ、パパ、そうじゃないの。あたしを誘拐したのはその人じゃない。その人は助けてくれたっていうか。優しかった。それはわかる」その黒人の男の人に岸まで運んでもらって、陸に降ろされて、大きく息をするようにいわれたのだと付け加えた。その人に支えられなくても体を起こせるようになってから、じきに警察が来るといわれた。そのあと、その人は女の人と車に乗って行ってしまった。

「ただ立ち去ったのか？」

「そういったでしょ、パパ」

なぜここにとどまって、ヒーローとして新聞に写真つきで載ったり、テレビに出たりしなかったのか、とネスターは思った。その人を探し出して、じかに礼をいわないと。人に向かってグレネードをぶっ放す黒人なら、探すのにそれほど手間はかかるまい。一日、二日ゆっくり休ませてから、帰り道でもないのになぜあの店の近くにいたのかをテレサに尋ね、馬鹿《ペン》野郎《デホ》のラモンに会いに行ったのなら、電話を取り上げるぞといい聞かせよう。


アイゼイアはマーガレットを抱えてロビーを横切り、エレベーター前に行った。何人かがエレベーターを待っていた。にやついたり、何かをいったりするものはいなかった。近ごろはおかしな人がやたら多いから、あれがガールフレンドなのかもね。

フラーコはリハビリ《PT》中だった。ここへ来る途中、アイゼイアはデロンダをブラーゼイに紹介することにした。ビデオに出演させてもらえるかもしれないし、ひょっとしたら、発掘されてテレビに出ないともかぎらない。すべて運しだいだ。アイゼイアがボーモントの店をちょうど出たときに通りかかった痩せっぽちの少女のように。アイゼイアがあと一分店の中にいたら、考えるのもおぞましい苦しみを味わっていただろう。あの子はついていた。アイゼイアもついていたといえるかもしれない。おれくらい借りが多ければ、あまりコインが手に残っているとは思えない。

アイゼイアは何百回も病院に来ているが、毎回、また来るだろうか、もう来ないだろうかと思う瞬間がある。しかし、そんなことを考えて何になる？　行くところもなく、過去の呪縛から逃れられるほど遠くまで続く道も、速く飛べるジェット機もない。自分もドッドソンのような人間だったらいいのだが。何もなかったかのように淡々と生きていければ。

あの抗争のあとドッドソンとは二度会った。最初はモジークの葬式でだった。二度目は、遅く家に帰ってきたら、パトロール・カーが回転灯をつけ、ドッドソンが指を組んだ両手を頭にのせて路肩に座り込んでいた。ひとりの警官が車内を調べ、もうひとりが無線で交信していた。ドッドソンは怒り狂っていた。「テロリストやら連続殺人鬼やらがあちこちうろついているってのに、就職の面接に行く途中のちゃんと法を守ってるやつに職質する以外にやることねえのかよ？　ああ、午前一時だってことは知ってるさ。黒人《ブラザ》は時計持ってねえと思ってんのか？　何だって？　マリファナのにおいがするって？　証拠でもあんのか？　偉ぶった白人男の皮をかぶった麻薬犬でもいるのか？　たしかにおれは州刑務所でのお勤めを終えたばかりだが、だから何だよ？　もう出てきたんだしよ。こんな嫌がらせを受けるいわれはねえ。社会に負ってた借りは返した」

アイゼイアは車を走らせ続けながら、ドッドソンのそういうところにいちばん腹が立つと思った。良心から逃げたり、いろんな悪事を犯しても短絡的にチャラにできると思っているところに。刑期を勤め、月に一度保護観察官に面会すれば終わり。終わったこと。それで借りは返したと思っている。

フラーコがマーガレットのパネルを見たとき、目がきらりと輝き、ぎこちない笑みを見せた。理学療法士のジャーメインに車椅子に乗せてもらうと、こっちにやってきて言葉を紡ぎ出そうとしていた。脳は言葉を知っていても、唇がいい方を忘れている。〝マジか、すっげえクールじゃん！〟が〝マ……シ……カ……ッゲエ……クージャ〟と聞こえた。

アイゼイアは等身大パネルを立たせた。フラーコが眼鏡を曇らせてぽかんと見つめている。

「毎日ツイートしてる」フラーコがいった。「彼女、ぼくをザ・グリーク・シアターでのコンサートに招待してくれたんだ」たぶん一斉送信されたグループメールをもらっただけだろう。

「チケットを取ってみるよ」アイゼイアはいった。自分はボランティアだというアイゼイアの説明をフラーコはずっと受け入れていて、アイゼイアもそれで文句はなかった。フラーコは今十七歳だが、十二歳にしか見えない。栄養不良の細い顔に探るような目がついていて、積み木をつなげたような体がてかてかの青いトラックスーツにゆったり覆われている。髪は誰かが肉切り包丁で叩き切ったような感じだ。前はアイゼイアが代金を支払ってアイラを呼び、切ってもらっていたが、代わり映えがしなかった。

松葉杖をついた少女がやってきた。「それ、マーガレット・チョーよね？」少女がいった。「クールだろ？　ザ・グリークでのコンサートに招待してくれたんだ」


アイゼイアはジャーメインと一緒にレッグ・プレス・マシンに座った。「あの子が十八になったらどうする？　きみと暮らすのか？」ジャーメインがいった。

「おれもそうしたらどうだと訊いたが、自分の場所がほしいとさ」アイゼイアはいった。「ひとり立ちして、一人前の男になりたいそうだ」

「一人前にどれだけのカネがかかるか、あの子は知ってるのか？」

「ソーシャル・ワーカーがその話をしたようだが、よくわかってないと思う。浜辺のクールなところがいいといっていた」


フラーコは次の誕生日が来たら、グループ・ホームを出なければならない。生活保護の小切手と食料切符《フード・スタンプ》をもらうことになる。アイゼイアはフラーコにペット・ショップで犬用ビスケットの包装をするパート・タイムの仕事を見つけてきた。そういったものをすべて合わせ、さらに住宅補助手当受給券を入れても、セクション8のアパートメントくらいしか借りられない。ヘアネットのロコがいたあたりのカプリの部屋ならどうにかなるかもしれない。アイゼイアはどこかの部屋を貸りてやろうかとも思ったが、カネがすぐに失くなってしまう。そんなとき、どうにかなりそうなコンドミニアムを見つけた。寝室ひとつ、スロープ、花壇の花、買い物至便。改修は必要だが、手に負えない作業はない。任意売却物件で、十三万ドル。ただ、アイゼイアにはすでにひとつ住宅ローンがあり、もうひとつ契約しなければならない。住宅ローン・ブローカーのテューダーは、三十パーセント値引きしてもらえるなら考えるとのことだった。二、三件、カネになる仕事が入り、食費も公共料金代も払わなくなれば、どうにかなるかもしれない。

「フラーコとマーガレット・チョーはどういう関係だ？」アイゼイアはいった。

「マーガレットは知ってるか？」ジャーメインがいった。

ジャーメインはマーガレットと同じくサンフランシスコで育ち、マーガレットのこともよく知っていた。彼女はカストロ通りで育った。はみ出し者の聖地だ。ヒッピー、バイカー、売春婦、ヤク中、ドラッグ・クイーン、雑多なアーチスト。マーガレットもはみ出し者だった。白人ではないし、自分ではアジア系とも思えず、学校ではいじめられ、ハブられた。

「マーガレットはコメディアンになりたかった」ジャーメインがいった。「そんな考えをどこで拾ってきたのか。アジア系の女がユーモアのセンスに長けているという噂はあまり聞かないが、マーガレットは気にしなかった。何があっても好きなことをやり通すし、そのとおり貫徹した。ステレオタイプを打ち砕き、自分のやり方で道を切りひらいた」

「フラーコはよくいるティーンエイジのポップ・スターにでもはまるのかと思っていた」アイゼイアはいった。「歳の近いアイドルに」

「いや、はまったなんてものじゃない」ジャーメインがいった。「こう考えてみたらどうだ。死ぬまで車椅子に乗るとわかっていても、ひとり立ちしたい、一人前になりたいんだろ？

マーガレット・チョーは崇拝の対象《アイドル》としては悪くない人だ」

エレベーターで降りているとき、アイゼイアはカネになる新しい仕事が舞い込んでいないかとメールをチェックしたが、一件も入っていなかった。家に着くと、病院から走ってきた十五分のあいだに何か入っていないかと、またチェックした。思いつく選択肢をひととおり考えてみたが、二巡してもどれも無理だと思い、三度目もやっぱり無理だと思い至った。肩を落とし、腹は減っていなかったが、スープを少し飲んだ。期限前の請求書の支払いに小切手を書いた。必要もないのにLPを拭く薬品を調合したり。これからしなければいけないことをするくらいなら、また泥棒稼業に戻ったほうがまだましかもしれないと思った。

ドッドソンに電話するくらいなら。

2　すべて　二〇〇五年五月

アイゼイアの携帯電話が鳴った。ダンテからだろう。どうして学業的十種競技《アカデミック・デカスロン》の練習に出てこないのかという問い合わせだろう。明日はクレンショー高校との対戦があるが、そんなことはどうでもよかった。ゆうべからソファーに突っ伏したまま、ツイード生地の跡が頬にくっきりつき、口は焦げたトーストのように乾いている。待っていた。息も満足にできない。キッチンの蛇口からぽちゃんと水が落ちている。今にもマーカスがバスルームから出てきそうだ。蒸気に包まれ、みずみずしいデオドラントの香りを漂わせ、古いモータウン・ナンバーを歌いながら。《レッツ・ゲット・イット・オン》《雨に願いを》《アイ・キャント・ヘルプ・マイセルフ》。

「おれはメロディー好きなんだ」アイゼイアにいぶかるような目で見られると、マーカスは決まってそういった。「歌が好きなんだ」それに、半端な歌い方はしない。ハミングにちょこっと歌詞を入れるなんて小細工はしない。きっちり大声で歌い上げ、振りもつける。ハムスターの回し車のように手をぐるぐる回したり、おまえを、おまえだけを愛さずにはいられないとでもいうかのように腕を振り回したり。《マイ・ガール》を歌ったときには、マイ・

ガール‐マイ・ガール‐マイ・ガールのところでアイゼイアも一緒に歌えよといってきたが、アイゼイアは古くさいからいやだといって断った。だが、マーカスのようになれたらいいのにと思っていた。ばかをやっても照れない。人に何て思われようと気にしない。

蛇口から滴る水音が速くなっている。苦悩と恐怖の乾いた音が近づいているのがわかる。アイゼイアの端々を崩し、否定を焼き尽くす。マーカスはバスルームから出てこないし、この先も出てくることはない。自分が灰になり、ぼろぼろに崩れていくような気がした。

ふたりはマクラリン・パークから家に向かってボールドウィンを歩いていた。カルロスとコーリーと2on2をやって、大負けしたばかりだった。アイゼイアはほとんどシュートを決められなかった。

「コーリーはでか過ぎるよ」アイゼイアはいった。「大人じゃないか」

「ならなぜあいつと力で勝負したがる？」マーカスがいった。「自覚しないとだめだ。感情を抑えて、大局を見る。状況をとらえる。ところが、おまえはむきになって、自分のではなくコーリーのゲームをプレイしている。おまえはあいつよりすばしこい。あいつに追いかけさせればよかったんだ。それから、おまえのディフェンス。あんなものはディフェンスといえるかどうか。コーリーはおまえなんかいないかのようにシュートを決めていたぞ」

「あいつ、おれを押し倒してばかりだった」

「もっと高いところでやり合えばいいんだ。ドリブルさせるようにもっていったり、とにかく動かせばいい。こっちはエントリー・パスをカットされ過ぎた」

「なんで試合中に教えてくれなかったんだよ？」

「おまえが訊いてくるのを待っていた」

アイゼイアはバスケットボールが好きではなかったが、マーカスは好きだった。それだけでもプレイする理由としては充分だった。

「先に仕掛けるんだ」マーカスがいった。「先手を取って、動きを支配する。受けに回ってばかりではだめだ。それじゃ相手にいいようにやられる。わかるか？」

これだけの助言や注意を受けたら、目をぐるりと回す子供が多いだろうが、アイゼイアは気にしなかった。マーカスが語る姿を見ていたかった。満面に笑みを浮かべたり、差し迫った感じで顔をしかめたり、一方の手でもう一方の手をジュードー・チョップしたり。

「おまえはバスケットボールのスターにはならない」マーカスはいっていた。「だが、スターにはなる――舞台はおまえしだいだ。大半の人間は配られたカードで勝負するしかないが、おまえは、おまえの頭はどうだ？　自分のカードを選べるし、ゲームも好きに選べる。しかも、おまえを止められるのはおまえだけだ」

マーカスがそんなふうに話すのはいやだった。自分の人生が石型で固められていて、新しいことはひとつも起きないみたいじゃないか。マーカスだってまだ二十五だし、アイゼイアの知るかぎりいちばん賢い人間だ。ロー・スクールに通っているサリタより賢い。学業的十種競技《アカデミック・デカスロン》チームの監督、ミスター・ガリンドより、精神科医をしているダンテの両親より賢い。

「神がおぼしめすところへ進めばいい」マーカスがいった。「教師、医師、科学者、作家。世の人の役に立つなら何でもかまわん。おまえならできる、アイゼイア。立派にできる。人々を元気づけたり、痛みを和らげたり、世にちょっとした正義をもたらしたりといったことだ。カネの話じゃない。おれのいってることがわかるか？　神がおまえに才能を与えたのは、おまえをヘッジファンドのマネージャーにするためじゃない。そっちの道に進んで、ベントレーを買ったり、裏庭にゴルフ・コースをこしらえたり、そんなことをしておれをがっかりさせたらわかってるな？　おまえの——ケツを——蹴り飛ばすぞ」

「ああ、その話は前にも聞いた」アイゼイアはいった。

「小うるさいのは自分でもわかっているが、おまえはおれの弟、おれの血、おれの誇り、喜びだ。おまえには何でもしてやりたい。どんなことでもな」

「その話も聞いたよ」


ふたりはアナハイム・ストリートまでずっとボールドウィンを歩き続け、信号が変わるのを待っていた。ラッシュ・アワーで、左右両方向ともひっきりなしに車が走っていた。こんなに多くの車があるなんて、なかなか信じられない。壊れたレコードのように次々と走ってくる。気候変動でこの街が水没しないかぎり、百年経ってもまだ走っているような気がする。

「夕食は何が食いたい？」マーカスがいった。

「何でもいいよ」アイゼイアはいった。

九番バスが走っていき、熱い排気ガスを噴き出してバス停で停まった。バス停前では、すぐに乗り込めるように乗客が並んでいる。

「店に寄っていく。おまえは帰って、例の宿題をやってろ。計算テストで九十六点しか取れなかったんだろ」

「〝しか〟？」

「韓国系の子らは片手でバイオリンを弾きながらでも九十六点を取る。ハーバードに入りたいなら、もっとがんばるしかない」

「えっ、今度はおれ、ハーバードに行くことになったの？」

「ああ、おれが決めていいならな。ミートローフはどうだ？」

「ああ、ミートローフでいいよ」

「シチューは？　冷蔵庫に牛もも肉があることだし」

「何でも簡単なやつでいいよ」

信号が青に変わり、マーカスがうしろ向きで横断歩道を渡りはじめた。「簡単かどうかはどうでもいい」マーカスがいった。「何が食いたいかいえよ」

ほんの一瞬の出来事だった。エンジンのうなり、クロムメッキのきらめき、すさまじい衝突の瞬間、猛スピードの金属が肉と骨を砕く。マーカスの体がふたつに折れ、横に回転しながら宙を舞い、路面に叩きつけられて跳ね返り、渦巻く排気ガスと土埃をたなびかせて車が走り去った。あちこちで悲鳴や怒号がわき起こったが、アイゼイアには聞こえなかった。よろめきながら兄の元に駆け寄り、脇に膝を突き、誰か、誰か、助けてくれと絶叫していた。

マーカスは車のウインドウから投げ捨てられた操り人形のように、生きているとは思えないほどぴくりとも動かず、腕と脚が不自然な角度で広がっていた。救急医療隊員たちがマーカスのそばに集まり、オレンジ色の装備ボックスからあれこれと取り出し、話し合っている。ひとりがハサミでマーカスのバックパックを切り離した。バックパックに血がついている。救急医療隊員の手袋にもついている。アイゼイアは見ていられなくなり、顔を背けた。マーカスは大丈夫なのかと訊きたかったが、答えが怖かった。

アイゼイアは救急車に乗せてもらえず、警官にロングビーチ・メモリアル病院まで送ってもらった。待合室では座っていられず、職員室に出入りする人にしつこく訊いた。〝マーカスは大丈夫か？〟〝まだ手術中なのか？〟〝いつになったら先生が出てくる？〟〝話を聞かせてもらえないのか？〟アイゼイアはマーカスの友だちのカルロスに連絡し、カルロスは十分くらいでやってきた。「マーカスは大丈夫だ。タフなやつだからな」カルロスがいった。「大丈夫だって、見てな」

三時間ほど待っていると、医者が出てきた。ジャマイカ訛りがあり、生え際が後退し、縁なし眼鏡をかけているのに若く見えた。やれることはすべてやりましたが、内臓が激しく損傷しており、お亡くなりになりました。

アイゼイアは首を振り、担ごうとしても無駄だとでもいうかのようにほほ笑んだ。「いや、もういい」アイゼイアはいった。「マーカスはそっちにいるんだろ。いるのはわかってるんだ。ちょっと話をさせてくれ――ちょっと通して――」急に声が噴き出た。荒々しく、激しく、そして、地獄のとらわれ人に乗り移られたかのように物悲しかった。カルロスが抱きしめようとしたが、アイゼイアは押しやり、手で顔を覆ってむせび泣いた。

カルロスには、うちにいてもいいぞといわれた。娘たちにひとつの部屋で寝てもらうから、寝室をひとりで使わせてやれる。ルーシーが夕食をつくって待ってる。アイゼイアは、エル・セグンドーから祖母が来て、アパートメントで会うことになってるからと答えた。カルロスは、おばあさんがいるなんて知らんし、残ってる親戚はノースカロライナにいて、会ったことも話したこともないんじゃなかったかといった。

アイゼイアはソファーから起き上がり、バスルームに行き、便器に吐いた。ひんやりした便器の縁に頭をのせて、長いあいだそこにいた。瞼の裏にストップモーションの映像が流れている。カシャ。車が来る。カシャ。マーカスが轢かれる。カシャ。マーカスの体がふたつに折れる。カシャ。マーカスが宙を舞う。カシャ。マーカスが路面に落ち、ぐしゃり、頭を路肩に打ち付ける。

〝よくもそんなことができるな、マーカス？　どうして気をつけなかった？　何てまぬけなんだ、どうして気をつけなかった？〟

マーカスのガールフレンドのサリタが来た。ドアを思い切り叩いて、アイゼイアの名前を呼んだが、アイゼイアは出なかった。ふたりで何をしろというんだ？　抱き合って涙を流し、マーカスを偲ぶのか？　勘弁してくれ。

午後の強烈な日差しが窓から入り込んでいる。アイゼイアは厚いカーテンを閉め、電話線を抜き、携帯電話の電源を切り、隅の鉢植えのそばに座った。じっと動かず、膝を抱いて小さくなろうとするが、どうやっても痛みはアイゼイアを見つけ、あの車がマーカスに当たったときと同じくらい強烈にぶち当たり、思考、理性、精神、すべてを打ち砕いた。アイゼイアは前後に体を揺すりながら、外が暗くなり喉が痛くなるまで、マーカスマーカスといい続けた。ようやくうとうとしていたとき、吐き気を催す滅びの激突音が聞こえた。よろめきながら歩いていき、また吐いたが、何も出てこなかった。空っぽだった。鳥のいない鳥籠だ。

マーカスはネプチューン・ソサエティーの保険に入っていた。安価な火葬を提供する非営利組織だ。アイゼイアはカルロスにソサエティーの八〇〇番に電話して、手配してほしいと頼んだ。ソサエティーの者たちが遺体安置所から遺体を火葬場へ移した。死亡証明書、遺体の火葬許可などの事務手続きもやってもらった。数日後、カルロスが来て、マーカスの最後の報酬小切手とメッセージをドアの下から滑り込ませた。灰はUPSが持ってくるとのことだった。

アイゼイアはずっと隅の鉢植えのそばにいた。世界は音だけになった。テレビの話し声、ドアのあけ閉め、サイレン、カラスの喧嘩、子供をしかりつける声。あるとき、体が震えはじめた。最後に腹に入れたのは、カルロスとコーリーと試合をするちょっと前に食べたスニッカーズだった。アイゼイアはツナ缶をひとつ食べ、ミネラル・ウォーターを一本飲み、隅に戻った。時の感覚を失った。微睡んでいると、ここはどこなのか、マーカスはどこにいるのかと思って急に目が覚めた。関節炎を患う老人のように立ち上がり、泣きながら悪態をつき、重い足を引きずってバスルームや、あるいはキッチンへ行き、また戻った。食料がなくなっていた。キッチンには香辛料のほかは何も残っていない。脳の歯車が胸のうずきと同じくらい濁った汚泥にはまっていたが、力を振り絞って店に行った。

学校。八日休んでいて、一学年で許される届け出欠席は十日までだった。それ以上休むと、欠席理由書を受け付けてもらえない。学校側はマーカスと面談を求め、マーカスが死んだと知れば、ソーシャル・ワーカーをよこして、アイゼイアは養家《フォスター・ホーム》に追い払われる。アイゼイアは自分で申請書を書き、学校に戻ったが、何事もなかったかのように振る舞うのは無理で、友だちが寄ってきた。〝どこ行ってたんだよ、アイゼイア〟〝何があった？〟〝髪に何かついてるぞ〟〝ラリってるのか？〟〝ラリってるように見えるぞ〟アイゼイアは友だちにインフルエンザあがりなんだといった。

どうにもできないこともあった。騒がしいカフェテリアで昼食をとったり、ダンテとその友だちとつるんだり、輝かしい未来があるほかの少年たちとコンピューター室で勉強したり。欠席理由書には喉頭炎によると書いた。おかげで体育とスピーチのクラスは出なくてもよくなった。学業的十種競技《アカデミック・デカスロン》のチームから抜けるとダンテにメッセージを送り、チューターとして世話していた子たちには、別のチューターを見つけるように伝えた。

アパートメントを出されるかもしれないと思うと、ぞっとした。知らない子供どもとひとつの部屋で暮らし、他人の大人に指図されるなんて。マーカスといううしろだてを失った外界に踏み出すなんて。マーカスがいない。残していったのはアパートメントだけ。兄が宙に漂い、壁に刻まれ、においがベッドシーツにしみ込み、スニーカーが床にあり、シェービング・ジェルの青い染みがまだシンクに残っている。何があろうと、アイゼイアは出ていかない。

カネ。マーカスはほかの仕事が見つからなかったときには、カルロスのところでシロアリ駆除をしていた。カルロスがドアの下に滑り込ませた小切手は千五百ドル分だった。自営業のカルロスの一週間分の清算額を超えている。それに加えて当座預金に八百ドルあるが、長くはもたない。部屋代を払わないといけない。マーカスがいっていたことを思い出した。先手を取って動きを支配し、感情に支配されないようにする。アパートメントにとどまりたいなら、仕事を見つけないといけない。

マーカスは何でも屋で、何でもうまくできた。配管工事、電気工事、タイル張り、壁板張り、煉瓦積み、家具づくり、大工仕事。どれもプロ並の腕前だった。ロングビーチ公共図書館副館長のハーレー・バーンズにサクラ材で揺り椅子をつくったこともある。八十になるハーレーの母親へのプレゼントだった。ところが、もらった本人はあんまり見事だから座れないといって、まるでクリスマス・ツリーのようにリビングルームに鎮座したままだ。ハーレーはアイゼイアに本の貸し出しと配架のパート仕事をくれた。最低賃金だから充分ではない。

マーカスは〈マニーズ・デリ〉でも働いていた。男子トイレの配管を新しくし、立って入れるほど大きな冷凍庫のロック機構を取り換え、窓ガラスを入れ替え、スチーム・テーブル下の水漏れを止め、要するに店を崩壊から救っていた。

「マーカスはいいやつだった」マニーがいった。「心根がいい。いちばんだった」アイゼイアは頭を垂れて泣いた。「助けが必要なら」マニーがいい、両手をアイゼイアの肩に置いた。「手を貸すが、仕事はしてもらう、いいな？　施しはしない。そんなことをすれば、おまえの兄貴に殺されちまう」アイゼイアは週末に働かせてもらった。テーブルの食器を片づけ、床をモップ掛けし、山のような皿を洗う仕事だ。

ふたつの仕事の手取り額を計算したところ、税引きで七百八十ドル程度だった。家賃に六百七十だから、残りは一週間三十ドルで食料雑貨、携帯電話料金、DSL料金、バス賃など、家賃以外のすべてを賄わなければならない。動きを支配するのもいうは易しだ。

ドッドソンと出会ったのは偶然だった。ふたりとも事務室で待っていた。アイゼイアは進路指導カウンセラーを、ドッドソンは副校長を。ドッドソンはゴールドのチェーンを首にかけて登校してきたが、派手なアクセサリーは禁止されていた。外すようにいわれたが、ユダヤ人の生徒だってビーニー帽をかぶってるんだから、これも同じだろといって拒否した。ドッドソンはオレンジ色のプラスチックの椅子に座り、両足をまっすぐ伸ばして携帯電話で話していた。ジーンズ、プーマのスニーカー、白いTシャツという格好だが、なぜかあかぬけて見えた。座っていても、背が低いのはわかる。

「メイおばさんに追い出されるなんてよ、信じられっか？」ドッドソンがいった。「おばさんはおれがドラッグを売ってるのに感づいて、悪魔の手先を家に置いておくわけにはいかないとか抜かしやがった。くそったれ。おれは手先じゃねえ。くされ甥っ子だぞ」

受付係のミセス・サカモトがドッドソンをにらみつけている。白いものが混じるショート・ヘア、紺青の生地に黄色い台形の模様がついたドレス、ぶつかるたびに乾いた音がする金輪を束ねたブレスレット。「電話をしまいなさい。さもないと居残りになりますよ」ミセス・サカモトがいった。

ドッドソンは耳に入らなかったかのように、また電話をかけた。「おれだ」ドッドソンがいった。「何？　オマリのとこにはいたが、家の中じゃない。ああ、裏庭の物置で寝泊まりしてた。〈ホーム・デポ〉で売ってるプラスチックのやつがあるだろ。中に入ったら立てないし、植木鉢やら肥料やらが置いてある――おい、笑うとこじゃねえぞ」

「あなた」ミセス・サカモトがいった。「電話をしまいなさい」

ドッドソンが通話を切り、別のところにかけた。「で？」彼がいった。「ああ、いくらか家賃も払える。どこで寝泊まりすりゃいい？　誰と相部屋だって？　おまえのばあさんとだ？　死ねよ、フレディー、おまえのばあさんもな」

「聞いてるの？」ミセス・サカモトがいうと、ドッドソンがまたちがうところに電話した。

「今すぐ電話を切らないと、居残りですよ！」

ミセス・サカモトがかわいそうになった。この男にとっては痛くも痒くもない武器しかないのだから。石を水で脅すようなものだ。

「おまえの親父が家にギャングスタを入れたくないって？」ドッドソンがいった。声が一オクターブ上ずっている。「ギャングスタはてめえじゃねえか！」

「ミスター・ジョンソンを呼びます」ミセス・サカモトがいい、ブレスレットをじゃらじゃらいわせて歩き去った。

「チェーンは外さねえっていっとけ」ドッドソンがいった。

アイゼイアは進路指導カウンセラーのミスター・エイヴリーと話をした。エイヴリーは黒い靴下にサンダルをはき、セスと呼ばせたがった。アイゼイアはマーカスが失業して、自分も仕事をしないといけなくなったからチームを抜けるといった。

「そうか、不景気だからな」ミスター・エイヴリーがいった。「何とかなるとマーカスに伝えてくれ。ひとつドアが閉まっても、別のドアがあくものだ」

〝何て寝言だよ〟とアイゼイアは思った。〝マーカスがいないんだからドアもない〟

「きみはぼくの秘蔵っ子のひとりだ」ミスター・エイヴリーがいった。「だから、きみには正直にいわないといけない。きみはチームに必要だ。きみの力がなければ、地区大会は突破できない。それで、誤解しないでほしいんだが、きみの大学の願書に推薦文を書くとなると、まあ——他意はないが」

〝脅してるのか？　こいつ、おれがチームにとどまらなければ、大学に入れてやらないといってるのか？　マーカスがいなくなった今、大学に何の意味がある？〟

「大学も、チームも、あんたも知るかよ」アイゼイアはいい、席を立った。「他意はねえよ」

ドッドソンがロッカーの前にいたとき、アイゼイアは追いついた。ロッカー・ドアの内側には、2パック（夭折した黒人ギャングスタ・ラッパー）やオイルを塗りたくった裸の女の写真が貼ってあった。アイゼイアはまずったかと思ったが、頭の中では雑音が響き、アパートメントまで失うかもしれないと思うあまりほとんどパニックを来していた。

「場所ならある」アイゼイアはいった。

「場所？　何の場所だ？」ドッドソンがいった。

「寝泊まりする場所だ。貸し部屋」

「アパートメントでも持ってるのか？」

「ああ」

「ほかにどんなやつが住んでる？」

「誰も」

「おまえのアパートメントなのか？　歳はおれとそう変わらねえよな」

「場所は要るのか、要らないのか？」

「おちょくってんなら、ひでえ目を見るぜ」

「もういい」アイゼイアはいった。疲れ過ぎてこんなのには付き合っていられない。アイゼイアは立ち去りかけた。

「どこ行くんだよ、おい？」ドッドソンがいった。「ちょい待てって」アイゼイアは足を止めたが、振り返らなかった。「賃料はいくらだ？」ドッドソンがいった。

アイゼイアは少し考えた。ドッドソンが電話で話していたとき、ドラッグを売っているといっていた。ゴールド・チェーンは本物のようだし、新品のプーマをはいている。「二百五十だ」アイゼイアはいった。

「二百五十だって？　ぼり過ぎじゃねえか？　〝草〟は吸うか？　ちょこっと取り引きしねえか。自分のおふくろの記憶さえ吹っ飛ぶサワー・ディーゼルが少しあるんだが――おい、どこ行くんだよ？」


アイゼイアはもう耐えられなかった。ドッドソンが衛生指導員みたいにこそこそ歩き回り、くんくんとキッチンを嗅ぎ回り、これから買うスーツでも品定めするみたいにカーテンをつまみ、価値など知らないもの、マーカスが触れたものに触れた。どうせ最悪の状況だろうという感じでバスルームをのぞき、思ったとおりだとでもいうかのように、へえといった。アイゼイアは疲れ切っていたが、ドッドソンにつけ込まれるのはまっぴらだ。取り引きで引っかき回そうとするやつを相手にするときには、いちいち付き合わない代わりに、折れてもいけないとマーカスがいっていた。

「どうやってこの家を手に入れた？」ドッドソンがいった。

「おまえには関係ない」アイゼイアはいった。

「テレビは二十七インチじゃねえな」

「自分で買え」

「エアコンはあるか？」

「エアコンが見えるか？」

「ここのは何だ？」壁に別々に飾ってあるアイゼイアの賞状を見て、ドッドソンがいった。

優等生名簿、アドバンスト・プレイスメント《AP》・スカラー、アカデミック数学賞、リプトン科学エッセイ・コンテスト、学術的十種競技《アカデミック・デカスロン》地区チャンピオン、年配者にコンピューターの使い方を教えたことに対するマクラリン・パーク・コミュニティー・センターからの感謝状。

「気にするな」アイゼイアはいった。

「あそこが寝室か？」ドッドソンがいい、ドアのほうに顎をしゃくった。

「ソファーをベッド代わりにして寝てもらう」

「たしか部屋があるといってたよな」

「ここが部屋だ。キッチンもバスルームもある」

「ばかいえ。ソファーで寝るのに、そんなカネを払えるかよ」

「なら払うな」

「ひとついっておくぞ、おい。誰かにのぞかれちゃ困るんだ。なにしろおれはビジネスマンだ。プライバシーってものが必要だ」

「おまえのビジネスなどおれには関係ないし、そんなにプライバシーがほしけりゃ、よそで寝泊まりすればいい」

「誰に向かって話してんだ、おい？」ドッドソンがいい、威圧してきた。「おれをディスったら、今ここでぶっ飛ばすぞ」

「好きにしろ」アイゼイアはいった。脅されていらついたが、張ったりなのはわかる。喧嘩すれば、寝泊まりする場所はなくなる。ドッドソンがくるりと背を向けた。

「二百五十も出すんだから、寝室を使わせろよ」ドッドソンがいった。

こいつがマーカスの部屋で寝ると思うだけで汚らわしい。「だめだ」アイゼイアはいった。

「絶対にな」

ドッドソンは〈H-タウン・デュース・トレイ・クリップ・バイオレーターズ〉の正式会員だった。十五歳のときに飛び込んだ。十人あまりの未来の仲間が〈ボンズ〉裏の駐車場でドッドソンをタコ殴りにした。そのあと、のびていたドッドソンをアスファルトから引きはがすときには、愛情が満ちあふれていた。〝これで仲間だな、おい《ニガ》〟〝死ぬまで仲間だ、ニガ〟〝これで本決まりだな、なあ《サン》。VIP待遇だ〟〝おまえは幹部だ、おれたちはダチだ。

大物《ボーラ》の仲間入りだ〟。ああ、だな。それで、寝泊まりする場所まで失った今、VIPの大物が持っているものといえばくされ言い訳だけで、彼は十年もののキーニャのフォード・エスコートの中で、ウインドウ・ガラスの代わりにサランラップを貼り、ネコの毛と埃だらけのシートに寝ている。〈エコノ〉ガソリンスタンドの男子トイレで手や体を洗い、電子レンジで温めるセブンイレブンのブリトーやマクドナルドのバリュー・セットを食う。アイゼイアの姿はときどき見かけた。どこのギャングにも入っていないガキどもとつるんでいた。バックパックを背負い、ランチ・バッグにニンジン・スティックを入れてるような連中だ。はじめは何かのブツの運び屋でもしているのかと思った。メイおばさんみたいに背を丸め、目は赤く、髪に糸くずをつけ、寝起きのままのように見える服を着ていた。頭がとっちらかった十七歳のガキが、とっちらかってない家を持てるわけがない。ところが、とっちらかってねえ。親の家を思い出した。誰かが気をつけてるみたいに、どこもかしこも掃除が行き届いていて、片づいていて、ぴかぴかだ。マジでここに住みたいが、これまで家賃をきっちり払ったことはない。

「おまえひとりで家賃を払えるなら、おれはここに来てねえよな」ドッドソンがいった。

「おれがいなけりゃ、おまえも放り出されるんだろ」

「おまえがいなけりゃ、ほかのやつを探す。おまえはあのプラスチックの物置に戻ればいい」

「マジな話な？　ちょっとおまけしてもらいてえんだが、兄弟《Brutha》」

「兄弟《Brother》なんて呼ぶな」

「おれの所得レベルじゃ二百五十は無理だ。百五十でどうだ？」

「三百にしようか？」

「百七十五は？」

「五百にするか？」

「融通のきかねえやつ《ニガ》だな、おい？」

「ここにするのか、しないのか？　決めろ」

　ドッドソンは折れるしかないと思っていた。とにかく、今のところは。シャワーを浴びて、きれいな服に着替えないといけない。あとで取り戻す手を探せばいいさ。「ここにするよ、わかったか？　ここにするって」

「どこにある？」アイゼイアがいった。

「何が？」

「カネは」

「今週はちょこっと金欠なんだ。とりあえず百ドルやるから、残りは来週ってことでどうだ？」

「二百五十稼いでから戻ってきたらどうだ？」

　こんなガリ勉くそ野郎にいい負かされて、ドッドソンは怒濤の屈辱を感じた。その場に突っ立ったまま、首を少しかしげ、片方の拳を握りしめて床に目を落とした。このガキを何発かぶん殴り、誰に喧嘩を売ってるのかわからせてやりたい。だが、そうはせず、くしゃみをした。くされネコの毛のせいだ。ドッドソンはくるりとうしろを向き、こう考えながら歩き去った。〝まだ一ラウンド目だぜ、マザファッカ〟

3　おれのサミッチはどこだ、ビッチ？　二〇一三年七月

ドッドソンはカーバー・ミドル・スクールの講堂のステージで金属の折り畳み椅子に座っていた。ここの生徒だった記憶がうっすら残っている。もっとも、ドッドソンが生徒だったというのはいい過ぎだ。授業の出席状況があまりに悪くて、歴史の先生に聴講生の名札をつけろといわれたくらいだ。宿題は、みんなブロンドの髪をして木靴をはいているどこかの異国でやってる妙ちくりんな儀式みたいなものだ。

ドッドソンのほかに、でかいキャンバス地の消防服を着た消防士、緑色の手術着を着たフィリピン系女性看護師、刑務官をしている灰色の制服で着膨れした女、そして、油染みのついたカバーオールと〝STP〟（ガソリン添加剤）のロゴ入り帽子という格好の、廃材置き場を所有している老人もステージ上にいる。頭上には青と緑のテンペラ絵の具で〝先輩のお仕事〟という垂れ幕が掲げられている。ドッドソンはアイゼイアが講堂のうしろにこそこそ入り込んだのを見て、ほくそ笑んだ。まちがいない。アイゼイアはカネが入り用だ。かなり入り用だ。

一番手は老人だった。ジョークで発表をはじめた。「さて」老人がいった。「ある黒人がバーに入ったわけだ。肩にオウムが止まってた。体中にとりどりの色の羽がついている大き

くてきれいな鳥だ。バーテンダーがこういう。へえ、きれいな鳥だね。どこから来たんだ？　するとオウムが答える。アフリカってな」

そこから話は急降下した。看護師は訛りがあるというだけで終わり、消防士はいい成績と性格の話で全員を眠りに誘った。女看守は仕事はきついが、組合があるから、ドラッグを持ち込んだり受刑者とセックスをしたりしなければ、馘にならないというような話をした。

副校長のミスター・イングラムが演台に来た。カーキ色の作業ズボンと水色のポロシャツを着て、親父の跡を継いで絨毯クリーニング業をやっていればよかったとでも思っていそうな気だるさを漂わせていた。「さあ、みなさん、静かにしましょう」ミスター・イングラムがいい、クリップボードを見た。「次にお話ししてもらうのは著名な起業家にして地元では有名なビジネスマンである、ミスター・ファネル・ドッドソンです。ミスター・ドッドソン？」

ドッドソンは立ち上がった。チャコール・グレイ地にチョークストライプのダブル・スーツ、カナリア色のネクタイ、同じ色のポケットチーフといういでたちだ。耳にダイヤモンドのスタッドを着け〈ステイシー・アダムス〉の白黒のスペクテーター・シューズを履いていなければ、ごくふつうのビジネスマンでも通っていたかもしれない。ドッドソンは誕生日を迎えたピンプのようにステージ上を気取った足取りで歩いていき、カフスを留め、そのときに日時計並にでかい腕時計をちらりと見るが、目盛りやボタンがごちゃごちゃついているから時刻などほとんどわからない。生徒たちがはやし立てたり、口笛を吹いたりしたが、ドッドソンにいわせれば小鳥のさえずりと変わらない。

ステージ中央にテーブルとプロジェクターが置いてあり、テーブル横のスタンドにマイクがセットしてある。ドッドソンはマイクの真正面に立ち、ゆっくり、深く、たっぷり息を吸うと、聴衆をざっと見て、賞味期限が過ぎて妙なにおいがするかのように顔をしかめた。生徒たちは相変わらずくすくす笑いやひそひそ話を続けているが、ドッドソンが待ち……さらに待ち……もっと待っていると……しんと静まり返った。異常事態を前に、生徒たちは顔を見合わせていた。

「負け犬ども」ドッドソンはいった。「負け犬の顔ばっかりだ。ひでえ髪形、薄汚れた肘、誘拐でもされないかぎり使い道のないプリペイド携帯、香港やベトナム以外では誰も見たことがないロゴがついたスニーカー。流行のものをひとつでも身に付けたいとは思わないのか？　それは今のものか？　ママがKマートのアフター・クリスマス・セールで買ってきたものでないものを着たくないのか？　友だちに自慢できるもの、見せびらかせるものをほしくないのか？　当然着たい。自分でもわかってるはずだ」ドッドソンはリポーターの質問を払いのけるかのように片手を上げた。「おっと、おまえらが何を考えてるかはわかる。このみすぼらしい自分に見合うかどうかはさておき、ステータスと羨望のまなざしを得られるようなものを、この男は持っているのか？　人口統計からすれば、そんな哀れな層に生まれたやつが、どれほど豊かな道を歩めるものか？　まあ、耳をかっぽじって聞けよ、ガキども、このファネル・ドッドソンがこれからおまえらの夢をかなえてやる」

ドッドソンは携帯電話を取り出し、画面を指でさっとひとなでした。スピーカーから音楽が流れはじめた。2パックの《カリフォルニア・ラブ》だ。生徒たちが頭を振りながら、顔を見合わせてにっこり笑っている。ドッドソンはまた画面を指でなでた。ステージ上の大画面にパワーポイントのスライド・ショーが映し出された。最初のスライドはジェイZで、大蛇ボア並に太いゴールドのカーブ・チェーンを首にし、葉巻を吸っている。ネリーはオール・ダイヤモンドのチェーンを巻き、やはりダイヤモンドのスタッドを着けている。フロー・ライダーのチェーンはわりあいに控えめだが、ダイヤモンドをちりばめたイエス像のペンダントはチキン・ポットパイくらい大きい。「彼らの鎖《ジョイント》を見ろ」ドッドソンはいい、今見せたチェーンはおれが作業場でつくったんだとでもいうかのように満面の笑みを浮かべた。「見てるだけで成り上がった気分になってくるだろうが」

音楽が流れ、生徒たちが座ったまま体を揺すっているなか、ラッパー、歌手、俳優、レコード・プロデューサー、プロ・スポーツ選手など、みなとんでもないゴールド・チェーンを首にかけている写真ばかりが続いた。「おっと、おまえらが何を考えてるかはわかる」ドッドソンはいい、さっきと同じ手をまた上げた。「おれみたいなカネに縁のないやつが、どうやってこんな〝光りもの〟を手に入れた？ 仕事にありついたのか？ 何をやってる？ 誰がおれみたいな字も読めないやつを雇う？ 親が援助してるとか？ なわけねえだろ。カネの展望からすれば、臨時収入の兆しもない。ホットドッグの屋台を引いていたり、〈ショップンセーブ〉のレジ係をしていたって、給料なんか上がらねえ」笑い出す生徒もいたが、大半は笑っていなかった。「それじゃあ、ファネル」ドッドソンはいった。「おれが一文無しで、家族もおれ以外みんな死んで、残ってるものといえば宝くじと車のローンくらいだってのに、何だってそんなお宝を見せるんだよ？　まあ、そう落ち込むなって、若者よ。ファネル・ドッドソンの購入選択権つき融資《レント・ツー・オウン》なら、カニエ・ウエストの首が痙攣するくらいぶっとい本物の十四カラットの〝ロープ〟が、一日ほんの数セントで手に入るのさ」

ドッドソンがカニエのキメぜりふを披露していると、ミスター・イングラムが手を膝に突き、椅子から腰を上げた。もうたくさんだ。口ひげを生やし、私の丸一年分より多くのセックスを週末だけでやる生徒たちを相手に、五クラスの保健の授業をしただけでもひどい一日だったというのに。彼はドッドソンのほうへ歩いていき、マイクを握った。激怒している口調にしようと思ったものの、懇願しているようにしか聞こえなかった。「さあ、ミスター・ドッドソン、その辺でやめてもらいます」彼はいった。「今回は学校の催しです。見てわかりませんか？　教育のために集まったのであって、あなたにビジネスを拡大《ハッスル・アップ》する機会を与えるためではありません」

奇病にかかった人を見るかのように、ドッドソンが悲しそうな顔をした。「ハスラーの世だぜ、あんた」ドッドソンがいった。「ハッスルしないってのか？　誰かにカモられるだけだぜ」

催しは終わった。ドッドソンはステージから降り、列をなしている生徒たちに名刺を配った。「WWW・ドット・ファネル・ドッドソン・レント・ツー・オウンだ」ドッドソンはいった。「ひと続きだぞ。申し込みフォームに記入して送信すれば、連絡が行く」アイゼイアはまだ講堂のうしろに立っていて、こっちに気付いてもらうのを待っている。ドッドソンは生徒がいなくなるまで名刺を配り続け、やがて講堂には誰もいなくなった。ドッドソンはステージに上がり、ブリーフケースを取り、わざとあれこれいじった。

「おれがいることは知っているくせに」アイゼイアがいい、ドッドソンに近づいていった。

「ドアから入ってきたときにこっちを見ただろう」

「アイゼイアじゃないか！」昔のガールフレンドにパーティーでばったり再会したかのように、ドッドソンはいった。「驚いたな。紹介は楽しんでくれたか？　うまくいったと思うんだが、どうだった？」

「話をしないといけない」アイゼイアはいった。

「おっと、悪いんだが、ちょっと急いでいるんでな。来週にしてもらえないか？」ドッドソンはステージから降り、そそくさとアイゼイアの前を通り過ぎた。

「なあ、ドッドソン、ふざけるのはいい加減にしろよ」アイゼイアはいい、あとを追った。

「悪いが、何のことかわからねえな」ドッドソンはいった。足早になった。アイゼイアを慌てさせて、ママのあとをおいかけてくるガキみたいにしてやる。

「例の仕事の話をしたい」アイゼイアがいった。

「仕事?」ドッドソンはいった。「今いろいろと仕事を抱えてるんでな。もっと具体的にいってくれねえか?」アイゼイアを相手にするときは、気をつけないといけない。押し過ぎれば、あいつはどんな痛手を被ってもテーブルから離れる。

「おれにいっていた仕事だ」アイゼイアはいった。「カネ払いのいいクライアントに頼まれたとかいうやつ」

「うちのクライアントはみんなそうだが。非常に特権的なグループだからな」アイゼイアが限界に達しようとしているのはわかっていたが、我慢できなかった。相手を見下す傲慢なくそ野郎なんだから、こんな仕打ちを受けさせていけないわけはない。「おっと、待てよ、今思い出した」ドッドソンはいった。「そうだ、そうだ、やたら複雑な状況でよ。説明に少なくとも五分はかかるんだが、あいにくそんな時間はねえんだ」

クライアントの家へ向かう道中は、たいして見るものはなかった。蔦に覆われた狭い歩道とコンクリートの壁が、フリーウェイの両側の視界を塞いでいた。見逃して損するようなものがたいしてあるわけでもないが。飛行機でやってきた者が目にするのは、境界線もなくだらだらと地平線まで広がる都市だけだ。ロングビーチ、コンプトン、カーソン、トランス、ウエストウッド、ステュディオ・シティー——地図上の名前に過ぎない。

アイゼイアは運転しながら、口をひらきたい衝動をこらえていた。ドッドソンはふざけている。催しのあと、仕事の話はいっさいせず、アイゼイアに質問させ、あいまいな答えを返してばかりだ。すると、どこかに電話して、すぐにクライアントに会いにいかないといけないといっただけで、そのクライアントが何者なのかは教えてくれなかった。その後も、髪形が乱れるといわれて、ウインドウを少しもあけさせてもらえず、オーデコロンのにおいで車内がむんむんしていた。フルーツ味のチューインガム、新品の革手袋、汗まみれの男の〝タマ〟をミキサーにぶち込んで粉末にしたようなにおいだと、アイゼイアは思った。今、ドッドソンはつまようじで歯をほじりながら、２パックのナンバーに合わせて頭を振っていた。仕事に取り組む前に頭をすっきりさせる音楽なのだとか。

ドッドソンにはレコード・プロデューサーだった〝前世〟もある。配下でいちばんの有望株は、ダ・チャンクというチャールズ・バークレー似の少年だった。チャンクには、ナンバー１００入りを果たし、ラップ・シングルズ・チャートでも九十八位まで行った曲があった。曲名は《サミッチどこだ、ビッチ？》だった。歌詞を書いたのはドッドソンだった。

ストリップ・クラブ入って体をすりよせるダンス
でかい葉っぱ《ダブ》キメるとくそ腹が減る
家に帰るとメシが何もねえ
眠ってるビッチを速攻起こせ
（コーラス）
サミッチ（サンドイッチ）どこだ、ビッチ？　っていってんだろうが！

サミッチどこだ、ビッチ？　おれはいった！

サミッチどこだ、ビッチ？　ハラ減ってんだ！

サミッチどこだ、ビッチ？


「2パックでないのも聞いていいか？」アイゼイアはいった。

「ああ、いいが、今はこれが聞きてえ」ドッドソンがいった。「2パックはおれのお気に入りだ。2パックがボルチモアのアート・スクールに通ってたことは知ってたか？　ジャズ、演技、詩の研究をしたそうだ。オークランドに移ったあと、おれもそこで暮らしはじめた。2パックがおれがいたあたりのアイドルだった。おれは毎日彼のレコードをかけてた」

「覚えているさ。おかげで頭がおかしくなった」

「今かかってるアルバム、《ザ・ドン・キルミナティ》ってんだが、定番だ。世に出たのは2パックが死んじまったあとだ。あの日、音楽界は巨人を亡くした」

「おれにいわせれば、よくいる悪党に過ぎない」

「無知を曝してやがる」

「悪党じゃなかったというのか？」

「昔のおれみたいじゃなかったって意味ならそのとおりだ。2パックのいう悪党《サグ》は、何がなくても上を向き、誰にもなめられず、やることをやるブラザのことだ。2パックはとことん前向きで、仲間を気づかっていた。貧困、不公平、それに制度に打ちのめされる状況をラップにしていた。シュグ・ナイトいわく、2パックはまだ生きていて、どこかの島で暮らしてるとか」

アイゼイアのコレクションにはラップも少しはあるし、2パックのアルバムだって二枚くらい持っているが、その手の音楽はだいぶ前に聞かなくなった。あこがれたこともない暮らしのイメージを言葉で浮かび上がらせたような音楽は。近ごろはいろんな音楽を聞いている。コルトレーン、ベートーベン、セゴビア、ユセフ・ラティーフ、ヨーヨーマ。だが、ボーカルが入ったものは聞かない。言葉の入らない音楽なら自分でつくりあげたイメージで頭が埋まるか、イメージなどできないかのいずれかだ。マーカスのモータウン・レコードもまだ持っているが、かけることはない。店や誰かのラジオでそういう歌が流れていたら、その場を離れた。

ドッドソンがつまようじでダッシュボードに小さな点をつけた。

「おい、おれの車に妙なものをつけるな」アイゼイアはいった。

ドッドソンがどこについたのかと、ダッシュボードの数センチ手前まで顔を近づけた。

「虫眼鏡はないのか？　どこかわかんねえ——おっと、あった、あった。ノミかと思ったぜ」

「とにかく、おれの車に妙なものをつけるな」

「相変わらず神経質な野郎だな？　アパートメントにいたときとおんなじだ」

「着く前にどんな仕事なのか教えてくれないか？」

勝ち誇った様子で、ドッドソンがにやりと笑った。「クライアントはブラック・ザ・ナイフだ」ドッドソンがいった。アイゼイアも感銘を受けるものと思ったらしい。

「誰だ?」アイゼイアはいった。

「ブラック・ザ・ナイフだぞ、ラッパーの? そこまで時代に乗り遅れてるのか? ネリー、リュダクリス、ミスティカル、バスタ・ライムスなんかの世代だ。家も、車も、独自デザインの服も、独自ブランドのテキーラも、独自調合のオーデコロンもあった。今おれがつけてるやつだ。何でそんな顔をする? 予備知識を教えようと思ったのによ」アイゼイアがじれて、見下してくることを、ドッドソンは知っていた。いい返せないのはつらいが、大金がかかっている。「ブラック・ザ・ナイフの本名はカルバン・ライトだ」ドッドソンはいった。

「イングルウッドのハリウッド・パーク競馬場の近くで育った。ダムユー・ブラッズの連中とつるんでいたが、やがて音楽をはじめた。アンソニーによると、家にいたカルバンが誰かに襲われかけたんだとよ」

「アンソニーというのは誰だ?」

「おれのまたいとこだ。会ったことなかったか? おれたちの一コ上だ。奨学金をもらってどっかの大学に行って、ボビー・グライムズのところで働いていた。たしかそこでカルに会った」

アイゼイアはボビー・グライムズが何者なのか知らなかったが、訊くつもりはなかった。

「アンソニーは電話じゃ話せないが、急を要するといっていた」ドッドソンがいった。「カルが家から出ようとしないらしい。アルバムのレコーディングがあるってのに」

「仲間はそいつを守れないのか？」

「そこがおれもわからねえところだ。バグとチャールズのムーディー兄弟が警備をしている。知らねえやつらだが、噂は聞いてる。かなりのワルらしい。そいつらと一緒なら、アフガニスタンの大通りの真ん中を歩いていても、ひとつも心配は要らねえ」

「先方はなぜ警察へ行かなかった？」

「アンソニーがいうには、今回の仕事は秘密にしたいそうだ。二回もいわれた。おれもおまえにしかいわないと誓わされた」

「報酬は？」

「その点はいいぞ。日当はもらえるし、事件を解決したら、さらに五万ドルのボーナスが出る」

「五万？　ありえない。多過ぎる」

「そこは感謝してもいいんじゃないか。おれたちはこれから別件に手を付けるところで、クライアントは分厚い〝紙〟の束を用意してるとアンソニーにいってやった。いくらだと訊かれたから、二万五千だと答えた。そしたら、同じだけ出すといってきておれは同じ額しかもらえないなら仕事をキャンセルする意味があるか、と訊き返した。そしたら、三万五千といってきたんで、五万だとふっかけた。労賃に二万五千、先に入っていた依頼を断るのに二万五千だってな。アンソニーがカルに伺いを立て、カルはそれでいいと」

「わけがわからない」アイゼイアはいった。「五万も出せば、ハイテク警備会社のたぐいを雇える。そういったところにはデータベースも、法執行機関のコネもあるし、元FBIの捜査員もいる」

「カルたちはリアルな黒人《ニガ》なのさ」ドッドソンがいった。「あいつらは元FBIなんか雇わねえ。そういうメンタリティーだ。元FBIに大金は出さねえ。大金を出す価値はねえって」

「わかってるだろうが、おれはひとりでやる」

「それは承服できねえな。アンソニーには、おれたちがパートナーだといってある。セールス・トークの一環だ。それに、おれのネットワークを広げて、新しい取り引き関係をつくる好機でもある。おまえの態度に問題があるからって、この機会を手放すつもりはねえ」

「おれはひとりで好きなようにやる。おれのことだけ考えればいいからな」

「自分だけが大切だと思ってるからひとりでやるんだろ。この状況じゃ最悪の進め方だ。それと、ひとつ訊きたいんだが、どうしてそんなに金欠になった？　車につぎ込み過ぎたのか？」

「金欠ではないし、車はおれが組み立てたものだ」

「おい、嘘こけ。くされアウディなんか誰にも組み立てられねえよ。おまえでもな。カネといえば、おれの分け前は半分だ。そんな目で見るなって。おれがいなきゃカネはテーブルに載らねえんだし、おれの飽くなき精力、ビジネスにおける炯眼《けいがん》、そして、相当な人付き合いの技術がなければ、この取り引きをまとめられないんだから、その分のカネはもらう」

「それはちがうだろう」アイゼイアはいった。「アンソニーが《ザ・シーン》で例の記事を読んだんだろ？　おまえとおれが同級生だったことを覚えていて、おまえに電話してきた」

「ああ。だが、おれが五万ドルふっかけたのは事実なんだから、おれに五十パーセントの取り分がある」

「そうかよ」


カルバンの家に着くまでに、アイゼイアがドッドソンの取り分は二十五パーセントで充分といったので、ふたりとも不機嫌だった。カルバンは、ウッドランド・ヒルズの丘の上に開発された特権階級用の住宅地ビスタ・デル・バレに住んでいる。哨所の警備員がアイゼイアたちの身分を確認し、電話をかけてからふたりを通した。どの家も広大で、芝は玉突き台のように滑らかに刈ってあり、私道《ドライブウェイ》に高級車が何台か駐まっている。路駐はない。歩いているのは、カーボンファイバーのバギーを押すベビーシッターだけだ。

「なあ、話をする段になったら、おれに任せてくれ、いいな？」アイゼイアはいった。「おれが仕事をするわけだから」

「おまえが探偵の仕事をばっちりやってきたのはわかる」ドッドソンがいった。「だが、このレベルの接客は誰かの迷子の犬を探すのとはわけがちがう。外交手腕、術策、売り込み術が必要になる。どれもおまえのようなむっつり不愉快なやつには、残念ながら欠けている資質だ。腕がよくてよかったじゃねえか。そんな性格で生き抜くには、遺体安置所で死人を相手にするしかないからな」

カルの家はとてつもなく大きなサーモン・ピンクの地中海風の邸宅で、ヤシの木や珍しいシダが植えてあり、飛び上がったイルカ像が水を吐き出している噴水がある。行き止まりになっている小道を挟んだ向かい側にも、やはりとてつもなく大きな長方形の家《ケープコッド》があり、まるでちがうスタイルの服を着た双子のようだ。アイゼイアは円形の私道《ドライブウェイ》に入り、フェラーリF1コンバーチブル、六四年型シボレーのロウライダー、エスカレード、レクサスIS350のうしろにアウディを駐めた。

ドッドソンがフェラーリをしげしげと見て、つやつやの黒い塗装やバターのように滑らかな革張りシートに指を滑らせた。「これを見て、おれが何を思い出したかわかるか？シェリースが彼女のケツまでクリームを塗りこんだときの姿だ」ドッドソンがフェラーリの話を続けているときも、アイゼイアの目は素早く家屋に向けられていた。一階の窓は鉛張りで、巨大なオーク材の玄関ドアは重厚な錬鉄の防犯ゲートに守られている。小型カメラが庇の下に取り付けてあり、小道に向けられている。私道《ドライブウェイ》に向いているカメラがもうひとつ、さらにドーム・カメラも入り口の上に設置されている。生け垣のあたりに、〝アドバンスト・セキュリティー〟と記された赤と白の小さな立て看板がある。業界トップクラスだ。アイゼイアはそこの業務を知っている。この家に侵入したということは、そいつは自分が何をしていたのかわかっていたということだ。

ラッパーの家は隣の丘だった。犬を連れた男は私道《ドライブウェイ》のふたりに狩猟用の双眼鏡を向けていた。見たところ、背の高いほうが命令を出しているようだ。たたずまいからして、まわりを眺めているというよりは、観察している感じだ。やつはじっくり時間をかけ、うなずきながら家から小道へ、また家へと視線を向け、どこに何があるかを確認し、記憶に刻んでいる。集中している。車を降りてから、ひとことも発していない。フェラーリのまわりをうろちょろしている小柄なほうはずっと喋り続けている。

背の高いほうは明らかにラッパーではない。仲間のひとりかもしれないが、そんなふうには見えない。あの家に出入りしてきた連中とはまるでちがう。肩を怒らすこけおどしはみじんもみられない。こいつがおそらくIQだろう。気をつけろといわれているやつだ。よくもそんなばかげた呼び名をつけたものだ。男はトラックからスナイパー・ライフルを取り出そうかと思ったが、今、過激なことをする必要はない。ラッパーがますます引きこもるだけだ。街を出てしまうかもしれない。いずれにせよ、このIQとかいうやつはどこまでやるのか？　見当もつかない。判断のよりどころがない。〝IQ〟かよ。とんでもないジョークだ。

犬がうなり、スパイクのついた首輪を勢いよく引っ張った。ジャーマン・シェパードを連れたまぬけが通りの反対側を歩いている。〝なんだその面《つら》は？　おい、そんな野良犬に勝ち目があるとでも思っているのか？　おれが犬を放っていなくてよかったな。二分もあれば、おまえらを殺して食ってしまうのだが。待てよ、信じられん。あのまぬけはおれに笑みを見せたのか？〟「じっとしてろ、ゴリアテ」男はいった。「おれだって綱を外してやりたいんだ」

アイゼイアがまだあたりを確認するなか、ドッドソンは呼び鈴を鳴らした。何かがおかしい。におう。ベントゥーラ・ブールバードの向こうにある丘がどことなく怪しい。ロコの縄張りを走っていたときと同じ感覚だ。こっちからは見えない目が向けられているような、銃弾が銃声の前に飛んでくるような感じだ。

「ようこそ」アンソニーがいい、ドアを勢いよくあけた。「会えてよかったよ、ドッドソン」ほっとしたような、助かったとでも思っているかのような声だ。昔ながらの握手をされたので、ドッドソンは少し戸惑ったが、そのうちに要領がわかってきた。

「会えてうれしいよ、いとこ」ドッドソンはいった。本心だった。「えらいご無沙汰だった」似たところは、アイゼイアにはまるでわからなかった。アンソニーは整った顔立ちだ、白人学生的な意味で。優しそうな顔、オタクがかけるような眼鏡、さまざまな色の三角形の模様がついたぴちぴちのセーター、細身のパンツ。

「あなたがアイゼイアですね」アンソニーがいった。「噂はかねがね」

「はじめまして、アンソニー」アイゼイアはいった。

「どうぞお入りください」

玄関のスペースはほかの家の広い部屋ほどもありそうだ。金箔をかぶせた凝ったつくりの鏡と石灰華《トラバーチン》の白い床が、巨大なシャンデリアの明かりを反射し、派手な大理石の階段が二階まで連なっている。

「いつも傘立てにAKを置いてるのか?」アイゼイアは傘立てに目を向けたままいった。

「そういえば雨の日にはここに来ないことにしていたんだった」ドッドソンがいった。

「話せば長くなります」アンソニーがいった。「あなたに来てもらった理由のひとつでもあります。カルが娯楽室《ゲーム・ルーム》で待っています」アイゼイアはアンソニーの目に腹立ちと焦りを感じ取った。幾晩も続けて残業を強いられてきたかのようだ。アンソニーがふたりを案内した。さらに多くのシャンデリアが行く手を照らすなか、何かに遅れているかのように早足で歩いている。「疑問に思っているかもしれませんが、私はカルの〝付き人〟です」アンソニーがいった。「弁護士、芸能記者、プロモーターの相手をします。カルのスケジュールを調整し、レコード・レーベルとか、カルに会って話したがる連中に対処したりも」

アイゼイアはこんな邸宅が存在することは知っていたが、中に入ったことはなかった。ふかふかの家具、大理石の床、等身大の絵画、異国情緒あふれる彫刻、磨き上げられた木材、分厚いカーテン、金箔をかぶせた鏡などのせいで、客や店員が家に帰ったあとの家具ストアのようだ。

「ドッドソンがどんな話をしたのかは知りません」アンソニーがいった。「でも、ここの状況は限界に達しています。カルは三週間家から出ていなかったところ、週末に今回の異常事態が発生しました。ここは武装キャンプになっています。カルは私にも銃を持たせたいようですが、私は断りました。正直にいいますと、あなたに連絡して申し訳ない気持ちですが、カルがどうしてもというので。何もかもばかげています」

ゲーム・ルームに入ったとき、ドッドソンがいった。「ここで何のゲームをするんだ？ポロか？」ビリヤード・テーブル、フーズボール・テーブル、カード・テーブル、クラップス・テーブル、ピンボール・マシン、テレビ三台、暖炉、ホーム・バー二カ所、それにレーカーズのフロント・フォーが座れるほどでかい白い革張りのソファーがあるのに、広々としたスペースはがらんとしていた。ガラスの引き戸がついたガラス壁の先に煉瓦づくりのテラスとバッファロー一頭分くらい大きなガス式バーベキュー用コンロがある。プールは絵葉書のような目を見張る青で、芝は本物とは思えないほどみずみずしい緑で、片側にフルサイズのバスケットボール・コートがある。

「そういわないでくれよ」アンソニーがいった。

ムーディー兄弟がそろってやってきた。ジューンバグ、別名バグは、いると部屋が小さく見えるような人間だった。スキンヘッドの頭はナスのように暗い紫色で、肩幅は〈サブゼロ〉の冷蔵庫並だ。体重の大半は腹周りについているが、その見かけは余計な肉の塊より恐ろしそうで、ショルダー・ホルスターの太い三五七マグナムのせいで、ますますそう見える。

「あんたがバグだな」ドッドソンがいった。「あんたみたいな悪名高い人に会えてうれしいよ」

バグがドッドソンを無視してアイゼイアの前に歩み寄った。オーブンにクッシュが入った熱いコンロのように熱を発している。「おまえか？」バグがいった。「偉大なるＩＱってのは？」

「おれはアイゼイアだ」アイゼイアはいった。

　バグが肉付きのいい手を拳銃のようにし、これ見よがしに撃つまねをした。「さて、はっきりいっておく」バグがいった。「ロングビーチじゃ大した〝顔〟かもしれねえが、ここでは違う。無礼なことをしたら、おまえは終わりだ。わかったか？　カルはおれのボスだ。この件でしくじったら、なあおい、ぶちのめしてやるよ」

　アイゼイアは店で買えば一ドルのキャンディーを五ドルで売ってるところに来てしまったかのような顔でバグを見た。脅しは大嫌いだ。いじめが知恵や親切心と同じ素敵なことだとでもいうかのように、人の敬意を強要するバグみたいなくそったれもいる。

「何だよ、おい？」バグがいい、メトロノームのように首を振った。「いうことはねえのか？　口が利けなくなったのか？　突っ立ってねえでさ、おい《ニガ》、何かいえよ」

　ドッドソンは掌を上に向け、ふたりのあいだに割って入った。「落ち着けよ、バグ、大丈夫だから」ドッドソンには恐れることなんかあまりないし、たいがいの連中よりうまくやれる。〝チノ刑務所〟（カリフォルニア州刑務所）で、並み居る細くてしなやかな体の刺青メキシカンたちを打ち倒して、フェザー級ボクシング・チャンピオンになったこともある。「そんな目の敵にしないでくれよ」ドッドソンはいった。「ビジネスで来たんだからさ」

「おれは雑魚のてめえと話してたか？」バグがいった。「どけ」

「チャールズ」アンソニーがいった。「弟を止めてくれないか？」

チャールズがバグを見ると、バグが鼻の穴を膨らまし、ホーム・バーに歩いていった。

「内輪のくそは内輪で処理する、わかるか？」チャールズがいった。「外のやつには内輪のくそをいじられたくねえ」チャールズは長身で痩せこけていて、立っていても座っていても前かがみだった。三角形の顔に意地の悪そうな目がついていて、先のとがった顎ひげを蓄えている。チャールズが近づいてくると、女たちは悪魔が来たという。

「誰もいじったりしねえよ」ドッドソンはいった。「おれたちはあんたのボスから招待状を受け取ったから来たんじゃねえか」

「そんなことはおれたちにゃ関係ねえ」チャールズがいった。

「ボスの下で働いてるんだよな？」

「まあな」

カルバン・ライト、別名《a.k.a》ブラック・ザ・ナイフが、少し怪しい足取りで入ってきた。「まあな？」彼がいった。「その程度なのか、チャールズ、〝まあな〟程度か？　おれにいわせりゃ、それ以下だ」カルは太めで、ひげは伸び放題、コーンロウ（少しずつ三つ編みにして頭に畑の畝のように並んだ髪形）がほつれている。ミラー・サングラスをかけ、毛皮のコートにも見える豪華な黒いバスローブを羽織り、金色のタッセルがついたビロードのスリッパをはいている。赤茶色のネコがゆったり腕に抱かれている。フォース・フィールド並の強烈なオーデコロンのにおいを発散している。

「カル」アンソニーがいった。「こちらがアイゼイア・クィンターベイとファネル・ドッドソンだ」

「やっと来たか」カルがいった。「ミスター・Qはどっちだ？」

「おれの名前はアイゼイアだ」アイゼイアはいった。

「おっと、そうなのか？」カルがいった。「まあ、何でもいい、ミスター・Q。おれは呼びたい名前で呼ぶ。気に入らなけりゃ、名前ともどもおれの家から出ていけ」

アイゼイアの目がぎらりと輝き、いい返そうとしたが、ドッドソンが遮った。「お会いできてほんとにうれしいです、カル」ドッドソンがいった。「《アップ・フロム・ナッシン》からずっと追っかけてて、あんたのつくったレコードはぜんぶ持ってるんです。《ザ・シーン》がラップ・レコードのオール・タイム・トップ100をやったとき、あんたのアルバムが二位になったのは知ってますか？　そんなばかな話ってあります？　ビギー（ノトーリアス・B・I・G。一九九七年に暗殺された）のアルバムがあんたのよりいいなんて、よくいいますよね？　その場でケーブル・テレビの契約を打ち切りました。ビギーはあんたみたいにラップできればと願ってたんだから」

「そうか、まったく知らない」カルがいった。「ビギーは本物《O》のギャングスタ《G》で、先駆者だ。あの人には一目置いている」

「おれもそうですが、二位ですよ？　そこはおかしい」

「ああ、それはわかるが、おれに何ができる？　人は死人には同情する。何か飲むか？」

「ありがたいが、カル、けっこうです」ドッドソンがいい、アイゼイアに笑みを向けた。

「さて、みなさん」アンソニーがいった。老人たちをコミュニティー・ルームに移しているかのような口調だ。「座りませんか？」

カルが立ったままネコに鼻をすり付けているあいだ、ほかの者たちはシャープの九十インチHDスマート・テレビを取り囲むように置いてあるU字型のソファーに座った。兄弟が片側に、アイゼイアとドッドソンがその向かい側に、アンソニーはリモコンを持って真ん中に座った。テレビ画面が六つの小さな画面に分割され、各画面に邸宅の一部が映し出された。映像はくっきり鮮明で、カラーだった。

「これは金曜の夜です」アンソニーがいった。

タイムコードは10：47。画面の中のカルが寝室から出てきて、廊下を移動する。床をするような足取りで、滑るようにしてゆっくりと歩いている。フード付きのローブにサングラスといった姿は、夕べの祈りへ向かう途中で修道士に変身した蠅男のようだ。家は、住人が夜逃げしたかのようにがらんとしている。

「早送りしましょうか」アンソニーがいった。「しばらく何も起こりませんから」

「いや、このまま流してくれ」アイゼイアはいった。

アンソニーがリモコンのトグルスイッチを操作すると、カルが弧を描く階段を降りて、玄関のスペースからリビングルームに入ったところで足を止め、しばらく絵を見てからまた歩き出すさまが画面に映し出された。

「どうか悪く思わないでください」ドッドソンがいった。「いつも訊くことですから。チャールズ、その夜はどこにいた？」

「カーテルってやつらとクラブにいた」チャールズがいった。

「なるほど。カーテルたちに話を聞いてもいいか？」

「知るか」

アイゼイアはげんなりした。ドッドソンのやつ、『ＣＳＩ』のまねをしている。

「バグが朝までここにいるはずだった」アンソニーがいった。「でも、早めに出かけた」

「カルは寝てたからな」バグがいった。「ここにひとりでいて、何をしろってんだ？」

「どこへ行ったんだ、バグ？」ドッドソンがいった。

「例のＰＡＷＧに会いによ」チャールズがいい、にやにやした。

「ＰＡＷＧってのは？」アンソニーがいった。

「いかしたケツの白人女《ファット・アス・ホワイト・ガール》だ」

「訊いた私がばかだった」

「そのＰＡＷＧにも話を聞くために連絡するかもしれないな」ドッドソンがいった。「名前を教えてもらえないか？」

「いいぜ」バグがいった。「売女《ビッチ》ってのさ」

カルはネコをなでた。ネコがごろごろと喉を鳴らす感覚が指先から伝わってくる。あの夜のことはそこそこ細かく覚えている。そのくせ今朝から何をしてきたのかはおぼろげにしか覚えていないのだから、おかしなものだ。バグが早くに出ていき、ひとりになってほっとしたこと、薬を飲み、マリファナを吸ったこと、こんなにいろいろ買ってしまったとは信じられないと思いながら家の中を歩き回ったこと。何を考えていたのか？　十四世紀スコットランドの戦斧とか、モノグラムを施したプラチナの燭台とか、『未知との遭遇』の宇宙船みたいなシャンデリアとか、一度も座ったことがないチーク材の巨大な王座とか、まだビニールに包まれている〈ミストラル〉の七ピース・ユニット家具に大金を出すなんて。これらの絵はどこからやってきた？　自分の肖像画はまったく似ていない。いつから大砲の砲弾みたいに丸い肩と、皮下に六つの煉瓦が積んであるみたいな腹になった？　マイケル・コルレオーネが肘掛け椅子に座っている絵のどこに、リビングルームの壁を塞ぐほどの価値がある？　三番目の絵はマルコムXだとわかるが、そいつに関しては、映画でデンゼルが演じていたことくらいしか知らない。

　見たところ、アンソニーのまたいとこが警官の役を演じようとしているようだが、あまりうまくできていない。カット・ウィリアムズのような面《つら》をしていたら、警官らしく振る舞うのは難しい。

「邸宅を出たのは何時だ、バグ？」ドッドソンがいった。

「十時半だ」バグがいった。「ロックをかけ、警報のスイッチを入れ、窓にドア、ぜんぶ確認した。いつもみたいに、午前二時か三時に戻るつもりだった」

「アンソニー？」ドッドソンがいった。「おまえは？」

「友だちに会いにいっていた」アンソニーがいった。「彼女の名前はこの件とは関係のないことだよ」

「謎の女か」チャールズがいった。「女《ガール》とはかぎらねえな。そのセーターはどっから持ってきたんだ、おい？」

カルはキッチンが映る画面で、冷蔵庫から持ち帰り料理の箱を取り出す自分の姿を見た。ラリっている最中に自分を見るのはおかしな気分だ。何をするにもスロー・モーションになり、酔いが回っているせいで、自分が何をしていたのかよく思い出せない。これからどうなるのか、ぜんぜんわからない。ほかの画面には、廊下、ゲーム・ルーム、裏庭が映っている。外のカメラには暗視機能がついていて何でもぼんやり緑色に見えるが、プールだけは、水中ライトがテラスと蔦に蔽われた壁にちらちら当たり、そのすぐ上に長方形の家《ケープコッド》の二階部分が見える。芝生がプールと敷地裏手の森を隔てている。画面の隅々までを目玉で吸い込もうとしているかのように、ミスター・Qが映像を見ている。チャールズは誰にでもするように、ミスター・Qに向かっておちょくっている。

「どうなんだ、ミスター・Q？」チャールズがいった。「もうわかったか？　手がかりなんかもばっちり揃えて、いつでも犯人をとっつかまえられるか？」

「信じられねえ光景だぜ」バグがいった。「こりゃいかれてる」

「静かにしてくれないか？」アンソニーがいった。

「くそ喰らえ、アンソニー」チャールズがいった。

キッチン映像の中のカルをのぞいて、すべてが静まり返った。ムーディー兄弟が身を乗り出し、にやにやしながらうなずいた。「見てろ、見てろよ」チャールズがいった。

犬が木々の間から現れて、裏庭のカメラに映し出された。鼻が芝をかすめ、目が緑色の暗闇でぎらついている。カルがバスローブに包まれた体を震わせた。急に尿意を催したかのようだ。

体長六メートルのワニでも見るような目で、ドッドソンが犬を見た。「どっから来たんだ？」ドッドソンがいった。

「そこが問題だ」アンソニーがいった。

犬が芝を横切り、プールのきらめくライトに包まれた。すぐにピット・ブルだとわかる。ハンマーのような形の頭、折れた耳、力強い胸板、今にも襲いかかりそうな低い身構え。ドッドソンは両足を床から上げ、横座りになった。「すんげえ闘犬《ピット》だな」ドッドソンはいった。

「ああいうやつらは嫌いなんだ」

犬に首輪はなく、つやつやの黒い毛には斑点もない。なにしろでかい。ばかでかい。グレートデーンと見まちがえるほどだ。カルもいろいろとピットを見てきたが、これほどでかいのは見たことがなかった。

「見てろ、見てろよ」チャールズがいった。

誰かに名前を呼ばれたかのように、不意に犬の耳がぴんと伸び——犬が動きはじめた。はじめは自信なさそうに、プールを回って動きを止めた。また耳がぴんと伸びる。やはり恐るおそる、テラスを横切り、ガス式のバーベキュー用コンロを避けて、耳を立てたり寝かせたりしながら家屋に向かっていった。柱廊をくぐり、裏のドアにたどり着いた。

「あの犬、鍵を持ってなけりゃいいが」ドッドソンがいった。

「こっからしっちゃかめっちゃかになるぜ」バグがいった。


カルはそのとき中央のキッチンカウンターの前に立ち、〈ナチュラル〉というレストランの持ち帰り料理を食べていたのを覚えている。〝テンペ・バーベキューと蒸しケール〟と〝ジェシカの野菜《ビーガン》キノアと枝豆〟。箸はまだうまく使えなかったから、料理はほとんどカウンタートップに落ちたり、バスローブについたりした。物の本には、こういう食事が体内の毒素を抜くと書いてあったが、味はひどくまずいか、まったくないかだとは書いていなかった。冷蔵庫からクリスピー・クリームを取ろうとしたとき、犬が犬用の出入り口から入ってきた。はじめはかつての愛犬のヘラが〈クウェイラッド〉のところから逃げ出して、はるばるアトランタからご主人様のもとに戻ってきたのかと思ってとても喜んだ。だが、ヘラはロットワイラーで、こいつはピット・ブルだ。でかくて黒い犬だ。恐怖がカルの胃に滴り落ち、胃の中のテンペを凍らせ、枝豆を震わせた。カルは動かず、音も立てなかった。犬は犬用の出入り口にとどまり、天井や壁にはめ込まれたライトやステンレスの器具や白い大理石の床への反射に目を慣らしている。誰かのペットというよりは、映画に出てくるモンスターのように見える。ティラノサウルスのようなでっかい頭、アイアンマン並の胸板、象牙でつくった短剣のような牙、左右に離れた白目のない冷酷な目。ゆっくりあえいでいる。ヘッ……ヘッ……ヘッ……ヘッ。犬はしばらくじっとしていた。やがてうなり出し、顎が前脚につくほど頭を下げ、カタパルトから放たれたかのようにキッチンを駆け抜けてきた。

「ああくそ！」カルはいった。ドアに向かって駆け出したとき、犬の姿がちらりと見えた。カウンターを回ろうとして石灰華《トラバーチン》で足を滑らせ、コンロに激突し、銅鍋がけたたましい音とともに床に落ちた。カルはローブをたなびかせて急いで廊下に出た。犬がうしろから猛追してきた。耳がまっすぐうしろに伸び、爪がつるつるの床を引っかいたり、突いたりしている。カルはゲーム・ルームにたどり着き、椅子とテーブルを縫って逃げた。犬がすぐうしろに迫っている。ガラスの引き戸に映る自分の姿が見えた。ヌーに襲いかかるライオンのように、犬が今にもカルを押し倒すというとき、カルはソファーからビリヤード・テーブルへ飛び移り、勢いのまま床に着地した。

犬がビリヤード・テーブルを大回りしたおかげで、カルはかろうじて引き戸にたどり着く時間ができた。戸をぐいと引きあけ、外に出て、閉めようとしたが、犬がすぐうしろに迫っていて、首がドアに挟まり、狩った動物の首の置物のように突き出ている。犬も苦しいのかもしれないが、そんな感じはおくびにも出さない。もがき、身をよじり、歯をむいてうなり、牙からよだれを垂らしている。カルはドアの把手を両手でつかみ、両足をうしろに引いて思い切り踏ん張り、車を押すみたいに体重をかけた。犬が血に飢えて興奮している。カルはもう噛みちぎられたかのように絶叫しはじめた。足がこらえ切れなくなり、力比べに負けつつある。煉瓦の上でスリッパが滑っている。

犬が肩までドアを抜け、体をくねらせて完全に抜けようとしている。カルはドアを放してテラスを走り出したが、犬は三歩で追いつき、ローブの裾を踏んでカルを引きとどめた。カルは農耕馬のように体を前に倒し、うめきながら引っ張ったが、犬の力は強く、前脚を広げてローブをしっかり押さえていた。カルは声を上げ、ゆっくり膝が落ちていった。死ぬならひと思いに死にたい。なぶられて、見るも無残な焼死者のようにはなりたくない。もうこらえ切れない。膝が地面に触れそうだ――そのとき、ローブがちぎれた。カルは身をよじって犬から解き放たれ、よろよろつんのめり、プールに顔から突っ込んだ。温度変化のショックのあと、静寂が、自分の鼻から出る泡の音しかなくなった。水面下にいたい、犬から逃れ、世界からも逃れたいと思った――やがて呼吸が出来ないことに気付いた。パニックが肺をつかんだ。プールの底を足で蹴り、手で水をかいて水面に出ると、ぜいぜいと息をした。

犬がプールの端にいて、ひっきりなしに吠え、水面に身を乗り出している。信じられないことに、その獣は飛び込み、まっすぐこっちに泳ぎはじめた。このくそ犬は『ターミネーター2』の悪党みたいだ。カルはうしろ向きで泳ごうとして、手足をばたつかせた。サメが獲物を奪い合うときより派手な水音が立っているものの、まったく進まなかった。疲れ果て、息をするたびに口に入ってくるのはほとんど水だった。勝手におぼれなくても、犬に沈められる。もう無理だ。疲れ過ぎて潜れないし、何もできない。犬が小さな黒い目だけを水面から出して、すごい勢いで近づいてくる。

隣の家の女がバルコニーに出てきた。暇を持て余した金持ち女で、いつも音楽がうるさいとかマリファナくさいと文句をいってくる。「警察を呼ぶわよ！　警察！」女が叫んだ。次に出てきた言葉は〝くされニガー〟だと思ったが、カルの空想だったのかもしれない。犬はそんなことを気にする様子もなく、近づいてくる。一・五メートル、一・二メートル、一メートル……。犬の喉の奥まで見え、饐えた息のにおいもわかる――そのとき、テラスにいたときと同じように犬の耳がぴんと立ち、引き返した。カルは生まれてこのかた、これほどほっとしたことはなかった。新たなエネルギーがわき起こり、バシャバシャとプール際に泳いでいった。そのとき、さっき犬が聞き取った音が聞こえた。サイレンだ。しだいに大きくなっている。カルは大声でいった。「おれはプールにいる！　助けてくれ！」

アイゼイアは映像を見て、どんなことがわかるのか整理しようとした。何者かが犬を使ってカルを殺そうとした？　何者かが犬を殺し屋代わりに使った？　誰がそんなことをする？　テープでは、カルがプール際にたどり着き、隣の女がノンストップでわめき続けている。犬はパニックに陥り、プールから出ようと必死で足をかいている。

「このあと犬はどうするんだ？」ドッドソンがいった。「どうやって逃げる？」

アイゼイアは敷地裏の森に視線を移した。何者かはそこから来るはずだ。そこ以外に考えられない。やはり、そこから姿を見せた。スキー・マスク、カーゴ・ショーツ、〝ザ・ホワイト・ストライプス〟のロゴが入ったTシャツ、クロッグのような大きなゴムの靴という格好だ。

「あいつは誰だ？」ドッドソンがいった。

「まさにそれが知りたい」アンソニーがいった。

男が小走りで芝を横切った。二十代後半、身長百八十センチ、体重七十五キロくらい、健康そうだ。競歩選手のように腕を振り、体を上下に揺らすぎこちない歩き方だ。まだ声が足りないとでも思っているのか、女が手すりから身を乗り出して叫ぼうとした。男は女に目もくれず、長い銃身の拳銃を抜いた。女が悲鳴を上げて中に引っ込んだ。男がプールの前にやってきて、プールの反対側にいるカルを見たとき、ちょうど警察の車の回転灯が隣の家に当たって赤くちらつきはじめた。警官が小道の先の行き止まりに出ている。男は少し考えてから、銃をしまい、犬に何事かいった。その後、プール・サイドを歩き、犬をプールの浅いほうに行かせた。腰の高さの水中に飛び込み、犬の尻のあたりを抱え、プールの縁から外に勢いよく出した。男もプールから上がると、犬と一緒に森の中に走っていった。

しばらくすると、警察が銃を抜いて邸宅の横からやってきた。カルが警官隊に向かって叫び、手を振り――沈んだ。騒動は終わったが、チャールズとバグは、ここからがいいところだといわんばかりに、くすくす笑ったり突つき合ったりしながらテープを見ていた。

「プールを持ってるのに泳げねえなんてやついるか？」チャールズがいった。

「もう死ぬまで陸地から離れないぜ」バグがいった。

「てめえらふたりはおもしれえものでも見たのか？」カルがいい、ふたりを凍りつかせた。〝おまえら役立たずのばかどもはまずいことになったねえ〟とでもいっているようなまなざしで、ネコが見つめている。「てめえらの飯の種が溺死寸前だからな」カルがいった。「ああ、家周りの清掃の仕事ならある。それは当てにしていいぞ」

全員が立ち上がり、うろうろしはじめた。アイゼイアは画面を見つめ続け、今まで見たことを整理しようとした。

「カル、あなたからアイゼイアにこの事態を説明しますか？」アンソニーがいい、話を進めていいですかと訊く代わりにうなずいた。

「事態？」カルがいった。「何の事態——ああ、そうか、そうだった、そうだった、ミスター・Qの御前だからな」

ドッドソンが黙ってろというかのように、アイゼイアを一瞥した。「どういった形でお手伝いしましょう、カル？」ドッドソンがいった。

「あの邪悪なノエルを牢屋にぶち込むという形で手伝ってくれ」カルがいった。「ビデオを撮るとか、指紋とかDNAを採るとか。ほら、警察がやるようなことをやって、あの女を似合いの場所に閉じ込めてくれ。髪を短く刈られて、メイクもできねえ、モップの柄を持った女どもの前で歌手《ディーバ》のまねごとでもさせろ」

「カルはこの犬の襲撃の裏に前妻がいると考えています」アンソニーがいい、アイゼイアを見た。

「おれはあの女が裏にいると考えてるんじゃねえ」カルがいった。「実際に裏にいるんだ。まちがいねえ。くそ犬を使っておれを殺したがるやつなんざ、ほかに誰がいる？　邪悪なビッチでもなけりゃ、そんなことは考えもつかねえ。あしたの朝目をあけたら、恐竜に追っかけられてるかもな」

「ふたりだけで話がしたいんだが、カル」アイゼイアはいった。

「知りたいことがあるんなら、アンソニーに訊け」カルがいい、ドアのほうへ歩いていった。

「アンソニーにはそのためにカネを払ってる。おれはひと眠りする。てめえら起こすなよ」

「アルバムはどうする？」チャールズがいった。

「アルバムなんざくそ喰らえだ。そんな話を持ち出したてめえもくそ喰らえ、チャールズ」

「そんな、そりゃねえだろ、カル。おれたちにはやることがあるんだぞ」バグがいった。

「やることがあるのはおれだろうが。てめえらには何ひとつやれることはねえ。おれのためにあのアマを壁に釘で打ち付けてくれ、ミスター・Q。アンソニーからボーナスの話は聞いてるな？」カルがそういってそろりと部屋を出ると、誰かが火災報知器を切ったかのように、張りつめた空気が和らいだ。

「まじめな話ですが、アイゼイア」アンソニーがいった。「ばかげていると思われるでしょう。引き受けたくなければ、それでもかまいません。割いていただいた時間分はお支払いします」

「何かつかんでるはずだ」

「そいつを逃がすんじゃねえよ」チャールズがいった。「何かつかんでるはずだ」

「何しろ、IQだからな」バグがいった。「どうなんだよ?」

「映像の男はどうやって犬を犬用のドアに向かわせた?」アイゼイアはいった。自分への問いかけだった。

「指示を出してたんだろ」チャールズがいった。

「ずっと声を張り上げてたのか? 犬がプールの反対側にいたときには、張り上げないわけにはいかなかっただろうし、それならカルにも聞こえたかもしれない。ちがう、別の方法を使った」

「たとえば?」チャールズがいった。「テキスト・メッセージでも送ったのか?」

アイゼイアはビリヤード・テーブルのほうへふらりと歩いていき、ナンバー9のボールを手に取り、ゆっくり台上に転がした。

「いったろ? こんなヤツ、クソの役にも立たねえって」チャールズがいった。

「彼に好きに考えてもらうほうがずっと早く片づく」アンソニーがいった。

「ありがとうよ、アンソニー」ドッドソンがいった。「アイゼイアは気が散らないときにいちばん冴えるんだ」

「冴える必要なんかねえだろうが?」チャールズがいった。「あいつもおれたちと同じものを見たんだぜ」

ナンバー9のボールが向こう側のクッションにそっと当たって戻ってくると、アイゼイアはそれを片手で上から包んだ。「笛だ」アイゼイアはいった。

「〝笛〟っていったのか？」ドッドソンがいった。

「あの男は羊飼いのように、笛を使って犬に指示を伝えていた。高音‐低音で左へ行け、低音‐高音で右へ行けというように。犬は向きを変えるたび、耳をぴんと立てていた」

「しかし、そもそもなぜ犬を使うんです？」アンソニーがいった。「さっぱりわからない」

「ああ」チャールズがいった。「いかれてる」

「殺し屋には期限がある」アイゼイアはいい、ガラス戸のほうへゆっくり歩いていった。「必ず。期限も切らずに殺し屋を雇うばかはいないが、カルが三週間も家から一歩も出ないとは想定していなかった。窓越しに撃つ手もあるが、ずっとカーテンが閉まっている。その場合、家の中に入るしかないが、警報装置や防犯カメラや銃を持った者たちがいるから、自分で入るわけにはいかない。それならどうする？」アイゼイアはガラス戸の前に行き、外のプールを見た。「殺し屋は殺人犬を送り込むことにした」

アンソニーがうなずいた。チャールズはヤギひげをさすっていた。バグは情報が多すぎるかのように顔をしかめていた。

「質問は？」ドッドソンがいった。

4　ハチェット・マン　二〇一三年六月

犬がラッパーを襲う三週間前、〈カート〉はサンタモニカ・ピア沿いを歩いていた。何とはなしに腕をさすり、今日のおれの名前はカートだと自分にいい聞かせた。天気も今のくさった気分と合っている。空気は湿っぽく、空は褪せた灰色、海は暗くよどんでいる。かすかに風はあるが、油、饐えたポップコーン、フレンチフライ、ホットドッグが浮かぶ海のにおいをかき消す力はない。ここでまともなものは昔ながらのメリーゴーランドだけだ。ほかにはばかばかしい雑多な乗り物、ファストフードのスタンド、帽子やキーホルダーの売店、障害のある男が主人公の退屈な映画にちなんだババ・ガンプとかいうレストランくらいしかない。年寄りのアジア野郎《グック》が米粒に名前を書きますよと売り込んできた。「何に使うんだ？」カートがいった。「誰が読む？」カートは外国人観光客に交じり、このあたりでいちばんおもしろいものを見た。メキシコ人の男が棘だらけの茶色い魚を釣り上げているところだ。

「そんなものを食ったら、水銀のうんこが出てくるぞ」カートはいった。

カートはかつて殺し屋《ハチェット・マン》と呼ばれていた。総合格闘技《グラウンド・アンド・パウンド》のヘビー級で十八戦八勝の戦績だった。最後の試合の相手はソウル・マンというリング・ネームを持つ韓国人のずんぐりむっくりだった。第二ラウンドがあと一分で終わるというとき、ソウル・マンにがっちりアーム・バーを決められた。耐えられない痛みだったが、顔がソウル・マンの右ふくらはぎに押し付けられ、腕はソウル・マンの左足の下で固定されていた。声も出せず、タップもできなかった。ハチェット・マンの靭帯がぱちんと切れ、上腕骨が小枝のように折れる音が聞こえたとき、レフェリーが試合を止めた。アリーナにいた誰もがうめき声を上げた。前列にいたひとりの男が吐いた。

三回の手術と何カ月にも及ぶリハビリを経て、ハチェット・マンの腕の力はいくらか戻ったが、前とは比べ物にならなかった。神経の一部が回復不能な損傷を受けていて、腕を少し曲げたままでいるほうが具合がよかった。その気になれば伸ばせるが、可動域はかぎられる。それでも、危険なやつだという事実は変わらない。〈ドナヒューズ〉の店員が腕のことをおちょくったとき、ハチェット・マンはその腕をパイソンみたいに店員の首に回し、絞めて〝落とし〟た。だが、バーでの喧嘩は金網ファイトとはちがう。引退するしかなかった。今は〈Dスター〉の顧客のひとりであるボスのところで警備をしている。

カートは埠頭《ピア》から駐車場、さらにビーチへと続く幅広い階段を降りた。駐車場はほぼ空っぽだった。何気なさを装って右から二列目の通路を歩いた。ライムグリーンの袖なしTシャツを着て、ビーズ付きのドレッドロックを頭から垂らし、両頬骨の下にぎざぎざの傷跡がつき、右耳がすり切れて縮こまり、デート相手をプロムにエスコートするみたいに片腕が曲がった、体重百十キロの普通の男だ。人目を引いているのはわかっているから、ぴりぴりしていた。こんなスパイごっこなどくだらない。この仕事を自分でやるのはいやだとカートが断ると、彼のボスはDスターに問い合わせてみろといった。あの男ならいろいろと人を知ってる。

「誰かに死んでほしい場合、うちの者は期待を裏切らない」Dスターがいった。「あの男はほんとうにいかれてる。そういう連中はみないかれてるわけだが、あの男は——」言葉が見つからないかのように、Dスターがいいよどんだ。「こういっておこう。あいつは常にやってくれる」

〝常にやってくれるいかれたやつというのは何者だ？〟。カートは思った。忍者の格好で砂浜を側転しながらやってきたり、ヘッドバンドを巻いて海からぬっと出てきてM16をぶっ放したりするのか？

駐車スペースに〝お恵みください〟と記された段ボールを掲げた若いホームレスが座っていた。狼と暮らしてきたかのように薄汚く、古くさいねずみ色の毛布にくるまり、足にぼろ布を巻いている。

「すみません、小銭を恵んでくれませんか？」男がいった。

「仕事しろ、くそったれ」カートはいった。

コンバーチブルのベンツにビジネスマン・タイプの男が乗っていて、親指でテキスト・メッセージを打っている。カートは歩を緩めて通り過ぎたが、男は顔を上げなかった。今度は複雑なハイヒールをはいたX脚のアジア系の少女が、キリンの赤ちゃんのようによろよろと歩いてきた。この少女、米粒に名前を書く男、ソウル・マンの三者が知り合いだったらどうしよう、とカートは思った。少女がにっこりほほ笑み、目を合わせてきたので、いや、そんなわけはないと思い直した。

「ピアへ行くにはこの道でいいんですか?」少女がいった。

カートはピアをじかに見て、少女を見た。こいつが殺し屋とは思えない。ばか過ぎる。

「ああ」カートはいった。「ピアへ行くにはこの道でいい」カートは歩き続け、駐車場の端まで行った。カモメの群れが砂上に陣取っている以外、ビーチは空っぽだった。カートは待った。ここでぼけっと立っているべきか、すっぱり切り上げるべきかわからず、いらいらしてきた。

「〈カート〉か? おれが〈フルーク〉だ」″お恵みください″の段ボールを掲げた若いホームレスだった。″まぐれ当たり《フルーク》″なんてコード・ネームにするやつがいるのかと思った。

汚れやかつらを取り去ったこいつの姿は想像しがたい。これまでの顔ぶれからこいつだと見極めるのはかなりたいへんだろうが、そこが重要なところだ。そうはいっても、どこかいっちゃってるのはすぐにわかる。目だ――きらきらと悪意が輝いている。ピエロの格好をして小さな子供たちを楽しませていた連続殺人鬼を、カートは思い出した。

「何でこんなところで会わなきゃいけないのか、教えてくれないか?」カートはいった。

「ああ、それか」フルークがいい、顔をしかめた。「ディープ・スロート（ウォーターゲート事件の情報提供者）をまねればよかったか。あいつらは真夜中に地下駐車場で会ってただろ。それならふたりきりになれるだろうし」フルークがぱちんと指を鳴らした。「それか、美術館とか！　ああ、『モナリザ』の前に座って知らない同士のふりをするとか！」カートはにこりともしなかった。「いや、まじめな話」フルークがいった。「ここならすべての動きが見える」フルークがピアの端から端まで手を振って示した。「誰が来て、誰が去り、誰が行ったり来たりし、誰が無為に手すりに寄り掛かっているか。要するに諜報技術だ」

カートはホームレスの格好をしたやつと話をしていたので、周りが気になった。ホームレス、ヒッピー、学生風の連中とはふつう話さない。友だちだと思われたり、黒人が撃たれるたびにプラカードを掲げてデモするばかどもの仲間にまちがわれるのは嫌だ。

「気を悪くしないでほしいんだが、ボディーチェックさせてもらう」フルークがいった。ふたりはキャンピング・カーと背中合わせのフォードＦ‐１５０のうしろに行った。「すげえ、筋肉かちかちだな」フルークがいった。「木をボディーチェックしてるみたいだ。そうだ、電話の電源を切ってくれないか？　切るところを見たい」

ふたりはＦ‐１５０に乗り、ステレオをつけた。ばかどもの一味が声を張り上げたり、ギターをガンガンに鳴らしたりしている。

「あんたはほんとにＤスターの人間か？」カートはいい、ボリュームを下げた。

「ああ、そうだけど」フルークがいい、ボリュームをまた上げた。「あんたはどこの人間だい？」

「おもしろい。どうして〈フルーク〉なんて名前にした？」

「何だってそうじゃないか、だろ？」

たしかに。フルークが海を見渡した。「ファースト・ポイントは一メートル半の波といったところか。ボードを持ってくればよかったたな。サーフィンは？」

「サーフィン？　サーフィンの話をしたいのか？」

「ああ、できなそうだな？　その腕じゃ？」

マスかきをしたり、スーパーマーケットのいちばん上の棚のものを取ったりはできないが、この腕でもたいがいのことはできる。今もこの腕を使いたくなった。このくそったれの髪を引っつかんで、ダッシュボードに打ち付けたくなった。

「おれにも障害があるんだ」フルークがいった。「左足の指が四本しかない。信じられっか？　あんたは生まれつきそうなのか、それとも事故でやったのか？」

「あんた、ほんとに殺し屋には見えんな」カートはいった。

「へえ、そうか？　なら何に見える？」

「コスプレ好きのガキってとこだな」

そういってもらってうれしがっているかのように、フルークがほほ笑んだ。「じゃあ、見ててくれよ」フルークがいい、早速トラックから降りた。

フルークがバックパックをボンネットに置き、ニコンの8X単眼望遠鏡を取り出すさまを、カートは見ていた。フルークは海賊のようにピアをざっと見た。「ちょっと待っててくれ」フルークがいった。「ちょうどいいのを見つけるから……よし」そういうと、カートに望遠鏡を手渡した。「ババ・ガンプのすぐ横に少女がひとりいる」

青白い顔のゴス・ファッションの女が手すりに少女がひとりいる」コーン・ドッグを食べていた。フード付きのアーミー・ジャケットを着た男がその女に話しかけている。

「ああ、見えた」カートはいった。「そいつがどうした?」フルークがバックパックの中を探る音が聞こえた。

「そのまま見てな」フルークがいった。「見失うなよ」

三十秒が過ぎたが、フルークはそのまま、そのまま、見てろ、見てろよといっている。カートはこのくそったれに黙れといいかけたが、そのとき咳のような音が聞こえ、ゴス女のコーン・ドッグがぶっ飛び、コーンミールとウィンナーソーセージの破片が女の体中に飛び散った。アーミー・ジャケットの男が何じゃこりゃ、何じゃこりゃといっている。

カートは望遠鏡を下ろした。フルークが両肘をボンネットに突き、スコープも付いていない長銃身の拳銃を両手で持っていた。サプレッサーからかすかな煙がくるくると立ち上っている。

「悪くないだろ?」フルークがいった。「コスプレ好きのガキにしちゃ?」

Dスターのいったとおりだ、とカートは思った。こいつはたしかにいかれてる。

　ふたりは急いでその場を離れ、パシフィック・コースト・ハイウェイを見下ろすパリセイズ・パークという緑の多い細長い公園にトラックで行った。フルークは自分のトラックを使うといって譲らなかった。ピアの二ブロック手前に駐めてあったカートのコルベットには、おそらく録音装置がついている。殺し屋と思わせて実はおとり捜査官ってやつが女と話をする場所といえば？　車の中だ。

　フルークは手すりを飛び越えて断崖の端に立ち、三十メートルほど下の車に向かって、かかってこいよ、くそアマ、と叫んだ。

「そこから離れてくれんか？」カートがいった。「こっちが冷や冷やする」

「要件は？」フルークはいった。

「ラッパーをひとり。この世から消えてもらわないといけない」

　フルークは人を殺す理由を訊いたことがなかった。知らないほうが仕事だと思える。歯を抜く歯医者のような気持ちになれる。「すげえラッパーなのか？　黒人なのか？」

「なぜだ？　白人しか殺《や》らないのか？」

「いや、お望みとあらば、あんたのインコだって殺《や》る。『ジム・キャリーはMr.ダマー』でジム・キャリーが死んだインコを目の見えない子供に売るシーンは覚えてるか？」

「走ってる車から撃ってもらう」

　フルークは落胆した。走っている車から撃つのは退屈だ。創造力を発揮して、斬新なことをして、クライアントをびっくりさせるのが好みだ。〝ばかいえ〟とか、〝何をしたって？〟という反応がほしかった。その後、クライアントは笑ったり、やれやれと首を振ったり、コーン・ドッグがぶっ飛んだときのカートみたいな顔をしたりする。フルークは官僚の内部告発者の暗殺にタクティカル・クロスボウを使った。そいつがミニバンを洗っているときに、チタンの狩猟用太矢で首を射ぬいた。キノコ狩りでよく森に入るグルメの弁護士にはトラバサミを仕掛けた。トラバサミの口に足を挟まれると、弁護士はショック状態に陥り、気を失って失血死した。フルークのあるときの標的は年輩の日本人の女だった。女の息子がヤクザの高利貸にはまり、早めに遺産をもらう必要ができたのだ。フルークは刀でコイの池にうしろから突き落とし、溺死させた。

フルークは石を拾い、下の車に投げつけた。

「何するんだ？　誰かにあたるぞ」カートがいった。

「いつまでにやればいい？」

「早ければ早いほど」カートが詳細を伝え、手付金を払った。「おまえは失敗したらどうするんだ？」カートがいった。

「基本的には」フルークはいった。「今までそんなことは一度もない」

5　最高の夢のありか　二〇〇五年五月

ドッドソンの持ち物はごみ袋三つと段ボール箱ひとつにぜんぶ納まっていた。「ホームレスのあいだは身軽でいないとな」ドッドソンはいった。「ショッピング・カートでも拝借してこようかと思ったぜ」アイゼイアが寝具とクローゼットのスペースを与えると、ドッドソンは晴れて間借り人になった。ビーチで肌を焼くときのように、ドッドソンがソファーに横になって頭のうしろで手を組んだ。「やっぱり楽しいくされ我が家だな」ドッドソンがいった。

カネの問題が解決すると、アイゼイアは事故以来はじめて夜まともに寝たが、翌朝になると、こんなばかなことをしてしまった自分が信じられなくなっていた。本物のギャングスタのドッドソンを、ずっと前からマーカスと暮らしてきたアパートメントに住まわせるとは。しかも、今日は土曜日だ。アイゼイアは六時まで〈マニーズ・デリ〉で仕事があり、そのあいだドッドソンはひとりでここにいる。アイゼイアはベッドの端に腰掛け、頭を抱えた。

「何てことをしたんだ？」アイゼイアはいった。「何てことをした？」

アイゼイアはドッドソンとギャングスタの仲間たちがアパートメントをめちゃくちゃにす

る場面を想像しながら、一日中、皿に残っている肉汁とポテト・サラダをすくい取り、ディッシュウォッシャーにセットし続けた。仕事が終わると、走って帰り、非常階段を駆け登った。玄関前では揚げた肉のにおいがしたが、ドアをあけようとしたときも、ラップ音楽やテレビの音は聞こえなかった。誰かがびっくりして、撃ってきたりしないように、鍵をわざとじゃらじゃらさせた。「帰ったぞ」アイゼイアはいった。

すべて今朝出かけたときのままだ。こざっぱりしている。何もなくなっていないし、壊れてもいない。柔軟剤のにおいが漂い、ドッドソンのTシャツと下着がきれいに畳んでソファーに置いてある。フライパンと何枚かの皿が乾燥ラックに入っているが、キッチンは染みひとつない。バスルームも同様だが、気になることがあった。ちがうシャンプーのにおいが漂い、他人がシャワーを浴びたことを示す湿った空気が充満している。アイゼイアは排水口を確かめたが、髪の毛一本もついていない。「驚いたな」アイゼイアはいった。

ドッドソンはアイゼイアが仕事に出たあとに起きた。気分がよかった。しばらくは暮らしが落ち着く。シャワーを浴び、汚れ物を下の階の洗濯機に入れた。朝食をつくろうと思い、〈ボンズ〉へ食料を買いにいった。

ジャガイモをすり下ろし、フライパンでバターを溶かし、ハッシュブラウンをつくりはじめた。その後、ハムを炒め、ルピタに教えられたとおりに三つの卵をかき混ぜた。尻に〝現金払いのみ〟と書かれたパンティー姿のルピタを思い出す。卵をすごい勢いでかき混ぜるものだから、Tシャツの下で体が小刻みに揺れていたっけ。

「空気を含ませないとだめよ」ルピタがいった。「そうすると軽くなるの。お尻を見るの、止めなさい、ばか《ペンデホ》」

ドッドソンの卵はしっとりふわふわに仕上がった。そのころにはハッシュブラウンも表面がかりかりになっていて、ハムもまだ温かく、サワードウのトーストにはバターをたっぷり塗ってある。しばらく料理をめでた。「〈デニーズ〉のメニューの表紙みたいだぜ」ドッドソンはいった。

ドッドソンはうれしそうにゆっくり食べ、皿についた卵を拭き取れるくらいのトーストを残した。食後はテレビで昔のマイク・タイソンの試合を見て、足の爪を切ってごみ箱に捨て、キンキーたちに電話しようかと思った。ここに呼んで、新居を披露し、マリファナで一服し、『グ《G》ランド・セ《T》フト・オ《A》ート』（クライム・アクションをテーマにしたコンピューター・ゲーム）でもやるか。だが、キンキーたちが来れば、冷蔵庫を襲撃し、飲み物をこぼし、マリファナ煙草をソファー・クッションの隙間に落とし、トイレの便器からはみ出し、壁に小便をする。連中は呼ばずに、どこかの女のところで厄介になってるとでもいっておこう。

ドッドソンたちは古い商業ビルの北向きのアパートメントを拠点にして、ドラッグを売っていた。家主はビルを小さな部屋に分けた。各小部屋には八から十人が住み、各階にバスルームが二カ所しかない。そのアパートメントを、彼らは〝家《ハウス》〟と呼んでいる。警備上の理由で数週間ごとに場所を移すが、どこに移っても同じだ。洞窟のようで、かびくさく、窓は白く汚れて外が見えず、カーテンはぼろぼろ、床のリノリウムはところどころ剝げて黒い斑点がつき、壁はギャングのマークや巨根の落書きで埋め尽くされている。バスルームはどこもひどいありさまだった。家賃はドッドソン、キンキー、セドリック、フレディー・Ｇで出し合った。みんな銃を持っていた。ここに強盗に入ろうなんてやつがいたとしても、生きて出るのは至難の業だ。

ドッドソンはキンキーからドラッグを仕入れ、キンキーは食物連鎖の頂点に君臨するジュニアから仕入れていた。〝ジュニア〟が出生証明書に記されている名前なのか、〝ジュニア〟の〝父親《シニア》〟がどこかにいるのかは誰も知らない。ジュニアはあまり〝家〟には来ないで、スモークガラス・ウインドウ、金色のＢＢＳホイール、歩道まで聞こえる前に揺れを感じるサウンド・システム、そして運転手つきのばかでかい白のリンカーン・ナビゲーターで走り回っていることが多い。ジュニアは頭がいいと思われたくて大仰な言い回しを使いたがったが、たいていは反対の効果が生まれた。ドッドソンはジュニアがこういうのを耳にしたことがある。「この女性はおれが実体を確認したなかでもっとも雅量に富む巨乳の持ち主だ」マイケル・ストークリーがジュニアの運転手で、ブーズ・ルイスが用心棒、ふたりとも指名手配の顔写真みたいな顔をして、ＳＥＡＬチーム６並に武装している。

ジュニアはボイル・ハイツのカルテル・コネクションから生コカイン一キロを買う。独自の原料を加えて、二等分、四等分、八等分してキンキーのようなブロックのトップに売る。

キンキーも独自の原料を加え、コカインをクラックに加工したあと、ドッドソンのような末端のディーラーに行き渡り、誰もが元手の倍のカネを手にする。多くの場合、ドッドソンは同僚たちより稼いだ。ブツに混ぜ物をしたり、客をからかったり、ナニをしゃぶれと迫ったりしたこともなく、品質が悪いときにはおまけをつけていた。

この仕事でいちばん嫌な点は労働環境だ。うつろな目をした哀れなヤク中に延々と売らないといけない。顔を引きつらせ、仲間の文句をいったり、昼夜を問わずつけ回す政府のドローンの苦情を訴えたりする連中に。目の前で吸う者もいる。クラックの煙は焼けたゴムのようなにおいで、マリファナの煙、サンダーバード、体臭でむんむんとしている中へ、渦を巻いて混じり合っていく。そんなところにいてガンにならなかったのは奇跡だ。大半のヤク中はなるべく素早く入って出て行くが、ブツを明かりに掲げ、こいつは上物かといってくる目の肥えた買い手が必ず何人かいる。

ドッドソンは退屈のあまりそわそわしていた。〝家〟はいつもより息苦しく、売れ行きは芳しくなかった。キンキーはあまりものの粉くらいしか卸してくれず、クラック常用者はもっといい〝家〟に流れた。ドッドソンは外に出て、土、草、犬の糞のにおいが混じる新鮮な空気を吸った。ジュニアがまたボイル・ハイツに行って仕入れてくるまで、新入荷はない。それまで、ひたすら待つしかない。転職の必要性はわかっている。この才能に見合う仕事、逮捕されたり、撃たれたり、煙で窒息死したりしない仕事が必要だ。それが具体的に何なのかはまだわからない。

一時間経っても、客は入ってこず、ドッドソンはアパートメントに戻った。長々とシャワーを浴び、においを消すためにヘチマスポンジで体をこすった。アイゼイアはほとんど家にいない。たまに一緒にアパートメントにいるときには、暗黙のルールがあるのに、それが何かふたりとも知らないかのように、互いに気兼ねして腰が引けていた。アパートメントが誰のものなのか、ドッドソンにはすぐに見当がついた。本棚の写真にアイゼイアより年上の男が写っている。たぶんアイゼイアの兄で、おそらく死んでいる。だからこそ、アイゼイアはこんなに荒れているにちがいない。ドッドソンの数学の宿題みたいにのっぺらな表情だったり、今にも人に殴りかかりそうなくらい目が張りつめて、歯を食いしばっていたりする。何時間もバルコニーに出て、頭を抱えたり、暗がりを見つめていたりする。夜遅く、寝室で行ったり来たりしながら、ひとりごとをいっている声が聞こえてくることもある。怒りに満ちた低い声で、泣き声もたまに混じっている。ノイローゼになるんじゃないかとドッドソンは心配だった。

シャワーから出て着替え、食い物を取ろうとキッチンに行った。アイゼイアがかがんで、冷蔵庫の裏側のスペースをいじくっていた。工具、ワイヤー、電子部品がまわりに散らばり、手が油で黒くなっている。「何してるんだ?」ドッドソンはいった。

「冷蔵庫の下から何かの液が漏れていた」アイゼイアがいった。「コンデンサーがショートしたんだろう」

「食い物を入れといたんだが」

「ぜんぶシンクに出しておいた」

ドッドソンは感心した。冷蔵庫は恐ろしい家電だ。背面の鳥籠のようなところに殺人バチの巣が入っている。ときどきブーンと鳴る部品だ。

「そいつは何だ?」ドッドソンはいった。

「コンデンサーだ」アイゼイアがいった。それを脇に置き、空いたスペースに別の部品を合わせた。「取り出したのより、こっちのほうがひどい状態かもしれない」

「どっから持ってきた?」ドッドソンはいった。

「〈ワン・オー・フォー〉だ。そこの冷蔵庫から持ってきた」

「ドアがあいてたのか?」

「いや」

「何、ピッキングしたのか? バンプ・キー(正規の鍵を使わずにシリンダー錠をあけるのに使う特殊加工した鍵)でも使ったのか?」

アイゼイアは答えず、手元の作業に少しばかり集中し過ぎている。ドッドソンはにやりとした。「何だよ、アイゼイア」ドッドソンはいった。「盗みをやるとわかっていたら、ふたりで建物ごと盗めたのによ」

「盗みなどやらない」

「やってるじゃねえか」

アイゼイアは使える、とドッドソンは思った。利用して儲けを生むやつになれる。壁にこんだけ賞状が飾ってあって、今は冷蔵庫を修理している。ほかにこのガキに何ができるのか、底が知れねえ。

冷蔵庫がまたブーンと動きはじめたので、アイゼイアは手を洗いに行き、キッチンに戻ると、ドッドソンが自然解凍された鶏肉を切っていた。上半身裸で、その体は携帯電話のように細く、線路の犬釘《スパイキ》のように硬そうで、胸に判読不能な刺青が彫ってあった。左腕と背中が無数の傷跡で覆われている。てかってみみずのように浮き出ている。銃創のように丸いものもあれば、ぎざぎざの斑点のようなものもある。アイゼイアはどうしたのかと訊きたかったが、やめておいた。

「それ、かき混ぜといてくれ」ドッドソンがいった。スープ鍋には、泡立つ泥のようなものが入っていた。

「これは何だ？」アイゼイアはいった。

「ルーだ——焦げないうちにかき混ぜろって——もっと素早く、底をこするように——ああ、そんな感じだ」

アイゼイアが謎の泥をかき混ぜているあいだ、ドッドソンは野菜を切り、ナイフの腹でニンニクを数片潰した。「キッチンにいるおれは最強だ」ドッドソンがいった。「黒人料理《ソウル・フード》でなくてもぜんぜんかまわねえ。おれのラザーニャは宇宙レベルだ。『アイアン・シェフ・アメリカ』は見たことあるか？　コンテストみたいな番組で、鉄人《アイアン・シェフ》という連中が出てた。料理界《キッチン》のマイケル・ジョーダンみたいなもんだ。そいつらが世界各地からやってきたシェフたちと対決する。そいつらもとんでもねえ連中だ。そんで、豚足とか軸付きトウモロコシとかの秘密の食材が与えられて、それを使って四、五品の料理をつくる。キャット（キャット・コーラ。ギリシャ料理の鉄人）もすげえ。あの連中はあらゆるいかれた料理をつくる。ボビー・フレイはどうかって？　あの野郎はスープだし用の骨でバースデー・ケーキをつくっちまう。おれもあの番組にどうしても出たい。ぜってえボビー・フレイとも互角の勝負ができる」

ドッドソンは熱いチキン・ブロスをルーに注ぎ、鶏肉、小さく切ったチョリソ、野菜、ニンニク、数種類のスパイス、干した草のようなものを加えた。その後、米を入れ、目分量で水を注いだ。そこまでの手順を、子供のように夢中でやった。かき混ぜ、味見して、塩コショウを振った。「ルピタ・テーヨは知ってるか？」ドッドソンがいった。「その女がシリコンバレーに引っ越すまで、おれはそいつと付き合ってた。あいつ、シェフになりたがってて、おれに料理を教えたんだが、おれには才能があるといってた。変わった技術があるとか、何と何を合わせると味がよくなるとかさ。おれの親父まで、おれの料理が好きだった。コンロで何かつくってると、親父がおれの肩越しにのぞいて、何つくってるんだ、二等兵《プライベート》、なんて訊いてきた。部隊に行き渡るくらいつくるのか？　親父は海兵隊にいた。命令を出すとき以外は話し方も知らねえ。雨でも晴れでもおまえ《ユー・ウィル》は毎朝カネを稼ぎに行く。おまえ《ユー・ウィル》は五時にはこの家に戻る。おまえ《ユー・ウィル》はばっかりで、おれは死にそうだった」ドッドソンが米のあんばいを確かめ、オクラの茎を切った。「たしかに、親父はイラクに何度か派遣された」ドッドソンがいった。「向こうでほんとにドンパチやってた。おれたちのごたごたなんか、幼稚園の遊びみたいなもんだ。だが、おかげで親父はぼろぼろになった。ストロベリー味のクール・エードみたいにウォッカを飲むようになって、毎日酔っぱらったまま職場に行った。〈ベスト・バイ〉の在庫管理をやっていたが、車で寝てたせいで馘になった。それで、家族みんなを連れてオークランドに移り、そこでおれが生まれた」ドッドソンがギャングのハンド・サインをやって見せた。「北カリフォルニアだぜ、ベイビー、ベイのウエスト・コーストだぜ」そういうと、ウー・ウーと列車のような声を上げた。「ホット・ソースはあるか？」

「左の戸棚だ」

謎の泥はガンボだった。こってりした濃厚スープで、メープル・シロップのような色のそのスープを、かりかりに揚げたオクラを添えた米にかけて食べる。アイゼイアははじめて食べるかのように、恐る恐る口に入れ、ひと口ずつ噛みしめながら食べた。「うまい」アイゼイアはいった。「とてもうまい」しかし、味などまったくわからなかった。ドッドソンがもっと反応を期待して見つめているので、気になってしかたなかった。

「オクラ、うまいだろ？」ドッドソンがいった。「ビネガーに浸して、ぬめりを落とすんだ」

「ああ、オクラもうまいよ」

耐えられるだけ食べたあと、もっと食べたように見せるため、アイゼイアは残りを一カ所に集めた。ドッドソンに礼をいい、部屋に行って宿題をやった。受けている授業はすべてアドバンスト・プレイスメント（高校の成績上位者が進学前に履修可能な大学の科目）だった。環境科学、微分積分、コンピューター・サイエンス、人文地理学。

「授業がきついのはわかるが」マーカスがいった。「授業はおまえの夢をかなえる道だ。多くの者はその道を歩み続けられなくなるか、夢に現実味がなくなる。『アメリカン・アイドル』に出てくるガキども、勝ち進めないガキどもを見ろ。人様に聞かせられるような歌を歌えず、きついことをいわれたあと、そいつらはいつも何ていう？　でも、ぼくの夢だし、マライア・キャリーはあきらめちゃだめだっていってたもん！　ああ、だが、おまえにはマライア・キャリーの声はないんだから、そんなたわけた夢など頭から追い出せ。マライア・キャリーは、自分の才能にしたがって、神にもらった器に合わせて夢を見ろとでもいえばよかったんだ」マーカスはそういうと、あの満面の笑みを見せ、アイゼイアの目に未来を見いだしていた。「おまえは神に翼をもらったんだから、その道の行き着くところまで飛んでいける」マーカスはいった。「そこに最高の夢がある」

　マーカスはエンジニアとか建築家になるはずだったとアイゼイアはずっと思っていたが、高校を卒業してまもなく母親が手術中に死に、父親もひどい鬱を患って自殺した。十歳の弟を世話するのはマーカスしかおらず、結局、便利屋になった。アイゼイアは兄に失望の気配を探ったがどこにも見えず、声にもまったく感じられなかった。いつだって、思ったとおりになっているかのような口ぶりだった。

アイゼイアは宿題を終えられなかった。本を壁に叩きつけ、コブラの攻撃のように言葉を吐き出しながら、寝室をどかどかと歩き回った。〝マーカスのばか野郎。どうしてそんなことができる？　どうして注意しなかった？　ばか？　マーカスのばか野郎。おれはどうすればいいんだよ？〟。今ではしょっちゅうこうなる。胸に怒りが込み上げ、今にも爆発して、近くにいる者を誰彼かまわず殺したくなる。足を止め、拳を握りしめても殴るものはなく、その場に立ち尽くした。万事運しだいなのだから、車に轢かれる運命だとしても、あらがって何になる？　自分の運命が自分の手にないなら、利那に身をゆだねてもいいじゃないか？　マーカスがいないなら、何をしたって意味ないじゃないか？

怒りに呑み込まれそうだった。怒りには行き場がなく、意識を集中するものもない。こんな調子のままでは、きっと精神病棟に入れられる。夜明け前にバルコニーに出ていたとき、あることを思いつき、顔に当たる朝日のように気分が高ぶり、体が温かくなった。マーカスを轢き殺したやつを追跡しよう。見つけ出す。追いつめてこういう。おまえはそんじょそこらのやつを殺したんじゃない。マーカスを、世界でいちばんすごいやつを殺したんだ、と——そして、その人殺しに報いを受けさせる。

6　燃え尽き　二〇一三年七月

アイゼイアとドッドソンはプールをまわり、カルの敷地裏手に群生するイチジクの木のほうに向かった。犬と男はそこから入ってきた。

「おまえは喋りすぎだ」アイゼイアがいった。「信じるに足る理由がどうのと――」

「おまえがプロに見えるようにがんばってるだけじゃねえか」ドッドソンはいった。

「そのことならいわなかったか？　おれは好きなようにやるといわなかったか？」

「おまえのやり方は全面的にオーバーホールする必要があると思うがな。こういうケースはうまく話をつけようとするもんだ。突っ立ってぶつぶつひとりごとをいって、くされ霊能者みたいに宙を見つめてちゃまずい。クライアントと話し合い、自信のほどを示して、クライアントに払った分の見返りを得られると思わせないとな」

「払った分の見返りを得たら、勝手にそう思うだろう」

ふたりはイチジクの木々の前にたどり着き、湿っぽい地面のたくさんの足跡に気付いた。犬の足跡は、メイおばさんのアンティーク衣装だんすの鉤爪付きの脚《シフォローブ》のように大きい。アイゼイアが膝を突き、まぢかで見た。家からカルの取り巻きが見ているはずだと思い、ドッドソンもアイゼイアの横で膝を突き、架空の手がかりを指さした。

「何を探してる？」ドッドソンはいった。「犬と男がここにいたことはもうわかってる」

「男はクロックスをはいていた」アイゼイアがいった。「穴があいた大きくてマヌケなゴム靴だ。ブランド名が底に刻まれてる、そこにあるだろ？」

「これはなんだ？」ドッドソンはいった。長さ四十五センチほどの円筒形の跡が数多くあり、どれも同じ方向を向いている。

「よくある座面の低いビーチ・チェアだ」アイゼイアがいった。「男はここに座って邸宅を監視していた」

「なぜ正面から監視しなかった？」

「民間の警備会社に目をつけられる。路駐するやつはいないからな」

むかしとまるで同じだ、とドッドソンは思った。アイゼイアのまちがい探しをしたり、知らないといわせようとしたりだ。「男がこんな裏手にいたら、いつ犬を放つかどうしてわかるんだよ？」

「男はここに何週間もいた」アイゼイアがいった。「車のエンジン音を聞き分けられるようになっていた。取り巻きがみんな出て行けば、カルがひとりでいるとわかる」

イチジクの木々のうしろに高い木造のフェンスがあり、カルの敷地とごみ収集車がごみ箱の中身を回収しに来る路地とを隔てている。フェンスに人間と犬がくぐり抜けられるくらいの穴があいていた。

「おっと、侵入経路はわかったようだ」ドッドソンはいった。「あれはたぶんボビー・グライムズだな」

ボビー・グライムズが泡を食って芝を走ってきた。カルの取り巻き連中が急いで追いかけている。「きみがミスター・クィンターベイだな」彼がいった。「ボビー・グライムズだ。噂はよく聞いてる」

「お会いできて嬉しいです」ドッドソンはいった。「アイゼイアの上級アソシエイトのフネル・ドッドソンです。名刺です」

生きたバッタでもつまむみたいに、ボビーが名刺をつまんだ。サビル・ロウで仕立てたコバルト・ブルーのスーツ、襟元をあけたワイシャツ、カフスのすぐ下できらりと光るピアジェのプラチナ・ウォッチと、あかぬけている。「時間がないので、単刀直入にいう」ボビーがいった。「こういうのは気が引けるが、私の見立てでは、今回のきみの調査はまったくの時間の無駄だ。たしかに、私も映像は見たし、殺人未遂は事実で、我々も懸念すべきだということは理解するが、現時点では、警戒を怠らずに淡々と過ごす以外にどうしようもない」

「ボビーのいうとおりだぜ」チャールズがいった。「なんせツアーがあるし、やることをやるしかねえ」

「私はおまえに話しかけていたか？」ボビーがいった。「ちがうな。それなら、話しかけられるまで口を閉じておけ」

「そりゃねえぜ、ボビー」バグがいった。「どうしてそうなんだよ？」

「おまえの考えを聞く必要があればな、お兄ちゃん、ハム・サンドイッチを持った手を振って合図してやる」ボビーがいった。

「カルは犬の攻撃を仕組んだのはノエルだといっていたが」アイゼイアはいった。

「そんな」アンソニーがいった。「ノエルがいくらカルを嫌ってるからって、そこまでばかなまねはしませんよ」

「ほかに誰がカルを殺したがる？」アイゼイアはいった。

「殺したがらねえやつがいるか？」チャールズがいった。「カルはありとあらゆるやつを食い物にしてきた。イングルウッドにもあいつをぶち殺したいやつがいる」

「〈クウェイラッド〉だな」バグがいった。「ずっと前からディスり合い《ビーフ》してるからな」

「今、重要なのは」ボビーがいい、兄弟をにらみつけた。「カルをスタジオに戻すことだ。このごたごたについては、その点以外は余興だ」

「カルとノエルはどのくらいのあいだ結婚していた？」アイゼイアはいった。

「三年です」アンソニーがいった。

「子供は？」

「いません。なぜです？」

「子供もなく短い結婚生活だったのなら、結婚期間が半分だったとしても、判事はノエルに離婚後扶養料を与えていたはずだ。ノエルはそれでもカネに困っていたのかもしれない。カルに生命保険はかけられていたか？」

「そんな、ほんとうにその線でいくんですか？」アンソニーがいった。

「このコロンボ野郎の話を聞こうぜ？」チャールズがいった。

「ええ、ミスター・クィンターベイ」ボビーがいった。「カルには生命保険がかけられている。きみがそれを自分で突き止めて、何かをやり遂げたと思ってほしくないからな。カルには五百万ドルの生命保険がかけられていて、掛け金の支払いを続けることも離婚条件に入っている。これで答えになっているかね？」

アイゼイアはボビーをただ見つめていた。

「わかったよ。別の方向からこの問題を見ようじゃないか？」ボビーがいった。「仮にノエルが実際に生命保険金目当てにカルを殺そうとしたのだとしよう」

「ちがいますよ」アンソニーがいった。

「解決には何週間、あるいは何カ月もかかるかもしれない。解決すればだが。ところが、カルバンには何週間も何カ月もない。契約上、来週の月曜までに私のレコードをつくる義務を負っている。このいわゆる調査が長引けば、それだけカルには家に籠る口実ができる」

「おれに何をしろと？」アイゼイアはいった。

「カルはもう仲間の声に耳を貸さなくなっているが、きみのいうことなら聞くかもしれない」ボビーがいった。「やつの望みは無理筋であり、仕事に戻って私のレコードをつくってもまったく安全だといってほしい」

「無理筋かどうかはわからないし、安全かどうかもわからない。誰がカルを殺したがっているのかは知らないが、そいつは本気だから殺し屋まで雇った」

「なんとプロの仕業だと考えているのかね？　なぜ過去の怨恨でないといえる？」

「おれもそういったんだ」チャールズがいった。

「黙ってろ、チャールズ」

「映像に映っていた白人がイングルウッドの者かクウェイラッドのメンバーだというのか？」アイゼイアはいった。

「よくいるラッパー嫌いの貧乏白人《レッドネック》かもしれないじゃないか」ボビーがいった。「カルはその手の連中からしょっちゅう脅迫を受けている。結論を急ぎ過ぎているようだな、ミスター・クィンターベイ」

「森から現われたとき、あの男は慌てていなかった」アイゼイアはいった。「それに、警察がパトロール・カーの回転灯をつけて到着しはじめたとき、その男が何をしたか見たか？　動きを止め、考えていた。カルはプールの反対側にいた。そこまで行って撃てば、戻ってきて、犬を助け出し、逃げ去る時間はないかもしれない。警察は玄関まで来ているだろうから。それに、あの犬をプールから引っぱり上げられないこともわかっていた。体重が自分と同じくらいあるだろうから。そこで、犬を浅い側に誘導し、自分もプールに入り、楽に押し上げた。あんたはあの状況であそこまで冷静でいられるか？　それに、あの銃を見たか？　やたら長い銃身だった。警官が携帯するグロックの銃身は七インチだ。あの男の銃のは九インチはあり、カスタムメイドだ。しかも、細い円筒形の銃で、肉厚銃身《ブル・バレル》といわれる。命中精度が高い狙撃銃によくある形だ。だが、そんな銃でも、動いているかもしれない人間を三十から三十五メートル離れたところから窓越しに撃つのは簡単ではない。スコープをつけていないならなおさらだ。それほどの自信があるなら、撃ち方もわかってる。それに、忘れてほしくないのは、この男は三週間、ひょっとするともっと長く森に潜んでいたということだ。いくらラップ・ミュージックが嫌いだからといって、カネももらっていない貧乏白人《レッドネック》はそんなまねはしない。この男には忍耐力がある。プレッシャーにも慣れている。プロだ」

「質問は？」ドッドソンがいった。

短い沈黙が訪れ、アイゼイアとボビーは互いを見ていた。「わかったよ、ミスター・クィンターベイ」ボビーがいった。「考え直してはもらえないようだから、こういっておこう。必要な警戒はこっちですべて取るとして、私に免じてカルバンに安心するよういってくれないか？　恩に着る。ボビー・グライムズが恩に着るというのは、そうあることではないぞ」

「できない」アイゼイアはいった。「おれはクライアントのために仕事をする。あんたのためじゃない」

「現実的になったほうがいい」アンソニーがいった。「あんたらには犬に襲撃される映像以外、何も手がかりはないんですよ。どこから手を付けるっていうんです？」

「いい質問だ、アンソニー」ボビーがいった。「実をいえば、きみらはゼロ以下からはじめることになるんだ、ミスター・クィンターベイ。私の知るかぎり、そちらには警察のコネもないし、ノエルが自白することもまずない。いったいどこから手を付けるつもりだ？」

「殺し屋を雇った者を探し出す唯一の手がかりは殺し屋であり」アイゼイアはいった。「殺し屋を探し出す唯一の手がかりは犬だ」

誰もがその先を待っていたが、アイゼイアは何もいわなかった。

「どういうことだね、ミスター・クィンターベイ？」ボビーがいった。「あの犬を探し出すというのか？　あの犬を？」

「まぬけもいいとこだぜ」チャールズがいった。

ドッドソンもそういいたそうな顔をしていた。

「申し訳ないが」アンソニーがいった。「その点だけは、私もチャールズと同じ意見だ。ピット・ブルだらけの街で、一匹のピット・ブルを探し出すなんて不可能だ」

「何かわかったら連絡する」アイゼイアはいい、帰ろうとした。

「ばかげた使命感だ、ミスター・クィンターベイ」ボビーがいった。

「かまわないさ。ばかなまねはこれが最初じゃない」

車に戻るとすぐにドッドソンがいった。「どうやってその犬を探し出すんだ？　このあたりにも百万匹くらいいるし、その犬はどこから連れてきたのかわからねえぞ。ロングビーチ、コンプトン、カーソン、ローンデール。イースト・ロサンゼルスなんか、人間の数よりピット・ブルの数のほうが多いくらいだ」

「殺し屋はこのあたりの人間じゃない」アイゼイアはいった。

か？」

「ひとつには、クロックスをはいていたから。防犯カメラの映像を見ただろ。そいつのTシャツを覚えてるか？　このあたりでホワイト・ストライプスを聞くようなやつを知ってるか？」

「何でわかる？」

「このあたりの人間じゃなかったらどうするよ？　メキシコとかマイアミの人間だったら？　ひょっとすると今ごろはそこに戻ってるかもしれねえ」

「カルが家から出ないとわかってから、マイアミかメキシコに戻って犬を連れてきたというのか？　ちがう、あいつは地元の人間だ」

「地元ってのはどのあたりだ？　そいつの家がウッドランド・ヒルまで車で来られるあたりにあるってことか？　メキシコからだって、ウッドランド・ヒルまで車で来られる。議論のための議論だぜ。あの犬を探し出すのはまず無理だろ」


午前十一時だった。ノエルは桃色や黒色の鳥の模様があしらわれたシルクの着物をまとってベッドに寝そべり、電話で話をしていた。「何ですって？」ノエルはいった。「カルが探偵を雇った？　いつのこと？　へえ、どうしてもっと早くいわなかったの？　当たり前じゃない、まずいわよ。誓っていうけど、あのいまいましいカルバンは最後の最後まであたしを苦しめるのね」

カルと結婚する前、ノエルはメアリー・J・ブライジの焼き直しのような歌手だった。ボビー・グライムズに契約してもらったものの、声はあるのにソウルがないので、ノエルのキャリアは行き詰まった。カルのアルバムでコーラスをやったときに、カルと出会った。カルはそれまでよく目にしていたリル・キム的な女とはまるでちがう、ノエルの優美な容姿と洒落た着こなしに惹かれていった。ノエルもラッパーのガールフレンドにまつわる話はよく知っていたが、結局、口説き落とされた。カルバンは気が向けば優しくて人当たりもよかった。その肩をそびやかすような態度をノエルは毛嫌いしていたが、どうしても引きつけられてしまった。でも、決定打はカルバンの暮らしぶりだった。

「脳裏に思い浮かべれば、何でもおまえのものになる」カルはいっていた。

そのとおりだった。ほしいものが脳裏に思い浮かぶと、値札に目もくれずに買った。注目を浴びるのはとっても気持ちよかった。ショートショーツ姿で車に歩いていくだけで、同じ夜にE!チャンネル（エンターテイメント専門のチャンネル）とＴＭＺ（ゴシップ系テレビ番組）の両方で取り上げられた。でも、マイナスもあった。カルと結婚してから、心の成長が止まった。タブロイド紙やファッション雑誌くらいしか読む必要がなくなり、自分を試す理由も、ＨＳＮ（ショッピング・チャンネル）で売られている一連のハンドバッグより価値あるものを自分でつくり出す理由もなくなった。ハンドバッグはどこかの倉庫に六千個も用意されているという。仕事を見つけようかとも思ったけれど、カルバンには、かっこいい仕事でないならやめておけといわれた。せっかくの名前に傷を付けることはない、と。家庭生活などまるでなかった。カルバンはレコーディングしていないときには、クラブで遊び回り、仲間とつるんだり、一週間ぶっ続けでツアーに出ていたり。

それに、無制限の贅沢も魅力を失い、ほしいものが何でも手に入る感動がどんどん薄れていくのに気付いた。そこが大切なのかも？　ほしがって、待って、もがいて、やっと手に入る。ほしいと思ったときに手に入らない。いつの間にか、ほかの誰もが考えるありふれたことを考えるようになっていた。どうしたら自分に満足できるの？　自分がほんとうに望んでいるのは何？　ひとりで成功できるかしら？　どうやってチャールズとバグをあたしの家から追い出せるの？

カルバンも結婚生活に不満だった。十億ドルを手に入れたかのようでもあり、夫の盾になって銃弾も受ける、タマの毛も剃る、Tバックにピンヒールで朝食をつくるなんていっていた最高級美人妻《トロフィー・ワイフ》だったのに、口汚くなり、うじうじしたり、クローゼットの広さからイメージ・アワード授賞式の座席まで、何でもかんでも文句をいうようになった。ココナッツ・グローブのルブロン・ジェイムズ宅の真向かいの家を買っても、靴が六百足あっても、〈パシャ・クラブ〉で友だちと千ドルもするクリスタル・ワインを飲んでも、専属ヘア・メイクを雇っても、お守りがついていないと〈ジ・アイビー〉で昼食も食べられないかのように、野獣のようなボディーガードがどこへでもついていっても、何もいわなかったのに。それに、ノエルは子供に興味がなかった。カルバンもほしいわけではないが、子供がいるのはいかす《イン》ことで、ファッションだ。自分の赤ちゃんに〝ジッピー〟とか〝アップルパイ〟と名付けたりできないのはダサい。

はじめノエルはカルのツアーに付いていき、女やごろつきを追い払っていたが、カルはかまわず浮気した。女友だちにはそれがラップ・スターと結婚する代償だといわれた。ノエルはしばらくは耐えたが、噂はあまりに多く、絶えなかったので、だんだん惨めになってきた。自尊心というラクダの背を折ったとどめの藁となったのは、カルがティエラの喉元に舌を這わせているタブロイド写真だった。ティエラもボビーのレーベルに所属する歌手で、ノエルとはずっと仲が悪かった。ノエルは報復した。カルを家に入れず、カルのスーツをカッターナイフで切り刻み、モンテクリスト（キューバ産高級葉巻）をプールに捨て、メルセデス・ブラック・シリーズSL65をレッカー車で撤去させた。カルも報復に報復し、ティエラを家にお持ち帰りして、夫婦のベッドでやった。ノエルがベッドルームの床に落ちていた五つの使用済みコンドームを見つけ、こういった。「へえ、マジでやるのね」

ラップ界でも、ふたりの戦いは伝説的だった。カルはチケット売り切れ満員のノキア・シアターでライブをしていた。フィナーレで《アップ・フロム・ナッシン》を歌っていた。スヌープ・ドッグとその取り巻きが控室で見ているはずだったから、いつもより少しばかり気合いが入っていた。第二ヴァースの途中でノエルがステージの袖から出てきて、ビショップ・ドン・ファンのピンプ・カップ（金色の派手なカップ）とでもいうようなものでカルを殴った。カルはノエルのエクステをつかみ、ノエルを観客の中にぶん投げた。感謝祭のディナーのときには、カルがノエルの〈ステラ・マッカートニー〉のショルダー・バッグを電子レンジでチンし、ノエルはシチメンチョウのもも肉でカルをひっぱたいた。〈ロスコーズ・ハウス・オブ

・チキン・アンド・ワッフルズ〉では、カルがドアを指さして出て行けといい、ワッフルをノエルの顔に押し付けると、ノエルはカルの指を危うく嚙みちぎりそうになった。ノエルがカルの愛犬のヘラをアトランタに住むクウェイラッドというライバルラッパーのところに空輪で送ってしまうと、カルはノエルのヘアドレッサーを二階の窓から放り投げた。ノエルはカルがマスターベーションをしている写真をフェイスブックにアップした。カルはコンクリート・ミキサーの運転手や作業員を雇ってノエルの靴のコレクションをコンクリートで固めた。離婚してからも止まらなかった。カルはノエルをディスる曲を書き、あそこがカッテージ・チーズくさいだの、左右のオッパイの大きさがちがうだの、乳首がカップケーキ並にでかいだのと詞を付けた。ノエルもラジオ・インタビューで反撃し、カルは赤ちゃん言葉で甘えるのが好きだの、編み針の先に軍人のヘルメットをつけたようなチンポだのと生々しく伝えた。ボビー・グライムズなどは、タブロイド各紙が合同でふたりに賞を授与すればよかったと語る始末だ。

「それについてはどうにかしないとね」ノエルは電話をかけてきた人物にいった。「わからないけど、ＩＱなんて呼ばれてるやつに嗅ぎ回られるのはごめんだし、お忘れかもしれないけど、あたしたち今回は同志よ。それはわかるけど、話は終わってみないと。いいわ、じゃああとで」

ノエルは大聖堂のようなクローゼットに入っていった。ロデオ・ドライブのプラダの店より多くの服がある。『ザ・ションダ・シモンズ・ショー』に出演する予定で、若々しい格好をして、声明を出したかった。ダメ夫などいなくてもふつうに暮らしていることを世界に知らせてやる。今しなきゃいけないのは、出演時の衣装を買いにいくときに着る服を決めることだ。

家政婦のコンスウェロが寝室の埃をはたいていた。「コンスウェロ？」ノエルはいった。「買い物に出かけたいってロジオンにいってくれない？」

「あの醜い化け物男に《キエレス・デシル・ケ・エル・モンストルオ・フェオ》ですか？」コンスウェロがいった。「嫌ですよ」

カルは〈デュクシアーナ〉のダブル・キング・サイズ・ベッドにゆでたエビのように丸まっていた。頭上には、サウスセントラル地区のどこかの地下クラブで撮影されたポスター・サイズの白黒写真が貼ってある。シンダー・ブロックの壁、低い天井、一面に広がる多数のうっとり顔に反射し、宙に漂うマリファナの煙をとらえるクリーグ灯。当時、カルはトリオのメンバーで、フロントマンとしてデビューしたのもそのときだった。上半身は腰まで何もまとわず、繊維の束に汗の宝石をちりばめたような体で、金色のゴブレットに残る不老長寿の酒《ネクタル》の最後のひとくちを飲むかのようにマイクを持っている。その曲はよく覚えている。おれをセレブにのし上げた曲だ。カルはベッドに横たわったまま、歌詞を口ずさんだ。

なにもねえ場所から　成り上がる
ひとりでどこまでも　道を往く

売りこみはいらねえ　這い上がってやる
おれの刃で妬み屋を　鎌形赤血球にしてやる
裏切り者は消し飛ぶ　おれがカネ稼ぐ間
出し抜いてやるぜ　おれの望み次第だ
お前らは助からない　おれの曲はさらにヤバくなるんだ
おれは神《クリエイター》だ

《アップ・フロム・ナッシン》は二百万枚突破作《マルチプラチナ》になり、六週間もビルボード・チャートにとどまった。こうしてラップ・スターの暮らしがはじまった。贅を尽くしたツアー・バスに乗り、コンサートはソールドアウト、ファンにサインをしてやり、リムジンに乗り、ソフトクリーム並にでかいマリファナ・タバコを吸い、母親の裏庭くらい広いホテルのスイート・ルームに泊まった。セレブ連中と同じくVIP居住区に住み、テキーラの会社のコマーシャルに出て、BETアワードで歌い、グラミー賞にノミネートされた。『ノー・ディギティ』というパイロット・フィルムを撮影し、走り屋をテーマにした映像で頭のいかれたドラッグの密売人の役を演じた。カルはいつも女に人気があったが、このときは次元がちがった。女たちは求職者のようにずらりと並び、誰が先にフェラチオをするかでいい争った。

カルはその後、十三枚のアルバムをつくった。マルチプラチナとプラチナが四枚ずつ、残りはゴールドだった。正真正銘のスター、街の王、誰もがプレイしたがるゲームのMVPになった。それまでにノエルと結婚した。ああ、失敗に終わったのはたしかだが、いい時もあった。それはいわないわけにはいかない。具体的にいつ壊れはじめたのかは覚えていない。それはじわじわと忍び寄り、はじめはふたりとも気付かなかった。だんだん外に出たくなくなり、外界との接触を断って家に籠った。最近は何をしてるのかと訊かれたら、肩をすくめるか、聞こえないふりをした。ゲームの〝マッデンNFL〟をやれよと仲間にはやし立てられると、わざとしくじるか、ボールを横のスタンドに蹴り入れた。一日十二から十四時間寝たかと思えば、不眠症になって午前五時まで家の周りをふらついたりした。被害妄想になった。アクセサリーがなくなったとか、何者かが食事にいたずらしたなどといい出した。シャワーも浴びず、ひげも剃らなくなった。クリスピー・クリームとV8野菜ジュースのスパイシー味ばかり飲み食いした。アレルギー、頭痛、腰痛を訴えたが、ドクター・マックリンは原因を見つけられなかった。カルは野良のネコを引き取った。

総額五千五百万ドル契約となったカルの新譜三枚の一枚目に収録する新曲のレコーディングがはじまるまで、ボビー・グライムズはカルの状態を知らなかった。レコーディングはサンタモニカのロック・ステディー・スタジオで一週間前倒しではじまった。ボビーは遅れてスタジオにやってきた。チャールズとバグは携帯でメッセージのやり取りをしていた。アンソニーはカモメの写真を見つめていた。自分の青春もカモメと一緒に飛び去っていくとでも思っているのか。

「どんな調子だ？」ボビーはいった。

「ご自分の目で見てください」アンソニーがいった。

カルはブースにいて、シングルのさわりに取り掛かっていると思われた。マイクの前に立つ姿は、やつれ、無力感を漂わせ、九百九十五ドルのカシミアのバスローブに包まれた腹がサッカーボールのように突き出ている。抑揚のない調子でラップした。

脳が傷んで何も思いつかねえ
数でもあらわせねえし　言い訳もできねえ
自分のライフスタイルの餌食になる　虫にたかられるチキンみたいに
おれの性欲は落ち込み
ランキングも墜ち、賞もどうでもいい
録音されて食い物にされる　必要なのはジグムント・フロイト

ボビーは見ていて、恐怖と不信がキノコ雲のように腹の中から噴き出てきた。「あいつはどうしてバスローブなんか着てる？」ボビーはいった。

「このほうが快適だといっています」アンソニーがいった。

「何と比べて快適だというんだ？　洋服か？」

「疲れているそうです」

「疲れているようには見えん。精神を病んでいるようにしか見えん。何てことだ、家みたいにでかい体じゃないか」

カルがだらだらと歌い続けた。

ふらつくのをやめて　巣に帰る鳥になり
ミシシッピに戻って　作るホームメイドのチリ
おれが親父の玉袋にいたときから
顔も会わせちゃいねえ親戚《チリン》どもとなごむ
先もわからねえ　何も感じねえ
おれの世界は暗闇になる

ボビーはミキシング・ボードの前で、長年カルのプロデューサーをやってきたビッグ・テリーと座っていた。「どうしてこんな状態でやらせている？」ボビーはいった。

「カルは好きにやる」ビッグ・テリーがいった。「どういうやつかはあんたもわかってるだろう」

「そうか、ならあいつを仕事に戻してくれんか？」

ビッグ・テリーがインターコムのスイッチを入れた。「何してんだよ、カル？」ビッグ・

テリーがいった。「おまえの親戚はイングルウッドにいるし、ミシシッピがどこにあるか、くされ地図で指し示せねえだろうが。まじめにやれよ」カルは聞こえていない様子で、自分にしか見えない地平線を見つめている。

「信じられん」ボビーはいった。「問題を抱えているとは思っていたが、これほどひどいとは思いもしなかった。いつからこんな状態なんだ？」

「離婚してからずっと坂を転げ落ちています」アンソニーがいった。「スタジオに連れてくるのも一苦労です」

「それなのに、アルバム三枚の総額五千五百万ドルの契約を結ぶ前に、私に伝えようとは思わなかったのか？」

「嘘じゃないんだ、ボビー。今ごろはこんな状態から抜け出ていると思っていたんだ」

「おまえらはどうなんだ？」ボビーはバグとチャールズにいった。「私に伝えようとは思わなかったのか？」

「病気か何かだと思ってさ」バグがいった。「インフルエンザみてえな」

「インフルエンザだと？　インフルエンザにかかっていると思っていたのか？　贅肉ばかりで脳みそはひとつもなさそうなのに」

カルはもうわけがわからなくなっていて、秘密を耳打ちしているかのように、ポップ・フィルターに向かって呟いている。

「何をやった？」ボビーはいった。

「マリファナと、処方薬です」アンソニーがいった。

「カルのざまを見てみろ。ヤツがまともなレコードをつくれる可能性は、バグが〈ポパイズ・ルイジアナ・キッチン〉のファミリー・ミールを断る可能性より低い」

カルがブースから出て、ゾンビのような足取りで調整室を抜けていった。

「カル、大丈夫なのか？」ボビーはいった。

カルはよろよろと男子トイレに入り、ドアをロックした。汗が噴き出て、息が荒い。羽音のような音は蛍光灯が発しているのかと思っていたが、実際には自分の頭の中で響いていて、目の裏側が膨れているように感じられる。そして、五歳のとき以来はじめて、五歳児のようにしくしく泣いた。「おれはぼろぼろだ、ぼろぼろだ」カルはいった。「頭がおかしくなってる」ようやく泣きやむと、車内で食ったクリスピー・クリームが入っていた箱みたいに空っぽになった。くずしか残っていない。ペーパー・タオルで洟をかんでいたとき、〝声〟が聞こえた。

「自分が何者なのかわからなくなった」声がいった。「どうなってしまったのかさっぱりわからない」

カルははじめ、自分の口から言葉が出てきているのだろうと思っていたが、鏡を見ると、口は動いていない。

「孤立している」声がいった。「信頼できる者が、わかってくれる者がひとりもいない。友だちも家族も役に立たない」

カルは取り巻きといるのが嫌だった。アンソニーはいらついている。チャールズは態度が悪い。バグはやたら厳しい態度を取る。〝おらおら、男らしいとこを見せろよ。そんなバスローブは脱ぎ捨てろ〟

「寝ること以外、何に対しても興味が湧かなくなった」声がいった。「むかしは楽しかったことが、今ではばかばかしく感じられる」

最近はクラブからもロデオ大会と同じくらい足が遠のいている。耳をつんざく音楽、まばゆいストロボ、プリングルズみたいにダンス・フロアに詰め込まれ、カクテル一杯に十六ドルも払うのが楽しいかのように、酔っぱらって腕を振り回したり、ワーワーと声を上げるやかましい群集。それに、ラップ・スターは人前では気を緩められない。いつでもクールでいないといけない。鼻をほじっていたり、えげつない葉巻をくわえ、さりげなくグラン・パトロン（高級テキーラ）のボトル・ネックをつかんでくっちゃべっていたり、このジョークは事情通しかわからんとでもいうかのようにばか笑いしていたり、千回もいってきたようなせりふでご婦人がたにいい寄っていたりすれば、だれかにビデオに撮られて、永遠にYouTubeに残る。

「どうやったら楽しくなるのか」声がいった。「どうやったら楽しめるのか、忘れてしまった」

最後に心から楽しいと思った記憶は子供のころで、父親がフォークリフトにカルを乗せてザ・フォーラムの床を走り回ったときと、アンジーと友だちがやってきて、リビングルームでばかなダンスを踊ったときだ。《ランニング・マン》《ソウルジャ・ボーイ》《チキン・ウィング》。

「食欲が抑えられない」声がいった。「酒を飲み過ぎるし、ドラッグもいろいろやる」

カルは十キロ以上も体重が増えた。着ていて苦しくないのはバスローブだけで、まるで食品群のように錠剤を食べている。カルがどれだけマリファナ・タバコを吸っているかを知れば、スヌープ・ドッグでさえ介入《インタベンション》しようとするところだろう。

声が続けた。「こんな仕事に意味はなく、心が磨り減るだけだ。考えたくもない」

新譜に入れる曲を書くことになっているが、何を書けばいいのかわからない。また女《ビッチ》、フェラチオ、アクセサリーか？　またレミー・マルタン、ドン・ペリニョン、クルボワジエか？　また鞭とベルトと世界支配か？　歌詞《ライム》はぜんぶ使い果たした。カニエ・ウエストと同じ道をたどって、母親、イエス・キリスト、物質主義なんかの歌を歌おうかとも思った。とにかく書いてみて、自宅スタジオで二曲ばかり録音した。一曲目は長さ二十三秒で、《おれはこの地上で何してる?》という曲名だった。二曲目は長さ三十五分で、曲名はないが、歌い出しはこうだ。〝〈イネナウト〉のレシピが変わり、口に入れると肉は妙な味〟。録音した二曲を再生したあと、カルはチャールズとバグに録音機器をすべて家から出して、海に捨てろと命じた。

「正直にいえば」声がいった。「朝起きるのは面倒くさいが、起きるしかない。支払いがある、頼ってくる連中がいる、果たす責任もある」

極悪女のノエルに支払う離婚後扶養料、姪や甥の授業料、それに住宅ローンや両親に買ったコンドミニアムのローンもある。ソウル・トレイン・アワードショーのプレゼンターをすることになっていて、XXLとWBLのインタビューの約束もしていた。アシュトン・カッチャー主演の男の友情《バディ・ムービー》を扱った映画のオーディションに出ることになっている。税金は未払いで、ビジネス・マネージャーと会う約束を十回ばかりキャンセルした。そして、ボビー・グライムズだ。カルは一車線道路を走るウィネベーゴのような気持ちになった。ボビーはクラクションを鳴らしてうしろから煽るポルシェ・ターボだ。

声が続けた。「こんなことをいつまで続けられるのか、そもそも少しでも続けられるのかもわからない。限界だ。ロープ際だ。前に進むしかないのに進めない。燃え尽きた」

「燃え尽きた？」カルはいった。だいたいそんな感じだ。頬の涙を手首でぬぐい、声の主《ミスター・ボイス》を見ようと振り向いたが、誰もいない。頭が完全にいかれたのかと思ったが、用務員のカートが奥の壁に立て掛けられ、ポータブル・ラジオがいちばん上の棚に置いてあった。

ラジオ番組の司会者がいった。「聞きはじめたかたのためにいっておきますと、私たちは人生アドバイザー、ドクター・ラッセル・フリーマンにお話を伺っています。新著『人生の深みにはまって——燃え尽き症候群の治し方、無駄骨をなくす方法』の著者です」

「呼んでくれてありがとう、ダン」ドクター・フリーマンがいった。

カルは信じられなかった。ドクター・自由人《フリーマン》という人間が声の主だったとは。

「読んでいただいた一節はとても力強い文章ですね、ドクター・フリーマン」司会者がいった。「ただ、あえて反対意見をぶつける役を演じさせてください。燃え尽き症候群というのは、〝靴中毒〟とか〝義母恐怖症〟といったオプラ・ウィンフリー十八番《おはこ》の病気のようなものじゃないのですか？」

「燃え尽き症候群は非常にリアルな病気です。診察で毎日のように目にしています。年齢や社会的地位にかかわらず、さまざまな男女が打ちひしがれてまともに暮らせなくなっています」

「単なる働き過ぎとも考えられますが」

「よくある思いちがいです。ソファーに寝そべってばかりの人でも燃え尽き症候群になるのです。成功して燃え尽きる人もいれば、無為に過ごしているだけで燃え尽きる人もいます。共通する要素は長期に及ぶフラストレーションです」

「空回りですね」

「そのとおり。どんなにあがいてもきのうと同じ場所にいるという気持ち。同じ泥沼にはまっていて、同じ踏車を踏んでいて、同じ陳腐なダンスを踊っているのだから、前に進む理由などひとつもない。主婦、警官、怠け者、実業界の巨頭、いずれも燃え尽き症候群になる可能性があります」

カルはうなずいた。空回りしている者がいるとすれば、おれにほかならない。単調なセレブ生活、型にはまったラッパー暮らし。

「そうすると、燃え尽きが病気であれば、どうすれば治るのでしょうか？」司会者がいった。

「もっとも有効な治療法は集団療法です」ドクター・フリーマンがいった。「燃え尽き症候群の患者は、同じ問題を抱えるほかの患者たちと同じところに集まれば、セラピストの指導のもとに共有経験を話し合うことができます」

カルは白人連中と車座になっている自分の姿を想像しようとした。どんな共有経験を話せるだろうか？　ダイヤモンドとエメラルドをちりばめた歯のアクセサリー《グリルズ》のせいで単純疱疹になったことか？〈Dスター〉がアデロール（ADHD［注意欠陥・多動性障害］の治療薬の一種だが、集中力や記憶力を高める〝スマート・ドラッグ〟として摂取する者もいる）を切らしたせいで起きていられなくなったことか？　セックスの快楽など労力に見合わないといえばいいのか？　この前出したアルバムのヒット曲は《朝までやりまくり《ボーニン・ティル・ザ・ブレーク・オブ・ドーン》》だった。最後に女と寝たときは三分で果て、仰向けになって寝る態勢に入った。女はしばらく考えて、カルを揺すってこういった。「まだ朝じゃないよ」

「しかし、集団療法に参加する時間や資金がないかたも大勢います。ですから、本を書いたのです」ドクター・フリーマンがいった。「正確な用語を使いますが、みなさんを泥沼から乖離させるために段階的にライフスタイルを変化させる法とその訓練法を編み出しました。それによって斬新な視座が生まれ、気力が回復し、症状が軽減し、自制心が復活します」

アンソニーが男子トイレのドアをノックした。「カル、大丈夫なんですか？」アンソニーがいった。「仕事に戻らないと。みんな待ってます」

「燃え尽き症候群は完治しません」ドクター・フリーマンがいった。「ただ、放置すれば、症状はひどくなります。体の痛み、胃の不調、依存症、肥満、パニック発作、強まる孤独感。多大な影響が生じ、取り返しがつかなくなることもあります。友人、家族、家庭、仕事、銀行口座などすべてを失い、手遅れになってから診察に訪れる患者もいます」

「すべてだと?」カルはいった。いろいろへまをしてるのは自覚しているが、すべてを失う話だとは知らなかった。くそ。家、車、服、女、最高級のマリファナ。それをすべて失うのはまっぴらだ。

「さて、非常に有益なお話でした、ドクター・フリーマン」ラジオ番組の司会者がいった。「多くのリスナーにとって注意喚起の契機になったと思います。出演していただき、ありがとうございます」

カルはマリファナのように希望を吸い込んだ。トンネルの先に光が見える。自分を取り戻し、また肩で風切って歩けるようになるチャンスだ。おれは頭がすっかりいかれたわけではなく、病気——燃え尽き症候群——にかかっているだけで、燃え尽き症候群には対処法がある。集団療法には参加できないかもしれないが、さっきの本くらいはまちがいなく買える。

アンソニーがまだドアをノックしている。「カル、そろそろやらないと。カル? みんな待ってますよ」

7　見つけしだい殺せ　二〇一三年七月

アイゼイアは十代《ティーンズ》のころハリー・ホールデマンのところで働いていたが、当時からすでに、この人はよくいつまでも憤っていられるものだと思っていた。鉤鼻にちょこんと載っている牛乳瓶底のような遠近両用眼鏡越しに黒っぽい獰猛な目がぎらつき、純白の髪がトイレ掃除のブラシのように立っている。オーケストラの指揮者のような風采だとアイゼイアは思った。ハリーの妻のルイーズにいわせると、眼鏡をかけた鷲だった。

「ピット・ブルか」ハリーがいった。「大好物の話題だ。元気が良過ぎて手がかかり、地上最強生物トップテンにランクインしていて、飼えばナニがでかくなるとかいってくされガキどもが買うような犬だ。ピット・ブルを全面禁止している街もあるが、全面禁止すべきはガキどものほうだ。ピット・ブルがほかのどの犬より捨てられているのは知ってるか？　ここにも五、六匹いて、今日のうちにもう一匹来る予定だ」

ハリー、アイゼイア、ドッドソンは〈ハーストン動物保護施設〉の犬舎が連なっているところを歩き、吠えたり、鳴いたり、むっつりしたり、しょげたり、怒ったりしている犬の前を次々と通り過ぎた。咆哮の不協和音はドッドソンのカーステテよりやかましかった。ドッドソンは犬からなるたけ離れ、ペンキがつかないようにして壁際を歩いていた。

「けしからんことだ」ハリーがいった。「犬を買ったのに世話できないとか、ばか過ぎてゲートを閉め忘れたために、逃げた犬を処分するしかなくなるとか。人ってのは愚かだ。おれはいつだって犬と一緒がいい。ルイーズに訊いてみるがいい」ハリーは百科事典並の犬の知識を持っている。犬のボディーランゲージに関する本も書いているし、ブラッドハウンドのグランドチャンピオンを育てたこともある。州各地のドッグ・ショーで審判をやり、十六年のあいだこの施設の管理人をしている。あらゆる大きさ、タイプ、血統、異種交配の犬を何千匹も見てきた。

「こいつもそうだ」ハリーがいった。栗毛色のピット・ブルが犬舎の金網に前脚をかけ、ひっきりなしに吠えている。外に出してもらい、餌をもらって、声をかけてもらい、話しかけてもらい、何でもしてもらうまで吠え続けそうな勢いだ。ドッドソンはびくびくした様子で、その犬の前をそそくさと通り過ぎようとした。「きのうある男がこの女を持ち込んできた」ハリーがいった。「犬を持ち込んだのは、仕事に出ているあいだ、そいつのスポーツ・カーを守るためだと抜かしていたが、よくある話だ。犬をずっとガレージに置いていたんだ。まあ、たぶん犬はうんざりしてたんだろう。なにせそいつが帰ってくると、車のコンバーチブル・トップがちぎれ、シートは引き裂かれ、ステップが車体から嚙みちぎられていたんだから。それなのに、そいつが何ていったかわかるか？　犬がそんなことをするなんて思わなかったとさ。犬がそんなことをするなんて思わなかったときた。おれはいってやったさ。おれがおまえを一日中ガレージに閉じこめたら、どう思うよ？　おれの車をぶっ壊したいと思わないか？　盗難警報器でも買いにいけ、ばか野郎。鳥たちに餌をやる時間だ」

「鳥は好きだ」ドッドソンがいった。

ハリーがステンレスの鳥籠の中をのぞき込み、ペーパー・タオルを敷いたサラダ・ボウルに入っている五羽の赤ちゃんカラスの様子を見た。まだ羽はなく、まばらな産毛が生えていて、ねずみ色の肌が透けて見える。くちばしを大きくあけ、甲高い鳴き声を上げて餌を待っている。ハリーはキャット・フードをアイスクリームの棒で与えた。「あのさ」ハリーがいった。「信じられないかもしれないが、むかしのピット・ブルはまず人を噛まなかった。ほんとだぜ」

「おれのまわりにゃ一匹もいねえ」ドッドソンがいった。「サンタクロースの格好で煙突から降りてきて人を噛むピット・ブルなら知ってるが」

ハリーがドッドソンを見た。「一八〇〇年代のイングランドの話だ」ハリーがいった。「闘犬は今のスチール・ケージ・マッチ並に人気があった。闘犬は激しやすくて人の近くでは危険だと思うだろうが、それはちがう。あり得ない。滑ったりひどい味がするものを犬の毛皮に塗ってあるかもしれないから、戦いの前に相手に自分の犬を洗わせないといけなかった。つまり、見知らぬ人間に頭に水をぶっ掛けられたとしても、噛む犬はいなかったということだ。それに、犬は貴重だった。戦闘中に傷を負うと、中断して治療した。まあ、犬に噛まれるとすれば、おそらくそういうときだ。犬が興奮しまくって痛みを感じているからな。それに、たとえ犬に噛み癖があっても、間引けばいい。その犬を殺すってことだ。いいかえれば、人間の攻撃性も種から追い出してきた」

「なるほど、まあ、戻ってきたようだけどよ」ドッドソンがいった。「〝もうひとつの〟マーフィーの法則ってやつだ。何事も若いのがひとりいるだけで、くされホラー・ショーになる。気色悪い脳タリンのガキどもが攻撃的な犬と攻撃的な犬を掛け合わせて、凶暴な犬になるように訓練する。吐きそうだぜ、いわせてもらえば。家族の一員として扱い、人に慣らし、訓練すれば、ピット・ブルはこれ以上ないペットになる。だが、おおかたの連中はばかでものぐさだから、どれだけ手がかかるかわかるともうお手上げで、まるで犬が悪いかのように、犬を木につなぎっぱなしにしたりする」

アイゼイアはタブレットに防犯カメラの映像のコピーを保存していた。「これを見てくれ、ハリー」アイゼイアはいった。

ハリーは映像を見て、顔を離して遠近両用眼鏡の焦点が合うところを探った。「何でも知ってると思ったばかりだというのに」ハリーがいった。「ふつうのピット・ブルの体重は三十キロ弱だ。ところがこいつは六十キロ近くある。ブルマスチフ並だ。聞いたことがない。犬がキッチンにいた最初のほうに巻き戻してくれ」ハリーは犬が犬用の出入り口から中に入り、しばらくその場にいてからカルを追いかける場面を見た。「気に入らんな」ハリーがいった。「何もかも気に入らん。犬はあの男を見て襲いかかった。いきなり、威嚇もなく、ためらいもない――だが、犬というのは、くされガキとはちがって、理由がなければ攻撃しないものだ。犬の理由かもしれないが、理由にはちがいないし、おれの目にはそれが見えない。この男は犬の縄張りの近くにいたわけじゃない。威嚇もしていないし、食い物とか雌とか、争う理由もないし、犬に追いかけられるまで逃げてもいない」ハリーは少し体が縮み、鋭かった目も今では疲れているように見える。「犬ってのは」ハリーがいった。「忠実で、勇敢で、たとえくそ野郎であっても飼い主に寄り添う。どんな指示にも従う。この犬をしつけたやつが何をしたかわかるか？　標的を見たらすぐに襲撃するように訓練したのさ」

ハリーが鳥籠を閉め、次の鳥籠に移った。身を寄せ合う三羽のハチドリの雛が脱脂綿に包まれている。どれもせいぜいマルハナバチくらいの大きさだ。ハリーはスポイトで砂糖水を飲ませた。「近所のピーターマンに巣づくりシーズンが終わるまではツゲの木を切るなといっておいたんだが、あいつはかまわず切った。運よくこの三羽は見つけた。こいつらの代謝が高すぎて、二十分おきに餌をやらないといけない。ピーターマンときたら。タマを切ってやらないとな」

「ハリー、あの犬はどうしてあんなに大きくなったんだ？」アイゼイアはいった。

「そうだな、突然変異かもな。ほかの兄弟や姉妹はみんなふつうの身長なのに、ひとりだけ二百センチを優に超えているやつが出たりするのと同じだ。だが、突然変異はめったにお目にかかれない。百匹の子犬を育てても一匹出るかどうかだし、これだけでかい犬となると、

DNA配列がおかしくなりがちだ。体のつり合いが大きく崩れたり、ひとつふたつ奇形部があったり。だが、この犬の見た目はほかのピット・ブルと変わらない。ショーに出せるようなレベルではないが、たいがいの人にとってはこれだけの見てくれなら充分だ。おれの見立てでは、この犬が生まれてきた理由はこうだ。大きくなるように掛け合わされた。簡単にできることじゃない」

「というと？」

「そうだな、ならおまえが実際に大型犬を飼っているとしよう。ふつうの大きさの犬と交尾させても、でかい子犬が生まれるかもしれんし、生まれないかもしれん。もう一頭でかい犬を見つけるのがいちばん確実だ。絶対というわけじゃないが、そうすればでかい子犬が生まれやすいし、運がよければ、そのうちの一匹が親犬より大きく育つ。その犬を別のでかい犬とつがわせ、もっとでかい子犬を生ませる。それを延々繰り返すと、世代を経るたびにだんだん体が大きくなり、映像に映っていた巨大な犬ができ上がる。弟のバリーと同じようなものだ。あいつはそもそもあまり賢くなかったが、よりによって高等学校卒業程度認定試験《GED》に二度も落第した三十四歳の女と結婚すると、じきに頭の中にも髪の毛が詰まってるような息子が生まれ、今度はそいつが結婚して、バラの茂みでかくれんぼをするようなガキを生む。さっきのキッチンの場面をもう一回見せてくれんか？」ハリーがタブレットをいろんな角度に持ち替えた。「ああ、やっぱりそうか」ハリーがいった。「この犬は異種交配だ。血統のどこかで、ピット・ブルがほかの種と交配されたようだ。よくあることだ。ピット・ブルをドーベルマン、ロットワイラー、カタフーラ・レパード・ドッグなど、いろんな種と掛け合わせたりする。今の時点ではよくわからないが、この犬には喉袋があって、額に皺が寄っていて、脚がやや長く、尻尾は曲がっている。グレート・デーンかマスチフかもしれないが、おれはプレサ・カナリオじゃないかと思ってる。そう考えると、いろいろと説明がつく」

「プレサ何だって?」ドッドソンがいった。

「プレサ・カナリオだ。スペイン領カナリア諸島の原産だ。でかくて力の強い犬で、体重は五十キロ近くなる。家畜を狙う野生動物を殺したり闘犬をやらせたりするため、よく牧場経営者が飼う。ピット・ブルにステロイド剤を打ったような犬だといわれてる。何をしでかすかわからない気性で、人間も攻撃する。そんな犬にピット・ブルの勇敢さと執拗さを加えて、標的を見たらすぐに襲いかかるように訓練したら、どんな化け物になるかわかったものじゃない」ハリーが鳥籠を閉め、シャツで手を拭いた。「もうひとついっておく」ハリーがいった。「誰があの犬を育てたのか知らんが、頭のいかれた野郎なのはたしかだ」

8 〈ジフィー・ルーブ〉 二〇〇五年五月

マーカスを殺したやつを探すおかげで、アイゼイアは意識を集中できるようになった。悲しみ以外にも心を満たせるものができた。朝起きる理由ができた。イースト・ロングビーチの警察署に連絡し、捜査を指揮したパーセル巡査と話した。アイゼイアは母親の代わりに連絡していると巡査に告げた。気が動転していて話せないけれど、兄を轢いた運転手の捜査に進展があったのかどうか知りたがっていると。

「申し訳ないが、あまり話せることはない」パーセルがいった。「轢き逃げ事件では、人はまず犠牲者を見て、車を見るのは、走り去っているときだ」

「誰も見てなかったんですか？」アイゼイアはいった。〝おまえだって見てないだろ？〟。パーセルがそう考えているのが聞こえてくるようだった。

「バス停に目撃者がひとりいた」パーセルがいった。「車は新型のホンダ・アコードだと証言している。色はシルバー、高級モデル。すべて一瞬の出来事だったから、運転手の人相まではわからないそうだ」地元テレビにニュースが出て、新聞にも記事が載ったが、ホットラインに連絡してきた者はいないとパーセルがいった。

「ほかに母に教えられることはありませんか？」アイゼイアはいった。

「捜査中の事件だし、我々も手を尽くしている」パーセルがいった。「進展があれば連絡する」


事故以来はじめて、アイゼイアはアナハイム・ストリートとボールドウィンの交差点に戻ってきた。この時間はあまり車も走っていない。女が〈シェル〉のスタンドで給油している。老人がリカー・ストア前の歩道を掃いている。二匹の犬を連れたホームレスの少年が歩いていった。何ひとつ変わらない。マーカスが死ななかったかのように。アイゼイアは兄が命を落としたあたりのアスファルトをなるべく見ないようにしたが、無理だった。横たわるマーカスの姿が見える。骨が砕け、血管が破れた細い体。輝く笑顔が永遠に消えた。胸の内から熱いものが込み上げ、毛穴から汗が噴き出し、顔が火照った。めまいと吐き気に襲われ、バス停のベンチに腰をおろす。誰かが大丈夫かと訊いてきて、アイゼイアは手で振り払った。

スタンフォード・ビネー5（SB5）知能検査では、アイゼイアの〝論理推理〟のスコアは天才レベルに近かった。アイゼイアの才能は生まれついてのものだが、もっぱら数学のクラスに向けられていた。十学年の科目なのに八学年で取っている幾何学で、帰納的推理というものを知った。先生のミセス・ワシントンは、気骨が鮮やかな色のパンツスーツを着ているような厳格な女性だった。ラベンダー、黄緑《ケリー・グリーン》、ピーチといった色の服だ。ミセス・ワシントンは、誰かに言葉巧みにやらされているかのような態度で生徒たちに話した。

「いいですか」彼女がいった。「帰納的推理ですよ。『CSI』とか『SVU』とか、そんなようなアルファベット《LMNOP》・ドラマでは演繹的推理といわれていますが、それはまちがいです。まるでものを知らない人たちです。帰納的推理が正解です。幾何学だけでなく、微分積分や三角法でもよく使われる方法です。もっとも、みなさんが授業でそこまでたどり着くかどうかはわかりませんが、あなたは絶対にたどり着けませんね、ジャコン。その子の髪にいたずらしてないで、しっかり聞いていなさい。あなたのこの前のテストの点数ときたら、わたしの靴底に書かないといけないくらい低かったわね」ミセス・ワシントンがジャコンをにらみつけると、ジャコンの顔が歪んで泣き顔になった。ミセス・ワシントンがまたいいはじめた。

「帰納的推理ではもっとも有力な説明をもとに判断します。出発点はひとつ以上の観察で、その観察をもとに、辻褄が合うと思われる結論を導き出します。まあ、いいわ。例をひとつ。ジャコンが学校から歩いて帰宅していると、誰かが煉瓦で頭を二十五回殴りました。ミセス・ワシントンと夫のウェンデルが容疑者として浮かび上がります。ミセス・ワシントンは身長百六十センチ、体重五十キロで、教師をしています。ウェンデルは身長百九十センチ弱、体重百十キロちょっとで、倉庫で働いています。どちらが犯人だと思われますか？」

　アイゼイアとほかの生徒たちはウェンデルだと答えた。

「なぜ？」ミセス・ワシントンがいった。「ミセス・ワシントンもジャコンの頭を煉瓦で二十五回殴りたかったのかもしれないけれど、体が大きくないし、そんな力があるとも思えないからでしょう。わかっている事実からすればもっともだと思われますが、ここが帰納的推理の紛らわしいところです。つまり、すべての事実をわかっているわけではないかもしれない。例えば、ウェンデルは倉庫の経理係で、運動といえば朝ベッドから起き上がることくらいだった。そして、ミセス・ワシントンは学校教師になる前にサンディエゴ州立大学レスリング・チームの百五から百十六ポンド級の選手で、カリフォルニア州立大学ノースリッジ校のブロンドの子に親指で目を突かれていなければ、優勝していたほどの力があった。ジャコン、あなたのお母さんのことなら知っています。あなたの行儀のことをお母さんに教えたら、イエスのもとに召されるくらい打ち据えられますよ」

マーカスを轢き殺したやつはアナハイム・ストリートを東へ向かい、ボールドウィンの赤信号を突っ切り、十メートルほど離れたバス停にいた目撃者の前を走り去った。バスの時刻表を見るかぎり、九番バスが六時五分に停車している。ラッシュ・アワーだ。目撃者は仕事帰りだったのだろうとアイゼイアは思った。そうだとすれば、その人は毎日同じバスに乗っている。

アイゼイアは待った。六時ちょっと前に三人のラテン系の女が現われた。脇目もふらずに歩き、やけに大きなハンドバッグを提げているところを見ると、おそらく使用人だろう。その後、蝶ネクタイをした楽しげな目の太った黒人の男がやってきて、会えて最高に嬉しいとでもいうかのように、誰彼かまわず笑みを振りまいた。次にラテン系の男が、ひとりか、ふたり連れで計七人やってきた。ハードコアな服装で、ぼろぼろの靴をはき、ランチボックスを持っている者もいる。この中にアコードを見た者がいてもおかしくはないが、件《くだん》の目撃者はパーセル巡査に高級モデルだと語っている。モデルのちがいがわかるくらいだから、車に詳しいはずだ。その目撃者は最後にやってきた。ずんぐり体形、短い髪、角張った顔、汚れが染みついて落ちそうもない力強そうな手。シャツには赤と白で〈ジフィー・ルーブ〉のロゴ。毎日オイル交換をしているなら、車にも詳しいだろう。

アイゼイアは〈ジフィー・ルーブ〉の男のあとをつけてバスに乗った。バスの中なら逃げようがない。いやおうなくアナウンスを聞かされる〝囚われの聴衆〟になるしかない。〈ジフィー〉が後部近くのベンチ・シートに座り、胸の前で腕組みをし、目を閉じた。アイゼイアはそのそばに立ち、ポールにつかまった。何ていえばいいのかわからない。あまり強く出て、まずい言葉を使ったりすれば、この男は腹を立てたり、怯えたりして、口を閉ざすかもしれない。「事故を見ましたね」アイゼイアはいった。「轢き逃げのことですけど」ジフィーは反応を見せず、目もあけなかった。「バス停に立っていて、見ましたよね」アイゼイアはいった。ジフィーが床をじっと見つめた。周りの乗客が身をこわばらせ、ウインドウの外に顔を向けた。「轢かれたのはおれの兄です」アイゼイアはいった。「轢いたやつを探し出したいんです。手を貸してもらえませんか？」

ジフィーがアイゼイアを一瞥し、首を振った。「あれはひどい光景だった」彼がいった。「見なけりゃよかった。ひどかった」

「警官によると、車はアコードだったとか」アイゼイアはいった。

ジフィーがたじろぎ、その記憶は思い出すのも無残だとでもいうかのように、少し身をうしろに引いた。「ああ、アコードだった。色はシルバーだったかな？」彼がいった。「いろんな機能がついたやつだ。デュエル・エキゾースト・マフラーがついてるのはわかった。もうひとつのモデルはマフラーはひとつだけだ」

「運転手は見ましたか？」

「速過ぎた。見てない」ジフィーがいった。両肩を落とし、目を曇らせた。「ダチのセイザーみたいだった」彼がいった。「心臓を悪くして死んだ。あいつも若かった。まだ四十一だった。へこむよな。まいるよ」

「ほかにありませんか？　どこから手を付けていいのかわからないんです」

「はっきりこうだとはいえんが、いいか？　ステッカーが見えたような気がする。レイカーズのだと思う」ジフィーがうなずき、はっきり見たのだとアイゼイアに伝えた。

「レイカーズのステッカーですか？」アイゼイアはいった。「車体のどのあたりでした？」

「ウインドウだ。後部のな。ただ、車が走り去ってったときだったろ？　だが、たしかに見えたと思う」

「どうしてレイカーズのだとわかったのですか？」

「金色の背景に紫色の文字だった。レイカーズの色だろ。次で降りないと」ジフィーがいった。ほっとしているような声だった。そして立ち上がり、ドアに向かって歩きはじめた。

「お兄さんのことは気の毒にな」彼がいった。「まいるよな。とことん」

アイゼイアは家に帰り、インターネットに接続した。高級モデルのアコードはEXで、価格は二万七千ドルちょっと。税金と自動車局の手数料を合わせて三万といったところか。肉体労働者《ブルーカラー》でも若者の車でもない。アコード所有者の平均年齢は五十だ。アコードを買う中年の黒人やラテン系もたしかにいるだろうが、アイゼイアの経験では、そういった連中は大型のアメリカ車、SUV、ピックアップ・トラックを好む。それに、轢き逃げした運転手は東に向かってイースト・ロングビーチに入った。国勢調査によると、住民の六十パーセントは白人だ。賭けるなら、白人の運転手に賭ける。

まあいい、それで、この運転手はどこへ向かった？　目的地がシグナル・ヒルだとすれば、ウィロウ・ストリートかパシフィック・コースト・ハイウェイ《PCH》に乗ったはずだ。港湾地域に行きたかったのなら、南へ向かっていた。アナハイム・ストリートを走ってイースト・ロング・ビーチを抜けてブレア・フィールドかコロラド・ラグーンへ行ったのかもしれないが、何となくちがうような気がするし、運転手がどこから来たのかによる——西からだ。アナハイム・ストリートで西に戻るのだとすれば、州間高速道路７１０号線で南へ向かい、荒涼とした工業地帯を抜けてウィルミントンに入ったのかもしれないが、どっちも新型のアコードを駆る白人が多そうなところではない。あるいは、州間高速道路７１０号線に乗り、アナハイム・ストリートに降りたのか。だが、ブレア・フィールドかコロラド・ラグーンに行くなら、もっと楽な経路がある。ちがう、犯人はイースト・ロングビーチに住んでいる。〈ジフィー・ループ〉が後部ウインドウに貼ってあったといっていたレイカーズのステッカーは、金色のバスケットボールを背景に紫色で〝レイカーズ〟と記されたものだ。アイゼイアにいわせれば醜いステッカーだし、そもそもステッカーは一度貼ったら剝がしにくい。そんなものを三万ドルの車にくっつけるのだから、レイカーズがよほど好きなのだろう。それに、マーカスが死んだ日、レイカーズはアレン・アイバーソンを擁するフィラデルフィア76ersと対戦していた。筋金入りのファンならその試合を見逃しはしないし、時差の関係で六時半開始だった。事故が起きたのは六時ごろだから、運転手は試合を観ようと家路を急いでいたために、途中でたまたまマーカスを撥ねたのかもしれない。

〝運転手は分別盛りの歳の白人で、まともな仕事を持ち、イースト・ロングビーチに住み、レイカーズのファン〟

マーカスを轢いたあとは、おそらく現場一帯には近づいていない。そうでなければばかだが、時間が経った。いつものパターンに戻っているかもしれない。アナハイム・ストリートで州間高速道路710号線を降りなかったとすれば、そのまま進み、セブンス・ストリートに出て、引き返すしかない。癖は直りにくいものだとマーカスはいつもいっていた。いい癖でも悪い癖でも。

翌日の五時半、アイゼイアはアナハイム・ストリートへの出口車線横の擁壁に腰掛けていた。何十台もの車が走り去るさまを見ていた。携帯でアコードの写真を撮った。新型も走っていたが、シルバーのものやレイカーズのステッカーが貼ってあるものはなかった。信号で停まっている車なら、まともな写真が撮れた。ナンバーも見えるし、運転手の顔も見える。だが、青信号だと車が走っているから、写真はぶれたり、見てもわからなかったりした。また家に戻ると、アイゼイアは電子レンジでブリトーを温め、バルコニーに出た。たそがれどきだった。カラスが集まり、空が誰のものかをめぐって喧嘩している。タマネギ、ニンニク、コエンドロのにおいが下から漂ってくる。自分に腹を立てていた。いや、怒り狂っていた。マーカスが目の前で死んだというのに、パーセル巡査に手がかりのひとつもやれないとは。不安でもあった。アコードを見ても、ナンバー・プレートも運転手の人相も覚えられないのかもしれない。何を見ても、今と同じく役に立たないのかもしれない。

翌日、擁壁に座り、ひとりでゲームをした。三秒のあいだ車を見る。一、二、三。その後、目を閉じ、覚えていることをいう。〈ジフィー・ルーブ〉の従業員がアコードを見ていられた時間は、せいぜい三秒だろうと思ったのだ。このゲームでわかったのは、三秒はそれほど長くないということだった。

地元の女《ホームガール》、頭にスカーフのようなもの、黒人ではない、車は――くそ、わからない。ナンバーはBR――くそ。

ラテン系の男、ピックアップ・トラック、二十代くらい? 着ていたのは茶色のシャツで、ドアに何か書いてあった、〈ARGO建設〉だったっけ? AGRA? AFCOか? ナンバーは２Ｕ――くそ。

何百台かあと、コツがわかってきた。エンジン音、排気ガス、きらめく陽光、運転手の視線、〝ヘイ、ミスター、あんたホームレスか？〟というガキどもの冷やかしを意識から遮断しないといけない。そして、見る。見ようと思ったり、見ろと自分にいい聞かせたりしない。ただ、見る。車以外のものを視界から取り去り、瞼に焼き付ける。

大きなアメリカ車、ピー・スープのような緑色、白人の男、眼鏡、三十代か四十代。何を着ていた？　くそ。ナンバーはＸＲ７ＧＵ――くそ。

ビュイック・リーガル、金色、黒人の男、五十代、禿げ頭、二重あご――ほかには？　くそ、もっとあったはずだ。ナンバーはＲ７５３Ｂ――９――Ｃ９？　Ｃ８？　くそ。

新型プリウス、青色、ラテン系の女、二十代、手術着を着ていた、卵形のサングラス、ミラーに駐車許可証、ナンバーは５６７Ｍ８９――くそ、もうちょっとだったのに。

アキュラＴＳＸ、黒色、最新モデル、黒塗りガラスのウインドウ、リム付き、白人のガキ、二十代、白いＴシャツ、赤と金の帽子、〈トロージャン〉（コンドーム・メーカー）のロゴ、ＸＲ７０９４Ｄ。


毎夜、遅くまで歩いた。眠れずにバルコニーに立って宙を見つめているよりましだ。ヘンダーソン・アベニューからショアライン・ドライブまでずっと歩き、クイーン・メリー号のところでロサンゼルス・リバーを渡った。クイーン・メリー号は四方からライトアップされ、そこで人々が浮かれ騒いでいた。ＰＣＨからマーチン・ルーサー・キング・Jr・アベニューに出て、〈マンダリン・パレス〉で脂っこい中華料理を食べた。スヌープ・ドッグ、ネイト・ドッグ、ウォーレン・Ｇが通りを挟んだ真向かいの〈ＶＩＰレコーズ〉でデモテープをつくった。今は閉まっているが、むかしは誰かがドアから入ると、入場者のビートを感じ取って、合う曲をかけてくれる専属ＤＪがいた。毎晩ちがうルートを歩いた。カンボジア・タウン、イースト・ビレッジ、ローズ・パーク、マッカーサー・パーク、ダウンタウン。そうしているうちに、ギャングの落書き《グラフィーティ》を覚えた。バリオ・ビエホ、クリップ・バイオレーターズ、ヘッドハンター・クリップス、ブールバード・マフィア、ラテン・タイム・プレイボーイズ、ミッド・シティー・ストーナーズ、サンズ・オブ・サモア、エイジアン・ボーイズ、スレーニョ・ロコス13。ギャングのロゴマーク付きのストリート・マップが、木が頭の中に根を張るように伸びていった。アイゼイアは退学した。家に帰るのはシャワーを浴びるか、寝るときだけだった。食べるのを思い出したときだけ食べた。仕事も辞め、カネのことは気にしなかった。取り憑かれていた。

擁壁に座っていないときには、アナハイム・ストリートを行き来し、話を聞いてくれるなら誰にでも、後部ウインドウにレイカーズのステッカーが貼ってあって、フロント・バンパーの右側が傷んでいるシルバーの最新型アコードを知らないかと訊いて回った。知っていると答えた者はひとりもいなかった。アイゼイアは何でもかんでも観察し、記憶するようになっていた。目で見て、耳で聞いて、鼻でにおいを嗅ぐ。変わった点はないかと目を凝らす。

〝バス停のベンチの広告が変わっている。〈アウトファスト保釈保証書《ベイル・ボンズ》〉。ルーエラの家の窓際に置いてある鉢植え植物がしおれている。ルーエラは大丈夫か？　リカー・ストアが新しいバドワイザーの電光看板を出している。ミスター・シングルトンのところの今晩の夕食は魚料理だ。〈シェル〉スタンドのレギュラー・ガソリン価格が半セント上がっている。近所のテレビの音がいつもよりいいから、テレビを買い替えたようだ。アルドのロウライダーの引っかき傷が増えている。腹を立てているにちがいない。ホームレスの少年の小さな犬の首輪が変わった〟

数週間が過ぎても、アイゼイアはアコードや運転手に関する新情報を何もつかめなかった。へとへとに疲れ、足がむくんで靴がきつくなっていた。湾にぷかぷか漂うプラスチック・カップのような気持ちだった。動いてはいるものの、行き先はない。犯人探しは終わった。自分でもわかっていた。これ以上やっても無意味だ。マーカスを轢き殺したやつはまんまと逃げおおせた。

焼けつくような日だった。アイゼイアは自分でもたらしたトランス状態で何時間も歩いてきた。今も歩ける。何とはなしに見て、何とはなしに聞く。もう感覚を研ぎ澄ます意味はない。失敗したのだと自分に対して念を押すだけだ。ただ、ほかにすることもないから、歩き回るのを止めなかった。家に帰ると真っ先に冷蔵庫に向かい、ドッドソンのドクター・ペッパーを一本取る。ふたをあけ、缶の底を天井に向けてがぶがぶと飲む。ドッドソンが帰ってきた。ドクター・ペッパーにむせて、いくらかソファーに吐き出した。「カネは払うよ」アイゼイアはいった。

「気にすんな。飲めよ」ドッドソンがいった。

「すぐ店に行くから」アイゼイアはいった。

「くされドクター・ペッパー一本くらい、誰も気にしやしねえよ。おまえにはもっとでかい問題があるだろ」

「問題っていうと？」

「文無しだってこととか。おまえが家賃を払えなかったってことを、おれが気付いてないとでも思ってるのか？　心配するな。不足分も出してやる」

「今月だけだ。仕事を増やすつもりだ」

「現実を見ろよ。もう皿洗いなんかできねえんだろ」ドッドソンはいった。自分にもドクター・ペッパーを一本持ってきて、グラスに注いだ。どうやってアイゼイアをおいしい商売に引き込もうかと、だいぶ考えてきた。今このときになって、アイゼイアに考えさせればいいのだと思いついた。「ずっと面倒を見られるわけじゃねえ」ドッドソンはいった。「おまえがカネを稼げなけりゃ、おれたちゃふたりとも追い出される。何かうまい手を考えないとな」

アイゼイアが肩をすくめた。「考えてる」アイゼイアがいった。

「いや、おまえが考えてるのはありきたりな手だ。九時五時の手、最低賃金の手だ。おれがいってるのは汚れた手だ」ドッドソンは少しジュースを飲み、げっぷをした。「それくらいの脳みそを持ってるんだから、いくらかアイデアも出るだろ」

9　ゲーム・ブレッド　二〇一三年七月

ドッグ・ブリーダー界は犬種ごとにクラブのようになっている。ダルメシアン、マラミュート、ピット・ブルなど、自分が選んだ犬種に対する愛情を分かち合う。ドッグ・ショーでは競合する。仲よくなり、犬を売り買いし、ブログや業界紙で互いの状況を知る。競争意識、嫉妬、論争、それにE!チャンネルで流れているより多くのゴシップがある。どのブリーダーに訊いても、ほかのブリーダーの犬の外形上の欠点、健康問題、しょぼい血統など、ずらずらと教えてくれる。どのブリーダーもほかのブリーダーの状況を知っている。

ハリーがピット・ブルのブリーダー仲間に電話したところ、六十キロ近くもあるピット・ブルなんていないから、それはブリー・ピットかほかの犬種だろうと、みんな口をそろえていってきたらしい。ハリーは大型犬のことも訊いた。デンバーの〈アメリカン・プライド・ピット・ブルズ〉のジョージ・アギラールは四十キロ弱の雌を飼っていたが、姪にあげたところ、姪は五月五日《シンコ・デ・マヨ》のお祭りでその犬に馬のようにまたがってパレードしたという。さらに、フラッグスタッフ（アリゾナ州中部の都市）の〈オール・アメリカン・ピット・ブルズ〉のデレク・オースチンが特大の犬を飼っていたとも教えてくれた。デレクいわく、ああ、四十キロ弱の雄を飼っていたが、そんなでかい犬は審査員の好みじゃないから、おれは交配させなかった。そしたら、ある男がカリフォルニアからはるばる買いに来た。そいつは値切りもしないで、現金で払った。どうして入賞する見込みもないピットなんかほしがるのかとデレクが訊くと、男はにやりと笑って、でかい犬が好きなんだと答えた。いや、そいつの名前は覚えてない。せっかくの現金払いだから、記録は取らなかった。どうして税務署に余計なカネを払わなきゃいけない？

プロ調教師のメアリー・セトラーは、レッドランズ（カリフォルニア州南部の都市）のショーに行ったところ、どこかのいかれた男がばかでかいピット・ブルを連れてきたものの、あまりに攻撃的で失格になったという話を耳にした。その男の名前は誰も知らなかったという。ビクタービル（カリフォルニア州南東部の都市）の〈チャンピオン・ピット・ブルズ〉のボブ・ウォルターズは、獣医院でたまたま生まれたばかりの一腹の子犬がいる男と出会った。なかなかの面がまえの子犬だった。雌親はウィンドフライヤーの犬で、雄親はミネソタ生まれ。たいした度胸の犬だった。やたらでかいのが一匹いた。生後八週間だといっていたが、二倍の時間は経っているように見えた。男の名前はスキップなんとかだった。

ハリーは〈USA・プレーサ・カナリオ・クラブ〉のジョン・シスコにも電話した。ジョンはグループ・メールを出し、メンバーの中にスキップという男に犬を売ったことのある者はいないかと問い合わせた。テメキュラ（カリフォルニア州南部の都市）の〈インビンシブル・プレーサ・カナリオ〉のベン・メイソンによると、スキップという男が体重六十キロ弱の戦争屋《ウォー・モンガー》という名前の雄を買ったらしい。見事な犬だったが、動くものなら何でも襲いかかるから売らないつもりだった。ベンはその犬はやめたほうがいいといったが、スキップは軍用犬として訓練するから問題ないといったらしい。スキップのラスト・ネームはハンソンだった。ファーガスというところにある〈ブルー・ヒル・ピット・ブルズ〉から来たという。ハイウェイ58号線沿いのバーストウとボロンのあいだの砂漠に位置する、トラック・サービス・エリアしかないようなファーガスというところだ。

「ファーガスは一ブロックだけのところだが、それでも大き過ぎるくらいだ」ベンがいった。

「くそまずいコーヒーが好きでもなけりゃ、立ち寄る理由はない」

〝一般廃棄物処理場10 km〟の標識が出ている〈ドロップ・イン・ダイナー〉の裏から、舗装されていない道路がはじまった。〈ブルー・ヒル・ピット・ブルズ〉はその途中にある。路面はでこぼこで、どっちを向いてもいじけた木が生えているだけの荒涼とした砂漠ばかり。アウディはもう土埃で覆われ、砂利ががたがたと触媒コンバーターに当たっている。

「犬を探すってか」ドッドソンがうんざりした口調でいった。「目当ての犬を見つけたとしてもどうするってんだ？　それでどうする？　警察に通報して、ビデオの犬を見たぜとでもいうのか？　〈ブルー・ヒル・ピット・ブルズ〉で見たのと同じ犬だ。どうする、お巡りさん？　どうしてわかるかって？　まあ、どっちもでかいし、黒いからさ。警察だって、そんな感じで黒人《ニガズ》を見分けてるんだろ？　こんなところじゃ電話は通じないだろうが」

「どうしたんだ？」アイゼイアはいった。「そんなに犬が怖いのか？」

「いわなかったっけか？　七つか、八つのとき、メイおばさんちの前でクールエイドの売店を出したんだ。一杯五セントで売れば、砂糖代を差し引いても、持ち金が三倍にできるって寸法だ」

「へえ、それで――」

「それで、一生懸命クール・エイドを売ってたら、ビスケットっていうハビエルの犬がやってきた。みすぼらしいくずのピット・ブルだ。全体的に白っぽいんだが、口の周りだけ、朝飯にネコでも食ってきたみたいに赤いやつだ。そのくされ犬が一目散におれに襲いかかってきた。マジかよ。おれはピッチャーを置いて、おばさんの庭に逃げて、ポーチに入ろうとしたが、階段にたどり着く前につかまった。くされ犬の野郎、おれに噛み付きやがった。おじさんが出てきて、鹿撃ち用のライフルで犬を撃たなかったら、噛み殺されてただろうな。犬のせいでえらい目に遭った。大量出血して、輸血してもらわないといけなかった。二百針ばかりケツを縫ってもらった」アイゼイアはアパートメントで見たドッドソンの姿を思い出した。コンロでガンボをつくっていた姿を。腕や背中が傷跡だらけだった。「五、六年はくされ犬を見られなかった」ドッドソンがいった。「子犬もな。ここに来たくなかったわけがわかったか？」

白い文字のペンキが垂れているが、〝ブルー・ヒル・ピット・ブルズ〟と記されたベニヤ板の看板がユーカリの木に釘で打ち付けてあるところに来たとき、オドメーターの標示は三キロちょっとだった。

「どこに青い丘《ブルー・ヒル》がある?」ドッドソンがいった。

平屋のスペイン風家屋が何もない広大な砂漠にあること自体、これから周りに家が建つとでも思っているかのようで、奇妙に見える。網戸が取れたままで、窓の下にいじけた低木が生えている。シャベルと、ケーブルが伸びているシーリング・ファンが地肌が見える芝の上に置いてある。鮮やかなブルーのF-150がカーポートの下に鎮座している。

アイゼイアとドッドソンは車から降りた。「犬の鳴き声なんか聞こえない」ほっとした様子で、ドッドソンがいった。「くそ暑いな」

若い男が携帯電話で誰かと話しながら家から出てきた。「心配するなよ、〈ボニィ〉。ちゃんとやるから。おまえが思ってるより早く」男が通話を終え、何かを知っているかのように笑みを浮かべた。「何かご用ですか?」

「エアコンがどこにあるか教えてくれ」ドッドソンがいった。

「犬を探してる」アイゼイアはいった。

「基本的に一般の人には売らないんだ」男がいった。「三匹の犬とウェブサイトを持つギャングスタに売ったりすれば、うちの血統が汚れてしまう。悪く思わないでほしいんだが」

「どうでもいいさ」ドッドソンがいった。「ギャングスタじゃねえし」

「おれはスキップだ」

「アイゼイアだ」

「ファネル・ドッドソンだ。会えて嬉しいよ」

スキップは映像の男と似た体つきだ。身のこなしも似ている。体を上下に揺らすぎこちない歩き方。ふつうの男に見える。だらしない身なり、くすんだブロンドの髪、下唇のすぐ下のひげ。かなりまばらに生えているから、どうして剃ってしまわないのかわからない。バギー・パンツに〝ザ・ブラック・クロウズ〟のロゴ入りTシャツという格好。クロックスをはいている。ベニス・ビーチの板張りの遊歩道《ボードウォーク》で貝殻のネックレスやハシーシのパイプを売っている男だといっても通りそうだ。

「ボブ・ウォルターズから一腹の子犬があると聞いてきたんだが」アイゼイアはいった。

「ウィンドフライヤーの雌とミネソタの雄とを交配させたとか」

「ドーントレス・ロード・マスター・キャスタウェイだ」スキップがいった。「ア《A》メリカ畜《K》犬協《C》会チャンピオン、全国大会で四度、最優良種に輝いてる」

「それが犬の名前か？」ドッドソンがいった。「何て呼んでるんだ？　ここでもドーントレス・ロード・マスター・キャスタウェイなのか？」

「ドーントレスというのは、エイミー・サリバンの犬から取ったのか？」アイゼイアはいった。

「それとシン・シティー・キャスタウェイからな」スキップがいった。「その雌犬を買おうとしたんだが、エイミーがどうしても売ってくれなかった。エイミーには会ったか？　おれのおふくろのペキニーズにそっくりだ。おれはあのくそ犬が大嫌いだった」

「子犬はどんな感じだ？」

「かわいい、ほんとにかわいい。見てみるか？　小屋にいるから」

ふたりはスキップのあとについて、雑多なものの墓場と化している家の側面に沿って歩いた。フィンが折れ、傷のついたサーフボード。潰したレッド・ブルの空き缶でいっぱいのくず入れ。網が破れている二枚の網戸。フォークがひん曲がったマウンテン・バイク。半分に折れたゴルフ・クラブ。〝スキップは気が短いらしい〟とアイゼイアは思った。アーチェリーの標的がベニヤ板に打ち付けてあり、矢が刺さっている。貫通しているものもある。

「アーチェリーをやるのか？」ドッドソンがいった。

「ああ、しかもなかなかの腕だ」スキップがいった。「オリンピック・チームの選抜大会に出るつもりだったんだが、帯状疱疹にかかってしまった。かかったことあるか？　最悪だぜ」

「差し障りなければ、どうしてここに住んでるのか教えてくれないか？」

「税金は安いし、近所に人もいない、だろ？　犬はかなりうるさいからな。デメリットは、やることがない点だ。レッドランズまで一時間、LAまで二時間かかる。あんたらは何時間かけて来た？　三時間てところか？　おれはマリブのファースト・ポイントでサーフィンするんだが、やっぱりそれくらいかかる。あんたらはサーフィンするか？　まあ、この辺じゃサーフィンなんかあまりできないけど」

それがダイナーの前に来たとき、動く土煙が見えた。スキップは干し草置き場に行き、納屋のドアをあけ、〈ミノックス〉15X56ハンティング用双眼鏡にかぶせておいたビーチ・タオルを取った。双眼鏡は三脚にセットしていて、前もって交差点に焦点を合わせてある。一台の車が少し先で停まり、乗っているふたりの黒人の男がいい争っている。あのラッパーの件にちがいない。スキップはゴリアテを犬舎から出し、リビングルームで伏せをさせた。犬笛で呼ばれるまで、ゴリアテは音も立てずじっとしている。スキップは正面の窓際に行き、黒人ふたりが家の前で車を駐め、降りてきた。アウディ。黒人らしからぬ車だし、音からするとでかいエンジンを積んでるようだ。ふたりはあくびをしたり、伸びをしたり、スキップの見るかぎり銃は持っていないようだし、やばそうには見えない。くず入れからサブコンパクトのベレッタを取り出し、背中のホルスターに入れた。そのとき、ボニィから電話がかかってきた。

「おまえ、犬なんか使ったのか?」ボニィがいった。「どうかしてるんじゃないか?」

「こうするしかなかったんだ」

「おい、先方は紹介したおれに腹を立ててるんだぞ」

「ちゃんとやるといっておけ。いつもそうしてきただろうが?」

「なあ、ただ撃ち殺せばいいだろう」ボニィがいった。「犬も猫も吹き矢もブーメランも、ほかの妙な道具もなしだ。ただ撃ち殺せ」

スキップは表に出て、黒人ふたりが歩道を歩いてくるさまを見ていた。「心配するなよ、ボニィ。ちゃんとやるから」

「いつだ？」

「おまえが思ってるより早く」

スキップの家の裏は表側に劣らず荒れていた。キッチンのドアがあいていて、ファスト・フードと饐えた洗濯物のにおいが外に漏れていた。アイゼイアは中に招き入れられなくてほっとした。割れ目に雑草が生えているコンクリートの広場が中庭代わりで、シンダーブロックの上に錆だらけの火鉢が置いてある。ほつれた黄色い網を張った座面の低いデッキチェアが一脚あるが、それをのぞけば椅子のたぐいはない。薄汚いところ抜きにしても、アイゼイアは居心地が悪かった。寂しさが空気のように一帯に立ちこめている。

「戦闘犬の調教をしてるのか？」ドッドソンがいい、ゴム管の近くに丸まっている分厚いパッド付きジャンプスーツに目を向けた。

「軍用にな」スキップがいった。「ああ、海兵隊が世界各地に連れていく。ヨーロッパ、アジア、ドイツ。おれの親父もイラクに行っていた。五、六回、派遣された。名誉戦傷勲章《パープル・ハート》ももらった」

「そうなのか？　おれの親父と同じだ」

中庭から訓練場が見下ろせる。くぼみ、掘り返した土が溜まった山、枯れたヤシの葉、古タイヤ二本、潰されたプラスチックのジュースのボトル、とぐろを巻いた犬の糞に覆われた戦場で、熊手が突き刺してあるごみ入れだけが生き延びている。高さ三メートルの金網《チェーンリンク》フェンスが周囲を取り囲んでいる。二本のワイヤーを巻いたセラミック絶縁体がフェンス上部に取り付けられている。枯れそうなヤシの木がいくらかの影を落としている。

「こっちだ」スキップがいった。彼らは中庭の周囲に沿って歩いた。地面に何百もの薬莢が落ちていても、手押し車や金属の物置やペンキの缶やフェンスの横木などに弾痕が残っていても、スキップは気にも留めていないようだ。人間の絵が描かれた数枚のベニヤ板の前を通っていて、厚い唇とぱっちりあいた目の絵が何枚かあっても、かすかに苦笑いを見せただけだった。「まあその、銃仲間がたまにここに集まったりするんだ」スキップがいった。「すぐ悪ノリしてさ」

遠くに段ボール箱のような色の禿げ山が見える。小さな白い円が、コルクボードの画鋲のように山に散らばっている。「ちょっと待っててくれ」アイゼイアはいい、かがんで靴ひもを結び直した。

「犬の商売は儲かるのか?」ドッドソンがいった。

「ひとことでいえば、儲からない」スキップがいった。「ウィンドフライヤーの雌の種付けのために、目と心臓と甲状腺と股関節の形成異常を治してもらい、プロゲステロン（女性ホルモンの一種）テストをして、最適な受胎日に的を絞らないといけなかった。そうだ、冗談だろって思うだろ？　それから、ロード・マスターの種付け料は二千ドルで、こいつをもらってくる。精液は瞬間冷凍し、精液増量剤と氷の入った特殊容器に入れてフェデックスで送ってもらわないといけない」

「精液増量剤だって？」ドッドソンがいった。

「犬の商売をやっていても五セント玉一枚儲かってない。いわゆる情熱ってやつだ。うえっ、おれはその言葉が嫌いだ。だが、子犬たちを見るまで待ってろよ。びっくりするぜ」

「精液増量剤だって？」

　犬舎小屋には大きな引き戸に加えてふつうのドアもついていた。アイゼイアはいずれにも錠前のたぐいがついていないことに気付いた。犬たちが来訪者に気づいたらしく、派手に吠えている。ドッドソンが黒人でなければ、今ごろは青白い顔色をしているのではないかとアイゼイアは思った。

「嘘だろ」ドッドソンがいった。「中には何匹いるんだ？」

　スキップがふつうのドアを少しだけあけた。レーザー・ビームのような緑色の目をした青灰《スレート・グレー》色のピット・ブルが、ドアの隙間から首をねじり出し、新顔の訪問者に歯をむいてうなった。「マジかよ！」ドッドソンが声を上げ、慌ててうしろに飛び退いた。アイゼイアはこの時を待っていた。何らかの防犯手段がなければ、ドアに鍵もかけずにいるわけがない。

「誰かがここに忍び込もうとしたらどうなるかわかるか？」スキップがいい、にやりと笑った。「下がれ、アッティラ。お座り」

アッティラが下がり、お座りした。スキップがドアを大きくあけると、涼しくて暗い小屋の中に日の光が一気に広がった。濡れたセメント、濡れ犬、おがくず、銃に差すオイル、コルダイト、何かの消毒剤、ほんのかすかな犬の糞、そういったもののにおいがする。片側の壁に金網を張った犬舎が並んでいる。ホースで水をかけたばかりのようだ。犬をコンクリートにじかに寝かせないための寝わら、飲み水が入った水入れがある。空の犬舎がふたつあり、ひとつはもう一方の二倍ほどでかい。毛色はまちまちだが、犬はみなピット・ブルで、ほとんどはふつうの大きさだった。アッティラだけはちがった。ほかの犬が激しく吠えていて、耐えきれないほどのやかましさになっているというのに、アッティラはさっきから動いていなかった。

「わかったから、黙れ」スキップが妹に語りかけるような口調でいった。静寂は即時で衝撃的だった。聞こえてくる音は、ヘッヘッヘッヘッヘッという犬の息遣いだけだ。

「すげえな、スキップ」ドッドソンがいった。「こいつらは誰がパパなのかわかってるのか？」

犬には恐怖のにおいがわかるというし、もしそうなら、今のドッドソンは小屋中に強烈なにおいを放っている。自分でもにおいがわかる。腐ったミルクに体臭を少々混ぜたようなにおいだ。犬たちがおれを見ている。おれだけを。牙を剝いて笑いながら、長い舌が垂れ下がっている。ウェイサイド刑務所に収監された日を思い出した。寝具を抱えて官房棟の前を歩いていると、囚人たちがキスするような音を出したり、赤身肉だなと声をかけたり、なめなめは好きかと訊いてきたりした。

「あの二頭はほんとうにでかいな」アイゼイアはいい、二頭の黒い犬を顎先で示した。「目方はどれくらいだ？　四十キロくらいか？」

「大きな犬が好きでね」スキップがいった。「かっこよくないか？　人をおたおたさせる。進んでくれ。子犬たちは奥にいる」ドッドソンが先頭を歩き、きれいに積み重ねられた粗び《キ》きの穀物《ブル》の袋と缶詰めのドッグ・フードの前を通った。自分より犬の世話を焼いているのだからおかしなものだ、とアイゼイアは思った。ぴかぴかの金属のボウルがぴかぴかの金属の棚に重ねられている。〈イグルー・クーラーズ〉のボックスには、〝グルーミング〟〝ファースト・エイド〟〝耳〟〝目〟と記されている。スパイク付きの首輪と植木鉢に似た口輪が釘に引っかけてある。別のところには、太い黄色の柄がついた二又バーベキュー・フォークのようなものが、掛け時計か巻物のように掛けてある。

「これがそうか？」ドッドソンがいった。タランチュラの巣でも見ているかのような顔だ。

「ああ」スキップが満面に笑みを浮かべていった。子犬たちはフェンス・パネルでこしらえた囲いに入っていた。コンクリートの床には木のかんなくずが敷いてあり、中央にシュレッダーにかけた紙を詰めた子供用のプールがある。囲いの横では、古いカウチの上に電球が吊り下げられ、電球から伸びているケーブルが半分あたりで折れている。雑誌の束がうなだれるように床に置いてある。

「中に入ってあの子たちと遊んでみるか？」スキップがいった。

「遠慮しとく」ドッドソンがいった。「赤ちゃんザメもサメにはちがいない。ちがうのは小さい口で食われることだけだ」


アイゼイアとスキップが囲いに入って座ると、子犬たちがふたりの膝に飛び乗ったり、キャンキャン鳴いたり、アイゼイアの靴ひもを引っ張ったり、スキップのクロックスに噛み付いたりしてきた。どの子犬も、頭の上にちがう色のマニキュア液がついている。緑色の子犬はほかの子犬たちより二倍大きい。

「生まれてどのくらいだ？」アイゼイアはいった。

「十週だ」スキップがいった。

「こいつは？」アイゼイアはいい、緑色の子犬を指で掻いた。「十週じゃないだろう。同じ犬から生まれたのか？」

「かわいいだろ？　目の配置、歯並び、尻尾の形、背中の輪郭《トップライン》、骨格と、どれもいい。ショーで優勝できるかもしれない」

「ショーに出すつもりなのか？」

「いや。だが、ドッグ・ショーには連れていく」スキップが赤色の子犬の体中を手でポンポンと叩いた。「さあ、レッド、強くなるんだ」スキップがいった。「そうだ、いいぞ、かかってこい、かかってこい。おれの犬はすごい血統ばかりだ。レッドボーイも、カーバーも、ボルドーも。みんなゲーム・ブレッドだ」

「ゲーム・ブレッドというのは何だ？」ドッドソンがいった。

「ゲーム・ブレッドというのは、その犬のふた親がリングで戦っていたという意味だ」スキップがいった。「マイク・タイソンとロンダ・ラウジー（アメリカの女性格闘家）をパパとママに持つようなものだ。闘犬《ゲーム・ドッグ》には高い疼痛《とうつう》耐性があって、たとえ何があろうと引き下がらない。負けるとしても、八つ裂きにされて死ぬとしても戦い続ける。おれの犬は見物だぞ。勝つとわかってても止めない。まじめな話、相手の犬が死んで埋められても、おれの犬は掘り起こしてもう一回殺す」

〝まるで誇らしいことみたいだな〟とアイゼイアは思った。殺すことしか能のない犬に仕立て上げることが。ためらいもせず誰かを八つ裂きにする訓練をすることが。スキップは反社会的《ソシオパス》な人間だ。そのとき、この男が家から出てきた瞬間に感じたことが確信に変わった。こいつが殺し屋だ。

「そうだ、ひとつ聞いてくれ」スキップがいった。「ごみ処理場の近くにあるメキシコ人の男がいる。ヤギの群れを飼っていて、たまに〝草刈り〟に貸し出す。まじめな話、あのくされヤギどもは何でも食う。で、おれの犬が一匹逃げ出して、やっちまった。群れを丸ごと殺してしまったんだ。嘘じゃない。二十頭ばかり」スキップがにやりと笑った。「ヤギどもは逃げ惑い、互いを踏みつけにした。メエエエ、メエエエエってさ。おれも血まみれになった」

アイゼイアはこの人殺しで生計を立てている男を見た。人を小ばかにしているような目には邪悪なものが宿り、積み上げた屍の山を見て喜んでいる。自分がカー・レーサーかオペラ歌手のようなプロだとでも思っているのだろう。トム・クルーズが殺し屋を演じる映画を見て、かっこいいとでも思っているのだろう。自分は心が病的なまでに歪んだソシオパスで、犬のほうが人間らしいとは思いもしない。

「よし、ブルー、今度はおまえの番だ」スキップがいった。「さあ来い、さあ来い、ほら、強くなるんだ」

「犬はどうやって逃げたんだ？」アイゼイアはいった。「小屋の壁を突き破ったのか？」

「中庭にいた。さあ、ブルー、踏ん張れ、踏ん張れ」

「フェンスを乗り越えたのか？」

「ピット・ブルだからな、何をやらかすか」

「ここからダイナーまで三キロちょっと、ごみ処理場まで十キロ弱ある。その犬はここからメキシコ人のところまで六キロ半もの道のりを歩いて、たまたまヤギを見つけたのか？」

「まじめな話、犬の嗅覚は人間の二百倍だ。ヤギがサン・バーナディーノにいたって嗅ぎつける。むかしそこに住んでたんだが、くそ溜めみたいなとこだった」

アイゼイアは思った。〝こいつは人を殺してきた。マーカスと同じように誰かの母親、父親、姉妹、兄弟の命が奪われてきた〟。「わからないことがある」アイゼイアはいった。

「犬が逃げたのだとしたら、あんたはどうしてそいつがヤギを殺す場面に居合わせたんだ？」

「おれが居合わせたと誰がいった？」スキップがいった。出し抜けに訊かれたかのように、戸惑っているような顔だった。

「あんたはヤギが互いを踏みつけにして、自分も血まみれになったといっていた。その場にいなければ、どうしてそんなことになる？」

「なぜそんなに質問ばかりする？」

「あんたの犬は高さ三メートルもある電気フェンスを乗り越えてなどいない。あんただって高さ三メートルの電気フェンスは乗り越えられない。あんたが犬をメキシコ人のところまで車に乗せていき、そこにいたヤギの群れに解き放ったんだろ。犬の訓練の一環として血の味を覚えさせ、殺しに慣らした。それが特別な犬なのか、スキップ？　カルを殺させようとした巨大な犬なのか？」

「カル？　誰だ、そいつは？」スキップがいった。きらきらしていた目が暗くなり、笑みが曇った。青の子犬を雨から守るかのように懐に抱いている。

ドッドソンがスキップのうしろにまわり、〝強引過ぎるぞ〟といいたそうな顔をしているが、アイゼイアは怒りのあまり意に介さなかった。「どこにいるんだ、スキップ？」アイゼイアはいった。「特別な犬はどこにいる？」

「何の話かわからんね」

「十三頭の犬がいて、十五の犬舎がある。ひとつはアッティラのだ。でかい犬舎の主はどいつだ？　家にいるんじゃないのか？　用があればいつでも口笛で呼べるから、ドアをあけたままにしておいた。ほかの犬同様、訓練もしっかりやった。あのじっとしてる技はなかなかよかったな。あの牛追い棒はよく使うのか？」アイゼイアはいい、バーベキュー・フォークを顎先で示した。「犬たちに見えるところに掛けておいて、誰がボスなのか忘れないようにしてるわけだ。ところで、プレサ・カナリオはどうした？　用済みになって処分したのか？　それをいうなら、ほかの兄弟たちはどうした？　あれだけの体格の犬をつくり上げるには、たくさんの犬が必要だったはずだ。砂漠に埋めたんじゃないのか？　あまり大きくなくて、ゲーム向きじゃなくて、命令しても殺さなかったから、穴を掘って埋めたのか」

「人にやったんだ」スキップがいった。蚊の鳴くような声だった。

「人にやった？」アイゼイアはいった。「嘘つけ。おれたちがここに来てからずっと嘘ばかりいってやがる。標的に突き刺さっていた矢は十八インチ（約四十五センチ）だ。狩猟用太矢はクロスボウ用のものだ。クロスボウはオリンピック競技じゃない。どの隊だ、スキップ？」

「何のことだ？」スキップはいった。

「どの隊だ？　親父さんは海兵隊にいたんだろ。どの隊だ？」

「忘れた」スキップはいった。

「親父さんもあんた同様、海兵隊になんか入ってなかった」アイゼイアはいった。「銃仲間が集まってとかいう戯言《たわごと》は何だ？」

「連中が今ここにいなくてよかったな」スキップがいった。大むかしの脱水機で絞り出したような声で、目はナイフでつけられた傷口のようだ。「ブラザー連中はあまり好きじゃないからな」

「おまえの銃仲間は全員であの一脚の椅子に座るのか？ みんなレッド・ブルを飲むのか？ 全員分のバーガーをあのひとつだけの火鉢で焼くのか？ どこで食うんだ？ 持ってもいないピクニック・テーブルでか？ あんたしかいないよな、スキップ。夜はあのカウチに寝そべって、子犬たちに物語でも読んで聞かせてるんだろ」

　青色の子犬が甲高い声を漏らした。スキップがきつく抱き過ぎていた。「まじめな話」スキップがいった。「そろそろ帰ってもらおうか」

　ふたりは〈マクドナルド〉に寄って店内で食べた。アイゼイアは車の中がくさくなるのがいやだった。「このフライに高純度のコカイン《クラック》が入ってるってのはほんとなんじゃねえか《ニ》」ド《ガ》ッドソンがいった。「しゃかしゃか振ったら、タバコにして吸えるかもな。やりそうなやつも知ってるが」

　アイゼイアはフォークでレタスを突つき、〝プレミアム・サウスウエスト・サラダ〟のプレミアムなところを探した。湯通しした野菜、チキン・キューブ、黒インゲン豆少々、トウモロコシの実がプラスチック容器にごっちゃに入っている。鼻水みたいなドレッシング。

「これがどういうものかわからない」アイゼイアはいった。

隣のテーブルでは、三枚のカーディガンを重ね着している女がストローでスプライトをごぼごぼと吹いている。

「これ、食べます？」アイゼイアはいい、サラダを差し出した。

「ええ」女がいった。

「まあ、探していたやつは見つけたってことだよな」ドッドソンがいった。「あの男にずいぶん激しく当たってたな。全員分のバーガーをあのひとつだけの火鉢で焼くのかってな。あいつが泣き出すんじゃないかと思ったぜ」

「誰がスキップを雇ったのかは知らないが、スキップをたどってもそいつには行き着かない」アイゼイアはいった。「だからスキップという木を揺すってみた」

「ほんとにそうか？　おれにはあいつの顔を潰していたようにしか見えなかったが。めちゃくちゃな人生を引っつかんで、顔にぶつけてやったようにしか見えなかった。子犬たちに物語でも読んで聞かせてるってくだりは特にな。仕返しに来ると踏んでるんじゃないのか？」

「そうなればいいと思っている。腹を立て過ぎればミスを犯す」

「腹を立ててるのも、ミスを犯したのもおまえだろ。これでおれたちが目をつけていることがばれた」

「関係ない。あいつはとっくに知っていた。ロングビーチからファーガスまで三時間かかった。家の横を歩いていたとき、スキップが何ていったか覚えてるか？　あんたらは何時間かけて来た？　三時間てところか？　そういったんだぞ。どこから来てもおかしくなかったのに。サン・バーナディーノからは一時間。リバーサイドからもそのくらい。LAからは二時間だ」

「それなら、誰があいつに命じた？」ドッドソンがいった。「何か知ってるやつといえば、ボビー・グライムズ、アンソニー、そしてムーディー兄弟くらいだ」

「そのうちの誰かがスキップを雇った人物、あるいはその人物のために動いている」

「信じられねえな。カルがアルバムを完成させないと困るやつばかりだが、カルが生きていなけりゃ、完成させられねえぞ」

「アルバムを完成させるのなら、カルはスタジオに行くしかない」

「つまり？」

「つまり、カルは外に出ることになるから、スキップは頭に弾をぶち込めるということだ」

さっきの女が口からレタスをこぼしながら、サラダを返してきた。「おひょふってんの？」女がいった。

10　ペット・シティー　二〇〇五年七月

銃は使わない。その点だけは、アイゼイアは譲らなかった。コンピューターには詳しいが、ハッキングは連邦犯罪だ。とても手に負えない。ドラッグの売買もあるが、ギャングの連中が牛耳っている。合成麻薬《デザイナー・ドラッグ》の精製ならお手のものだが、それはレイブ（主に野外で開催される大規模な音楽イベント）で使うドラッグだ。白人のドラッグだから、このあたりでは誰もやらない。アイゼイアはポーカーもすこぶるうまいが、掛け金が要る。

「盗みしかねえって」ドッドソンがいった。コンロの前でBLTサンドイッチのベーコンを焼いている。「ダチのドゥエインと相棒のダゴーはカー用品店を襲撃しようとしていたが、まず一発キメないとできないということになって、時間がかかった。黒人《ニガ》ふたり組が午前三時に七二年型カトラスで流してるんだ。フリーウェイに出る前にとっつかまった」

「どうして？」アイゼイアはいった。

「黒人《ニガ》ふたり組が午前三時に七二年型カトラスで流してたからさ。こいつらはカーソンの電子機器ストアに押し入ったこともあった。テレビを盗もうとしたが、車のサイズを測るのを忘れてた。まぬけなことに、六十インチのプラズマ・テレビをそのカトラスの後部席に積み込もうとしていたところへ、警官がやってきた。ふたりとも前科があったから、バカビル（カリフォルニア州中部の都市）でくさい飯を食った。出所後すぐにまた盗みをはじめた。ドラッグストアに押し入って鎮痛剤《オキシコドン》を探していると、通りの向かい側にいたやつらが気付いて警察に通報した。ふたりはバカビルに逆戻りだ。シーツを替えるまでもなかった。ドゥエインは食事をもらう列に並んでいるときに喉を掻き切られた。ダコーは社会保障の世話になる歳まで入っていた」

ドッドソンがフライパンからベーコンを取り出し、ペーパー・タオルに油を吸わせた。

「近ごろは強盗やるのも楽じゃない」ドッドソンがいった。「どこに行っても防犯カメラだらけだ。ケツまでテレビに映される始末だ。街全体に見られてる。ローミンはハロウィーンのお面をかぶっていたが、髪でばれた。いまだにジェリー・カールなんてやってるのは、街《ブロ》区《ック》でそいつだけだった。プレスコットは目だけ出るスキー・マスクをしていたが、刺青で特定された。首全体に前妻の名前が彫ってあったのさ。女にチクられたようなもんだ。プレスコットもバカビルにぶち込まれて、ジェイルハウス・チリをつくったり、ダコーとトンク（トランプのゲーム）をやったりしてる」

「成功した泥棒の知り合いはいないのか？」アイゼイアはいった。

「つかまるまではみんな成功してる」ドッドソンがいった。ＢＬＴを皿に載せ、ひとつをアイゼイアに差し出した。「食えよ」と付け加えた。ドッドソン版のＢＬＴは、ダブルスモーク・ベーコン、何かの香辛料を振ったレタス、分厚くスライスしたエアルーム・トマト、ハーブをまぶした〈ベスト・フーズ〉のマヨネーズをこんがり焼いたライ麦パンで挟んだものだった。アイゼイアはひとくち食べた。久しぶりに味わって食べたが、これほどうまいとは信じられなかった。食べるのを止めて、しばらく見てしまった。

「つかまる理由でいちばん大きいのは何かわかるか？」ドッドソンがいった。「相棒とか仲間だ。くそ。このままなら十年を喰らうと思って、自分が警察署に連行される前に仲間を売り渡す——おい、どこ行く？」


アイゼイアはBLTとラップトップ・コンピューターを持ってバルコニーに出て、長いあいだそこにいた。中に戻ると、ドッドソンが『GTA』をやっていた。「ちくしょう、このゲーム、たまに腐った会話が出てきやがる。メキシコ系の役なのに本物のメキシコ系をもってこられなかったのかよ？」

「ドライブに行こう」アイゼイアはいった。

ふたりは買って五年になるマーカスのエクスプローラーを使った。マーカスは車にこだわりはなく、たいていおんぼろ車に乗っていた。安いのを買い、使い倒して別のを買っていた。エクスプローラーを買ったのは、アイゼイアが免許証を取ったときに恥ずかしい思いをさせたくなかったからだった。

「警察は年に何千件も通報を受ける」アイゼイアはいった。「そのうち九十パーセント以上が無効な通報だった」

「九十パーセントだと？」ドッドソンがいった。

「そんなだからあるルールを定めた。無効な通報は二件までは見逃すが、三件目は罰金を課し、さらに無効な通報をすれば、罰金額を上げる。そこで、ほんとうに強盗なのか、誰かが遅くまで残業しているだけなのか、警備会社は躍起になって確認しようとしている」

「ほんとうに強盗しかいないのかどうか、どうやって確認するんだ？」

「警報が鳴ると、警備会社にSOS信号が送信される仕組みになっている。警備会社がオーナーに連絡して話を聞く。たとえば、そちらはここの住所の物件の責任を負う当事者か。警報が鳴っていることは知っているか。そちらが承認しているような人間が近くにいるか。それで、警報が本物だと確認されると、警備会社が警察の強盗通報番号にかけ、また通信指令係と話をする。どの会社か？　登録番号は？　警報の真偽は確認されているのか？　通報理由は？　そのあとで警邏中の警官に指示が届き、そしてやっと警官が現場に向かう。どの段階でも時間がかかる」

「警報の真偽が確認されなかったらどうなる？」

「未確認警報がほとんどだが、優先順位は低くなる。警官が現場付近にいて、ほかにすることがなければ対応する。交通違反切符を切ったり、バーでの喧嘩の仲裁に入ったり――」

「ドーナッツを食ったり、黒人《ニガ》の脳天をかち割ったりといった仕事がなければだな」

「何にしろ、こっちには仕事をする時間はある」

「どれくらいの時間だ？」

「各所の通報時からの対応時間が記された地図を見たことがある。七分、十分、十二分、四十五分という感じで。実際のところどうなのかはわからない。だが、最短の対応時間は九一一番への通報で、緊急事態の場合だ。真偽確認も事情確認もしない。凶器を持った犯人による強盗、銃撃戦、轢き逃げなどだ。全国の平均対応時間は六分前後だ。念のため、おれたちはその時間を守る」

「六分だって？　たった六分で、どんな値打ち品を盗めるってんだ？　宝石店でもやるならわかるが。くそ。ショーウインドウ破りでもなけりゃ、そこに入るだけで六分以上かかるぞ」

　ふたりはエル・セグンドーのどこかにいた。アイゼイアは車を路肩に寄せて駐めた。「あそこだ。通りの向かい」アイゼイアはいった。「あそこをやる」

「どこだよ？」ドッドソンがいった。「あんのはペット・ストアだけだぞ」

　ドアから入ると、紫のベストを着た縮れた赤毛の若い女が出迎えた。「こんにちは」女がいった。「〈ペット・シティー〉へようこそ。何をお探しですか？」〈ペット・シティー〉はチェーン店で、店舗は広く、品揃えが豊富で、ネコ用トイレ砂、粗びきの穀物《キブル》、木のかんなくず、アルファルファ、薬品のにおいがした。水槽ポンプがじりじりうなり、鳥がさえずっている。紫のベストを着たほかの若い店員たちが、客のためにグルテンフリーの犬用ビスケットやハムスターのスマート玩具を棚から取っている。

アイゼイアはしばらく見て回りたいのだと赤毛の女店員に伝えた。店内をひと回りするなか、客がペットに何を買っていくのかを見て、ドッドソンは信じられない思いだった。「犬の息をさわやかにするって？」ドッドソンはいった。「犬の息のにおいがわかるのは、近づき過ぎってことじゃねえか——ラット・フードだ？　あいつらそういってたのか？　くされラットに特別な食い物なんか要らねえって誰か教えてやれよ——おい、嘘だろ、こんなのまちがってるぜ。サル用おむつだ？　サル用おむつだぜ？　おむつしてるサルがいるのは、分娩室をまちがえたってことだろ」

　ふたりは犬用おやつの通路に出た。アイゼイアが陳列用のペグから透明なプラスチック包装の商品を一つ取った。中には、スリム・ジム（細長いスモーク・ソーセージのようなスナック）に似ているものの、不ぞろいで干からびている長さ二十センチ弱の革のような棒が三本入っていた。「ブリー・スティックという」アイゼイアがいった。「犬用おもちゃだ。雄牛のペニスでできてる」

「タマを食う連中がいるとルピタがいってたが」ドッドソンはいった。「これで〝サオ〟をどうするのかわかった」

「ほら。ひと袋七十三グラム。値段はどうだ」

「二十一ドル九十五セントだ？　嘘だろ。おれが噛むものにだって、二十一ドル九十五セントは出さねえぞ」

「いくつある？　二十五パックか？　しめて五百ドルで、ぜんぶ紙袋に詰め込める」

ヘルスの棚には、四十六ドル九十五セントのネコ用てんかん試験紙が置いてあった。四錠入りの犬の駆虫薬、五十五ドル九十五セント。店員が鍵であけるガラス・ケースには、ノミの薬が入っている。六カ月分の〈フロントライン〉（ノミ・マダニ駆除薬）がペーパーバック大の薄い段ボール箱入りで、重さは八十五グラム。七十二ドル九十五セント。ワイヤレス・フェンスは三百ドル近く。重さもたいしたことはない。プラスチック・トランスミッター、首輪、何かのセンサーのセットだ。

「何であれがフェンスなんだ?」ドッドソンはいった。

「犬が庭の外に出ようとすると、トランスミッターからの信号で首輪に電流が走る」アイゼイアがいった。

「その首輪を着けたほうがよさそうなやつを何人か知ってるぜ」ドッドソンはいった。構想がわかってきた。アイゼイアは小さくて運びやすくて高価なものを狙うつもりだ。〈ペット・シティー〉にも防犯システムは設置されているが、〈ラジオ・シャック〉や〈ゼールズ・ジュエリー〉のようなものではない。誰がペット・ストアに盗みに入る?

ふたりは細い道路側に車で移動した。アイゼイアはそこから徒歩でペット・ストアの裏手をぶらつき、車に戻ってきた。「ドアの上に投光照明と防犯カメラがあった」アイゼイアがいった。「ノブのロックはよくあるものだが、デッドボルトは頑丈そうだし、内側にスライド・ロックがついているかもしれない」

家に戻る途中、ふたりで〈フォスター・フリーズ〉に寄り、ソフトクリームを食べた。

「隅々まで考えないといけない」アイゼイアがいった。「順序立てて。しっかり計画を練る」

「計画を練るってところには異論ない」ドッドソンはいった。

「ミスはできない。つかまるようなばかはできない」

「ばか呼ばわりしてほしくねえな」

「そんなつもりでいったわけじゃない。おまえにはギャングスタの流儀が染みついている。誰かにつかつかと近づいていって、顔に銃を突きつける」

「ギャングスタの流儀はテクニックじゃなくて、心構えだ。何かを自分のものにしなけりゃ、自分が誰かのものになる」

「わかった。ただ、銃は使わない。いいな？」

「ああ、ニガ、わかったよ。これでいいか？」

　家に帰り、もう少し話し合った。アイゼイアが細部を検討し、ノートに問題点のリストをつくった。ドッドソンはもどかしかった。もっぱらアイゼイアが問題点を洗い出し、自分の解決案を出してきたからだ。ふたりは買い物に行った。〈ライト・エイド〉（ドラッグ・ストア・チェーン）、〈ビッグ5〉（スポーツ用品店）、〈グッドウィル〉（身体障害者を支援する民間慈善団体）の店。

「こんなものを集めてどうする気だ？」ドッドソンはいった。

「ミスを根絶する」アイゼイアがいった。

「何のことだかわからねえな。それで、ドアはどうする？　こじあけるのか、バンプ・キーを使うのか？」

「ノブのロックは簡単だが、デッドボルトは〈ASSA〉のハイ・セキュリティー・モデルだ。こじあけられないし、バンプ・キーも使えない。工業用のボール盤でもなければ、穴もあけられない」

「何でそんなにロックに詳しいんだ？」

「兄の影響だ。兄は何でも知っていた」

「で、どうするんだよ？」

「ゆうべニュース番組を見ていたときだ。警察がコンプトンのクラック売買所にがさ入れをしていた」

「ほお、それのどこがニュースなんだ？」

「やつら、コツを知ってるらしい」

ふたりは軍の放出物資店に行った。アイゼイアはナイフがずらりと並ぶケースのうしろにいたスキンヘッドの店員に、ほしいものを伝えた。店員がふたりを奥に案内すると、それはごわごわのフィールド・ジャケットの棚のうしろの壁に立て掛けてあった。

「マジか、アイゼイア」ドッドソンはいった。「ちゃんと考えてたんだな」

〈ペット・シティー〉に到着したのは十一時を少し回ったころだった。交通量は少ないものの、ふたりが目立たないほどにはあった。ドッドソンの中では心配より興奮のほうが強かった。重圧には慣れている。クラックの売買は重圧のかかる商売だ。リル・ジーニアスが撃ってきたから、逆に撃ってやった。銃を突きつけられて強盗されたことも二度、パクられたことも二度あり、少しばかり少年院の世話になり、カンボジア系とかメキシコ系のやつと喧嘩に明け暮れていた。メキシコ系の連中にドミンゲス水路近くの湿地に追い込まれたときには、ひどいにおいの葦原に一時間も隠れていたので、蚊に刺されまくった。アイゼイアをちらりと見た。へえ、なるほど、〝ミス根絶〟野郎ときたら、汗を噴き出してしきりに深呼吸したり、まるで崖から飛び降りそうな顔してやがる。まったく、少しはギャングの血が流れてることを願うばかりだ。

ふたりともボタンダウン・シャツを着て、レンズの入っていない眼鏡をかけている。エクスプローラーは洗車し、盗難車のナンバー・プレートを付け、後部バンパーにUCLAのステッカーを貼っておいた。バレーボールの練習を終えて帰る途中の、人のいい大学生にしか見えない。〈ペット・シティー〉の前を走り過ぎ、角を曲がり、細い道に出てまた角を曲がり、店の裏手に回った。「いいな」アイゼイアがかすれた声でいった。「順序立てて、計画どおりにやるぞ」

「それはもう四百回ばかり聞いた」ドッドソンはいった。アイゼイアの目につかまることへの怖れが見てとれ、生唾を呑み込むときにはその音が聞こえた。「うまくいくように心から願ってるぜ」ドッドソンはいった。首を振り、不安を装って眉をひそめる。「この前、少年院にいたときは、洗濯室で白人のやつにつかまって、ケツの穴を裂かれたからな。何日も歩けなかったぜ」

「喋らないでくれないか？」アイゼイアがいった。

アイゼイアがヘッドライトを消し、そろそろと車を走らせた。砂利がタイヤに踏まれる音がする。闇がすべてを変えた。ドッドソンまで胸が少しざわついている。電柱が焼け焦げた木になり、大型ごみ収集容器《ダンプスター》が隠れ場所になっている。静かで、平穏といってもいいくらいだが、心の内はそうではなかった。SWATチームが店の中にいて、ウージーに弾を込め、無線機で通信しているような気がする。〝ピジョン1とピジョン2は配置についている。了解か？〟。アイゼイアがエクスプローラーを停め、次の動作を忘れたかのようにシートから動かなかった。ドッドソンは服を着替えはじめた。「何でじっと座ってんだ、キャプテン？」ドッドソンはいった。「陣頭指揮を執るんじゃなかったのか？」


ふたりは店舗裏に駐車し、車から降りた。頭から爪先まで覆われている。スキー・マスク、サングラス、長袖シャツ、ゴム手袋、炭坑作業員が使うようなヘッドバンド付きランプ。アイゼイアが突っ立って、咳払いをした。頭が空っぽになっていた。ドッドソンはにやにやしながら裏口にぶらりと歩いていった。投光照明がつき、細い道の店側半分を照らし出した。〈ビッグ5〉で買ったガス式ペレット・ピストルを抜き、斜め上に向けて照明を撃った。

「これでも喰らえ」ドッドソンはいい、ガラスがぱりんと割れて地面に落ちた。

軍の放出物資店で買った破壊槌《バタリング・ラム》は、警察がコンプトンのドラッグ売買所のがさ入れで使っていたのと同じものだった。長さ九十センチちょっとで、体操の鞍馬にも似た把手付きの潜水艦といった形だ。重さは二十五キロ弱で、ふたりで持って叩きつける。バリー・ボンズが右翼フェンスを越えて〝チャイナ・ベイスン〟にバシャッとホームランをたたき込んだとき、ボンズのバットは約三・五トンの衝撃を生み出した。破壊槌は約十八トンの衝撃で的にぶち当たる。アイゼイアとドッドソンが建設現場で練習したときには、シンダーブロックの壁を打ち抜いた。

アイゼイアは手の感覚がなく、喉がからからに渇いていたので、囁くような声しか出なかった。「覚悟はできてるか？」彼はいった。

「今さら」ドッドソンはいった。「とっくにできてるぜ」

ふたりは振り子のように破壊槌を動かした。前へうしろへ、前へうしろへ、呼吸を合わせ、身をこわばらせてぶちかましに備えた。声を合わせた。〝イチ――ニ――サン！〟。破壊槌が誘導爆弾のようにロック機構に激突すると、ドアノブのロックとデッドボルトが受け座《ストライク・プレート》から外れ、ドアが脇柱からもぎ取れた。アイゼイアがびっくりした様子で立ち尽くしていた。バッチリだ。

「すげえな」ドッドソンはいった。

ふたりは中に入った。保管室は窮屈なロッカー・ルームのように息が詰まった。段ボール箱がゆで卵とゲロのようなにおいを放ち、警報が厚みでもあるかのようにやかましく、かき分けないと進めないように感じられる。ヘッドランプをつけ、棚の列や天井まで積み上がった段ボール箱に光を当てた。アイゼイアは六分間といっていたが、ドッドソンの姿はもうなかった。

アイゼイアは保管室の右側を漁り、通路を行き来して〝ショッピング・リスト〟の品を探した。スキー・マスクがちくちくし、眼鏡が鼻にずり下がった。ヘッドランプのビームが地震計の針のように上下に躍った。ホラー・ムービーのコマ送りのように、爬虫類用砂掻き、ブドウ種油、スモークされたブタの耳、ネコ用歯磨きペースト、天然の粒餌、ドッグ・フードのカモのコンフィがあるのはわかったが、リストに載っているものはひとつもない。逆さになっている箱、うしろ向きになっている箱、それにコードが記されているだけの箱もある。

〝LT SN 67J9990 100PC〟〝R997 SMPGTR LG 10PC〟。アイゼイアはしだいにパニックに陥り、大量の汗の中で泳いでいる水泳選手みたいに息を継いでいた。アドレナリンが絶叫しながら血管を流れ、警報で頭蓋の中に断層が走った。いまいましいサングラスが曇ってさっぱり見えない。〝時間が〟。もう四分経った。考えられない。どうしていいのかわからない。あるのは警報だけ。〝耐えられない。くされサイレンが耐えられない〟。止めようと思ったとき、ヘッドランプがあるラベルを見つけた。〝F.C. E. INC FRONTLINE PLUS DOG 4588 LB/3 PACK 20PC〟。いちばん上の棚に小さな箱が積み重ねられている。その前を二度も素通りしていた。「〈フロントライン〉があったぞ」アイゼイアは金鉱でも掘り当てたかのような口調でいった。低い棚に足をかけ、手を伸ばして箱を床に降ろした。ごみ袋を振って袋の口をあけて箱を入れようとしたが、袋の口はあいていてくれない。「何してるんだ?」アイゼイアは声を殺していった。膝を突き、箱をひとつずつ袋に入れるが、ずり落ちるサングラスを戻そうと、何度も何度も手を止めなければならなかった。

ドッドソンが急いで通路を走ってきた。目いっぱいに膨らんだごみ袋をふたつ持ち、どこまでも落ち着き払っている。「そんなとこで何してる?」通りかかったとき、ドッドソンがいった。「時間は気にしてんだろうな?」

ふたりは細い道を離れると、スキー・マスクをはぎ取り、潜っていた水中から浮上したかのように息をした。「ああ、くそ」ドッドソンがいった。「すんばらしい計画だったな。ばっちりいったぜ。おい、スピード緩めろ。何やってんだよ?」

アイゼイアは背筋をぴんと伸ばして座り、ハンドルの息の根を止めそうな勢いで握りしめ、打ち付けられた鐘のように鼓膜ががんがん鳴っている。ウインドウを少しあけた。涼しい風に命を救われたような気がした。

スーパー・ボウルでタッチダウンを三度決めたかのような口ぶりで、ドッドソンが話し続けていた。「おれの雄姿を見たか?」ドッドソンがいった。「『オーシャンズ11』、『12』、『おまけに22』みたいだったろ。雄牛のナニでつくったやつ《マザーファッカーズ》があったろ? 百万個も袋にぶっ込んだ。チンポのない雄牛が百万頭もうろつき回ってるとは信じられねえな。フェンスのやつは三つしか残ってなかったが、てんかんのやつはひと箱丸々いただきだ。ひとついくらだっけ?」

「覚えていない」アイゼイアは粘つくかすれ声でいった。

ドッドソンが笑みを浮かべた。「おまえ、走り回ってたな」ドッドソンがいった。「どんなもんかわかったか？」

「おれにもいくつか問題がある。たいした問題じゃないが」

「どうだかな？　びびってるとこなんか見たくねえな。本気でやりてえのか、アイゼイア？　なら胸の内のギャングスタを探し出すしかねえぞ」

ブツをこっそりアパートメントに運び入れ、リビングルームの床に積み上げた。ドッドソンがブツの山を見て、満面に笑みを浮かべた。「どうだい？」ドッドソンがいった。「しめて三、四千ドルか？」

アイゼイアは肩をすくめた。「ああ、そんなところだ」

アイゼイアはマーカスが使っていたベッドに大の字に横たわり、保管室で起きたことを思い返し、通路を駆けずり回っていたときの気持ちをまた味わっていた。通路の棚を次々に見ていきながら脈拍が急に上下していた感覚がよみがえると、こうして横になっていても汗が噴き出してきた。潮目が変わり、波に洗われた。胸の痛み、苦しみ、悲しみが引いていき、それに代わって、轟音を上げるアドレナリン、身震いするような恐怖、逃げおおせた冷たく澄んだ喜びが押し寄せた。

11　ラッキー　二〇一三年七月

スキップは黒人の的《まと》の股間に何発も弾をぶち込んだ。二二口径高精度《マッチ・グレード》ロング・ライフルがベニヤ板の的をずたずたに引き裂いていた。あの小生意気なくそったれが、くされ質問ばかりしやがって。〝どの隊だ？〟。スキップはバック・マークに新しい弾倉をセットし、〝犬はどうやって逃げたんだ？〟。全弾をぶっ放した。こいつは仕事で使いたい銃だ。九ミリ口径や四五口径より反動が小さいし、殺人で大切なのは命中させて撃ち抜くことで、ストッピング・パワーではない。おまけに、小さな弾丸は頭蓋の中であちこち跳ねるから、どの銃から撃たれたのか特定されにくい。

黒人の股間に火がついている。スキップは日常使用の銃に持ち替えた。四〇口径コルト・デルタ。また何発か的を撃った。警官、ゾンビ、歯をむいてナイフで襲いかかる女。あのくそったれのＩＱのせいで、むかしのように小さくて、まぬけで、恥ずかしい男に戻ったような気持ちになった。どうにかしてあの小生意気なやつを始末してやる。

高校生のころ、スキップは〝でもないやつ〟だった。運動選手でもなく、優等生でも、演劇部員でも、ワルでも、ヤク中でも、オタクでも、ヒッピーでも、サーファーでもなく、まして絶対にクールでもなかった。あのころのスキップには個性がなかった。行き先があるふりをし、携帯電話で架空のダチと笑い混じりに話しながら廊下を歩くような、〝端っこ〟にいる子供だった。マリブのファースト・ポイントでサーフィンしてるとか、ガールフレンドが別の学校でチアリーダーをしてるとか、父親の顔は見たこともないけど、イラクに行って名誉戦傷勲章《パープル・ハート》をもらったとか、ほかの子たちにいっていた。そこまでしてもいいことがないばかりか、名前にまで足を引っ張られた。マグナス・ベスターガード。あだ名はウジ虫《マゴット》しかないだろう。よくある名前だったなら、まるでちがった人生になったのにとよく思った。ジェフとか、ブライアンとか、ビルとか、スキップとか。スキップがいい。人懐こそうだし、明るそうだ。ラスト・ネームもちがうのにしよう。外国っぽくなくて、もっとアメリカ人らしいのに変えよう。ミラーとか、パーカーとか、グッドマンとか、ハンソンとか。

　ＹｏｕＴｕｂｅの映像を見たとき、すべてが変わった。自分とよく似た冴えないやつがローマ花火を尻で挟み、火花を飛び散らせて自分の家の私道《ドライブウェイ》を走り回っているそばで、友だちが狂ったように笑っている。そんなものが二十五万回も再生されていた。二十五万回だ。

　マグナスは次の日にＹｏｕＴｕｂｅの配信仕事をはじめた。〈ショップン・セーブ〉裏の細い道路を抜けていたとき、壊れたバーカラウンジャーに座ったまま死んでいるホームレスの男を見つけた。股間に大きな小便のあとがついた酔っ払いのズボンをはき、靴ひものないフォーマルな革靴をはいていた。死ぬ間際まで、この男はガス・ダスターを吸っていたらしく、垢で汚れた手がまだ缶を握っていた。マグナスはむかしのテレビ番組のギリガンによく似ていると思った。痩せこけた顔、おかしな髪形、でかい鼻、厚ぼったい唇。マグナスは携帯電話を持って男の横にかがみ、天を仰ぐ男の顔に架空のマイクを近づけてインタビューするところを自撮りした。「調子はどうだい、ギリガン？」マグナスはいった。「島の連中は？ そりゃ何だ？ あんたら、マリファナを栽培してたのか？ ほんとか、すげえな。それは？ ミスター・ハーウェルが空腹のあまり、ココナッツを丸々一コ食って死んだって？ そりゃ残念。〝メアリー・アンとジンジャーはどうした？ 付き合いはじめて、いつも裸でうろついてるって？ マジかよ、そんなのが見られるなら、チケット買うのに。なあ、ずっと訊きたかったことがあるんだ、ギリガン。セックスはどうしてるんだ？ 何だって、もう一回いってくれないか？ ミセス・ハーウェルとやるって？ たまげたな、どんな感じだった？ パンティーを脱がせるだけで十五分もかかったってか？ すげえ」

学校の子供たちが群がってきた。〝おい、おい、とんでもねえことしたな！ おい、よくもあんなことできるな？ おまえ頭がいかれてるぜ、おい。あいつさ、ほんとに死んでたのか？〟。マグナスはもっとビデオを撮った。パトロール・カーのボンネットの上でウンコをし、ポテト・キャノン（空気圧や可燃性ガスを利用してジャガイモなどの発射体を飛ばす装置）でハトを撃った。女のホームレスにカネを払って舌を絡めたキスをしてもらい、クリスマス・ツリー用の林に火をつけた。マグナスは個性のない子から、ビデオを撮ってるいかれたやつになった。停学になり、警察の厄介になり、近所の有名人になったが、相変わらず友だちはできなかった。少年院の中でも。

マグナスは卒業できず、仕事を探したが、あんなビデオを撮っていたせいで、どこも雇ってくれなかった。そこで母親が義理の弟のヒューゴに面倒を見てほしいと頼み込んだ。サン・バーナディーノにあるヒューゴ・ベスターガードの〈ガンズ・アメリカ〉という店は、カリフォルニアで三番目に大きな銃販売店だった。マグナスは大喜びした。誕生日を迎えて、NRAがパーティーをひらいてくれたかのようだ。銃は夢中になれるもので、〈ガンズ・アメリカ〉は小火器のスーパーマーケットだった。店にはグロック、スミス&ウェッソン、ベレッタ、ワルサー、ブローニング、レミントンなど、よくある銃に加えて、S&W五〇〇口径拳銃、PS1ポケット・ショットガン、ケル・テックP‐3ATマイクロピストル、M10セミオートマチック・スナイパー・ライフル、チアッパ・トリプルバレル・ショットガンなんかもあった。ヒューゴおじさんはよくこっそりこういっていた。「珍しいもので人を殺したくなったら来な」

ヒューゴおじさんは膨大な中古銃のコレクションも持っていた。不景気になって、次のローンの支払いが苦しくなれば、世の人は銃を売りに来る。それを安値で買いたたく。

「何でそんなにたくさん買うの？」マグナスはいった。

「この国がアメリカだからだ」ヒューゴおじさんがいった。「早晩また銃乱射事件が起きる。そのたびにどうなる？　銃規制を叫ぶばかどもがうじゃうじゃと湧いてきて、これも禁止、あれも禁止だといい出す。すると誰も彼もが銃を手に入れようとする。で、新品が買えないやつに、中古を売るってわけだ。誰にでも売るものはある」

中古銃の多くはまだ在庫の目録に登録されていなかったから、マグナスは簡単に何挺か拝借できた。よく砂漠に入っていき、存分に試し撃ちをした。そのおかげで、ものに命中させる本物の才能があることがわかった。十五メートル先の岩にのっていたトカゲに命中させたり、逃げているウサギを撃ったり、飛んでいるカラスを拳銃で撃ち落としたりした。九ミリ弾より安定した弾道と長い射程を持つ一〇ミリ・オート弾を使用するコルト・デルタ・エリートがお気に入りだった。マグナスは自分で射撃練習場をつくった。海兵隊のライフルと拳銃の選抜訓練にだって合格できただろうし、〈アメリカン・スナイパー・アソシエーション〉の証明書ももらえただろう。

しかし、いくらそんなクールな銃の扱いがうまくても、誰も知らなけりゃ何になる? カリフォルニア州交通局の作業員やトラックの運転手を相手に、レッドランズのストリップ・クラブの裏で銃を見せびらかすようになった。そんな連中を砂漠に連れ出して、スイカやジュースのボトルを撃たせることもあった。お遊びだったが、試し撃ちが終わっても、誰もビールを飲みに行きたがらなかった。

マグナスは銃を売るようになった。低い値段設定にしていたから、多くの顧客ができた。ヘッケラー&コッホのサブマシンガンを、カーバーズ・ラッキー・セブンという名前の六歳のピット・ブルと交換した。この犬は何世代にもわたるゲーム・ブレッド闘犬の血統書がついていた。マグナスとラッキーは同じベッドで寝て、一緒にシャワーを浴びた。マグナスはファスト・フードを食べていたが、ラッキーは草を飼料として《グラスフェッド》肥育されたオーガニック・ビーフ、放し飼いチキン、低血糖野菜を与えられた。夜にコヨーテ狩りに行くと、マグナスがコヨーテを撃ち、ラッキーがとどめを刺した。マグナスはラッキーを三時間もひとりにしておきたくなかったから、映画も観に行かなくなり、ラッキーが気に入った娼婦とだけ寝た。ヒューゴおじさんも、銃砲店のマスコットに持って来いだといってラッキーを大いにかわいがった。

うまくいっていたが、やがてデビー・ベルウェザーというおせっかいの帳簿係が、購入した中古銃の数と在庫に入る数が合わないことに気付いた。帳簿係がヒューゴおじさんに伝えると、おじさんが事情を察して警察に通報した。マグナスは重窃盗と無許可で銃を販売したかどで有罪判決を受けた。司法取引に応じ、罰金一万ドルと禁固十八カ月をいい渡され、カリフォルニア州立ソラノ刑務所に収監された。収監初日にスタッダードという看守に大口を叩き、半殺しにされた。

中にいるあいだ、ラッキーの世話をファーガスにある〈センティネル・ピット・ブルズ〉のアル・ガンダーソンに頼んだ。ことあるごとに電話をかけたが、コレクト・コールだったので、あのじじいは電話を取らなかった。

ソラノ刑務所でのマグナスの同房者は、LAを本拠にした麻薬密売人のジミー・ボニファントだった。みんなはスキップと呼んでるとマグナスはジミーにいった。ヒューゴおじさんとデビー・ベルウェザーのせいでパクられたが、出所したらふたりとも後悔させてやる。銃の話もした。いい腕をしていて、海兵隊の選抜訓練にも合格するくらいだし、飛んでるカラスだって、九ミリ弾より安定した弾道と長い射程を持つ一〇ミリ・オート弾を使用するデルタ・エリートで撃ち落とせる。そして、Eメールのアドレスを教えた。luckysharpshooter@gmail.com。「覚えやすいだろ?」マグナスはいった。そっちのも教えろよといったが、ジミーは持っていないといった。

出所したとき、マグナスはラッキーの費用を払えなかったから、ガンダーソンに働かせてもらった。ガンダーソンは体調を崩していて、手伝いが必要だった。マグナスは犬舎を掃除し、犬たちに餌をやり、運動させ、訓練に手を貸し、ショーに備えた。ラッキーが犬肝炎で死ぬと、マグナスはラッキーを火葬し、灰の一部をスナイパー・ライフルのシェルに入れ、ペンダントにして首にかけることにした。

ガンダーソンのところで何カ月か働いているうちに、スキップはピット・ブル博士になった。ガンダーソンは三十五年間も業界にいたから、ピット・ブルについて知り得ることはぜんぶ知っていた。手がけた犬たちが形態美、ウエイトプル、ジャンプ、アジリティーなどを競うドッグ・ショーで十回以上も優勝していた。ガンダーソンの奥さんのエルサは犬嫌いで、これ以上、埃を払うトロフィーが増えたら自殺するといっていた。

ガンダーソンが脳腫瘍で死ぬと、エルサは地所を売って、パサデナの姉のところに住もうとした。来る日も来る日も気温が三十五度を超えたりせず、窓の外を見れば本物の人間が見えるところに。ところが、まともな人間は、こんな辺鄙なところで犬の糞にまみれて荒れ放題に荒れている家を買ったりしないと不動産屋にいわれたので、地所の権利をマグナスに譲ったのだった。生命保険金が下りたので新車のビュイックを買い、犬のにおいがついていないものはひとつもないといって、残りはすべてうち捨てた。

マグナスは自分の幸運が信じられなかった。すげえツキだ！　マグナスは犬が大好きだ。犬舎で寝泊まりしていたからどの犬のこともすでによくわかっていたが、ガンダーソンの具合が悪くなるにつれて、マグナスは群れのボスになった。スキップ・ハンソンと名乗るようになり、店名を〈ブルー・ヒル・ピット・ブルズ〉に変えた。新しい犬舎をこしらえ、訓練場を広くした。犬たちを連れて砂漠で狩りをしたり、シルバー・レイクで泳がせたりした。服従と攻撃の訓練の日々だった。怠けた犬には牛追棒を見舞う。多少の恐怖は大いに役立つ。

犬たちが庭で砂漠の日差しを浴びて毛皮をぎらつかせながら、嚙み合ったり追いかけ合ったりする様子を見ているときの気持ちは、言葉では表わせなかった。ゲートをあけると犬がおれを取り囲み、飛び跳ねたり吠えたりしておれの、おれだけの気を引いているときの気持ちも。一緒に砂漠で狩りをしていて、指揮官のおれの命令に従ってピット・ブル軍団が低い木々のあいだを駆け回るときの気持ちも。屋内でも床の上で〝サーフィン〟をしたり、〈ポップタルト〉をがっついたり、ひんやりした敷石に寝そべったり、鼻をベッドの下に突っ込んで寝ていたり、前脚を窓敷居にのせて風に向かって吠えたりするのを見ているときの気持ちも。犬たちは喧嘩しなかった。スキップは許さなかった。ゴリアテはそばを離れなかった。スキップがテレビを観ているときは、足下にいるかカウチに並んで座っていた。ほかの犬たちは近寄ってこなかった。

〈ブルー・ヒル〉が軌道に乗ると、スキップはサン・バーナディーノに戻り、砂漠に埋めておいたヒューゴおじさんの銃を掘り出した。標的射撃で少し腕を慣らした。やり残しを片づけないといけない。

ソラノ刑務所で同房だったジミー・ボニファントは、ハリウッドのエリート連中にヘロインやコカインを売って大儲けしていた。ヒルズに家があり、マセラティ・クアトロポルテを転がし、ガールフレンドはミス・サンディエゴで三位になった女だ。ジミーはスキップのことなどほとんど忘れていたが、あるとき〈ガンズ・アメリカ〉のヒューゴ・ベスターガードと帳簿係のデビー・ベルウェザーが、一〇ミリ・オート弾という珍しい銃弾を使用する拳銃で至近距離から射殺されたというニュースを見た。同じ日、ソラノ刑務所看守のジェリー・スタッダードも、〈バー・ナン〉という刑務所職員のたまり場から出てきたときに射殺された。警察によると、犯人は一・五キロメートルほど離れた地点から銃撃しているので、おそらく元軍人だろうとのことだった。ジミーはジャマイカ人の霊媒に一分につき二ドル払って、近いうちに殺されたりパクられたりしないといってもらっていたが、このふたつの報道を目にしたのは偶然ではないと思った。大宇宙からのメッセージだ。ジミーの売り子のひとりが五十万ドル相当のブラック・タール・ヘロインを持ち逃げし、長年の競合他社がジミーを殺すと脅迫してきたのは、たまたま起きたことではない。スキップのいうとおりだった。

luckysharpshooter@gmail.com は覚えやすいアドレスだった。

それから数年のあいだ、スキップはボニファントと犯罪者仲間の仕事を請け負い、まあまあだがぱっとしない暮らしを送った。満足していたといってもいいが、犬の世話をしても、まだ時間がたっぷりあまった。ちょっと気になってドッグ・ショーに行ってみたら、信じられないほどのばかさ加減だった。スキップの保護観察官に似た審査員が犬をいじめているだけじゃねえか。円を描くように走らせただけで優勝を決める。どうやって決めるのかさっぱりわからない。スキップの犬も含めて、会場にいる犬はどれもうりふたつだし、優勝したところで、名前も書いてないリボンをつけられるだけだ。スキップは人をあっといわせ、人の度肝を抜き、〝マジかよ〟という反応を引き出したかった。ただ、このときは犬でそうしたかった。大きな犬を育てようと思いついたのは、新作のゴジラ映画を観ているときだった。ばかでかいトカゲがどたどたと歩き回り、ビルを壊し、橋を落とし、津波を引き起こし、人々が蟻のように逃げ惑っていた。わめき、身を隠し、祈り、泣き、愛するものの名前を叫びながら。

ガンダーソンの犬の中に、ゼルダという体重三十五キロ弱の雌がいた。ガンダーソンはペットとして飼っていたが、スキップにとってゼルダは夢の切符となる犬、幸運をもたらす犬、ギリガン似の死人のような犬だった。何度も電話やメールで問い合わせないといけなかったが、似合いの相手を見つけた。アリゾナのフラッグスタッフにある〈オール・アメリカン・ピット・ブルズ〉に体重三十七キロの二歳になる雄がいたのだ。スキップがその犬を買ってゼルダとつがわせると、生まれてきた子犬の一匹がのちのち両親より大きくなった。スキップはそれを繰り返し、新しい血統を入れ、プレサ・カナリオと掛け合わせると、生まれてきた犬はますます大きく、獰猛になり、ついにゴリアテという傑作をつくりあげた。筋肉と殺戮への欲望からなる体重六十キロに迫る犬。ヤギを殺したのもゴリアテだ。野生のロバも殺した。郵便車を襲い、ごみ処理場まで追いかけていった。プレサ・カナリオまで一分半で殺した。

ゴリアテをショーにエントリーしたら、大騒ぎになった。ほかの飼い主たちはゴリアテを奇形の化け物といい、スキップをドクター・フランケンシュタインといった。スキップはそいつらの前で大笑いし、ゴリアテを解き放って、人々が蟻みたいに逃げ惑うさまを想像した。わめき、身を隠し、祈り、泣き、愛するものの名前を叫びながら。

スキップは的が跡形もなくなるまで撃ち続けた。銃を持っていたほうの手が痛くなり、耳がばかになっていた。犬舎に戻って体を休め、犬たちと過ごした。そして、〈カート〉に電話した。

「何だ？」カートがいった。それがカートの出方だった。

「Q・ファックがここに来た」スキップはいった。

「誰だって？」

「IQ。例の黒人だ」

「くそ」

「要するに、そいつには消えてもらう。小生意気なくそったれめ」

「折り返し連絡する」

一時間後、カートが電話をかけてきた。「IQについては好きにすればいいが、ラッパーは確実に殺《や》れ。そのためにカネを払ったんだからな」

「要するに、ラッパーはまだ家に籠ってる」スキップはいった。

「要するに、自分でどうにかしろ」

「情報が要る」

「情報？　情報？　何だおまえ、CIAか？」

「仕事をやらせたいのか、やらせたくないのか？」

「わかった、何ができるか考えよう」


スキップは通話を終え、ヤシの木が風にきしみ、震える音を聞いていた。何度も仕事をしてきて、警察はおれが生きていることも知らないというのに、あの小生意気なくそったれはあっけなくおれを見つけた。あのふたりが子犬たちといたとき、もう少しであいつを撃ってしまいそうだったが、あいつが〈ブルー・ヒル〉にいることを知っている者がいるかもしれないし、もうひとりのやつも消すしかなくなる。面倒だ。自分の家ならなおさら。あのくそったれをどうやって殺すか、スキップは考えた。まず膝を撃ち抜いて、あいつが地面を這いつくばって命乞いしているそばでクールなことをいい、そのあとで、歯科記録と照合しても身許が特定できなくなるくらい何発も撃ち続けるか。

夜も更けた。裸電球が巨大な影を壁に投げ掛けるなか、スキップはソファーから起き上がった。母屋に入り、ゴリアテとテレビでも観て、何か食べようかと思った。今ならそうできる。子犬たちは眠っている。

12　グッバイ、グッバイ、グッバイ　二〇一三年七月

洗濯カゴに、拳銃三挺、アサルトライフル一挺、マック・エア、ipadふたつ、〈ボーズ〉のipod・ドック、Ｘボックス、３Ｄブルーレイ・プレーヤー、プレイステーション、鳥の巣状のケーブルが積み重なっている。カルはそのカゴを家から中庭に出した。すでに胸の高さの持ち物の山ができている。フォカリン（精神刺激薬）を飲んで精力を維持したり、アチバン（精神安定剤）で神経系がぼろぼろにならないようにしながら、この二時間ずっと作業をしている。カルは山にカゴの中身を加え、こういった。「グッバイ、グッバイ、グッバイ」

どうでもいい家具とがらくたからはじめた。ホワイトアッシュのイームズ・オットーマンと〈ミストラル〉の組立ソファー。〈フィアム・イタリア〉のコーヒー・テーブル、〈アクアバ〉の豊饒の像、頭部を自分の顔にしたロットワイラー犬の彫刻、マイケル・コルレオーネとマルコムＸの等身大油絵。自分の絵は気に入ったので除外した。その後、誂えのスーツ、シャツ、シルクの下着、ＮＢＡとＮＦＬのジャージ、カシミア・セーター、三百二十五ドルした〈クチネリ〉のＴシャツ、三十本のコロン、スニーカーの膨大なコレクション、電話帳並に分厚い最新の契約の写し、二週間ばかりイスラム教に帰依したときに買ったアンティー

クの礼拝用ペルシア絨毯を丸めたもの。

もつれて丸まったアクセサリーも山の中に入っている。ほとんどは、スター御用達のジュエラーにして〈エクストリーム・カスタム・ジュエリー〉のCEO、テディ・ザ・グリームの作だ。ヒップなセレブたちのあいだで必携となっているものすごいアクセサリーだ。複数のチェーンやペンダントに加えて、グリームはカルにグリルズもつくった。純金で鋳造した歯形で、前歯二本には、透明度VS1、無色Dグレードとして認証された一カラットのひとつ石《ソリテール》ダイヤモンドを埋め込んである。切歯と臼歯にギャングのマークが刻印され、ブラジル産エメラルドがちりばめられている。下の歯には〝ラップ・ゴッド〟の文字が刻まれ、さらにダイヤモンドとエメラルドがついている。グリームはカルのお気に入りの逸品もつくった。カスタムメイドの腕時計だ。ベースにしたのは、ダイヤルとベゼルにダイヤモンドがつき、バンドにも埋め込まれているふつうの十八金の金無垢ロレックスだった。もとのくそおもしろくもないダイヤモンドをアーガイル鉱山産出のピンク・ダイヤモンドに替え、何もなかったところにも埋め込み、針をシベリアに落ちた隕石から取り出した希少石でつくったものに替え、バンドもローロ・チェーン・ブレスレット（丸い環を組み合わせたチェーン）にした。あるブロガーにいわせると、在ベイルート・アメリカ大使館の正面ゲートがあかないように固定できるほど頑丈なチェーンだ。

カルは酒瓶でいっぱいのカゴもふたつ持ち出した。ドクター・フリーマンの本の第四章〝ドラッグとアルコールを避ける〟のおかげだ。カルはバカルディ151、ヌーベル・オルレアンというアブサン、グレンフィディック・スノー・フェニックス、三十七年もののレミー、アルコール度数九十六・五度のエバークリアーのボトルの中身を両手を使って山にぶちまけた。これはほとんど象徴的な行為だった。ラケットボール・コートにアルコールの入ったケースが山と積まれている。腕が疲れてきたので、残りのボトルは栓をあけないで山に捨てた。「グッバイ、グッバイ、グッバイ」

　ボビーのお抱え運転手のヘガンは、ウインドウをあけてＢＭＷ７５０ｉの中で待っていた。ボビーがカルの円形私道《ドライブウェイ》でミーティングを設定していた。そういうのが好みだった。私道《ドライブウェイ》とか駐車場とかホテルのロビーとかレストランから出るところで人と話をしたがる。ひとことふたこと話す時間しかないから、先に用件をいわせてもらうという態度に出られる。話す時間を決められれば、話す中身も決められる、とボビーはよくいう。それに、この人は口がやたらうまい。彼がこれまで見てきた数多くの口達者の中でも、とびきりのクソ口達者だ。今も例のＩＱとかいう小僧を相手にその手を使っている。ぶっとんでいるカルが犬に襲われた件を調べさせるために雇った小僧だ。ボビーはシー・グリーンのアルマーニを身にまとい、素足にスエードのローファーをはき、〝忙しいのに付き合ってやってる〟的な雰囲気を漂わせて、検事みたいな口ぶりによって誰が話の仕切り役なのかを相手にわからせている。

「こういう理解でいいか教えてくれ、ミスター・クィンターベイ」ボビーがいった。「カルバン襲撃を企てた男は、スキップという犬のブリーダーで銃のコレクターであり、ファーガスという街に住んでいるというのか？」

「そういうことだ」小僧がいった。両手を前ポケットに突っ込んだまま、自分の車に寄り掛かっている。

その小僧の相棒の背の低い男が、アンソニーと一緒に噴水の縁に座っている。アンソニーはピーウィー・ハーマンのような格好の切れ者で、いつも約束の時間に遅れているように見える。チャールズはじっとしていられず、小さな円を描くように歩き回り、頭のうしろをさすっている。バグは点呼を取る黒人の大物のように、足をひらき、手をうしろに回して立っている。

「それで、ほかに報告はあるかね？」ボビーがいった。

「その男の本名はマグナス・ベスターガード」小僧がいった。「高校生のころから犯罪歴がある。これまで就いた仕事はおじの銃砲店での勤務だけだが、在庫品の横流しで逮捕された。ソラノ刑務所で服役し、しばらく姿を消したあと、また姿を現わしたときには、ピット・ブルを育てていて、スキップ・ハンソンと名乗っていた。以来、逮捕歴もなく、ソーシャル・メディアにも登録していない。ウェブサイトに犬の写真を載せているが、売っていない。持ち家があり、新車のトラックに乗っている」

「これだけの情報がぜんぶ――」

「〝パブリック・レコーズ・ドット・コム〟にあった」

「驚いたな」アンソニーがいった。

チャールズが空を見上げた。「嘘っぱちだ」チャールズがいった。「この野郎には無駄に時間を取られてばかりだ」

「ああ」バグがいった。「嘘っぱちだ」

「失礼だが」ボビーがいった。「公開情報《パブリック・インフォメーション》が我々の状況を好転させるとも、状況打開に役立つとも、とても思えんのだ。だが、もうひとつ質問させてくれ。殺し屋だとされる人物を訪問したとき、きみは容疑者の、巨大な殺人犬の姿を見たのか？」

「いや、犬は見ていないが、そこにいたのはたしかだ」

「そこにいたが、姿は見ていないと」ボビーが一本調子でいった。「おまえはどう思う、アンソニー？ ミスター・クィンターベイを引き入れたのはおまえだ」

「ボビー、気持ちはわかるが、こうして来てるんだから」アンソニーがいった。「話を先に進めてくれないか？」

ボビーがアンソニーに顔を向けた。「銃をたくさん所有する犬のブリーダーといえば」ボビーがいった。「私も銃はたくさん所有しているし、いわせてもらえば、ここにいる者はみなたくさん所有しているが、殺し屋はひとりもいない。プロとしてやっている者がいないのはたしかだ。こういっては申し訳ないが、ミスター・クィンターベイ、きみには失望した。大いに失望した」

ヘガンはこの小僧が気に入った。うろたえず、取り乱さず、ボビーを前にしてもびびらない。たいていの連中とちがって。まるで何かを待っていて、何かを隠しているかのようだ。

ボビーに殴らせておいてから、とんでもないカウンター・パンチを見舞うつもりなのか。ヘガンはそれを見たかった。

カルの最後のカゴには動物にかかわるものが入っていた。白いアーミンのコサック帽、ニシキヘビ革のボマー・ジャケット、ウナギの革《イール・スキン》の手袋、シャークスキンのカウボーイ・ブーツ、オストリッチ・スキンのメッセンジャー・バッグ、チンチラの枕、絶滅危惧種チーター六頭分の皮革を使ったフルレングスのオーバーコート。おれがくたばったら、おれのものはどうなるのかと思う。スーツは〈グッドウィル〉の棚に載り、オーバーコートはヤク中の身をくるみ、ジュエリーは、うちの鳩時計が思わぬ値打ちものであってほしいと願う連中が出てくる、母親が好きなテレビ番組にでも出るのか。「グッバイ、グッバイ、グッバイ」

ボビーがまだ話し続けている。ヘガンは小僧が防戦に飽きはじめているような気がした。きっかけがひとつあればいい。

「さて、きみにしてもらうのはだな、ミスター・クィンターベイ」ボビーがいった。「家に入って、カルバンにこういう。頼まれたことはできない。キャリアに取り返しのつかない傷がつかないうちに仕事に戻ったほうがいい。犬のブリーダーで銃の愛好家だということしかわからない〝スキップ〟とかいうやつを持ち出して、みんなの時間を無駄にしてすまない。そして、巨大な殺人犬がいたのかもしれないが、見てはいないと」

ヘガンは小僧の目つきと歯を食いしばる口元にそれを見た。ロープ際から出てくる。

「たしかに、巨大な殺人犬は見ていない」小僧がいった。「だが、ほかの犬舎の倍くらい大きなのがあって、水入れの代わりにたらいが置いてあった。それに、偽名を使い、犬は売らず、フェイスブックのページも持っていないとは、どんな犬のブリーダーだ？　十八歳から給料をもらっていないのに、どうやって三万五千ドルのトラックを買い、十五頭の犬の飼育費を出してるんだ？　それに、あの男が持っているのはたくさんの銃なんてものじゃない。兵器庫だ。三八、四〇、四五口径拳銃の薬莢、アサルトライフルに使う七・六二弾、スナイパー・ライフル用三三八マグナム弾もあった。八百メートルほど離れた山の斜面に的をつくっていた。撃てないなら、そんなものをつくる意味はない。スキップのところでこれを拾った」

小僧がいい、ボビーに一発の銃弾を見せた。ふつうの四五口径弾のように見えるが、弾の先端が丸い。「こいつはマルチプル・インパクト・ブレットだ。この銃弾は発砲されると、ケブラー繊維の糸でつながれた三つの弾頭が分かれる。南米のボーラ（端に鉄などの重りがついた投げ縄）のように、この弾頭が回転しながら飛んできて、直径三十五センチの円を描いて当たる。要するに、人を撃つときに三十センチちょっと外しても、相手の脳みそが吹き飛ぶということだ。それでスキップが殺し屋だと断定できるかどうかはしらないが、たいしたやつなのはたしかだ」

ボビーが、金庫をあけたら中にキャベツの玉があったかのような顔をした。ヘガンは笑っているのを見られないように顔を背けた。

「質問は？」背の低いほうの男がいった。

小僧が顔を上げた。「何か燃えてるな」

その日、カルはドクター・フリーマンの著書の第九章〝ものを手放す〟をざっと読んだ。ドクター・フリーマンはこう書いている。「燃え尽き症候群の方は、主流、最新、流行について いこうと、いつもつらい思いをしています。どうでもいいものを手に入れようといつも必死です。それが延々と続きます。このものに対する執着のせいで前に進めず、ずっと燃え尽きたまま、むなしさだけがいつまでも残るのです。先に進んでいるつもりでも、どうでもいいものが溜まっていくだけなのですから。私の患者たちは、お金で買えるものに自尊心をつぎ込まないようになると、みんな大きな安堵感を覚えるといいます。ひとりの患者はとても裕福な若い女性ですが、こういっています。『ジェニファー・ロペスが何を着ているかとか、新しいiPhoneがスワヒリ語を話すかどうかとか、そんなことを気にしなくなったら、解放されたような気がしました。生まれてはじめて、本当に解き放たれたような気がしました』と」

カルはとにかく解放されたかった。何からの解放かはよくわからないが、それから逃れないと、自分を見失うことになる。契約書をくしゃくしゃに丸め、マリファナに使っているカルティエのプラチナ・ライターで火をつけ、ものの山に放り投げた。強い酒のアルコール分に引火し、山が燃えはじめた。カルは十字架のように両手を広げ、綿毛のような煙が青い、青い空を漂っていくさまを見ていた。「どうでもいいものぜんぶに、おれは別れを告げた」カルはいった。「おれは自由だ。自由だ」

どうでもいい家具やがらくたがなければ、契約書、服、礼拝用の敷物、その他の燃えやすいものがぱっと燃え、今ごろはくすぶっているだろうに。バーベキュー用コンロの底にある通気孔のように、家具やがらくたの隙間によって酸素が上に流れ、火が燃え続けている。カルはドクター・フリーマンがいっていた解放感の訪れを待ったが、感じるのはドラッグの酔いと戸惑いだけで、前と何ひとつ変わらない。火に目を向け、二千ドルの〈ピエール・コルテ〉のエナメルのドレス・シューズと三千ドルの〈ボッテガ・ヴェネタ〉のメッセンジャー・バッグが火膨れになり、黒く焦げるさまを見守った。はっきりした悟りがプリンのような脳に突き刺さった。「おれのもの《シット》が燃えてる」カルはいった。「おれの曲《シット》を燃やしちまった」

ボビーは家から出ると、ほかの連中を従えて駆け足で中庭を横切った。目にしている光景が信じられなかった。うちのスター・アーチストがくされ焚き火の前に立ち、カシミアのバスローブ姿で大司祭みたいに両腕を広げている。「そこから離れろ」ボビーはいい、カルをつかんでうしろに引っ張った。「体に火がつくぞ」

「次から次へと」アンソニーがいった。

コロンの瓶が熱で割れている。焼け焦げた化学製品のにおいが中庭に立ちこめ、悪霊のような黒煙が空に逃げていく。隣の家の女がバルコニーに出てきた。「そこで何してるの？」女がいった。

「家にすっこんでろ、くそアマ」チャールズがいった。

「おれのものが燃えてる」カルがいった。「おれのものを燃《シット》やしちまった」

「助けを呼んでやる」ボビーはいった。

「助けなら間に合ってる。ドクター・フリーマンが助けてくれる」

「おまえがあのいまいましい本を取り上げておけばよかったんだ、アンソニー」

「カルは〈バーンズ&ノーブル〉にあるだけ買ったんですよ」アンソニーがいった。「四、五十部はある」

「ドラッグは？」

「ええと、今日はフォカリン、フェンタニール（鎮痛剤）、クロノピン（抗てんかん薬）、ウェルブトリン（抗鬱薬）——」

「名前なんぞどうでもいい。没収できんのか？」

「〈Dスター〉のところの連中が二十四時間いつでも持ってくるんです」

ボビーはアイゼイアに向き直った。「この件を終わりにする理由がわかったかね、ミスター・クィンターベイ？　この男は自分の身を——ミスター・クィンターベイ？　聞いているのか？」

アイゼイアは火に包まれている未開封の酒のボトルを見つめていた。「逃げろ」アイゼイアがいい、駆け出した。ドッドソンも一瞬だけためらい、アイゼイアに続いて逃げた。

「あいつらどうしたってんだ?」チャールズがいった。「我らが著名な捜査員が発狂してしまったのだからな」

「まあ、これでわかったろ」ボビーはいった。

酒のボトルが破裂した。焔の中から、火花、割れたガラス、灰の雲が噴き出ると、ボビーと仲間たちはびっくりしたハトのように散った。ボビーは中庭に伏せて両手で頭を守った。このまま伏せていられたらいいのにと思った。頬を生温かい煉瓦につけ、子供のころを思い出す刈った草と塩素のほっとするにおいを嗅いでいたい。悪夢はどこまでも続くように感じられる。一日ごとに前日よりひどくなり、希望がオフィスの窓から見える沈みゆく太陽のように消えていく。「いっそ私を殺せ」ボビーはいった。「この苦しみから解放してくれ」

さらにボトルが破裂した。アイゼイアとドッドソンはヤシの木の陰にいた。「どうしてボトルが破裂するとわかった?」ドッドソンがいった。

「ボトルの酒がだんだん濁っていた」アイゼイアはいった。「気化していて、圧力の逃げ場がなくなっていた」

「何かに気付いたんだろうと思ったぜ」ドッドソンがいうと、またボトルが破裂した。「見ろよ、ボビーが地面にべったり伏せてるぞ。タリバンにケツを撃たれてるみてえだ。それから、ボビーといえば、どうしてあんなにきつく出た? またカッとしたんだろ?」

「ボビーなどどうでもいい」アイゼイアはいった。「気にするのはクライアントだけだ」

「なら、浮袋に乗っかってる場合じゃないぜ。おまえのクライアントがまたおぼれかけてるぞ」

以前も経験したというのに、カルはプールに飛び込み、手足をばたつかせて水を飲んでいた。「助けてくれ」カルがごぼごぼといった。「誰か、助けてくれ」そういうと水中に沈み、タクシーを拾うみたいに、片手だけ振っていた。

チャールズとバグはガス式のバーベキュー用コンロのうしろにいたが、うんざりして笑う気にもなれなかった。「どうしてあんなばかがスターになれたんだ？」チャールズがいった。アンソニーは背中を家の壁につけて、庭に座っていた。威厳を手放してしまったのに、疲れて取り戻そうともしない男のように見える。「運よく溺れ死んでくれるかもしれない」アンソニーがいった。

アイゼイアはアンソニーからボビー、バグ、チャールズへと目を向けた。そのうちの誰かがスキップに情報を流している。誰かがグルだ。

破裂が止んだ。プールから引きあげろとカルがアンソニーに怒鳴った。「誰かにここを掃除してもらうからな。必ずやってもらう」カルがいい、びしょびしょのローブと片方のレンズが外れたサングラスを身に着けているが、精一杯ラップの神のように振る舞おうとしていた。

サイレンが近づいてきた。

「そろそろ失礼する」ボビーがいい、家のほうに歩いていった。「カルバンを刑務所に入れるわけにはいかんのだから、警察にどういうかはおまえたちで考えろ。わかったな？　カルバンを刑務所に入れるわけにはいかん」

「なぜおれが刑務所に行く？」カルがいった。

「未必の故意ないしは認識ある過失による生命・身体危険罪、公的不法行為、防火法規違反」アンソニーがいった。「それから、焼いた銃が登録してあるのかどうか」

サイレンが大きくなってきた。

「まあ、誰かが罪をかぶるわけだ」カルがいった。「おまえはだめだ、アンソニー。下働きをしてくれるやつが要るからな」

バグとチャールズが、面通しでレイプ被害者にじっと見つめられているレイプ犯のような顔をしている。

「そうすると、おまえらふたりしかいねえな」カルがいい、一方からもう一方へ目を移した。「どっちだ？　どｰちｰらｰにｰしｰよｰうｰかｰな？」

「おい、カル、そんなのねえよ」チャールズがいった。

「おれがあるといえばあるし、おれはおまえに決めた」

「ありえねえ！」チャールズがいい、頭のうしろをさすりながらぐるぐる歩き出した。「頼むよ、カル、そりゃねえって」

「何がねえって、チャールズ？　何がねえって？　おれがボスじゃねえってのか？　まあ、ボスはおれなんだから、そこのところはどうしようもねえし、そのおれがおまえに罪をかぶせるといってるんだから、女々しい泣き言なんかいってんじゃねえ」

「こんなのおかしいじゃねえか」バグがいった。「自分のケツは自分で拭けよ」

「おまえが自分で食っていけるなら、おれも自分で罪を負う。それでどうだ、バグ？　自分で食っていけるならな」

　チャールズは飲み過ぎてわけがわからなくなったと警察に申し出た。ポケットの中身をすべてバグに預けると、手錠をはめられて連行されていった。重い足取りで家に入るカルの背中に、曳光弾のようなバグの視線が突き刺さっていた。「今に見てろ、おい」バグがいった。

「今によ」


　ボビーは後部シートに座り、こんなくそみたいな日になったのはおまえのせいだとでも思っているかのように、ヘガンをにらみつけていた。どうしてボビーに煙のにおいが染みついているのか？　どうして弁護士にも所属アーチストにも、〈ホール・フーズ〉で買い物するにもハイヒールをはく勇猛な《アマゾニアン》ガールフレンドのエバにも、携帯電話で怒鳴りつけていないのか？　ヘガンはおそらくそう思っているのだろう。

「向こうで何か《サムシング》あったんですか？」ヘガンがいった。

「ああ、向こうでえらいこと《サムシング》があった」ボビーはいった。「死にかけた。おまえのせいじゃないが」

「大丈夫ですか？」

「いや、大丈夫じゃない。大丈夫にはほど遠い」

サクラメントからLAに越してきたとき、ボビーはマー・ビスタに住み、ワンルーム・アパートメントに食欲旺盛なゴキブリたちと同居していた。おんぼろのリンカーン・コンチネンタルに乗り、友愛会員の男子学生のようにラーメンばかり食べていた。ラーメンと卵。ラーメンとスパム。ラーメンとソーセージ。あまりに金欠でラーメンとキャット・フードだったこともある。〈ボ《B》ビー・グ《G》ライムズ・ミ《M》ュージック・アンド・エ《E》ンターテイメント〉を立ち上げる前、十一の会社を渡り歩いて四つの職種を経験し、分不相応な苦労を味わってきた。長い年月のうちに騙され、追い払われ、放り出され、痛めつけられ、あざけられ、覚えきれないほど何度も訴えられた。ボビーなら第七章と第十一章（破産法において、それぞれ清算型破産手続と会社更生手続について定めている）をテーマに講義することも、エドワード・R・ロイボール連邦裁判所を案内することもできるだろう。

カルが出てきて状況は一変した。最初の二枚のアルバムがプラチナ・ディスクになり、ほかのアーチストたちも〈BGME〉に乗り換えはじめ、いつの間にか勝ち組たちと一緒にテーブルを囲んでいた。人々の尊敬、カネ、遊び道具、女を手に入れた。世界の頂点にいた。だが、スティーブ・ジョブズがくされiTunesを引っさげて登場すると、CDを絞め殺し、ボビーの総収益から生き血を吸い取っていった。加えて海賊版行為もあった。くそいまいましい大学生のガキどもときたら、iPodを盗まれたらやたら腹を立てるくせに、私の音楽をただでダウンロードしてもまるで気にしない。海外の状況など笑うしかない。中国人は音楽がカネを払って聞くものだということさえ知らない。ボビーはスタッフの首を切り、プロモーション予算を削り、新譜を減らすしかなかった。アーチストはもっと青く見える芝に移った。

ボビーの救世主は大手エンターテイメント会社の〈グリーンリーフ・ステューディオズ〉だった。〈グリーンリーフ〉は〈BGME〉を買収したいといってきたが、取り引きの肝はカルバンだった。世界中にファンがいるビッグ・ネーム・アーチストはそう発掘できるものではないから、〈グリーンリーフ〉は所属のスターたちをカルバンの力でさらに明るく照らしてほしかった。カルバンが来なければ、取り引きもしない。

ボビーの直近の問題はこうだ。〈グリーンリーフ〉による調査報告がじきにはじまる。マーティー・グリーンリーフの弁護士と会計士の軍団がマー・ビスタのアパートメントにいたゴキブリのように〈BGME〉のセンチュリー・シティー・オフィスになだれ込み、会社設立時からのあらゆる契約、販売報告書、銀行取り引き明細書、スプレッドシート、交際費、版権に群がる。そして、マーティーはカルに会いたいといってくる。顔合わせのときの会話がありありと想像できる。マリファナや薬で酔っぱらったバスローブ姿のカルがあのばかネコを抱いたまま、ミスター・Qや巨大なピット・ブルの話をしたり、ノエルを刑務所にぶち込み、裏庭でむなしいだけの所有物を燃やした話をする。マーティーは新曲をいくつか聞かせてほしいといい出す。新曲は二曲だけで、傑作なのは、この地上でおれはいったい何をしてるのかという長さ二十三秒の曲だ。焚き火は象徴だ、とボビーは思った。これまで汗水垂らして積み上げてきたものが炎に包まれている。ブレントウッドの家、〈スパゴ〉や〈マッヒサ〉のディナー、〈バー・マーモント〉の酒、〈セイヤーズ・クラブ〉や〈グレイストーン・マナー〉の顧客リストに名前が載ったこと。サクラメントのレイブやクラブの興行をしていたときには想像もできなかったことを、見たりやったりした。今はロープの向こう側にいる。すべての若いアメリカ人が夢見る世界にいる。

ボビーはニューヨーク州北部のヤング・スナップの屋敷でひらかれたパーティーに出た。そこはフットボールのフィールド並の広さで、毎日ちがうトイレで用を足しても、すべてのトイレを使うには三週間もかかる。四人家族くらいなら、スナップの私有地内の湖の魚だけを食べて生きていけそうだとボビーは思った。レイラのコンサートのバックステージ・パスをもらい、同じホテルに泊まっていた。ボディーガードとメイク係の大部隊に加えて、付き添いには洗濯係、毒味係、仏教の僧侶、ボトックスの注入指導医も帯同していた。レイラのラブラドールにまでスイート・ルームが用意されていると人づてに聞いた。

モナコ・グランプリにもカルのスポンサーに招待された。グナイトとガールフレンドのニアがいて、週末はふたりの豪華船〈コロッサス〉に泊めてもらった。乗るのではなく、島みたいに上陸するような船だった。甲板に何門か大砲を持ってきて、トマホーク巡航ミサイルを装塡すれば、〈コロッサス〉はペルシャ湾に派遣できそうだった。そんな暮らしをすべてあきらめるなんてごめんだ。ラーメンの日々に戻るくらいなら自殺する。だが、どちらかといえば、私は逆境にこそ力を出す男だ。

「私は負けない」ボビーはいった。

「何ですと?」ヘガンがいった。「誰が負けないんです?」

「ボビー・グライムズがだ」ボビーはいった。「ボビー・グライムズは絶対に負けない」


ドッドソンを降ろしたあと、アイゼイアは家に帰った。私道《ドライブウェイ》を掃き、前庭の芝に水を撒き、裏庭の草を刈った。アレハンドロをガレージから出すと、芝刈り機のブレードから逃れた虫をついばみはじめた。その後、アレハンドロに家の中を嗅ぎ回らせているあいだに、スープをつくり、カウンターで立ち食いした。

ボビー・グライムズのことを考えた。ボビーはカルにアルバムをつくらせないといけない。それははっきりしている。思っていたよりせっぱ詰まっているようだが、怒りと失望は本心だろう。チャールズとバグ。カルを嫌っているのはわかるが、カルに生計を頼っている。カルを殺せば、金のレコードを生むガチョウを殺すことになる。カルがいなければ、その日暮らしに逆戻りだ。

わからないのはアンソニーだ。ノエルを擁護したのはアンソニーだけだし、今の仕事も、アルバムも、そもそもカルのことも気にかけているようには見えない。だが、そういう態度なら、なぜ辞めない? よそでも仕事は見つかるだろう。とどまる理由があるはずで、それがわかれば、なぜいらだっていたのかもわかる。カルの次の予定にも興味はなさそうだ。何かを締めくくろうとしている。手を切りたがっている。アンソニーはすべてを終わりにしたがっている。

筋は通っているが、胸が騒ぐ。道をまちがえたような気がするが、今のところ進める道はこれしかなかった。それに、裏庭に去来するトンボのように、意識の片隅でちらちらと見え隠れするものがある。来ては去り、来ては去る。じっとしていてくれたらいいのだが。それが事件を解く鍵になるような気がしてならない。

しかも、すでにわかっているような気もする。

13　おまえか？　二〇〇五年九月

いらつく。次の仕事を当ててみろとアイゼイアにいわれていた。〈ペット・シティー〉の一件でばかなことをしたと思って、少しでも威信を取り戻そうとしているのだろう。キンキーからも似たようなことをされた。こっちのコカインが残りかすしかないとわかって、いつ再入荷があるのかこっちから訊くように仕向ける。その後、こういってくる。「そいつは機密の情報《シット》だ、ニガ。おまえみたいな賤しい薄給男の耳には入らねえよ、わかったか？　気が向いたら知らせてやるよ」

ドッドソンはこらえようとしたが、710号線に出たころには我慢できなくなっていた。

「何なんだよ？」ドッドソンはいった。

「美容院だ」アイゼイアが勝ち誇った口調でいった。

「下調べに行ったとき、何で連れていってくれなかったんだよ？」

「必要ないからさ。完璧にやってある」

「完璧かどうかおれにはわからねえし、美容院からいったい何を盗む？」

アイゼイアは〈ルビーズ・リアル・ビューティー〉のウェブサイトで目に付いたものを教

えた。〈ルビーズ〉はサウス・ベイ・エリア最大で豊富なエクステの品揃えを誇っている。いちばん価値ある戦利品は〝バージン・レミー〟だ。

「〝バージン〟というと、処女の髪なのか？」ドッドソンがいった。

「いや。化学処理されていない髪だから〝バージン〟だ」アイゼイアはいった。

「なら、〝レミー〟ってのは？」

「キューティクルが毛根から毛先に向かって揃うように丁寧にカットされたという意味だ。そうでないものは、雑草のように刈り取って箱に放り込まれたものだ」

大学教授があまり出来のよくない中等学校の生徒に語りかけるような口調で、アイゼイアは説明を続けた。〝ブラジリアン・ウェフト・バージン・レミー〟の七十センチ・ナチュラル・カール・人毛・シングルドローン（ひとりから提供された）の高級グレード・エクステンションはサン・フェリペの女性が提供したもので、これが家族の年収の半分になる。〈ルビーズ〉では四百三十四ドルの値がついている。〝ロシアン・バージン・レミー〟の五十センチ・人毛・高級グレード・ダブルドローン（複数の人から提供された）・ナチュラル・ストレート・エクステンションは、新しいブーツがほしかったボルゴグラードの十代の女性が提供者で、小売り価格は五百十九ドル。

「美容院から盗むのはそういうのだ」アイゼイアはいった。「ほかに訊きたいことは？」

〈ルビーズ〉裏に駐めたエクスプローラーから降りるとき、ドッドソンがいった。「今度はちゃんと自分の仕事をやれよ」

破壊槌《バタリング・ラム》でドアは難なく外れた。〈ペット・シティー〉のときと同じくやかましい警報が鳴ったが、ふたりの盗人はNASCAR(全米ストックカー・レース)のピット・クルーのようにノイズ抑圧ヘッドホンをつけていた。音を完全に遮断するわけではないが、頭がガンガンしないのはたしかだ。アイゼイアはやたら心配していたが、楽な仕事になった。〝バージン・レミー〟のエクステはぜんぶ同じ陳列棚に載っていたし、ブツを入れるごみ袋の代わりに折り畳み式買い物かごを持ってきていた。軽くて、ずっと口があいているので、両手を使ってエクステを入れられた。

「四分だ」アイゼイアは車で走り去るとき、そういった。「入って出るまで四分だった。かごはどうだった？　なかなかよくなかったか？　暑さにはまだまいる。サングラスが汗で曇ってばかりで、拭かないといけなかった。それでも、四分だった」

ドッドソンはアイゼイアが鼻を高くしているのがわかった。おおかた、これで一人前だとでも思ってるんだろう。まあいい。そう思いたいなら思わせてやる。重要なのは、この泥棒稼業がうまくいってるってことだ。続ければ、クラックの売買から足を洗えるし、キンキーにくそでも喰らえといえるし、気ままに暮らせる。

ひとりの客が来た。この二時間で唯一の客だ。震えていて、郡の農産物品評会《カウンティ・フェア》で子供とはぐれたかのように、あたりを見回している。常連で、歳は四十から六十のあいだ、メイおばさんのバセット犬のように頬が垂れ、目は黄色くなり、自分の人生を見過ぎてきたせいで、血走っている。近ごろはこんな客ばかり、歳を食った長年のヤク中ばかりだ。若い連中はクラックを避けている。悪臭をぷんぷんさせたり、ぺこぺこと小銭をねだったり、電源コードが取れたオーブン・トースターを売りつけようとしたりしながら街中を歩き回るクラック常用者を、いやというほど見てきたのだ。クラック常用者はクールじゃない。若い連中を何かから遠ざけたいなら、クールじゃなくせばいい。

ドッドソンにとってはそれが問題だった。吸ってくれる人が増えないから、しぼむヤク中人口をめぐって、この辺の全売人と競合している。儲けを出すには、得意先をつくるしかない。ヤク中はあちこちで買う。リピートしてもらうには、質のいいブツを仕入れないといけない。ドッドソンのブツの質はよかったり悪かったりで、今日は悪かった。同じ額のカネを稼ぐにもいつもより長く街頭に立ち、〈ロコ〉の連中から買いたくても、連中がいる六ブロック先まで歩く元気もこらえ性もないヤク中に売るしかない。キンキーのせいだ。キンキーがドッドソンに卸している。愛想のない屈強なアイス・キューブのクローンみたいなやつで、笑っていてもにらんでいるようにしか見えず、マイケル・ストークリー以外は誰でも邪険に扱う。コカインの目方も量らずにクラックに〝調理〟したり、重曹を入れ過ぎたり、いつも自分勝手にやる。それを補うために、〝フレーバー〟を加える。ウォッカ、家具用つや出し剤、漂白剤、洗濯用洗剤、食器用洗剤、手近にあるものなら何でも加える。ドッドソンは客に悪いなと思っていた。「なんでそんなものを入れた?」ドッドソンはいった。「客をハイにさせたいのか、それともみんな殺しちまいたいのか？」キンキーは何も答えない。

ドッドソンはセブンイレブンに行き、口の中のクラックの後味を消そうとグレープフルーツ・ジュースを買った。仕事に戻ると思うとぞっとしたが、今のところアパートメントの住人で唯一の稼ぎ手だった。腹が立ってしかたがない。がっぽがっぽカネが入ってくるはずだった。〈ルビーズ〉の仕事の二週間後、〈サングラス・エンポリアム〉、〈タイト・ラインズ・フライ・フィッシング〉、ステュディオ・シティーの大型靴店〈ルオゴ・ディ・ラッソ〉をやった。上がりはむちゃくちゃだった。〈オークリー〉、〈レイバン〉、〈マウイ・ジム〉、〈マイケル・コース〉など三百本。どれも百ドルは下らず、ほとんどが二百ドル近い。〈タイト・ラインズ〉は儲からないだろうと思ったが、〝セージ〟4ピース・カーボンファイバー・トラウト・ロッドが、重さ四十二・五グラムなのに五百九十五ドルで売られているとわかった。五百九十五ドルあれば、一カ月のあいだ毎日〈レッド・ロブスター〉で食っても、ちびったりしねえぞ、とドッドソンはいった。ふたりは二十九本盗んだ。靴店はダイヤモンド鉱山だった。〈ジミー・チュウ〉、〈プラダ〉、〈バレンチノ〉など、デザイナー・ブランドの一足五、六、七百ドルもする靴がどっさりあった。だが、ドッドソンの懐にはイーベイのせいでカネが入ってこなかった。

「イーベイだ？」ドッドソンはいった。「何でイーベイの話なんかしてる？」

「マーカスは出品用アカウントを持っていた」アイゼイアがいった。「ペイパルのアカウントも。工具を買うためにな。パスワードはわかっている」

「何がパスワードだ。そんなことしてたら、いつまでかかるかわかったもんじゃねえ」

「気長に待つしかない」

「ああ、そうかい、そんな戯言は家《ハウス》に来てからいってみろ。おれはわけがわからなくなったニガどもとずっと一緒にいるから、あのノミの駆除薬を塗りたくらなきゃやってられねえってのに、おまえはどこにいるんだよ？　ここに座ってラップトップをいじってるんだろうが。ダチのプークに電話してもいいだろ。サングラスをぜんぶ持っていって、今日のうちに現金で払ってくれるぜ」

「中間業者は入れない」

「何でだよ？　イーベイだって中間業者じゃねえか」

「イーベイはおれたちのことを密告できない。密告できるのは、おまえかおれだけだ」


アイゼイアがイーベイの世界に飛び込み、詳細な商品説明を書き、競合出品者をチェックし、値付けをし、スプレッドシートに販売記録をつけているあいだ、ドッドソンはぼんやり立っていた。アイゼイアは写真撮影でぐずついている。フライ・ロッドを立てたり、寝かせたり、接写したりと、あれこれいじっている。

「そんな棒切れ一本に何枚撮るつもりだ？」ドッドソンはいった。

素晴らしい写真を載せたのに、売れ行きはよくなかった。人は一度にひとつずつ買う。靴、サングラス、フライ・ロッド。アイゼイアは犬用品はすぐに売れるだろうと思っていたが、競合が激しく、値段もかなり低かった。ペット・ストアに盗みに入るやつが大勢いるのかと思わないわけにいかなかった。

「イーベイの件は手伝ってやるぜ」ドッドソンはいった。「早く売れるようにしてやる」

「大丈夫だ」アイゼイアがいった。

「大丈夫なのはわかるから、ちょっとやり方を教えろって」

「大丈夫だといったはずだ」

ドッドソンは無性にアイゼイアをぶん殴り、頭にこぶをつくってやり、身の程をわきまえさせてやりたくなった。まだそうしないのは、アイゼイアが〝割れ物〟みたいだからだ。フレオンのスプレーをかけたハンドル固定装置のようだ。殴れば粉々に砕けて、ドッドソンも二度と大金にお目にかかれなくなる。もうひとつむかつくことがある。アイゼイアはちょっこ写真に品物を入れるのだった。サングラスの曇り取りパッド、ワイドビームの懐中電灯、〈タイト・ラインズ〉で見つけたフィッシング・ウェア。金持ち連中がバハマ諸島でイワシ釣りをするときに着るようなパステル・カラーのパンツとシャツ。ドッドソンはそれを着て、スキー・マスクをかぶり、サングラスをかけてみた。「おれはこんなの着ねえな」ドッドソンはいった。「ホモのテロリストみてえだ」

「軽量で、通気性と速乾性を備える」アイゼイアがいった。「自分の服を着てくれてもいいが」

「へえ。めっちゃくちゃ気前がいいじゃねえか」

アイゼイアはドッドソンに倉庫を見せたくなかったが、見せないわけにはいかなかった。増え続ける在庫をどこかに保管しなければならない。ドッドソンははじめてロッカー・タイプの倉庫を見たとき、こういった。「マジか。おまえの兄貴は何をやってたんだ？　機材の販売店でもやってたのか？」

マーカスはここに集めた工具を保管していた。ドリル、鋸、グラインダー、インパクト・レンチ、サンダー、ネイルガンが銃のコレクションのようにペグボードに陳列されている。手動の工具も同じように並んでいる。テーブル・ソーとマイター・ボックスは長いワークベンチの上。棚の収納箱には、釘、ナット、ねじ、ワッシャーのたぐいが入っている。据置型の工具はそれぞれ決まった場所に置いてある。

「正しい工具を持たなきゃだめだ」マーカスはいった。これだけ集めることが実用的だというかのような口ぶりだ。「正しい工具がなければ、仕事を半分ずつ二回やる羽目になる――どうして笑うんだよ、アイゼイア？　こいつが必要になるときが来るかもしれないじゃないか」

「何に必要になるっていうんだよ？」アイゼイアはいった。「スペース・シャトルの修理か？」

マーカスが新しい工具を手にしたとき、その目には何かが見えた。いろいろ持ち替えたり、ヒントがくっついているみたいにじっくり調べ、手に持った感じを確かめる。やがて、これこそ探していた工具だというかのように、にやりと笑う。これでセットがすべて揃い、ツールボックスの空きスペースが埋まる。一週間もすると、それはありふれた工具になり、さらに一週間が経つと、マーカスはオンラインに出て別の工具を探しはじめる。

ロッカー・タイプ倉庫のシャッターが半分あくと、中のスペースが光と闇に二分された。アイゼイアは闇の側にいて、ワークベンチに座り、ラップトップで売り上げ状況を見ていた。手間のかかる作業が好きだった。作業しているあいだはマーカスを頭から閉め出しておけるが、マーカスはそこにいて、うしろから近づいてまうしろにつくと、神に才を賜った弟がなぜただのこそ泥に落ちぶれたのかと問い詰めてくる。

ドッドソンが身をかがめてシャッターをくぐってきた。飽き飽きして腹を立てている様子だ。ドッドソンが丸めた現金をワークベンチにぞんざいに置いた。

「これは何だ?」アイゼイアはいった。

「ヘア・エクステンションの上がりの取り分だ」ドッドソンがいった。「何軒かの美容院に売ってきた。そこの女の店主はもっと手に入ったら持ってきてくれとさ」

「中間業者は入れないといったはずだ」

「おまえのいったことはわかってるが、いったい何様だ?」

「美容師がつかまったらどうする?」

「つかまったって何を吐ける？　知らねえ黒人《ニガ》がふらっと来て、エクステンションを売って、また出ていったってか？　こういうことに関しちゃ、おれは素人じゃねえ。おまえがミス・ペトリーのクラスで二秒おきに手を上げてたときも、おれは犯罪人をやってたんだぜ」

アイゼイアはリビングルームを片づけていた。ドッドソンの洗濯物を一ヵ所にまとめ、コーヒー・テーブルを拭き、使った皿をキッチンに下げた。ドッドソンは部屋をきれいに保つことについては気を使っていたが、最近はさぼりがちだった。「使ったら片づけてくれないか？」アイゼイアはいった。

「わかったよ、ニガ、くそ」ドッドソンがいい、バスルームから出てきた。「さっき帰ってきたばかりじゃねえか」ドッドソンは新しいロサンゼルス・クリッパーズのジャージ、新しい〈ディーゼル〉のパンツ、スパッツのように見える〈ＭＪ〉のエナメル靴というでたちだった。「すんげえ、おれってかっこいい」ドッドソンがいった。「女どもがわんさか寄ってくるぞ」

「そんなに買っちゃだめだ」アイゼイアはいった。「人目を引く」

「おれは人目を引こうとしてるんだよ」

「カネはどこから持ってきたと訊かれたらどう答える？」

「少し頭を冷やせよ、アイゼイア。イラつくのをやめて一日休んでマリファナでも吸って、あれの味を忘れる前に女でも引っかけて来いって。勤労の果実を味わえって」

ドッドソンが女を連れてきた。当時のデロンダは十キロ以上痩せていたが、キャスター付きスーツケースみたいにどこへでもついてくる尻は変わらなかった。アイゼイアにはじめて会ったとき、デロンダはアイゼイアを上から下までまじまじと見て、こういった。「それで？」アイゼイアは寝室に引っ込み、ふたりが折り畳み式のソファーを磨り減らす音を聞いていた。そんなもんなの？　そんなもんなの？　とデロンダがいい、そうか、もっとほしいのか？　もっとほしいのか？　とドッドソンがいっていた。テレビはずっとつけっぱなしだった。

デロンダが帰ったあと、アイゼイアは出てきて、セックスとゴムのにおいに顔をしかめた。ドッドソンが靴下だけをはいてソファーに突っ伏し、片腕を横に垂らしている。「あの女のせいで燃えつきちまったぜ」ドッドソンがいった。「最後の一発はチンコから霧しか出てこなかった」

「彼女を連れてくるべきじゃなかった」

「おれはここに住んでるんだ、ニガ、おれの勝手だろ」

「おまえたちがアパートメントを持っていると、彼女が誰かにいったらどうする？」

「おまえは何でいつも、誰かが誰かにいったらどうするなんて心配ばかりする？　このアパートメントはおまえの兄貴ので、その兄貴は出かけてた。あの女はそう思ってる」

「それでも、連れてくるのはばかだ」

ドッドソンが片肘を突いて体を起こした。「おれをばかっていったな？」ドッドソンがいった。アイゼイアは首をかしげ、うんざりした様子でキッチンに行った。「そうだ、失せろ、くそ野郎」ドッドソンがいった。「素っ裸でなかったら、今すぐおまえのケツを蹴ってやるところだ。もう一回いってみろ、アイゼイア、聞いてっか？　もう一回いってみろ」
デロンダは何かとアイゼイアをからかった。彼の歯ブラシをトイレに落としたり、Tバックを寝室のドアノブにかけて乾かしたり。チョコレート・プリンがたっぷり入ったミキシング・ボウルを持ってキッチンから出てくると、手が滑ってびっくりしたかのように目を見ひらき、アイゼイアにぶちまけるふりをする。〝ちょっと、ちょっと、気をつけて、気をつけて！〟そういいながら、彼女はドッドソンとソファーでいちゃつき、アイゼイアが通るときには、にやにやしながらドッドソンのタマを撫で、アイゼイアがまだ聞こえるところにいるときから、ふたりでげらげら笑ったり。

アイゼイアとドッドソンは仕事を続けた。電気かみそり、葉巻、プール用ポンプ。デロンダは週末ずっと泊まっていた。日曜の夜、家に帰る前にドッドソンとタコスを食べに行った。ふたりが帰ってきたとき、アイゼイアはテレビの前に立ち、ニュースを見ていた。「警察は破壊槌《バタリング・ラム》盗賊団と呼んでいます」リポーターがいった。「犯人たちが破壊槌《バタリング・ラム》を使い、――ロングビーチ、エル・セグンドー、ローンデール、カルバー・シティー、ロミータ、トランス、遠くはバレーまで――南カリフォルニア各地の小売業者に侵入するからです」

「何でこんなの見てるの？」デロンダがいった。

「ここの防犯カメラがとらえた映像には」リポーターがいった。「ふたりの容疑者がロングビーチの〈ダニーズ・ダイブ・ショップ〉に侵入する様子が映っています。警察によると、容疑者はふたりともアフリカ系アメリカ人の男性で、年齢は十代後半から二十代と思われます。ひとりは身長約百八十センチ、もうひとりは約百六十センチです」

「百六十二だぜ」ドッドソンがいった。アイゼイアはドッドソンをきっとにらみつけたあと、視線をデロンダに移した。

「あんたたちなの？」デロンダがいった。

「警察によると、プロの仕業だということです」リポーターがいった。「数分のうちに盗みを済ませて立ち去っており、高価な品物のみを盗んでいます。黒っぽい色のフォード・エクスプローラーに乗っていると思われます」

「あんたたちもエクスプローラーよね」デロンダがいった。「あんたたちなの？」

リポーターが続けた。「ロサンゼルス商工会議所は容疑者逮捕につながる情報に五千ドルの懸賞金をかけています。容疑者に関する情報をお持ちの方は、画面に出ている警察のホットラインにご連絡ください」

「あんたたちなのね」デロンダがいった。

アイゼイアはエクスプローラーを白く塗り直し、それ以後、ドッドソンは後部シートに乗るようになった。警官にはひとりしか乗っていないように見える。ふたりは仕事を続けた。タンクレス給湯器、ゴルフ・クラブ、交流電動機、エアレス塗装機、ドイツ製キッチン水栓。商売《パイプライン》はたっぷり流れるどころかあふれはじめ、今ではカネが順調に入るようになっていた。

ドッドソンは家《ハウス》から足を洗った。さらに多くの服、別のゴールドのチェーン、アイゼイアのトロフィーや盾をどかさないといけないほどでかいテレビを買った。デロンダと一緒にいることが多くなった。服を買いに出かけ、ハイになり、GTAをやり、偽の身分証を受け付けてくれるクラブに行き、ソファーで横になって料理番組を見て、HSNでテレビ・ショッピングを楽しんだ。足の指圧器、パニーニ・プレス、防水ラジオ、植物用幹細胞モイスチャライザー、木材も搾れるジューサー、ほかにもまだ箱から出してもいないものもいろいろと。デロンダは三、四日おきにネイルをやってもらっている。新しい色、新しいきらきらするやつ。食事はいつも外。ハイネケンとヘネシーを飲む。アイゼイアに乗せてもらえなくても、タクシーを拾った。午前三時に寝て、午後三時に起きた。人生を追い求めるのではなく、セレブになったかのように楽しんでいた。

「あしたなんか知らない」デロンダがいった。「死ぬまで知るもんか」

午前一時。ドッドソンとデロンダはソファーに横になったまま、タイ料理を食べていた。アイゼイアがやってきて、何もいわずに寝室に入っていった。

「どうする?」デロンダがいい、ドッドソンを見た。

「先にヌードルを食わせろって」ドッドソンはいった。

「あんたが戻るまで取っておいてあげるわ」

アイゼイアは夜に何時間も歩くようになったが、眠れないのはわかっていた。腹が減っていて、タイ料理のにおいがしてきても、わけてくれとはいわなかった。いわれたふたりは、下品な頼みだとばかりに顔を見合わせ、相談しないと決められないかのように身を寄せ合ってから、春巻き半分とか、食い残した米をしぶしぶ差し出すだけだろう。

アイゼイアはしだいに、どうやってこのふたりをアパートメントから追い出そうかと考えるようになっていった。デロンダに家賃を払ってもらってもいいだろう。毎晩、泊まっているし、デロンダのものがそこら中にある。家に帰るのは弟の面倒を見るときだけだ。それに、デロンダはドッドソンをすっかりいけ好かないやつに変え、あんたがボスだと頭に擦り込んでしまった。

ドッドソンがノックもしないで入ってきた。「何の用だ?」アイゼイアは自分の空間に侵入され、そういった。

「次はいつだ?」ドッドソンが訊いた。

アイゼイアはくそ喰らえといいたい気持ちをこらえた。「なぜそんなに急ぐ?」アイゼイアはいった。「もっとでかいテレビがほしいのか?」

「一時的なキャッシュ・フロー問題を抱えてる」

「そうなのか？　あれだけのカネをぜんぶ使ったのか？」

「最近はリッチに暮らしてるからな。いつだ？」

「二、三日後だ」

ドッドソンが部屋から出ていった。そのとき、〝やっとわかったか〟という顔をして見せた。アイゼイアは〝どうだろうな〟と思っていた。


アイゼイアは次の仕事にゴーサインを出すまで一週間かけ、ドッドソンは顔を合わせるたびにせっついてきた。〝誰がボスだって？〟とアイゼイアは思った。ふたりは黙ってカルバー・シティーの〈スピードウェイ・バイシクルズ〉へ行き、店舗裏の細い道に車を駐めた。装備を調え、いつものようにドアを外した。ふたりは店の倉庫に入り、〈シマノ〉の〝デュラエース〟・クランクセット、〝アルテグラ〟フロント変速機《ディレイラー》を買い物かごに入れた。ドッドソンは壊そうとしているみたいに、箱入りの商品を投げ入れていた。

「五分だ」アイゼイアはいった。

「おれだって時計くらい持ってる」ドッドソンがいった。「読み方もわかる」

アイゼイアはやれやれと首を振り、溜息をつき、倉庫のドアの向こうにあるサービス・デスクの奥をちらりと見た。デスク越しに正面の窓とその向こうの通りが見える。一台のパトロール・カーが路肩に駐まり、すぐさまひとりの警官が降りてきた。「警察だ」アイゼイアはいった。ふたりは急いでショールームに入り、裏口に向かったが、警官はすでに窓際にいた。「伏せろ！」アイゼイアはいった。ふたりは床に伏せ、這って物影を探したが、警官が懐中電灯を照らして、窓の中をのぞき込んでいた。ふたりはその場で凍りついた。真新しい自転車が斜め向きに並んでいるうしろで。隠れてはいるが、まったく見えないわけではない。スポークの隙間に目を凝らせば、姿が見える。

警官の懐中電灯のビームが店内をうろついている。警察ヘリが車の強盗犯を追跡中に照射するのと同じくらいまばゆい。アイゼイアはヒラメやカレイのようにぴったり床に伏せ、両腕を横に伸ばし、頰を床に着けていた。〝気付かないでくれ気付かないでくれ頼むから気付かないでくれ〟。ドッドソンも同じように伏せている。互いの顔が向かい合っている。懐中電灯のビームがそばを素早く通り、止まらずに遠ざかった。用は済んだのか？　一瞬だけいちるの望みが見えたが、その後、ビームがもうひと回りしはじめた。今度はざっと見るのではなく、じっくり調べている。

「くそ、おい、感づかれるぞ」ドッドソンが声を殺していった。

「わからないだろ」アイゼイアも声を殺して答えた。「じっとしてろ」

「一週間もかけてこんな計画を立てたのか？　いったい何してた？」

「急かされたからだ。ここにいてもいけなかったのに！」

ビームがヘルメットや自転車ウェアの陳列コーナーを横切り、ふたりに向かっている。

〝気付かないでくれ気付かないでくれ頼むから気付かないでくれ〟

「くそ、おい、おれには前があるんだぞ」ドッドソンがいった。「成人として裁かれて、コーコランの刑務所に入れられる」ビームが近くに寄ってきて、同じデザインのスパンデックスのウェアを着てペダルを漕いでいる目のないマネキンの親子を照らし出した。ずらりと並ぶ自転車、ハンドル、泥よけに光が反射し、きらめいている。「ムショになんか行くかよ」ドッドソンがいった。「まっぴらごめんだ」そういうと、身をよじり、手をシャツの中に入れた。

「何してる?」アイゼイアはいった。「じっとしてろ」

ドッドソンが銃を持っている。

「気でも触れたのか?」アイゼイアはいった。ドッドソンが親指で銃の安全装置を外した。

「止めろ、ドッドソン。頼むから止めろ!」ビームは奇跡的にロフトに移動し、さらに多くの自転車用品を照らした。「銃をしまえ!」

「黙れ、アイゼイア」

「しまえ。しまわないなら自首する」

「ばかいえ」

「神に誓って自首する」

「なら、おまえも撃つ」

ビームがハゲタカのようにうろつくなか、ふたりは頬をリノリウムの床に押し付け、口の下に光をたたえたよだれ溜まりをつくり、背中を撃たれたかのように横たわっていた。

「無茶だ、ドッドソン。警官を撃ったらおしまいだ」次の瞬間、ビームがまともに当たり、あまりに明るくて熱いとさえ感じた。宙を舞う塵の粒子とドッドソンの顔に浮いている玉の汗の数も数えられる。両手を頭のほうに寄せていた。片手が銃を持ち、もう一方はすぐに起き上がれるように床に突いている。ビームが動きを止めた。

「気付かれた！」ドッドソンが起き上がりかけた――

「だめだ、ドッドソン、止めろ！」

ビームが消えた。信じられないという思いが脳裏をよぎったが、警官は背を向けてパトロール・カーに向かって戻っていた。アイゼイアは大きく息を吐き、体中の力が抜けた。ドッドソンは膝立ちで頭を垂れ、両手を下ろしていた。「おい、今のはマジでやばかったな」ドッドソンがいった。「何でおれたちを見逃した？」

「自転車に光が反射していたおかげだろ」アイゼイアはいった。「それに、ビームが上を向きすぎていた。おれたちはビームのすれすれにいた」

警官が足を止め、無線機に向かって何事かをいっている。アイゼイアの胃が靴《ナイキ》まで落ちてきたかのようだ。「店の裏に回るつもりだ。車がある」

ふたりはすぐに動き、ショールームを駆け抜け、裏口から勢いよく外に出ると、エクスプローラーに飛び乗った。アイゼイアはエンジンをかけた――だが、口をあけて動きを止めた。

「どうした？」ドッドソンがいった。

「警官はおれたちと同じ方向を向いていた」アイゼイアはいった。「細い道に、おれたちのすぐ前にくる！」アイゼイアはシフトレバーをバックに入れ、アクセルを踏んだ。タイヤがきしみ、車はうしろに向かって進み出し、しだいに速度を上げ、ギアが離陸時のジェット・エンジンのような音を立てて空回りした。アイゼイアはなるべくうしろ向きになり、片手でハンドルを握り、首を巡らして闇に目を凝らした。〝警官が来る〟

「急げ！」ドッドソンがいった。

「急いでる！」アイゼイアはいった。

エクスプローラーが路面から逸れた。アイゼイアはハンドルを切ったが、切り過ぎたらしく、車が尻を振り、大型ごみ収集容器《ダンプスター》にぶつかった。〝警官が来る〟

「車の向きを直せ！」ドッドソンがいった。

「黙ってろ！」アイゼイアはいった。ハンドルを逆方向に切ったが、また切り過ぎて、サイド・ミラーが電柱に当たってもげた。ハンドルを左右に回し、車を道の真ん中に戻そうとしたが、車は尻を大きく振って壁にぶつかり、はずみでグローブ・ボックスが勢いよくあいた。ブツもぶつかり合った。〝警官が来る〟

「車の向きを直せ！　向きを直せ！」

車は完全に横向きになり、アイゼイアがシフト・レバーをバックから外すまで、うしろに進んでいった。

「何やってんだよ、アイゼイア？」ドッドソンが怒鳴った。

アイゼイアはブレーキを思い切り踏んだが、手遅れだった。車は硬いものにぶつかり、ふたりの頭が前に投げ出されたかと思うと、ヘッドレストに叩きつけられた。ふたりは呆気にとられて座っていた。アイゼイアはイグニッションを回してエンジンを切った。車は駐車スペースにうしろ向きで入っていた。前に細い道があり、後部バンパーが青果物店の商品積み下ろし場に突っ込んでいた。両側に建物がある。まだ見られていないとすれば、今も警官からは見えない。ヘッドライトのビームが前方を横切った。警官は細い道にいる。

「見られたのか？」ドッドソンがいった。

「見られてないと思う」アイゼイアはいった。「ただ、突っ込んだときの音は聞こえてたかもしれない」

ビームが明るくなってきた。自転車屋のうしろで停まるのか、それとも、ますます近づいてきて、フィッシング・ウェアを着てスキー・マスクをつけた十七歳の少年ふたりが死者の車の中に隠れているのを見つけるのか？　ふたりは待った。ウインドウが曇ってきた。ビームの動きが止まった。アイゼイアの顎が胸まで落ち、汗が膝に滴った。「危なかった」アイゼイアはいった。

ドッドソンは口をあけたまま、ぼんやりと宙を見つめていた。銃殺隊にライフルで弾が切れるまで撃たれたのに、弾がぜんぶ逸れたみたいに。「とっととここから離れてくれねえか？」

ロングビーチに戻るとき、アイゼイアは身動きを極力減らして運転していた。ドッドソンはフィッシング用シャツの下からS&Wの三八スペシャルを抜いた。リボルバーで、グロックより軽く、銃身の長さは二インチちょっと。セミオートマチックを好む者が多いが、ドッドソンは撃鉄を起こす感触とかちりという音が好きだった。そこら辺の連中なら、聞くだけでびびる。手首をしならせて回転弾倉をあけ、エジェクター・ロッドを押し、銃弾を掌に落とした。「安全第一だ」ドッドソンはいった。銃弾をポケットに入れ、銃をしまった。「何かいいたいことはねえのか？」

「本気でおれを撃つつもりだったのか？　警官も？」

「さあな。だが、ムショに入るつもりがなかったのはたしかだ」

「銃は持ってくるなといったはずだ」

「ニガ、おまえがいってたのはわかるが、知ったことか。命令なら親父にいやというほどされた。この上おまえからも、誰からもされるつもりはねえ」

「命令じゃない。ただ——おまえは何でもぶち壊してばかりだ。わからないのか？」

「ぶち壊してばかりなのはそっちだろうが。おい、アイゼイア、おれの首根っこを踏んづけてる足をどかさねえと、まずいことが起きるぜ」

「どんな？」アイゼイアはいった。むかついていた。ドッドソンが銃で脅迫している。人生《ライフ》がマーカスを連れ去っていったように、おれの命《ライフ》を取り去ると脅している。「何をするっていうんだ？　え？　いってみろ。何をするのか知らないが、吠えてばかりいないでやれよ」

「あおらねえほうがいい。そうなったら、ぶっ殺す」

「ぜんぶぶち壊しになってもいいのか？　終わりにするのか？　いや、おまえは止められない。喉から手が出るほどほしいんだろ」

「ああ、だが、おまえのほうがほしがってる」

「どうしてそう思う？」

「おれの見立てはこうだ。おれはカネを必要としてる。だが、おまえはこういうこと自体を必要としてる」

14　何だって動かせる　二〇一三年七月

スキップは〈スピーディー・アプライアンス・リペア〉のバンを駐め、〈ケンモア〉の帽子をかぶった。通りでフットボールをしている子供たちはアウト・オブ・バウンズ・ラインがどうのという話に夢中で、スキップが工具の詰まったダッフル・バッグを持ってバンから降り、通りを渡ってQ・ファックの家に向かっても気付きもしなかった。誰もいないとわかっていたが、ベルを鳴らした。急ぐそぶりを見せず、私道《ドライブウェイ》を伝ってガレージと裏庭のほうにゆっくり歩いていった。修理業者は急いだりしない。近所の家から音楽が聞こえてくる。いいことだ。キッチンのドアを試してみたが、ロックは壊せそうもない。

ブーゲンビリアがぼうぼうに生えた家の反対側に回ると、細い道があった。棘のある茂みに身を隠しながら、窓際で準備を整えた。ゴムの手袋をはめ、ダッフル・バッグをあけてハリガンツールを取り出した。消防士が強制立ち入りのときに使うチタン製の鉄梃のような道具だ。スキップは斧のようになっている方の先端を家の壁と面格子の枠のあいだに捻じ込み、当て物をつけたハンマーで打ち込めるだけ打ち込んだ。何度か手を止めて耳を澄ましたが、まだ音楽は聞こえているし、子供たちは別の話に夢中だ。スキップはハリガンツールを引っ張り、上下に動かし、ねじり、梃子の原理で面格子の枠を壁から外した。基礎ボルト、金網、化粧漆喰の塊も一緒にはがれた。スキップは窓を割って、中に入った。

寝室はかすかにアンモニアのにおいがした。奇妙ではあるが、たいしたことではない。ベッドは整えられていて、写真が何枚かサイドテーブルに飾ってある。床には空のビール瓶も、洗濯物も、靴もない。この小生意気な男は潔癖症のようだ。スキップが持ってきた道具類を降ろしたとき、車が私道《ドライブウェイ》に入ってくる音が聞こえた。低いエンジン音で、改造《ホットロッド》したアウディだとわかった。携帯電話が振動した。〝そっちへ向かったぞ〟というテキスト・メッセージが表示された。「ご丁寧なことだぜ、くそったれ」スキップはいった。

スキップは急いでスキー・マスクをかぶり、ハイ・キャパシティー・マガジン（多数の銃弾を装弾できる箱形弾倉）をグロック17に装填した。狭い場所での使い勝手がいい短銃身だ。弾倉は三十三発の銃弾を収納でき、グリップの下に十三センチ弱突き出る。スキップは、よくある自動車用エア・フィルターに特殊なアダプターをつけたものに銃身を押し入れた。銃身の先端に缶入りスープを取り付けたような、おかしな形に見えるが、亜音速弾を使えば、ねずみ取りの罠がかかる程度の音しかしない。玄関であの小生意気な男を出迎えようかと思ったが、それはリスクが大きい。こっちが撃つ前に姿を見られたり、物音を聞かれたりするかもしれない。ここにとどまって、待つほうがいい。そのうち寝室に入ってくる。

アイゼイアは車で家に戻った。車内には融けたプラスチックと灰のにおいが充満していて、このまま染みついたりしなければいいがと思った。カルはほんとうにいかれている。何千ドルもするもの、世の人々がどうにかつかみ取ろうともがくようなものを、薪のように燃やしてしまった。ただ、ある生き方を投影しているのはたしかだ。あれだけのものを所有していても、カルの力にはならなかった。火をつける前も、火をつけたあとも放心していた。カルはカルだった。

警戒しながら私道《ドライブウェイ》に入った。車から素早く降り、後部に回った。長銃身の射撃訓練用ライフルが心配だが、スキップがこっちを照準線にとらえるところはない。あの青いトラックがうしろから迫ってくるのではないかと目を光らせて、アイゼイアはしょっちゅう車線を替えたり、急ハンドルを切ったりして、家まで車を飛ばしてきた。

アイゼイアは通りを端から端までざっと見た。子供たちがフットボールをしている以外、動きはない。だが、電気修理のバンがミセス・マルケスの家の前に駐まっている。ミセス・マルケスが電気修理をしてもらいたいなら、おれに頼む。金属のようなアドレナリンの味が舌に広がった。アイゼイアは通りを渡ってミセス・マルケスの家に行き、ドアをノックしたが、彼女は家にはいなかった。アイゼイアは子供たちに近づいていった。「なあ、修理業者がどの家に行ったかわからないか？」

「何の修理業者だい？」ひとりの子供がいった。

「誰も見なかったけど」別の少年がいった。ほかの少年たちは肩をすくめたり、顔を背けたりしている。

「おれの家のあたりで誰か見なかったか？」

「見てない」最初の子供がいった。ほかの子供たちはすでにゲームを再開していた。

アイゼイアは郵便受けから郵便物を取り、玄関ドアのロックを外して足で押しあけた。リビングルーム越しにキッチンを見て様子を探った。奥のドアに変わりはなく、少しだけ気を緩めた。ほかに家に侵入する方法はない。アイゼイアは中に入り、ビザの請求書を残して、持っていたものをすべてコーヒー・テーブルに置いた。その請求書を先に見たおかげで、ほかの請求書がそれほどひどいとは感じられなかった。封をあけ、明細を読みながら、廊下を歩いていった。フラーコの理学療法の特別施術がかなりきつい。コンドミニアムの資金に充てられるカネは残らない。カルの臨時収入《ボーナス》が入らないと、購入プランは白紙に戻る。

スキップは待った。寝室はコインランドリーのように生暖かく、湿気がこもっていた。両手でグロックを持ち、ドアに向けたまま、まばたきして目の汗を払った。この時間が好きだ。気持ちが高まる時間が。標的を始末する瞬間より気持ちいいかもしれない。Q・ファックが廊下にいる。スニーカーがコンクリートの床できしり……近づく……さらに近づく……止む。長い数秒が音もなく過ぎ去った。〝何してる？　おれがここにいるとわかってるなら、急いで逃げるはずだ。銃を持っているなら別だが〟

アイゼイアはビザの請求書から目を上げると、ちょうどキッチンに落ちている緑色の鶏の糞が見えた。今朝アレハンドロを中に連れてきたきり、ガレージに戻すのを忘れていた。クローゼットのハンガー・バーに止まって服という服に糞を付けたりしないで、ほかの場所をうろついていればいいのだが。

「アレハンドロ？」アイゼイアはいった。「そこにいるのか？」

スキップは部屋中に視線を走らせた。〝アレハンドロってのは何者だ？〟。クローゼットの中で何かが動き、ぱたぱたと音がした。スキップはそっちに銃を向けて撃った。パンパンパンパン。けたたましい鳥の鳴き声にびっくりして、煙のようなはためく白い物体に向かって撃ち続けた。パンパンパンパンパン。

アイゼイアは慌てて廊下を戻った。突き当たり右の玄関ドアが家から出るにはいちばん早いが、通りで子供たちが遊んでいる。突き当たりを左に折れ、キッチンを抜けて裏口に向かった。スキップの姿が見えた。銃を突き出してリビングルームに入ってきた。ほんの一瞬、ふたりの目が合った。スキップが撃った。パンパンパンパン。だが、アイゼイアはドアから出たあとで、銃弾は食料保管部屋の缶詰めを吹き飛ばした。

アイゼイアは裏庭を横切り、裏のフェンスへと走ったが、スキップが発砲しながらキッチンから出てきた。パンパンパンパン。アイゼイアは急に走る方向を変え、ガレージ側面のドアに肩からぶつかるようにして壁に体をぴったりとつけた。アレハンドロの檻《ケージ》と芝刈り機くらいしか、体を隠せそうなものがない。パンパンパンパン。銃弾が正面のシャッターを穿ち、その穴から細い光の筋が差し込んだ。スキップはアイゼイアが動き回ったり、武器を探したりするのを阻んでいる。パンパンパンパン。アイゼイアは死を考えた。逃げるには来た経路を戻るしかないが、スキップがそっちに向かっているのが音でわかった。唯一の強みはまばゆい陽光だけだ。それ以外はスキップの手にゆだねられている。

スキップはガレージ側面のドアに近づいた。「来てやったぞ、Q・ファック」スキップはいった。待ち伏せを警戒しつつ、ドアの両側を撃ち抜いた。パンパンパンパン。「何かいいたいことでもあるか、小生意気なくそったれ？」スキップは中に足を踏み入れると、明るい外から暗い中に目が慣れるまでしばらく何も見えなくなった。銃をあちこちに向け、パンパンパンとやみくもに撃った——そのとき、慣れつつある目に映る〝天の川《ミルキー・ウェイ》〟の向こう、奥の片隅にアイゼイアの姿が見えた。スキップはそっちに体を向け、撃った。パンパンパンカチカチカチ。エイのように床に伏せていたアイゼイアが素早く立ち上がった。シャツは着ておらず、胸や頬にオイルの染みがついている。アイゼイアが懐に潜り込み、前腕でスキップの銃を持つ手を内側から外へ払い、顔に右ストレートを突き出してきたが、スキップは首を曲げ、拳が耳をかすめた。だが、返しの左拳を顎にまともに喰らい、床に倒れるとき、さらに右拳に髪をなぎ払われた。スキップはベレッタに手を伸ばしたが、アイゼイアの姿はもうなかった。

「あの野郎！」スキップはいい、立ち上がった。すばしこいやつだ。パンチが同時に飛んでくるようだった。そのとき、スキップは気付いた。撃たれて穴だらけになったTシャツが芝刈り機のハンドルにかぶせてあり、〝ハーバード〟の帽子が頭の位置に載せてある。「てめえは死んだな」スキップはいった。「絶対にぶっ殺してやる」

アイゼイアは家々のあいだを抜け、安全だと確信できるところまで逃げた。足を止め、かがんで手を膝に置き、息をついた。正確に数えていてよかった。裏口から逃げるとき、ハイ・キャパシティー・マガジンが銃のグリップから突き出ているのが見えた。あと数発、装弾できていたら、死んでいた。パンチも何発かよけられた。くそ。しっかり当たっていたら、スキップは気絶していたのに。そもそもこっちが挑発したのだから、ばかなことをしたものだと思った。スキップの木を揺すってみたものの、危うく殺されそうになっただけだった。警察に通報しようかとも思ったが、スキップはマスクと手袋を身に付けていたし、銃とバンはまちがいなくどこかに捨てただろう。警察は仮釈放違反くらいでしか逮捕できない。スキップはいつも銃をバック・ホルスターに入れて持ち歩いていて、〈ブルー・ヒル〉の敷地内には薬莢がぼろぼろ落ちていた。だが、スキップはその雇い主につながる唯一の手がかりだ。スキップが舞台上から消えたら、手がかりがまったくなくなる。カルを殺そうと狙っているスキップを放置するのは危険だが、あまり成功するとは思えない。カルは家にとどまっていさえすれば、絶対に安全だ。

夜が来ると、スキップが前に持っていたS&W〝プロマグ〟のような青っぽい金属の色に、禿げ山が染まった。消えゆく光を受けて、犬たちが電撃戦でも繰り広げているみたいに駆け回り、ネズミ、ウサギ、鳥、リスを追い立てている。スキップは犬たちに殺されなかった動物をAKで手当たりしだい撃った。血と苦と死を見たかった。Q・ファックの家に立ち戻って、弾倉の弾をぜんぶあの小生意気な口に喰らわせてしまわないように、怒りをいくらかでも解放したかった。弾が切れたとき、〈カート〉が電話をよこした。

「よお、調子はどうだ、007?」カートがいった。「ラッパーの内部情報がわかった。電話でいっていいのか? それとも暗号でも使わないとだめか?」

「早くいえ」スキップはいった。電話越しに撃ち殺してやりたかった。「ああ、ああ」スキップはいった。「それなら何とかなる」

サンタモニカ・ブールバードは、大勢のゲイが住んだり、働いたりしている地域、ウエスト・ハリウッドを抜ける本通りだ。アイゼイアは多少の恥ずかしさを感じながら車を走らせた。どういうところなのかわからなかったが、ほかの繁華街と何も変わらないように見える。大小の店、レストラン、バー。ほかの街より男がこぎれいかもしれないが、ちがいはその程度だ。

「スキップが仕返しに来るっていっただろうが?」ドッドソンがいった。「子犬たちの読み聞かせがどうのってくだりは、まだ信じられねえよ」

「おれの家がずたずたにされた。危うくおれもそうなるところだった」アイゼイアはいった。

「罠だった。スキップがおれとだいたい同じ時間に家に着いたからよかったものの、さもなければ、おれはドアをあけて入ったときに撃たれていた。おれたちがカルの家を出たあとに内通者がスキップへ連絡することになってたんだろうが、それが遅れたんだろう」

「ついてたな。誰かわかってるのか？」

「スパイのことか？　いや。まだだ」


ふたりは戸外のカフェでブラーゼイに会った。アイゼイアのクライアントだった男だ。スティービー・ワンダーのような神童で、十二歳のころからプロとして歌っている。ラップとヒップホップ界のことなら歴史家並の知識があって、誰のこともみんなわかり、伝えるのが市民としての務めだと思っている。

「かつてブラック・ザ・ナイフはグループだった」ブラーゼイがいった。「〝ウー〟か〝タン〟抜きのウータン・クランといえばいいか。信じられないかもしんないけど、チャールズが主役だった。少しはラップできるんだろうけど、ビートは何かの焼き直しだし、ライムはどこまでも退屈。カルバンは煽りがうまくて、観客を盛り上げて食いつかせる。バグは洞穴に住む原始人みたいに、ステージ上をうろついては、〝イェエエエ、ブラック・ザ・ナイフが来たぜ～〟とわめいてるだけ。チャールズもかわいそうに。女がみんなカルバンを見て、下着を投げ入れたりするそばで、ラップをしたんだから。ほんとのスターが誰か、みんなわかってた。たぶんチャールズもわかってた」ブラーゼイがひと休みして、低脂肪《ノンファット》ヘーゼルナッツ・キャラメル・ラテをひとくち飲んだ。「ああ、おいしい」ブラーゼイがいった。「朝、目覚めの一杯に六ドルのコーヒーを飲むってのは最高。〈マックスウェル・ハウス〉は家に常備してる。でかくて青い缶に入ったやつ？　ぼくの母さんがむかし花瓶代わりに使ってた」

アイゼイアのカプチーノはまあまあうまいが、バリスタが泡《フォーム》を薄くし過ぎた。「グループはどうなった？」アイゼイアはいった。「ブラック・ザ・ナイフは？」

「フロントマンをやらせてもらえないなら、抜けてソロでやるってカルバンが脅した」ブラーゼイがいった。「チャールズはひとりじゃどうにもならないとわかっていたから、脇にどいて、カルが前に出た。屈辱だっただろうね。しかも、カルは難なくグループを率いた。ブラック・ザ・ナイフを自分だけの芸名にして、チャールズの曲はいっさいやらなかった。しかも、ボビー・グライムズがはじめてレコーディング契約の話を持ってきたとき、グライムズはカルバンだけにオファーを出した。チャールズとバグは入っていなかった。その後、ふたりはカルバンの〝有限会社〟の社員になり、ノエルに追い出されるまで、家内奴隷みたいにカルバンの家で寝泊まりしていた」

ドッドソンは、タンクトップ姿で歩いてきたマッチョな白人をちらりと見た。こんがり焼けた肌は、妹のラビニアがむかし遊んでいたバービー人形のようにむらのない茶色だった。

「どうかしたかい、ベイビー?」ブラーゼイがいった。「今まで感じたことのない感情がわき起こってきたとか?」

「そんな感情なら前にも感じたことがあるぜ」ドッドソンはいった。「ムショに入れられてたときだけどよ」

ブラーゼイが続けた。「チャールズとバグはとっくにカルのもとを離れていてもおかしくないと思うかもしれないけど、カルバンの手下として贅沢な暮らしを続けるほうが、ドラッグを売り歩いて、ポーク・アンド・ビーンズに砕いたポテト・チップスを入れたものばかり食う生活に戻るよりましだった。ぼくはごめんだけどね、ベイビー。あんな扱いはまっぴら。ぼくならとうのむかしにマイクのコードをカルの首に巻きつけて絞め殺してた」

「ノエルの噂は聞いてないか?」アイゼイアがいった。

「ぼくが前に付き合ってたバイロンは知ってる? そいつがいうには、ノエルは婚約指輪を売り払ったそうだから、カネに困ってるのかも。ぼくも売り払ったけど。指輪をやるなら、添い遂げる覚悟がなくちゃね」

「〈Dスター〉というのは?」アイゼイアがいった。

「スター連中相手の薬物のディーラーでしょ? 本名はジミー・ボニファント。ちかごろは誰もがスターと何かしらつながってる。ぼくがあんたらなら、近寄らないね。ジミーともめたやつは、みんなどこかの水路で死体になってる——ごめんなさい、アイゼイア、そろそろ行かないと。ふたりとも、会えてよかった。ほかに手伝えることがあれば連絡して」ブラーゼイが席を立ち、ぶちまけられたはちみつで作られたかのようなメッセンジャー・バッグを肩に掛けた。「それから、アンソニーによろしくいっといて。あの子《ボーイ》、とてもとてもキュートだ。じゃあね」

ドッドソンはブラーゼイがいなくなるまで待った。「アン、ソ、ニ、ーだ？」ドッドソンはいった。

ムーディー兄弟は白い漆喰塗りの小さな建物に住んでいた。窓に白い面格子がつき、屋根に旧式のテレビ・アンテナが立っている。遅い時間で、アイゼイアとドッドソンはアウディに乗ってバグを待っていた。チャールズはまだ勾留されている。ふつうなら自分で保釈金を払って釈放されるところだが、銃を焚き火にくべたことが保護観察中の違反行為に当たり、朝、判事と面談しなければならなかった。

「あのふたりはなぜカルのところに戻って、優雅な暮らしをしない？」アイゼイアはいった。

「カルが離婚したのなら、戻れるだろう」

「カルのエゴの周りを回遊するイワシでいるより、イングルウッドの大物でいるほうがましなんだろ」ドッドソンがいった。

「鋭い指摘だ」

バグが家から出てきて、エスカレードに乗った。エンジンがうなりを上げ、調子の悪そうなマフラーがごぼごぼと水没しているかのような音を立てた。私道《ドライブウェイ》からバックで道路に出て、走り去った。

「カルのコロンをつけていた」アイゼイアはいった。「催涙ガスのような代物だ」

家の裏手に回ると、アイゼイアはバンプ・キーを使って三十秒ほどでドアをこじあけた。

「破壊槌《バタリング・ラム》ならもっと手早くできたのによ」ドッドソンがいった。「あれ、どうした？」

「まだ倉庫にある」アイゼイアはいった。

バグとチャールズの両親は死んだか、再婚して出ていったのだろうとアイゼイアは思った。リビングルームは暗い色の板張りで、派手な織物が敷いてあり、家族の写真がいたるところにあり、ランプシェードにはプラスチックのカバーがかけてある。兄弟は装飾的な改装をしていた。六十五インチの３-Ｄ・ＨＤテレビが天井から暖炉の上の方に掛かっていて、ストリッパーが踊りに使うようなポールが部屋の中央に取り付けられている。

チャールズは警察に連行される前に、ポケットの中身をぜんぶバグに手渡していた。車のキー、チェリー・サッカー（ペニス用マッサージ・クリーム）、小銭、ライター、携帯電話。そういったものがコーヒー・テーブルのお菓子入れに入っていた。アイゼイアは携帯電話のＳＩＭカードとＳＤカードを抜き、代わりに新しいものを差し、電話の中身をまっさらにした。チャールズはバグの仕業だと思うだろう。バグが受け取るまではちゃんと使えていたのだから、ほかに誰を責められる？

ドッドソンの声が聞こえた。「アイゼイア、これ見ろよ」

海に投げ捨てるはずだったカルのレコーディング機器が寝室に詰め込まれていた。マイク、スタジオ・デスク、モニター、マック・プロ、サンプリング・ステーション、ミキシング・コンソール。スタジオ・デスクにCDの束が置いてある。こんな手書きラベルがついていた。〝〈グランディオーズが乗っ取る〉〟。

「グランディオーズというのはチャールズのことか？」アイゼイアはいった。

「たぶんな」ドッドソンがいった。「誰から乗っ取るんだろうな」

アイゼイアは顔を上げた。「誰かいる」

ふたりがドアのうしろに隠れると、寝ぼけ眼で素っ裸の白人の若い女がどかどかと廊下を通り過ぎていった。ずり下がり過ぎたバックパックのような尻だ。「バグなの？」女がいった。女がトイレに入っているすきに、ふたりは出ていった。

家に戻ると、アイゼイアはキッチンカウンターの椅子に座り、転送ソフトを使ってチャールズのSIMカードとSDカードのデータをマックブックに転送した。チャールズの《乗っ《テイキン》取る《・オーバー》》の曲がステレオから流れているが、どこかで聞いたようなものばかりだ。

「ノエルがアドレス帳に載っているが」アイゼイアはいった。「何年も前からあるのかもしれない」ドッドソンがコンロの前で料理している。アイゼイアは止めろといおうかとも思ったが、よした。「電話には百件の通話記録が残る」アイゼイアはいった。「ほとんどは仲間との通話だ。ボビーにもかけているが、向こうからの着信はない。Dスターへも数件。ノエルにはなく、ファーガス近辺の市外局番は見当たらないが、おそらくスキップが使い捨ての番号を使ったんだろう。残りは女たちとの通話だ」

「偽名かもな」ドッドソンがいった。

「ひとりずつかけてみないことにはわからない」アイゼイアはいった。「それに、おれたちが雇われた日や、〈ブルー・ヒル〉に行った日や、スキップがおれの家に侵入したときに、何件もまとまった通話記録が残っているようなこともない」アイゼイアは画面上でテキストを素早くスクロールした。よく見る名前ともっと多くの女の名前。スキップが侵入したときに、Dスターへの発信が数件。ノエルとの通話記録はない。市外局番も、まとまった通話記録もない。

「まあ、いわせてもらえば」ドッドソンがいった。「こんな曲じゃチャールズはカムバックできねえな。MCもどこかで聞いたようなものばっかだ」

チャールズはあまり電子メールを使わないらしく、アイゼイアの目を引いたやり取りもない。検索ソフトでもう一度、調べないといけないが、いい徴候ではない。チャールズとノエルに接点がなければ、おれたちはまだ振り出しから動いていないことになる。

「聞いてるか?」ドッドソンがいった。「チャールズのやつ、ディスる曲をつくってるぜ」

ブラック・ザ・ナイフ、戦わずしてダウン
過去にすがるシロアリ野郎、見下げ果てたノミ食い野郎

ステージに立てないやつに、生きる権利はねえ
手下は逃げ出し、ムショに入り、掛かる電話は非通知ばかり
家で受け取ってくれるやつはいない
あいつの時代は終わりだ　ミスキャストの、ガス欠の、二流がよ
おれが差し押さえ、酔っ払い、派手に暮らし、乗っ取ってやる

「意味わかんね」ドッドソンがいった。「カルがこれを聞いたら、チャールズとバグは仕事にあぶれるだろうな」

「仕事など要らないと思っているのかもな」アイゼイアはいった。「バック・コーラスをよく聞いてみろ」

チャールズは自分でバック・コーラスをやっていた。自分の声をあとから重ねて、厚みのある音にしている。女のボーカルもたまに入り、ジェットコースターのように三オクターブも上下しつつ、イェエイィェエと合わせている。

「女の声は聞いたか？」アイゼイアはいった。

「ああ、それがどうした？」

「ノエルはカルの妻になる前、歌手だったよな」

「だと思ってたんだ、おれだって」ドッドソンがいった。オクラを揚げてなければ、指を鳴らしていたとでもいいたそうだ。

　ふたりはガンボ・ライスとオクラのフライをカウンターで食べた。

「この料理はうまいな」アイゼイアはいった。

「うまい？」ドッドソンがいった。「それしかいうことないのか？」

　ガンボはむかしドッドソンがアパートメントでつくったものとはちがっていた。はちみつとホワイト・ビネガーの味がほんのりして、ルート・ビアの味に似たハーブのようなものも入っている。「オクラもうまい」アイゼイアはいった。iTunesからノエルの曲をひとつダウンロードしてみると、チャールズの曲に入っていた女の声と同じだとわかった。だからといって、何も明らかになっていないが、とにかくつながりは見えた。

「ノエルは生命保険金がほしい」アイゼイアはいった。「そして、チャールズもソロでやろうと思えば、カネが要る。ふたりともカルを嫌っているから組んだ。一緒に暮らし、肉体関係もあったかもしれない。問題は、誰がカルを消すか？　チャールズのイングルウッドのガキどもを使ってもいいが、それだとすぐバレてしまう。自分たちまでたどられない人間にやってもらわないといけない。殺し屋が必要だ」

　アイゼイアがガンボのことを覚えていなかったのはがっかりだが、ドットソンにとってほんとに腹が立ったのは、自分がノエルのことを見抜けなかった点で、それより腹が立ったのは、アイゼイアが答えに困るような反論をひとつも思いつけなかった点だ。「それで、ノエルとチャールズはどうやってスキップのようなやつと知り合った？」ドッドソンはいった。

「BETアワードでたまたま隣に座ったのか？」

「Dスターを通じてだろう」アイゼイアがいった。「二十四時間いつでもドラッグを持ってくる。ふたりとも知っていて当然だ」

「それだからって、Dスターがスキップを知っているとはかぎらねえぜ」

「Dスターの本名はジミー・ボニファントだが、おれたちが〈ブルー・ヒル〉に行ったとき、スキップは〈ボニィ〉というやつと電話で話していた」

「誰が取り決めた？」ドッドソンはあきらめずにいった。「ノエルが〈ジミー・チュウ〉の靴をはいて砂漠に入っていって、スキップのところにはありもしないピクニック・テーブルの前に座って、犬どもが吠えまくるなかで詳細を詰めたのか？　そうは思えねえな」

アイゼイアはいいよどんだ。〝やったか〟とドッドソンは思った。

「連絡を取り次いだ人物がいる」アイゼイアがいった。

「伝達役というと、たとえば――チャールズか？」ドッドソンはいった。「スキップがグランディオーズとスターバックスに入って、気まぐれ野郎ふたりで取り決めたのか？　そんなことにはならねえだろ」

「するとほかのやつだな」アイゼイアがいった。さっきより柔らかい口調だった。

ドッドソンは思った。〝一発、命中。痛いとこを突けたぜ〟。「バグがスキップと会っていたのかもな」ドッドソンはいった。「スキップはオリンピックに出るとか何とかいって、バグはやつに向かってここじゃくそみたいなもんだがファーガスでなら大物になれるかもって話してたってか。まじめに考えろよ、アイゼイア。店までソーダを買いに行く用事を頼むのだって、ノエルはあのばかふたりを信用しねえんじゃねえか？」

アイゼイアはガンボに目を落とした。

「どうだ？」ドッドソンはいった。〝ノックアウトだ〟

アイゼイアがスプーンを置き、ナプキンで唇を拭いた。ドッドソンは、そのほんの短い時間で自分がこてんぱんにやられたことを悟った。「たしかに、ノエルはふたりとも信用しないだろう」アイゼイアがいった。「だが、自分のボディーガードなら信用するかもしれない」

「すこしいいかな、ハニー」ブラーゼイがいった。「ちょっとした問題があるんだ。ストーカーにつきまとわれてて、ぼくが行くとこには、どこにでもわいてくる。わかるでしょ。自分ちの地下室の給湯器に鎖でつないだ姿を見たがってるような目でこっちを見るようなやつっていったら？」

「そういう状況なら経験あるわ」ノエルがいった。「ゴリラみたいなやつにずっとつけられたことがある。たぶんカルがあたしをびびらせるためによこしたのよ。まんまとびびっちゃったけど。接近禁止命令は出してもらった？」

「まだ。名前もわからない」

「あたしにできることはない？」

「どういったらいいかわからないけど――あなたのボディーガードを借りられないかな？」

「ロジオンを？」

「ロジオンていう名前なのかい？」

「あたしたちはそう呼んでる」

「ラスト・ネームは？」

「あるのかもしれないけど、誰も知らないわ。どうして彼なの？」

「〈ニルバーナ〉っていうメルローズのクラブは知ってる？　いつも腕も上げられないくらい混んでるとこ？　バイロンがそのバーでロジオンを見たらしくて。リベリアから戻ったばかりとかで、鼻水を垂らしてたそうだ。誰も彼の三メートル以内には近づかなかったって」

「ええ、おっかない人よね。コンスウェロは〝醜い化け物男《エル・モンストルオ・フェオ》〟って呼んでる。たぶん、いなくなったら教えて、このいまいましい家を掃除するからって意味だと思う」

「貸してくれない、ハニー？」

「貸してあげたいのはやまやまなんだけど、休暇中なのよ」

「あんな人が休暇で行くとこなんかあるの？」

「さあ。コミコンにでも行ったんじゃないの。ぜんぜん違和感ないでしょ。コスプレしなくても」

ガンボを食べ、ドッドソンが家に帰ったあと、アイゼイアはノエル＝チャールズ＝ロジオンの線をじっくり考えた。推理としては辻褄が合うが、それだけのような気がする。辻褄合わせでしかない。

　むかしマーカスとふたりマウント・ボールディーに行って、暗くなるまで雪合戦をしたり、段ボールを使ってつるつるの斜面を滑り下りたりした。あまりに楽しくて、時の経つのも忘れ、家路につくのが遅くなった。二車線道路は真っ暗で、風が強く、道端に雪の塊ができていた。アイゼイアは十一歳で、都会育ちだった。こんなところにいると不安になった。マフラーが壊れ、エンジンががたつく古いおんぼろ車で走っているのだから。山を降りて、高原の砂漠に入ると、道路はまっすぐになったが、アイゼイアはまるで気が休まらなかった。ストリップ・クラブや保釈保証人の立て看板が過ぎ去る。家はぽつりぽつりとしかなく、庭にがらくたが放置されている。どこかの家からののしるような声が聞こえた、とマーカスがいった。長い坂道を降りていたとき、動力伝達経路《ドライブトレイン》のどこかから、がくんと衝撃が伝わってきた。

「今の何？」アイゼイアはいった。

「くそ、ギアがセカンドで固まった」マーカスがいった。マーカスは車を路肩に駐め、クラッチとシフトレバーをあれこれいじった。「下に潜り込まないとだめか」

「車の下に？」アイゼイアはいった。

「ここだと潜り込む隙間はないな」マーカスがいった。しばらく考えたあと、側溝のほうに車を移動させ、側溝をまたぐように駐めた。「よし、見てみるか」マーカスがいった。トランクからツールボックスを出し、懐中電灯をくわえ、側溝に降りて、車の下に潜り込んだ。アイゼイアは寒いなか足踏みをし、どうしてこんなに時間がかかるのかと思いながら待っていた。マーカスがうめくような声を上げ、工具を鳴らしながら、もぞもぞ動いていた。

「大丈夫?」アイゼイアはいった。

マーカスが車の下から這い出てきた。油と泥だらけだった。「シフトレバーをトランスアクスルのフォークに固定するピンが原因だった」マーカスがいった。「折れていた」

「別のピンは手に入れられるの?」アイゼイアはいい、暗がりであたりを見回した。

マーカスがトランクをくまなく探し、発煙筒を見つけた。発煙筒のワイヤー・スタンドをワイヤー・カッターで切断し、また車の下に潜っていった。また工具の音とうめき声がした。

「何してるの?」アイゼイアはいった。

「ピンの交換だ」マーカスがいった。「ただ、ワイヤーを曲げて太さを合わせないといけなくてさ」

アイゼイアはまた長々と待った。

「これでいい」マーカスがいった。

はじめからこうなるとわかっていたかのように、アイゼイアはにっこりほほ笑んだ。

側溝の上から道路に戻ると、マーカスがいった。「肝に銘じておけ。どんなものだって動かせるんだ」

その後、車はたしかに動いたが、やがて間に合わせのピンが壊れ、ヨークが曲がり、トランスアクスルが完全に動かなくなった。これと同じ理由で、アイゼイアは自分の推理に不安を感じた。無理やり動かしたのか？　適当に部品を集めたせいで動かなくなり、にっちもさっちもいかなくなるのではないか？　だが、事件を解く鍵がそこにある。脳の皮質でシナプスより素早く飛び回るあのトンボが。それがちらりとでも見えたら、解決が近づくのか？　それとも、振り出しに戻るのか？　残念ながら、答えはすでにわかっているような気がする。

ブラーゼイとの電話を終えた直後、ノエルの携帯電話の画面に、待っていた番号からの着信が表示された。「ねえ、じらさないでよ」ノエルはいった。「どうなってるの？　そんな、手を貸してくれるはずないでしょ？　プレッシャーなら売るほど感じてるわ。ええ、たいへんなのはわかるけど、話はついてるじゃない。その件は話がついてる——いいわ、そういうことなら。今度はしっかりやってよ。がっかりさせないで。きっと大丈夫。あたしが保証する」

15　敵に馬乗りになるとき　二〇〇六年三月

アイゼイアは倉庫に入り、自転車屋で起きたことを思い返し、商品説明を書こうとしていた。ドッドソンが警官を撃ったり、自分が撃たれたりしたらどうなっていた？　アイゼイアは思った。ドッドソンが今ごろは刑務所だ。すべてを投げ出そうかとも思ったが、ドッドソンのいうとおりだった。それはできないし、たとえ投げ出しても、ドッドソンはアパートメントにいて、追い出す手だてはない。

その日、またいい合いになった。ドッドソンが、カネが必要だから塗装機を三割引から半額にしてほしいといってきたが、アイゼイアは折れなかった。いずれ売れる。ドッドソンがカネを管理しきれないからといって、値下げする理由はない。もう少しで殴り合いになるところだった。

アイゼイアは書くのを止めた。今夜、別の仕事をやる。中止して、ほとぼりをさましたほうがいいのはわかっているが、ドッドソンにびびっていると思われるかもしれない。だめだ。仕事はやる。ドッドソンなんかくそ喰らえ。

十一時半。エクスプローラーがトランスにある〈ラ・クッチーナ・フェリーチェ〉という キッチン用品店の裏で停まった。アイゼイアとドッドソンは道中ずっとひとことも喋らず、知らないやつと乗っているような緊張感が車内に漂っていた。道具を取り出し、相棒がいないかのような態度で裏口にセットした。

ドアは強化されていた。外のロックはなく、内側に防犯用の鉄格子がついている。破壊槌《バタリング・ラム》でもなかなか外れず、侵入する前に警報が鳴り響いた。ここの警報は、ステロイドを打った巨大スズメが耳元で鳴いているような大音量だった。

「時間厳守だぞ」保管室に入るとき、アイゼイアはそういった。「盗む品はいつもより少なくするしかない」ドッドソンは何も答えず、好きにするつもりのようだった。

きっかり六分後、アイゼイアは〈ヴォストフ〉のナイフ・セットを車に積み込んでいた。ドッドソンもすぐに戻るものと思って振り向いたが、ちがった。呼びに行けば、ばかにしやがってと思われて、面倒なことになるかもしれない。アイゼイアは車に乗り、バックミラーから目を離さずにいた。時計が時を刻む音を感じる。七分……八分。ドッドソンはどこだ？

アイゼイアは頭皮に汗の玉が浮き出るのを感じた。走って中に戻り、保管室に入ると、保管室入り口付近を急いで走り、通路を確認していった。ドッドソンがいない。折り畳み式の買い物かごが壁際に立て掛けてある。逃げ去ったかのようだ。あるいは、連れ去られたのか。アイゼイアの心臓が限界《レッドライン》まで高鳴っている。ドッドソン、ドッドソンと呼びかけながら、トイレと事務所も確認した。巣にヘビが忍び込んできたかのように、巨大スズメが金切り声を上げている。〝どこだ？　どこへ行った？〟

ドッドソンはショールームで買い物かごを持ち、銅の料理器具の陳列棚を見ていた。三百三十九ドルもするオーブン用天パンてのは、どんなことができるのかと思っていた。それだけのカネを出せば、〝ハニーベイクト・ハム〟と肉汁をかけてくれる人間もつけてもらわねえと。

アイゼィアは広げた両手を挙げて駆け寄った。巨大なスズメに負けないように、声を張り上げないといけなかった。「どこにいた？　行くぞ！」ドッドソンがアイゼィアの脇をすり抜け、調理器具が突き出た陶器壺が置いてあるテーブルの前で立ち止まった。「ドッドソン、九分台だぞ。どうしたんだ？」ドッドソンがステンレスの泡立て器を手に取り、マラカスのように振った。アイゼィアがいることに気付いてもいない様子だ。「聞こえないのか？　行かないとまずいぞ！」ドッドソンが泡立て器をかごに入れ、さらに〝ショッピング〟を続け、アイゼィアはドッドソンの前であとずさりながら訴えた。「ドッドソン、気はたしかか？　何してる？　行くぞ！」ドッドソンが気の利いた道具や便利な小物の回転スタンドの前で足を止めた。ペグからトマトのへた取り器を外し、説明文を読みはじめた。「十分だぞ、ドッドソン、十分！　どうしたんだ？」ドッドソンが顔を上げた。遠くの音が聞こえて、何の音かと思っているかのように。アイゼィアはドッドソンの腕をつかんだ。「ドッドソン、行かないとまずい！　聞こえないのか？　行かないとまずいんだ！　ドッドソン、頼む！　もう行かないと！」スキー・マスクがドッドソンの顔を覆っているが、目は眠たげで、冷酷だった。アイゼイアはもう声を上げられなかった。「おまえがどうしたいのかわからない」アイゼイアはいった。「おまえの気持ちがわからない」ドッドソンはデロンダにテレビのリモコンを譲るときのように、溜息をついた。そして、トマトのへた取り器をかごに入れ、気取った足どりでふらりと歩き去った。

ドッドソンは倉庫の正面ゲートのカード・キーと、ロッカーのドアの南京錠の鍵も持っていた。デロンダの弟のタコマを借り、うしろからロッカーに着け、デロンダが本の詰まった箱に座り、携帯電話をいじっているあいだに手早く売れるような品物の山を三つ積み出した。「こいつはおまえにやるぜ」ドッドソンはいった。「だから、立って手を貸せよ」「ネイルをやってもらったばかりなのよ」デロンダがいった。「肘でできることはある？」

ドッドソンが塗装機の値段をもう一度見た。アイゼイアのやつ、塗装機も、ほかのものもぜんぶ値上げしやがったのか。「ネイルなんか知るかよ」ドッドソンはいった。「その工具を運ぶから手を貸せ」

ふたりはガレージ・セールをはじめた。ノナが靴二足で裏庭を提供してくれた。掘り出し物があるという噂が広がり、庭はブラック・フライデーの〈ウォルマート〉を超える人だかりだった。現金払いなら売値は気にしなかった。工具が飛ぶように売れた。自分で使えなくても、値打ち品だとわかるのだろう。夕食時ごろにはぜんぶ売り切れた。

ドッドソンはソファーに座り、マリファナを吸っていた。現金が枯れ葉のように周りに散らばっている。デロンダはドン・ペリニョンのボトルのネックをつかんで、2パックの曲に合わせて踊っていた。腰を振るたび、泡の音がする。《敵に馬乗りになれば、きさまらアホはくたばる》。デロンダがひと休みした。新品だというのに、ぴちぴちのジーンズが破れてしまうかもしれないと思って。

アイゼイアがやってきた。歯が爆発しそうなほど、食いしばっている。「何をした？」アイゼイアがいった。

「商品をさばいたんだよ」ドッドソンはいった。「何をしたと思った？」

「工具はおれのものだ。返してもらう」

「どれも使ってねえだろ。何するんだ、家でも建てるのか？」ドッドソンはコーヒー・テーブル上の現金の緩い束に顎をしゃくった。「十パーセントの販売手数料をさっ引いたおまえの取り分だ」

「工具はおまえが勝手に売っていいものではない。返してもらってこい」

「うるせえ、アイゼイア。自分で返してもらえよ」

デロンダはこんなに頭に血が上った人を見たことがなかった。アイゼイアの目が肉切り包丁なら、今ごろ自分たちは切り刻まれていることだろう。

「おれの工具を取り返してこい」

「止めておけ。おれに命令すんな」

「今すぐ取り返してこい」

ドッドソンがゆっくり立ち上がり、マリファナの灰を落とし、マリファナをデロンダに手渡した。ドッドソンの怒りのにおいがして、体の火照りのように熱が伝わってくる。ドッドソンがアイゼイアのほうに歩いていき、目の前で立ち止まった。

「もう一回、命令してみろ」ドッドソンがいった。「もう、一、回」

デロンダはやばいハプニングを見たかった。ドッドソンはガレージ・セールのときもいらついていて、たたき売りもまるで楽しそうじゃなかった。喧嘩でもしたら、そういうのから抜け出せるかもしれない。今は胸がつくほどアイゼイアに近づいて、視線がぶつかり合っているところに、アーク溶接機の火花が散っている。2パックの声が大きくなっているような気がする。《敵に馬乗りになれば、きさまらアホはくたばる》。アイゼイアの顔つきがどことなく変わったような気がした。怯えているわけじゃなく、何か考えているみたいだ。どういうわけか、空恐ろしく思えた。アイゼイアがドッドソンに背を向け、カネをつかんで、寝室に入っていった。

「はじめて会ったときも女々しいやつだったが、死ぬまで女々しく生きてろ」ドッドソンがいった。

「役立たずのくされアインシュタインなんだから」デロンダがいった。

ふたりが寝ているうちに、アイゼイアは必要なものとラップトップを入れたスーツケースをひとつ持って、アパートメントを静かに出た。マーカスの身分証を使って〈ウェイサイド・モーテル〉にチェックインし、奥の部屋を借りた。洗剤《パインソール》と埃のにおいが漂い、一匹のハエが窓を叩いている。ここにいるとほっとする。テレビも、音楽も、マリファナもない。静けさは気持ちを落ち着け、孤独を身にしみ込ませる。

アイゼイアはロッカーの南京錠を〈アブス・エクストリーム・セキュリティー〉のスチール南京錠に取り換えた。硬化鋼の錠前、七枚ディスクのシリンダー、十一トンを超える抗張力。こじあけるにはダイナマイトが必要だ。一週間が過ぎた。アイゼイアはその間に、まだ残っている商品を売りに出した。ドッドソンへの憎しみで胃の内壁が膨らむ思いだが、長く待てば、あっちはそれだけ焦る。いったんドッドソンが離れたら、完全に縁を切る。

ドッドソンとデロンダはソファーに座り、空の酒瓶、ハイネケンの缶、ファスト・フードの包み紙、雑誌、洗っていない皿、ビニール袋、靴、ピザの皮に囲まれてテレビを見ていた。〈グッドウィル〉で服を選り分けているかのように、洗い物の山があちこちにできている。アイゼイアのアパートメントだ。誰が気にする？　テレビは『料理の鉄人』をやっている。ドッドソンの好きな番組だ。

「あれ見ろよ」ドッドソンはいった。「フットボール選手が審査員してやがる。隠し味にゲータレードでも入れてなけりゃ、あいつに何がわかる？」

「お金が底を突いてる」デロンダがいった。「家賃の支払い期日も迫ってる」

「おい、マジかよ、いつも歯ごたえばかり気にする女がまた出てる。それしか頭にねえ——歯ごたえしか。待てよ、あの女、どんなことというか——見たか？ おれのいったとおりだろ？ これがテレビでなけりゃ、モリモト（森本正治、和食の鉄人）は今すぐあのくそアマをひっぱたいて歯ごたえをぶっ飛ばしてるぜ」

「ドッドソン」

「聞こえてるよ、ったく」

「じゃあ、どうするの？」

「知らね」

「わかってるでしょ」

「知らね」

「わかってる」

「なあ、知らねっていってるだろうが」

「でもわかってるもん」

　アイゼイアはテキスト・メッセージを受け取った。〝どこだ？ 電話しろ。すぐに。どっか行ってるのか？ 仕事だ〟。どうしたよ、ドッドソン？ アイゼイアは思った。役立たずのくされアインシュタインなしで何ができる？ 〝ばかにしやがって。電話しろ。反応したほばれ。うがいいぞ。最後のチャンスだ。でないとまずいことになる〟。くたばれ、ドッドソン。くたばれ。

アイゼイアは〈ボンズ〉のミネラルウォーターの通路でショッピング・カートを押していたとき、デロンダに出くわした。

「どこにいたの、アイゼイア?」デロンダがいった。

「この辺」

「引っ越すの?」

「何でおれが? おれのアパートメントだろ」

「どうしてドッドソンに電話しないの?」

「いうことがない」

「次の仕事がいつなのか知りたいってよ」

「知らない」

「知らないってどういうこと?」

「知らないってことだ」

「神に誓うわ」デロンダがいった。「ドッドソンはもうふざけたりしないから。まじめにやる。ほんとに。工具のこととかはすまなかったってあたしにいってた。すぐに取り返すって」

「嘘つけ」

「嘘じゃない。百パーセントほんとよ」

「嘘じゃないってのが嘘だろ」

アイゼイアは足を止め、十二パックのミネラルウォーターをカートに入れた。デロンダが近寄り、ぴったり身を寄せた。ヘネシーと〝ジューシー・フルーツ〟のにおいの息だ。「あたしもこれ以上あんたの邪魔はしない、約束する」デロンダがいった。「前と同じで、あんたがボスでいいから。行儀よくしてる。気配も感じさせないから」

「好きにすればいい」アイゼイアはいい、歩きはじめた。

デロンダがついてきて、〝フルート・ループス〟を買ってもらえない五歳児のように泣き言を並べた。「アパートメントを掃除したのよ」デロンダがいった。「トロフィーも壁に戻したしさ。ドッドソンは過去は水に流せばいいっていってる」

「ドッドソンはそんなことはいわない」

デロンダが立ち止まり、じだんだを踏んだ。「いい加減にしてよ、アイゼイア、助けてよ。あたしたちにお金がないこと知ってるくせに」

「おれの問題じゃない」アイゼイアはいった。そして、歩き去った。もう少し風に揉まれて、せっぱ詰まるまで待つか。そうなってから、断れない誘いをかける。

さらに二日と五件のテキスト・メッセージが過ぎた。アイゼイアは商品の包装をしようとロッカー・タイプの倉庫に行った。ドッドソンが待ち伏せていた。「こんなロックをつけたのはどこのどいつだ?」ドッドソンがいった。「入れねえじゃねえか」

「おまえが入っていいところじゃない」アイゼイアはいった。「おまえのロッカーじゃないんだから」

「まだいろいろ品が入ってるし、半分はおれのもんだろ」

「おまえが売り払った工具の分だ」

ドッドソンが三歩離れ、くるりと向き直り、三歩戻った。「おれはタレこんでも何とも思わねえぞ」ドッドソンがいった。

「おれをタレこんだら、自分の悪事を垂れ込むのも同然だ」アイゼイアはいった。「もっと仕事したくないのか?」

ドッドソンは言葉に詰まっているかのように見えた。だが、それもほんの一瞬だった。

「おっと、そういうことなのか?」ドッドソンがいった。「そんなら女みてえにぐずぐずしてねえで、さっさと中身をいえって」

「アパートメントから出てくれ」アイゼイアはいった。

そう来たかとでもいうかのように、ドッドソンがにやりと笑った。「おまえが死ぬ日まで、おれはあのアパートメントにいる」

「それなら、もう仕事はしない」

ドッドソンが三歩離れ、くるりと向き直ると、リボルバーをアイゼイアの頭に向けていた。

「おれにそんな手が通じると思ってるのか? 飢えさせて、物乞いさせられるって? 大ハズレだ、ニガ」
アイゼイアは目を上げ、街灯柱に取り付けられている防犯カメラをちらりと見た。「あちこちにある」アイゼイアはいった。「正面ゲートのカメラには、おまえの顔が映ってる」そういうと、背中を向け、エクスプローラーのほうに歩いていった。「どうしたいか連絡してくれ」

銃を持つドッドソンの手が震えていた。この小生意気で人を小ばかにする野郎にどうしても弾をぶち込んでやりたい。二歩で素早く近づき、豪速球を投げるときのように銃を振り降ろし、銃身でアイゼイアの頭を打ち付けた。アイゼイアが前にのめり、エクスプローラーにぶつかると、地面に崩れ落ちた。体を丸め、うめきながら頭を抱えている。指のあいだから血が流れ落ちている。ドッドソンは上からのぞき込んだ。「抜けられるとでも思ってんのか？　おれから逃げて、虚仮にできるとでも思ってんのか？　そんなことになるくらいなら、自分を撃つ。逃がすかよ、ニガ。おれが抜けろというまで、おまえは抜けられねえ」

夕暮れ。揺らめく光がぼろぼろのカーテンの隙間から入ってくる。アイゼイアはベッドに横たわり、氷嚢《ひょうのう》を頭に当てていた。血は止まっている。右耳の上にひどい切り傷ができていて、熱い電極のようにずきずきと痛い。
そろそろ止めよう。きっぱり止めよう。

一日、安静にして、傷に当てるガーゼを取り換え、鎮痛剤《タイレノール》をひとつかみ飲み、ロッカーに行った。ドッドソンは本の入った箱には手を付けていなかった。『ハーレムに生まれて』の中身をくりぬいたところに隠しておいた盗みで得た二万一千ドルのカネも無事だった。アイゼイアは大家に電話し、退去する旨を伝え、敷金の返却は不要だと伝えた。出て行くのはつらい。アパートメントを守るため懸命に戦ってきたが、ほんとうに悲惨なことにならないうちにドッドソンと手を切らないといけない。どうにかしてドッドソンを追い出せたとしても、包囲されているようなものだから、エゴのぶつかり合いは延々と続く。きっぱり手を切るしかない。それに、あのアパートメントはもう家ではなくなった。マーカスの霊魂が残っていたのかもしれないが、あきれて出ていっただろう。あそこには二度と戻らないつもりだったが、マーカスの灰をクローゼットのいちばん上の棚に置いてある。

アパートメントに入ると、デロンダがバルコニーにいた。手すりに背中をつけ、胸の前で腕を組み、このときだけは喋りも、テキスト・メッセージを打ち込んでも、イヤホンから流れる音楽に合わせて頭を振っても、きてれつなダンスをしてもいなかった。鼻をすりながら入ってきた。マスカラが落ちて顔につき、頬が涙で濡れている。

「どうした？」アイゼイアはいった。

「ドッドソンはひとりじゃ仕事できない」デロンダがいった。「わかってたのに、口に出しちゃった。殺されちゃう」

「何の仕事だ？　誰に殺されるんだ？」

ロッカー・タイプの倉庫の外で、ドッドソンが銃でアイゼイアを殴った翌日だった。ドッドソンとデロンダはソファーに座ってテレビを見ていた。二時間ばかりそこにいて、まわりで何が起こっていても気にしなかった。

「お金を稼ぐ方法を考えないと」デロンダはいった。

「たとえば？」ドッドソンがいった。

「わかんない」

「だったら何でいった？」

ドッドソンの緊張をほぐして、心をひらかせないといけない。デロンダはドッドソンの股間の膨らみに手を伸ばした。「こっちに来て、ベイビー」デロンダはいった。「凝りをほぐしてあげる」セックスが終わり、ドッドソンが眠りかけたとき、デロンダは打って出た。

「キンキーはどこからヤクを仕入れてるの？」何気ない口調を装った。

「ジュニアから」ドッドソンがいった。「カルテルにコネがある」

「たとえば一キロだと、いくらくらい払うの？」

「一万五千、二万、だいたいそんなとこだろ」

「何キロ仕入れるの？」

「さあな。一キロはくだらねえだろうな」

「仕入れの日はかなりの大金を持ち歩いてるのね」

ドッドソンはしばらくうとうとしていたが、目をぱっと見ひらいた。「そんなことは頭から消したほうがいいぞ、ガール。ここに座ってそんなことを考えてるだけで、撃たれる」

「何をするともいってないわ」

ドッドソンの声が裏返った。「何をするって？」

「ねえ、ベイビー、気になっただけじゃない」デロンダはドッドソンの首筋に鼻を押し付け、指先を股間に這わせた。「つまりさ、どんな手順なの、仕入れの日は？」

「ブツがなくなったら、ジュニアが鞄にカネを詰めてボイル・ハイツに持っていき、コカインを詰めて帰ってくる」

「強盗に遭うかもとは思わないの？」

ジュニアはばかじゃねえ、とドッドソンがいった。強盗するなら、最初の難関はジュニアが住んでる建物だ。ブラフ・パークの〈シー・クレスト〉には、ハイブリッド・カーに乗り、ジェイソンとかローラとかチン・ホーなんて名前のやつらが住んでる。ギャングスタがブザーを鳴らしても、中に入れてくれるような連中じゃねえし、〈フェデックス〉の配達人が出てくるときに建物に入れたとしても、ジュニアに玄関のドアをあけさせて、拳銃かＡＫで撃たせないようにしないといけない。

「ジュニアは警護を付けてる？」デロンダはいった。

ドッドソンが竜巻の被災地でも見るようなまなざしでやれやれと首を振った。「ブーズ・

ルイスを付けてるといってた」

街《ストリート》ではピーンの名前で通っているブーズ・ルイスは、十六歳のときに誘拐未遂、傷害、加重暴行の容疑で成人として裁判にかけられた。コーコランの州立刑務所に収監されたとき、体重は約七十キロだった。三十九ヵ月後に出所したときには、刑務所の庭で鍛えた筋肉で九十キロ近くになり、脂がついているとすれば、体にではなく食器にだった。

「どうしてピーンていわれてるの?」デロンダはいった。

「コール・キャンベルを丸頭《ボール・ピーン》ハンマーで殺したからだよ、もうひとりとでな」

「もうひとりは?」

「マイケル・ストークリーだ。あいつの暗殺リストに載っているのにまだ生きてるやつがいるとすれば、あいつがほかのやつを撃ってて時間がないからに過ぎねえ。銃身を切り詰めたモスバーグを持ち歩いてる。そんなものを空に向けて撃てば、四、五人のニガに当たる――だがよ、そもそも何でこんな話をしてるんだ? ジュニアから盗むなんて無理だ」

「あんた、自分を低く見過ぎだと思う」

「おれは自分を低く見過ぎたことなんかねえ」

「何回、仕事をやったの? 何回も、でしょ? あんたには経験がある。知識がある。あたしにいわせれば、プロフェッショナルよ」

ドッドソンはうなずいた。そのとおりだ。「ああ、だが、ペット・ショップに盗みに入るのと、ジュニアからかっぱらうのとはまるでちがう」

「同じだなんていってるわけじゃない。あんたならうまい手を考え出せるってこと。どうなるか自分に問いかけてみたらってこと」

「自分に問いかけてって――おれはおれだぞ。何で知らねえやつに問いかける？」

「あんたなら考え出せる。信じてるわ、ベイビー。あんたならやれる。絶対にやれる……ちゃんとした問いかけをすれば」

「ちゃんとした問いかけってのは？」

「これからあることをいうけど、怒らないで。いい？」

「いいからいえよ、ガール。くそ」

「問いかけなきゃいけないのは……アイゼイアならどうするか？」

ドッドソンは黙れとデロンダにいい、タイ料理を買いに行かせた。『チョップト』（料理番組）の再放送を見た。マリファナを吸った。バルコニーに出て、しばらく行ったり来たりしたあと、ようやくまともに考えはじめた。

アイゼイアならどうする？

ぜんぶ周到に確認し、調べ上げるだろう。それはもうキンキーにあらかたやってもらった。この前、ジュニアがボイル・ハイツに行ったとき、ブーズが入院中で、キンキーが代わりをした。無駄に命を危険に曝すことが栄誉か何かだというようなことを、キンキーはことあるごとに話していた。ドッドソンとセドリックはもう二度もその話を聞いたが、キンキーがまだ新商品をわけていないから、もう一度、聞く羽目になった。

「それでよ、おれとストークリーがジュニアの家に行くわけよ」キンキーがいった。「午前十時くらいで、ほかの住人は仕事に出たあとだ。だから車はぜんぜん走ってねえし、左右から何が来るかすぐにわかるから、車でこそこそ乗りつけることはできねえ——頭いいだろ？　それで、おれはブザーを鳴らす。ジュニアの豪勢な暮らしを考えれば、ペントハウスにいるもんだと思ってたが、よく聞け。あの人の家は一階だ。なぜか知りてえか？」

「エレベーターに閉じこめられたらまずいからだろ」セドリックがいった。

「エレベーターに閉じこめられたら——誰に聞いた、ニガ？　くそ。そのときどんなブツを仕入れたか——どこまで話したっけ？　ああそうだ、ブザーを押して中に入るとこだな？　そんでアパートメントに行って、ドアをノックした。ジュニアがのぞき穴でおれを確認して、カネがいっぱい入ったビニール袋と、例のお気に入りの銃を持って出てきた。何て銃だっけ？」

「シグザウエルの四〇口径だろ」セドリックがいった。

「そんなの知るかよ、セドリック？　まあいい、で、おれたちはロビーに戻った。正面がガラス張りで、ストークリーが車で待ってるのが見える。どっちかに首をかしげたら危険はない。別の方に首をかしげたらその場で待つ。それが最前線の考え方だ。わかるか？　そんで、ジュニアがおれの車に乗り、ストークリーがくそいまいましいモスバーグを積んだ自分の車でついてくる。なにしろ——」

「〈ロコ〉が車で近づいてきて、信号待ちしてるときに撃ってくるからだろ」セドリックがいった。「そろそろブツをくれねえか？」

ドッドソンは〈シー・クレスト〉に行き、管理人が使う横手の通用口を見つけ、バンプ・キーで中に入った。キンキーのルートをたどって、ジュニアのアパートメントに行った。一階の中央にあった。背後から忍び寄るのは無理だ。奥の非常口から入っても、近づいていけば見える。ドッドソンは箇条書きにメモし、いくつか図を描いた。下準備をして、先が見えてくるのはいい気分だ。完璧な計画を立てるというのは、未来を操っているみたいだ。

翌日、家《ハウス》の仕事に戻った。家《ハウス》はセミノール沿いの別のおんぼろアパートメントに移っていた。仲間には、オークランドの親戚に会いにいっていたといった。残っていたカネをはたいてブツを買い、前と同じようにヤク中に売った。なぜか前とはちがうような気がしたが、実際には何も変わっていなかった。荒んだ雰囲気、戯言《たわごと》ばかりで何もしない連中、一服するたびに自分を殺していくヤク中。一週間と一日そうやって売り歩くと、ひとつ二ドルの残り物しかなくなり、客はロコに流れた。

キンキーに訊いたのはセドリックだった。「次の仕入れはいつだ？」

「そいつは極秘情報《シット》だ、ニガ」キンキーがいった。「おまえみたいな賤しい薄給男の耳には入らねえよ、わかったか？　そのときになったら知らせてやるよ」

ドッドソンは表にいて、家《ハウス》がどこに移っても、何で土と草と犬の糞のにおいしかしねえんだと思っていた。キンキーもいて、携帯電話で話しながら行ったり来たりうろついている。

「頼むよ、ストークリー」キンキーがいった。「こっちには残りかすしかねえんだ。商品が要るってジュニアに伝えてくれ。いつなんだ？　なあ、くそ、何で電話してると思う？　まあ、だいたいでいいから教えてくれ——薄給男の耳には入らねえって？　なあ、聞けよ。水曜日か？　最初からいえなかったのかよ？　くそ、何でいつもねちねちするんだよ？　おもしろくもねえよ。何だ？　ちげえ、ちげえよ、誰もディスったりしてねえよ、ストーク。悪気はねえんだ」


デロンダがソファーの端に腰掛け、ドッドソンのTシャツで鼻をかんでいるそばで、アイゼイアは両手をポケットに突っ込み、本棚に寄り掛かっていた。「むちゃくちゃ危ないよね」デロンダがいった。「でも、映画みたいじゃない？　ゲームとかさ。でも、ドッドソンが出かけていったとき、ほんとなんだって実感したの。ちょっとしたきっかけで殺されちゃう」

「ちょっと待て」アイゼイアはいった。「あいつ出かけていったのか？」

「四、五通テキスト・メッセージを送ったんだけど、返事がないの」

心臓がばかでかい手に布巾のように絞られている。撃ち合いになったら、警察が駆けつける。ドッドソンが逮捕されたらおしまいだ。ドッドソンの電話にはおれの番号も登録されている。財布にはロッカーの鍵も入っているし、警察署に連行される前におれを裏切る。

「ジュニアはどこに住んでる?」アイゼイアはいった。

16 おれはやらねえ　二〇一三年七月

カルは日に少なくとも十回以上、知るかよといった。ボビー・グライムズ、手下たち、アルバム、キャリア、ビジネス・マネージャーからの電話、みんな知るかよ。税金の滞納により国税局が家を租税先取特権で召し上げるらしい。とにかく疲れ過ぎ、薬を飲み過ぎ、混乱し過ぎていて、もっと薬を飲むくらいしかできない。カルは絶望の奥深くに沈み込み、何を望んでいるのかさえ忘れてしまった。外から声が漏れ聞こえる。ボビーの声がいちばんやかましい。いつもいちばんやかましい。威張り散らし、人をびびらせる。外に出て、あいつを持ち場に戻そうかと思った。黙れといい、クリスピー・クリームを買いにいかせようか、と。だが、それにはあいつの話を聞かないわけにはいかないし、ベッドにとどまりたい理由があるとすれば、ボビーの話を聞きたくないからだ。それに、知るかよ?

アンソニーはこれ以上、ミーティングに耐えられるかどうかわからなかった。ミーティングと呼べるようなものかどうかはさておき。慌ただしい夕食のあと、ホテルの駐車係みたいに私道《ドライブウェイ》に立っている。ボビーがもったいぶり、気取り、威張るように話している。いつか話し疲れると思うだろうが、知り合ってから、そんなためしはなかった。アンソニーはビジネス・スクールにいたときにボビーのところで研修し、卒業後はボビーの秘書として勤務を続けた。当時はそれが得策に思えた。音楽業界の事情を学び、ネットワークを広げ、キャリアの道筋を見つけられると思った。ところが、カルがスケジュールなどの整理をするものを探していると聞いて、ボビーはアンソニーを使えばいいといった。こいつなら裸の赤ん坊だらけの部屋だって整理してくれる、と。アンソニーはどうせ腰掛け仕事だと思ったものの、下働きのまねごとをしているようなやつに与えられるチャンスといえば、下働きのまねごとの働き口しかなく、ラップ・スターに仕える旨味はなかった。

「アンソニー、聞いているのか？」ボビーがいった。「おまえの将来の問題でもあるんだぞ」

「ええ、ボビー、聞いています」

ヘガンがBMWから見ている。チャールズはバグにぶつぶつ文句を垂れている。携帯を壊したとか何とか。アイゼイアとドッドソンはアウディに寄り掛かり、ボビーがふたりの前で手をうしろで組み、物知り顔でうなずきながら行きつ戻りつしている。「カルバンは、自分を殺害する計略の裏にノエルがいる証拠を求めている」ボビーがいった。「その証拠が得られなければ、カルは家に閉じこもり、結果、キャリアが大きく損なわれるばかりか、同僚やレコード会社にも深刻な問題が生じる。その点は同意してくれるな、ミスター・クィンターベイ？」

アイゼイアのおかげで状況は十倍ほど面倒になったが、アンソニーはアイゼイアに感心していた。冷静で、抜け目なく、感情をまったく顔に出さず、机とかスタンドでも見るようなまなざしでボビーを見る。

「これから提案することは極論に聞こえるかもしれない」ボビーがいった。「だが、現時点では、極論だけが頼みの綱だ。さっきもいったが、カルバンは、自分を殺害する計略の裏にノエルがいる証拠を求めている。そして、私の提案は、その証拠をこしらえたらどうかということだ」

「カルを騙すわけか」アイゼイアがいった。

「判断する前に、どうか最後までいわせてくれ」ボビーがいった。「たとえば、ノエルとスキップが取り引きをしている録音を入手したと、きみがカルバンに伝える。悪い例えだが、意図するところはおわかりだな。当然、カルバンはその録音を聞きたがるだろうが、きみは警察が証拠として押収し、ノエルもじきに逮捕されるという。そういうわけだから、きみは職務を果たし、カルバンはもう不安を抱えることもなく、仕事に専念してもまったく安全だということになる」ボビーが掌を向け、アイゼイアの返答を遮った。「ああ、わかる。きみは平気で人を騙せる男ではない」ボビーがいった。「その点は拍手を送るが、我々全員のためにこの難局は打開されなければならないのだ」

アンソニーはこれから何が出てくるのかわかった。やはり、ボビーは分厚い封筒をアウディのボンネットにどさりと置いた。数枚の札が扇形に広がった。ぜんぶ百ドル札だ。

「こちらの問題解決を手伝ってくれるなら」ボビーがいった。「二万ドルを現金で出そう」

　このときばかりは、ボビーのいかがわしいやり口が奏功すると思ったが、まだアイゼイアがどう出るかは読めなかった。ラスベガス・ストリップが丸ごと、ドッドソンの目の中できらめいている。

「ありがとうございます、ボビー」ドッドソンがいった。「太っ腹なお話ですね。そう思わないか、アイゼイア？」

「いっておくが」ボビーがいった。「カルバンがきみたちに五万ドルのボーナスを支払うのに加えてだ。しかも、きみたちはすでに私から二万ドル受け取っている。どうだい、ミスター・クィンターベイ？　関係者全員にとって好都合じゃないか」

「それはできない」アイゼイアがいった。

「なぜかね？《ホワイ・ノット》」ボビーがいった。

「なぜだよ？《ホワイ・ノット》」ドッドソンがいった。

「もらっとけ、アホ」チャールズがいった。「カネがほしいくせに」

「おれの勝手だ《ホワイ・ノット》」アイゼイアがいった。「カルを騙すつもりはない」

　アンソニーはやり取りを楽しんでいたが、終わらせないといけない。「あの、それは理不尽だし、現実的でもありませんよ」アンソニーはいった。「この件についてはまったく進展が見られないし、今後見られると信じる理由もありません。行き詰まっています。それは認めましょう。いいですか、アイゼイア、そろそろ誰もが前に進むべきころあいです」

「新しい手がかりがある」アイゼイアはいい、素早くドッドソンに目を向けた。

「新しい手がかり?」ボビーがいった。「どんな手がかりだ?」

「でたらめだ」チャールズがいった。

「黙ってろ、チャールズ。どんな手がかりだね、ミスター・クィンターベイ?」

「スキップを知っているものがいる」アイゼイアがいった。「その男に今夜、ロングビーチの〈JC〉というバーで会うことになっている。十一時ごろだ」

「ほお、その新しい手がかりは何といっているのだ?」ボビーがいった。

「首尾よく話ができたら知らせる。先走って誰かの機嫌を損ねたくない」

「誰の機嫌を損ねるというのだ? いっていることがよくわからんな、ミスター・クィンターベイ。現実の話に戻そうじゃないか。さっきの提案のとおりやってくれるのか、くれないのか?」

「やらない」

　ボビーが手を腰に当て、地面に視線を落とし、深く息を吸った。アンソニーは〝まいったな〟と思っていた。ボビーが顔を上げると、目が氷のように固まり、声はアイスピックのようにとがっていた。「私はいろいろと顔の利く男なんだが、ミスター・クィンターベイ」ボビーがいった。「顔の利く人々をたくさん知ってもいる。音楽業界におけるきみの名声がしぼむようなことがあれば、残念なかぎりだ。人の口には戸を立てられないしな」

「音楽業界のほかにも業界はたくさんある」アイゼイアがいった。「そういう業界では、あんたの顔など誰も知らない。それから、ひとついっておく、ミスター・グライムズ（グライムは「汚れ」の意味）。そいつが誰であれ、おれの名声は人の話でしぼみはしないが、そのカネを受け取ればしぼむ」

アンソニーは自負心の高まりを感じ、自分もそうだといいのにと思った。

パシフィック・コースト・ハイウェイでドッドソンの家へ向かっているとき、ドッドソンはウインドウの外に見えるような気がする銀行口座通知書を見つめていた。「二万ドルを断るとはな」ドッドソンはうんざりした様子でいった。「いくらおまえでも、あれはいかれてる」

「ああするしかなかった」アイゼイアがいった。

「いや、そいつはちがう。スキップのところに行ったときと同じように、かっとして良識を見失って、結果的におれの状況までめちゃくちゃにした。わけがわからねえ。二万ドルを断りやがって。カネを稼ぐために引き受けておいて、今になって逃げんのか？　どんな世迷言だ？　事件を解決するなんていうなよ。解決するものなどねえんだ。手がかりも、めどもねえんだろ？　ちがうか？　くそ。良心で住宅ローンを払うのか？　くされ食料を買うのか？　おれがスーパーマーケットでそいつで払おうとしたら、カネしか受け付けねえっていわれたぜ。それに、〈ＪＣ〉で人に会うってのは何だよ？　誰かをはめるなら、せめておれにいってくれたっていいだろ」

「おれたちが持っている手がかりはスキップだけだ」アイゼイアがいった。「スキップに吐かせるしかない」

「どうやって吐かせるんだよ？　水攻めか？　親父にやり方を教わったときには危うく溺れ死ぬところだった。ああ、そういうことか。スキップのママを誘拐して、スキップが吐くまで母親の足の指を一本ずつ切り落とすか。くそ。あのいかれた野郎には、ママがいないかもしれねえ」

「ママじゃない」

ドッドソンは少し考えた――やがて、顔が絶望的な恐怖で歪んだ。「だめだ、無理だ。そんなものは頭から追い出せ、いいな？　おまえが何をいおうと、おれは絶対にやらねえ」

「やらないなら、五万ドルをあきらめるしかない」

「もらったって何に使う？　おれの墓石か？　おれはかかわりたくねえ。理由はわかるな。車から降ろせ。シェリースにアイスクリームを買っていかねえとな」アイゼイアは車を停め、ドッドソンが降りた。「おれはやらねえぞ、アイゼイア」

「やらないのはわかった」

「やらねえ」

「わかったよ」

「いや、わかってねえだろ。おれはやらねえからな」

「ああ、おまえはやらないな」

「ああもう、わかったよ」

〈ドロップ・イン・ダイナー〉は二十四時間営業で、動物管理局のトラックが駐車場に駐まっていた。その店から、スキップのところへの出入りに使う未舗装路が見える。トラックはハリーからの借りものだった。麻酔銃と、意識のない動物を運ぶための特殊な担架もそうだ。麻酔銃には、動物の種と体重を基準に計算された分量のスコストリンという筋弛緩薬を込めたダーツがついている。

「何でおれの手が必要なんだ?」ドッドソンがいった。「犬くらいひとりで撃てねえのかよ?」

「もう十回はいったが」アイゼイアはいった。「犬を担架に乗せるときに手を貸してほしい。ずっしり六十キロあるからな」

「逃げたらどうする? あそこの犬がぜんぶ逃げたりしたら? くそ。麻酔銃が効くかどうかもわからねえんだぞ。犬用じゃねえし」

「たしかに、クマとかクーガーにしか使わないようだ。頼むから落ち着いてくれないか? 担架を持ってくるだけでいいんだし、中にいるのは一分くらいだ」

ヘッドライトが見えた。スキップのトラックが未舗装路を走ってきた。舗装路に出て、走り去った。

「用意はいいか?」アイゼイアはいった。

「よくねえ」ドッドソンがいった。「よくなることも絶対にねえ」

ふたりは三キロちょっと先のスキップのところへ行った。月明かりの砂漠は月の砂漠のようだ。母屋は日中より孤立して見える。

「おれが見たホラー映画はどれもこんな家が舞台だ」ドッドソンはいった。

動物管理局のトラックは幅が広過ぎて、フェンスの柱と訓練場のあいだを通れなかったので、アーチェリーの的や、フォークがひん曲がったマウンテン・バイクのある母屋の横手に着けた。ドッドソンは担架を出して裏庭で待つ。呼ばれたら中に入る。アイゼイアがバックパックを背負い、はしごを持って犬舎の方に歩いていった。

「急げよ、おい、聞いてっか？」ドッドソンはいった。「こんなとこにいつまでも放っておくなよ」

スキップはハイウェイ58号線でバーストウに入ったところだったが、ガソリンがもちそうもなかった。ファーガスで満タンにしておけばよかったのだが、Q・ファックがスキップを知るものと会うと聞いて、気を取られていた。誰なのか見当がつかない。友だちはいないから、考えられるやつをリストにしてもかなり短い。スキップは〈ボニィ〉に電話した。

「確認しておきたいんだが」ボニィがいった。「このIQってやつは、おまえの情報を持っている人物と会うというんだな？」

「基本的には、そういうことだ」

「たとえば誰だ？　おまえには友だちなどいないはずだ」

「だから電話してるんだ、ボニィ。そいつが誰なのかわからないから」

「ボニィというなといわなかったか？」

「わかったよ、ジミー、どういうことだと思う？」

「そうだな、おまえが働いてたところにいるやつじゃないな。そういう連中はゲットー暮らしの探偵じゃなくて警察に垂れ込む。家政婦とか庭師は？」

「おまえ、おれの家に来たことなかったか？」

「犬のブリーダーやってるやつとか？」

「そっちの連中は、おれが何して暮らしてるのか知らない」

「なら、罠だな」

「罠って、どんな？　おれがそのバーに行って、あのくそたれがおれの頭に銃を突きつけて、口を割らせるってのか？　そうしたくても、あいつには無理だ」

ジミーはしばらく黙っていたが、やがて笑った。

「何がおかしい？」スキップはいった。

「そいつ頭がいいな。IQなんて呼ばれてるのもだてじゃねえな」

「じらすなよ、ジミー。どういうことだよ？」

「そいつはおまえをバーに誘い出してるんじゃねえ。家をあけさせようとしてるのさ」

スキップの心臓が喉元まで飛び上がった。急ハンドルを切り、きしるタイヤも跳ね上がるサスペンションもかまわず中央分離帯を乗り越え、ハイウェイ58号線の四車線をぜんぶ使ってUターンした。

アイゼイアは事件解決のためだと自分にいい聞かせ、どうしても手早く済ませたかった。スキップを痛めつけたいと思っている自分が気に入らなかった。スキップから何かを奪い、愛するものを失う痛みを感じさせたいと思う自分が。犬舎小屋の前に来ると、犬たちが吠えたり、悲しげな鳴き声を上げながら、犬舎に体当たりしはじめた。アッティラは犬舎から出されていて、ドアの反対側に湿った鼻をつけてにおいを嗅いでいる。アッティラを撃つにはドアをあけるしかないが、犬はすぐに倒れないかもしれないとハリーから注意を受けていた。四・五メートルほど上に、もともと干し草を置いていた屋根裏の搬出入口があった。この前ここに来たとき、内側にスライド・ボルトがついているのを確認していた。そこから入るには、ドアを固定しているレールを取り外さないといけない。頑丈なボルトをいくつも外し、はしごを端から端まで動かして作業する必要がある。いちばん簡単に侵入するなら、ふたつの天窓のどちらかを使うことになるが、屋根の傾斜がきつい。ピラミッドの斜面みたいなところに立って、丸鋸を巧みに操らなければならない。

犬舎の長い側面に回り、はしごを壁に立てかけた。すでにロック・クライミング用のハーネスはつけてあった。ナイロンのストラップでできたおむつみたいに、体にぴったり張り付いている。はしごを伝って屋根の水切りに登ると、前にバックパックを置き、三叉の引っかけ鉤とクライミング・ロープひと巻きを取り出した。慣れた手つきで鉤を屋根の反対斜面に投げた。ロープを引き、屋根の棟《むね》にしっかり引っかけた。そして、ロープの先端をハーネスの金属の環に縛り、バックパックを背負い、屋根を登って天窓にたどり着くと、アセンダー・ロープ・クランプで体を固定した。その後、丸鋸を取り出し、プレキシガラスを切りはじめた。砂漠の静けさに、その音はやたら大きく響き渡った。これが一か八かの賭けであり、ひょっとするとばかな賭けになるかもしれないことは知っているが、そもそもこの事件がばかげている。フラーコ――そしてボビー・グライムズ――がいなければ、こんなことは絶対に考えなかっただろう。

スキップは自宅の警備を大いに気にかけていた。犬泥棒は珍しくない。ピット・ブルならなおさら。どこかのギャング連中が実際に盗もうとして、青いバンダナで顔を覆い、黒塗りのウインドウのホンダ・シビックで乗りつけた。母屋に近づき、銃を抜いたところで、スキップが玄関から出てきて、百五十発の弾を込められる北朝鮮製ヘリカル・フィード・マガジン付きのフルオート・アサルトライフルをぶっ放した。弾を雨あられと浴びせてやると、ギャングどもは慌てて車に逃げ戻り、三本のタイヤがパンクして、エンジンからもうもうと煙を出しつつ、つっかえつっかえ道路に逃げていった。心から心配だったのは、ストリップ・クラブに行ったり、仕事でよそに出たりすると、犬たちと敷地が無防備になることだった。スキップアッティラを犬舎小屋の中に放しておいても、敷地内のほかの建物はどうする？　スキップはマウンテン・バイクで母屋によろよろと戻っているとき、素晴らしい手がひらめいた。ゴリアテを外に放しておけばいい。

ゴリアテはコヨーテをはるばる禿げ山まで追い詰めたとき、侵入者に気付いた。金槌のような頭を持ち上げ、風を鼻腔に集めた。そこに空気を溜め、何百ものにおいをより分け、嗅覚の記憶が前に嗅いだにおいを探し出した。誰かがそこでゴリアテを見ていたなら、向きを変えて母屋に向かって駆け出すとき、ゴリアテがにやりと笑っていたと断言しただろう。

ドッドソンは担架に腰掛け、不安に駆られて深い溜息をついた。咆哮はいつまでも続き、丸鋸の音が神経終末を切り裂いた。マリファナ・タバコでも吸おうかと思ったとき、月面のような大地で黒い影が跳ねた。大きくて黒いピット・ブルが、四本足のラインバッカーのように突進してくる。うなり声を上げ、よだれを垂らし、暗闇で牙をきらめかせている。「あああくそ!」ドッドソンはいった。とっさに母屋に向かって駆け出した。裏口があいていることを神に感謝した。中に入り、ドアを急いで閉めた。待っていたが、犬の音が聞こえない。「どこへ行った?」ドッドソンはいった。リビングルームに行き、別の窓から外を見た。犬の姿がどこにもない。「どうなってんだ?」ドッドソンはいった。

どうなってんのかといえば、スキップがそうなることを見越していたのだった。どこかのまぬけが家に逃げ、ドアを閉めて胸をなで下ろす。ところがゴリアテは、常にあけている窓から飛び込むように訓練されている。ふたつの黄色い目と口から何本ものぞく牙が、喉元をめがけて飛びかかろうとしているとき、ドッドソンはちょうどそっちに目を向けた。ドッドソンはボクサー並の反応で、横を向いて体を反らした。犬がドッドソンの肩にぶつかり、床に転げ落ちた。ドッドソンは遠くまで逃げるのは無理だと判断し、玄関の方に行き、エルサ・ガンダーソンのグランドファーザー時計を倒し、椅子で〝武装〟した。犬は襲ってきたが、時計が盾になり、ドッドソンは犬が飛び越えてこないように、椅子で犬の顔を突いた。「こっち来んな、こっち来んな、ちきしょう！」ドッドソンは叫んだ。「アイゼイア、いったいどこにいる？」

突然、犬が走り去った。ドッドソンはわけがわからず、立ち尽くしていた。犬が動く音は聞こえている。メキシコ製の床石の上を走り回る音がしだいに大きくなってきた。ドッドソンはスタンガンのような強烈な恐怖に撃たれた。犬は家の外をぐるりと回り、反対側から廊下に入ってきた。ドッドソンは寝室に逃げ込み、ドアに手を伸ばそうとしたが、ドアはなかった。スキップがドアをぜんぶ取り外していたらしい。犬が近づいてくる。逃げるところはない。窓は隙間のペンキが固まってあかない。「おお神様、どうかご慈悲を」ドッドソンはいった。

アイゼイアはロープで屋根裏に降下していき、バックパックから麻酔銃を取り出した。屋根裏の端から下をのぞくと、階段の下でアッティラがうなり、レーザー・グリーンの目がにらみつけてくる。ほかの犬たちは大騒ぎしている。犬の精神病院を上から眺めているかのようだ。アイゼイアはまずアッティラに麻酔銃を撃ち、下に降りて、でかい犬にも一発、撃ち込むつもりだった。アイゼイアの目が特大の犬を探し、ピンボールのように視線を犬舎に走らせた。あの犬がいない。

トラックは砂漠のハイウェイを吸い込むように疾走した。スピードメーターは時速百四十キロを超えているが、ファーガスはまだ数キロ先で、スキップの怒りだけが彗星のように燃え盛っていた。「おれの犬にかすり傷ひとつでもつけたら、あいつを殺す、殺す、ぶっ殺す」

寝室のクローゼットに羽根板の扉がついていた。ドッドソンは中に入り、内側から扉をつまんで閉めた。でかい犬が牙の先からべとべとのよだれを滴らせ、寝室に勢いよく入ってきた。うなりを上げ、前脚で扉を引っかき、羽根板の隙間からドッドソンを吸い込むような勢いでにおいを嗅いでいる。「やめろ!」ドッドソンは絶叫した。「こっち来んな! 来んな! お座り! 伏せ! 取ってこい! アイゼイアアアア!」犬はしだいにいらつき、吠えたり、くんくん鳴いたりしながら、引っかいてこじあけようとした。ドッドソンは、登場人物が戦闘犬に外国語で指示を出す映画を観たことがあった。「さあ行こう《バモノス》! またな《アスタ・ルエゴ》! さらば《バヤ・コン・ディオス》!」犬の牙が羽根板を貫き、扉をがたがたと揺すった。ドッドソンは指先で扉を懸命につまんで閉じていた。「アイゼイアアアア！　いったいどこ行った？」犬は羽根板に牙を立て、噛み、牙を引っかけてはぎ取ろうとしている。ますます興奮し、羽根板を激しく揺さぶり、噛み砕き、引きはがした。羽根板がちぎられた隙間からよだれが垂れている。「サヨナラ！　注意《アハトゥンク》！　ジーク・ハイル！　あっち行けよ！　アイゼイアアア！」また羽根板がちぎれ、犬が巨大な頭をクローゼットに突っ込み、『エイリアン』のエイリアンのように唇がめくれて牙を剝き出し、琥珀色の目は獰猛で、殺意が伝わってくる。「殺さないでくれ、殺さないでくれ、ほっといてくれ！」羽根板をわりわりと裂き、狼人間のように咆哮を上げながら、犬が全身を捻じ込んできた。ドッドソンは床にへたり込み、悲鳴を上げた。またメイおばさん家の庭での一件が繰り返されるなんて信じられねえ——犬がのしかかり、熱い息が耳にかかる。こんな死に方は嫌だ、嫌だ——

　アイゼイアは勢いよく扉をあけ、至近距離から犬を麻酔銃で撃った。「そいつから離れろ」アイゼイアはいった。犬が吠え、うなり、突進してきた。アイゼイアは廊下へあとずさった。犬が飛びかかりアイゼイアを押し倒し、首に噛み付くとき、アイゼイアの顔によだれがだらだらと垂れた——そのとき、犬がくずおれ、ビルかと思うような重圧が胸にかかった。アイゼイアは犬をどかし、立ち上がった。

　ドッドソンが寝室から出てきた。「どこにいたんだよ？」泣きじゃくっている。「あのくそ犬に生きたままケツを食われそうになったんだぞ！　アイゼイアのばか野郎、だから来たくないっていったんだ！　だからいったんだ！」

「担架を取ってこいよ」アイゼイアはいった。

「それしかいうことねえのかよ？　担架を取ってこいとしか？」

「担架を取ってこいよ」

ぐずぐずめそめそしながらも、ドッドソンは出ていった。犬は麻痺しているが意識はあり、目をあけたまま激しくあえいでいる。今は殺人マシンではなく、ただの犬に見える。アイゼイアは慰めてやりたかった。

ドッドソンが慌てて戻ってきた。「スキップが来たぞ」ドッドソンがいった。

スキップはトラックを庭に入れ、タイヤを滑らせて停まった。土と砂利の煙が嵐のように家に降りかかった。「あいつを殺す、殺す、ぶっ殺す」スキップが中に駆け込むと、すぐあとで動物管理局のトラックが母屋の横手から〈ドロップ・イン・ダイナー〉の鮮やかなライトの方へ慌てて走っていった。

追いかけてやるところだが、ゴリアテが廊下で倒れているのに気付いた。ビクタービルの二十四時間対応獣医に駆け込んで、ゴリアテを診てもらった。獣医はゴリアテをグレート・デーンだと思ったようだ。酸素吸入と点滴の処置をして、念のためひと晩、入院させましょうといってきたが、スキップはゴリアテを連れ帰った。

人生を賭けた新しい使命ができた。Q・ファックを殺す。証人保護プログラムに入るかもしれないし、くされジャングルに隠れるかもしれないが、必ず見つけ出し、撃ち、ゴリアテに襲わせ、血まみれの腸しか残らないようにしてやる。

17 死ね、くそ野郎《ビッチ》 二〇〇六年四月

午前十時、〈シー・クレスト〉のほとんどの住人が仕事に出ているとき、ナビゲーターとキャデラックCTSが表に到着した。ブーズ・ルイスはCTSから出てきてブザーを鳴らし、一歩踏み出すたびに顔をしかめながらロビーを横切った。足に何重にも包帯を巻き、マジックテープで留める部屋ばきをはいていた。松葉杖を使うところなのだろうが、もう二度とキンキーに代役をさせたくない。

ブーズは足を引きずりながら、ジュニアのアパートメントに向かって廊下を歩いていた。うしろからも、非常口からもやって来るやつはいない。いつもとまるで変わりない。途中、やたら背の低いちびが銃をかまえて電気室から出てきた。全身を隠している。スキー・マスク、サングラス、タートルネック、ギャングがよく着る長袖のネルシャツ、ガーデニング用手袋、ポケットから垂れている赤いバンダナ。

「動くな、ペンデホ」ちびがいった。

「一発キメてラリってんな」ブーズはいった。「誰に喧嘩売ってるのか、わかってんのか?」ちびがブーズのうしろに回り、シャツの中に手を入れてショルダー・ホルスターから

三五七マグナムを抜き取った。そこにあるとわかっていたかのようだ。重さ二キロを超える銃だからか、自分のシャツの下に入れようとして手間取っているような気がした。手に付かないのか、いらだっているようだ。このちびにまちがって引き金を引かせたくない。「落ち着けよ」ブーズはいった。「おれはどこへも行かねえから」ブーズは暴発が怖かった。銃のトリガー・バーを調整していて、張力《プル》を標準の二・七キロから〇・九キロに落としていた。軽い《ヘアー》トリガーだ。ブーズも抜く練習をしていて、まちがって足の小指を撃ったことがある。「ファック」ちびがいい、ブーズの銃を絨毯を敷いた床に置いた。「妙なまねすんな、ペンデホ」ちびがいった。「ぜってえ撃つからな」

　ドッドソンはルピタ・テーヨと三カ月ばかりつき合った。訛りとある程度の語彙を身に付けるには充分な時間だった。ルピタがドッドソンに呼びかける言葉がほとんどだったが。〝くず野郎《ペンデホ》〟〝カマ野郎《プト》〟〝くそ野郎《ピンチェ》〟〝馬鹿野郎《カブロン》〟、ほかにもいくつか。だが、このとき思い出せたのは〝ペンデホ〟だけだった。
「手をうしろに回せ、ペンデホ」ドッドソンはいった。ブーズがいわれたとおりにした。こういう手順に疎いわけではないのだろう。ドッドソンはジップ・タイを両手首に巻きつけ、きつく締めた。「行くぞ、ペンデホ」ドッドソンはブーズをうしろから突いて廊下を歩かせた。顎を上げて巨漢ギャングの肩越しに前を見ようとするが、ブーズの頭に視界の一部が遮られている。コーンロウの小さなこぶが完璧に結ってあり、畝のあいだにつるつるの頭皮が見える。アーモンドとココナツのにおいがする湿った熱気が漂っている。

片足がもう一方より短いかのように、ブーズはよろよろと歩いた。「おい、なあ、おめえよ」ブーズがいった。「ゆっくり頼むぜ」

「黙れ、ペンデホ」ドッドソンはいった。ジュニアの玄関前に来るころには、ブーズが泣きごとを漏らし、痛みで顔を歪ませていた。「中に入れろ、ペンデホ」ドッドソンはいった。

「英雄のまねごとなんかしたらぶっ殺す」

「おれだ」ブーズがいい、ドアをノックした。ドッドソンは雷鳴のような胸の鼓動のせいで、ノックの音がほとんど聞こえなかった。手袋の中で手がじっとり濡れている。また急にパニックに襲われた。リボルバーを持ってるギャングなんかほかにいねえ。ジュニアにばれたらどうなる？　首の鎖がかたかた鳴っている。のるかそるか。

ジュニアがドアをあけた。アディダスの鞄を持ち、シグザウエルをベルトに挟んでいる。ドッドソンは銃身をブーズのこめかみに押し当てた。「鞄を降ろして、銃を床に置かねえと、こいつのくされ頭を吹き飛ばす」

あんまりあほらしい命令で屈辱的だ。ジュニアはそんな顔をしていた。「これは冗談か？あるいは、おまえは無知なのか？」ジュニアがいった。「こんな類の行動を起こしておまえの目的が達成されると考えているなら、おまえの知性は大いに低いということになる。再考の必要があるな」

「鞄を降ろして銃を床に置けといってる」ドッドソンはいい、銃をさらに強く押し付けた。

「なあ、おい」ブーズがいった。「ふたりともあまり力むなよ」

「こっちを見ろ、ブラザ」ジュニアがいった。「おまえの差し迫った状況を明確にしてやる。この愚行を続けるなら命はないと思え」

　ドッドソンの完璧な計画では、ジュニアはびびって協力的になるはずで、こんなたいそうな言葉を並び立てるメイおばさんみたいにやかましくなるとは思ってなかった。「いったとおりにしろ、ペンデホ」ドッドソンはいった。「さもねえと、こいつを撃つ。必ずやってやる」

「思慮に欠けると思うぞ」ジュニアがいった。「影響が出るのは明らかだ。おまえの扱える範疇を超えてるな。まだ動けるうちにここから出ていったほうがいい」

「ふざけてんのかよ、ジュニア?」ブーズがいった。「こいつがおれの頭に銃を突きつけてるの、見えねえのか?」

「冗談だとでも思ってるのか、ペンデホ?」ドッドソンはいった。「仲間が死んでもいいと思っているのか?」

「そいつはちがう、ジュニアはそんなこと絶対思ってない」ブーズがいった。「なあそうだろ、ジュニア!」

「どうしておれの正しさを三下に説明しなきゃならないんだ?」ジュニアがいった。「こいつのいうことを信じるなら、おまえは今ごろこの世にいないはずだ」

「そうか、どういうつもりかわかったぜ」ブーズがいった。「こいつにおれを撃たせて、その隙にこいつを撃つつもりだな」

「鞄を降ろして、銃を捨てねえと、今すぐこいつを撃つぞ！」ドッドソンはいった。計画がぐちゃぐちゃだ。ジュニアに銃を向けようかと思ったが、そうすればブーズが手薄になる。

「降ろしてくれよ、ジュニア、頼む！」ブーズがいった。

「任務を適切に完了しないと、こういう事態になる」ジュニアがいった。「みずからが蒔いた種から問題が生じただけだ」

「恩に着るから、ジュニア。誓っていう」

ブーズの頭を撃ち抜くわけにいかない。この距離では無理だ、とドッドソンは思った。

「最後のチャンスだぞ、この野郎」ドッドソンはいった。自分にとっても最後のチャンスと知りつつ。「持ってるものを捨てねえと、こいつを殺す」

「冷静さを見失うな」ジュニアがいった。相手ふたりに対する呼びかけだった。

「ジュニア、こいつが最後のチャンスだというの、聞こえなかったのか？」ブーズがいった。

「この男は一杯食わせようとしているんだ、ブーズ。虚実の区別ができないのか？」

〝撃鉄を起こせ〟とドッドソンは思ったが、撃鉄に親指を持っていく前に、ジュニアが素早くアパートメントの中に戻り、ブーズも痛めていないほうの足で思い切り床を蹴り、うしろ向きに突進してきた。大きな肩のせいで銃を持つ手が上を向き、勢いでドッドソンがうしろへよろめき、床に倒れた。ブーズがのしかかり、ドッドソンのみぞおちに尻餅をついた。ドッドソンは爆発するような痛みを感じた。たった一度の呼吸で体内の酸素分子がひとつ残らず抜け出たかのようだった。体を折り曲げ、リボルバーが手から滑り落ちた。

ブーズが尻をどかせて、立ち上がった。「これで何ていうんだ、ペン・デイ・ホ？　祈りの言葉でも唱えるんだな」

ジュニアがアパートメントから出てきた。一方の手にシグザウエルを、もう一方に折り畳みナイフを持っている。ブーズのジップ・タイを切り、ドッドソンを思い切り蹴った。「徹底的に〝恥〟を受ける覚悟を決めろ、くそ野郎」ジュニアがいった。ドッドソンはボールのように体を丸め、釘穴ほどに縮んだ喉から空気を吸い込もうとした。片手で頭を守り、もう一方は腹を押さえていた。ジュニアが何度も何度も蹴りながら、こういった。「おまえ――は――呼吸を――停止する――永遠に――生命を――失う――まで」

リボルバーを手に、殺人を求めるエネルギーに震えながら、ブーズが足を引きずり行ったり来たりするさまを、ドッドソンは半ば閉じた目で見た。「おれから強盗だと？」ブーズがいった。「おれの頭に銃を突きつけるだと？　てめえは終わりだ、ニガ、おしまいだ。永久に眠ってろ、わかってんのか？」

「なすべきことをなせ、ブーズ」ジュニアがいった。「この僻みに満ちた三下を消せ」

ドッドソンはこれから無残に死ぬことが信じられなかった。喋ろうと、命乞いをしようと、〝おれです〟といおうとしたが、言葉を押し出せない。ブーズが見下ろし、リボルバーをドッドソンの頭に向けた。

「死ね、くそ野郎《ビッチ》」ブーズがいった。撃鉄を起こすと、頭蓋が割れるような音がした。銃声は雷鳴のように轟き、衝撃波が空気を震わせ、直後にさらに二発が続き、その後……静寂が降りた。

ドッドソンの知るかぎり、彼はまだ生きている。ブーズがおれをもてあそんでいるのか？ ドッドソンは待った。あきれるほどの静寂だ。丸めていた体をゆっくり伸ばすと、痛みで息が止まり、視界が曇った。コルダイトのにおいがクラックの煙のように強烈だ。ブーズが頭を床につけ、カメムシのように尻を宙に突き出している。ジュニアは胎児のように体を丸め、血がどくどくと流れ出て、錆色のにじみが絨毯に広がっている。アイゼイアが三メートルほど先に立っていた。口をあんぐりとあけ、ブーズの三五七口径銃を持つ手を脇にだらりと垂らし、一本の指をトリガーガードの中に通している。ドッドソンはやっとのことで立ち上がり、よろよろとアパートメントに入っていくと、アディダスの鞄を持って出てきた。銃を拾い、アイゼイアの袖をつかみ、引っ張って廊下を歩かせた。「行くぞ」ドッドソンはかすれた声でいった。廊下の突き当たりまで走り、非常口から飛び出し、別々の方角へ逃げた。ふたりとも振り返らなかった。

ニュースが流れている。警察が〈シー・クレスト〉付近をうろつき、黄色いテープが建物を封鎖している。中年のリポーターが生中継をしていた。熱気でスーツがよれ、バーコード頭がぱらぱら麦藁をかけたビーチボールのように見える。「警察によると、今朝十時ごろに」リポーターがいった。「ブラフ・パークの〈シー・クレスト〉アパートメントの住人ともうひとりが、住居の玄関前で撃たれたとのことです。被害者はふたりともロングビーチ・

メモリアルに搬送されました。住人は危篤、もうひとりの容体は安定しているそうです。警察は銃撃の動機はつかんでいないようですが、ギャング絡みの事件だと思われます」

アイゼイアはアパートメントの壁に額をつけて立っていた。瞼の裏にスライド・ショーが映っている。カシャ。急いで廊下に入る。カシャ。ふたりの男がドッドソンを見下ろして、怒声を上げ、蹴っている。カシャ。絨毯に銃が落ちている。カシャ。拾い上げ、ふたりの男に向かって走っていく。カシャ。ひとりが〝死ね、くそ野郎〟といい、撃鉄を起こす。カシャ。男を撃つ。カシャ。もうひとりが撃ち返す。カシャ。そいつも撃つ。カシャ。ふたつの体が床に横たわっている。

「ああするしかなかった」アイゼイアはいった。「ああするしか」

着ていた服は側溝に捨て、銃はロサンゼルス・リバーの底、エクスプローラーは〈ボンズ〉の駐車場に駐めた。二十分ばかりシャワーを浴び、軽石で発砲の付着物を落とした。防犯カメラも目撃者も見なかったが、存在しなかったとはいい切れない。それに、ドッドソン。デロンダのほかに盗みのことを漏らしていないのか？　デロンダが喋ってないか？　ドッドソンがつかまって、おれのことを吐いたら？　ロングビーチを離れたほうがいいのはわかるが、恐ろしくて部屋から出られなかった。

八万五千ドルのジュニアのカネがコーヒー・テーブルに載っている。十ドル札、二十ドル札、百ドル札が、別々に束ねられている。吐きそうなのと、銃声で耳が聞こえないのと、体中が痣だらけでなければ、ドッドソンは祝っていただろう。ある意味、傷はいいことだった。傷が気になって恐怖にすくむ余裕がなくなった。ブーズとジュニアは謀りに騙されてくれたか？　メキシコ系じゃないと見破ったか？　誰の銃か気付いたか？　おれだと気付いたか？

ドッドソンの電話が鳴った。デロンダが出た。「九‐一‐一‐スター‐sd‐スター‐十一だって」デロンダがいった。「どういう意味？」

「九‐一‐一は緊急招集の意味だ」ドッドソンはいった。「行かないと、リンチされる。sdはセドリックの家。十一は十一時だ」ドッドソンは目を閉じた。行かなければ疑われるかもしれないが、行けば殺されるかもしれない。すぐに思いつくのは逃げることだが、どこへ逃げればいい？　グレイハウンドでオークランドへ行って、一からやり直すか？　まったく疑われていなかったらどうする？　無駄になじみのフッドを捨てるだけだ。

「どうするの？」デロンダがいった。

腐食したスポットライトがところどころ禿げた芝生にかよわい黄色の円を描き、その中心に、銃身を短くしたモスバーグをトマホークのように持ったマイケル・ストークリーがいる。「ジュニアは集中治療室にいるが」ストークリーがいった。「ブーズとは話してきた。ブーズは腰に一発喰らっていた。弾が貫通していた。家族が集まってたが、みんなわんわん泣いていた。あいつのママは、おれがあいつのケツを撃ったみたいな勢いでおれにわめいていた」

〈クリップ・バイオレーターズ〉の面々がセドリックの家の裏庭にやってきて、ライトが薄れて影になっているあたりに散らばっている。古参メンバー《OG》はピクニック・テーブルの周りにまとまって座っている。ほかの連中は錆びついたブランコや階段のついたポーチにいたり、ヘッドライトがひとつしかないおんぼろバンに寄り掛かっていたりする。ギャングの集合写真でもれなく見られるポーズを決めているものも何人かいる。前腕を膝に突いてしゃがむポーズ。ドッドソンはゲート近くに立っていた。顔に汗が光り、腋の下に汗染みの輪が浮き、体は痛みで硬いブロックと化している。

「おれは今回の件で責任を感じてる」ストークリーがいった。「ジュニアの護衛だってのによ、わかるだろ？　妙なことが起こらないようにするのが仕事なのに、そうはできなかった。ブーズはふたり組にやられたといってる。撃ったやつは見なかったらしい。見たのは最初に強盗にきたやつだけだ」

「誰だったかはいってたか？」セドリックがいった。

「今いうとこだ、ニガ」ストークリーがいった。「今度口を挟んでみろ、おれがてめえのケツの穴にモスバーグを突っ込んで、脳みそまで吹き飛ばすかどうかわかるぞ」セドリックはすぐ横のレモンの木の一部になったように見えた。ブラザーたちが笑っている。「ブーズがいうには、そいつは全身を隠してたらしい」ストークリーがいった。「マスクをつけてたが、ドッドソンみたいなちびだったそうだ。ちびくそ野郎だ」

くすくすと笑う声が漏れた。ドッドソンは逃げ出しそうになったが、ストークリーの声色の何かがドッドソンを思いとどまらせた。

「いいかニガども、ちゃんと聞いとけ」ストークリーがいった。「今からいうことがこの一件のキモだ。ブーズがいうには、強盗に入ったやつはメキシコ系だったそうだ。赤いバンダナを身に着けてた。くされ〈ロコ〉だったそうだ」

テストステロンの津波が裏庭を席巻し、全メンバーがギャング・モードになった。立ち上がり、銃を振りかざし、ギャングのハンド・サインをつくり、頭を揺すっていた。〝あいつらを倒す。今すぐ連中を撃とうぜ。何をぐずぐずしてる？　もうはじまってるぞ、ニガ、わかったか？　メキシコ系のやつらを消すぞ、てめえら。気張れよ、弾を喰らわせろ、やつらのママを泣かせ〟。ドッドソンも加わったが、こう思っていた。〝ありがとう、神よ。心の底からありがとう〟

ストークリーがショットガンを高々と掲げた。「復讐のときだ、いいか？」ストークリーがいった。「ぶっ叩き、焼き払うぞ。あらゆる手を使って全滅させろ。戦争だぞ、くそった《マザーファッ》れ《カー》ども。くそったれの戦争だ」

アメリオ、ホルヘ、リル・ジーニアスが足首を鎖でつながれたかのような足取りで、〈ビッグ・ミーティー・バーガー〉から出てきた。〝エクストラ《X》・エクストラ《X》・ラージ《L》エベレスト・バーガー〟にベーコンとフライド・エッグを付け、さらにラージのチリ・チーズ・フライまで食えば、動きが鈍くなるものだ。角を曲がったところに駐めておいたホルヘの車に向かって、通りを歩いた。片方のヘッドライトしかつかないおんぼろバンがうしろから走ってきても気付かず、気付いたときには手遅れだった。サイド・ドアが勢いよくあき、青いバンダナで顔を覆い、テック9・オートマチック拳銃を持ったふたりの男《ホーミー》が弾倉の弾を撃ち尽くした。ふたりのスピード狂が釘を打ちまくっているような音が響いた。アメリオは背中に三発喰らった。ホルヘは喉に一発。ジーニアスは額を撃たれ、地面に倒れる前に息絶えた。バンが猛スピードで逃げるとき、撃ったやつが怒鳴った。「どうだ、くそったれども、どんな気分だ?」

バーコード頭のリポーターが〈ビッグ・ミーティー・バーガー〉の前で生中継していた。突き放した語り口からすると、こう考えていたのかもしれない。また発砲事件か? 勘弁してくれよ。「走行車両からの銃撃が発生した、イースト・ロングビーチのハーストン地区の現場です」リポーターがいった。「アメリオ・アギラール、ホルヘ・オチョア、そして、三人目の未成年の犠牲者がパシフィック・アベニュー沿いの〈ビッグ・ミーティー・バーガー〉で食事を終えたすぐあと、一台のバンがうしろから走ってきて、人数は未確認ながら何者かがセミオートマチックの銃で撃ってきたということです。三人ともその場で死亡が確認されました。警察では、この前の水曜日にブラフ・パークで起きた銃撃事件と関連があると見ているようです。警察の広報担当者によると、状況を見るかぎり、ギャングの抗争だと思われ、同地区の住民に特段の警戒を呼びかけているとのことです」

さらに多くの取材が来た。全国放送まで入り、〝食いたいくせに《ユー・ノー・ユー・ウォント・サム》〟のポスターを背景にリポートしていた。バーガー・ショップで働くふたりの若い女が三人のロコを密告したと目されていて、報復を恐れてカメラに映されるのを拒んだ。この地域の住民も取材を受けた。ギャングはほんとうにひどくて、暴力沙汰が多過ぎるから、誰かが手を打たないといけない。むかしはこうじゃなかったと語った。

ケイリン・ケネディーはLAでいちばんアツいお天気ガール・ランキングで二位になったことがあった。ケイリンにしてみれば、こんなに嫌なことはなかった。二位になることも、お天気ガールと呼ばれることも。リポーターになれないなら辞めるとダグに訴えると、手はじめに特集番組を任された。世界最大の『フリントストーン一家』関連グッズ・コレクションを持つ男。海外にいる部隊のために笛を彫る少年。〝愛してる〟といえる太鼓腹のブタ。

本物の事件のリポートをしてくれないかとダグにいわれたとき、ケイリンは大喜びしたが、リポーターになってまだ一週間も経っていないのにもう後悔していた。きのうカメラマンのロディーとふたりで、フリーウェイ210号線付近の山火事のリポートをした。気温は摂氏三十六度もあり、風で髪がぐしゃぐしゃになり、煙のせいで喘息が悪化した。さらに、ヒールが折れて、消防中隊長にはだしでインタビューする羽目になり、蟻塚を踏んづけてしまった。

今度はハーストンに来て、抗争中のギャングにインタビューしようとしている。山火事の現場よりここの方が暑くて、空気に砂が混じっているような気がする。インタビューの背景は、外国の文字のようにしか見えず、判読できないギャングの落書きが描かれたスタッコ塗りの壁だった。ギャングがケイリンを見下ろしていた。″C″のマークがついた黒い野球帽をかぶり、青いバンダナで顔を覆っている。これからカモ狩りに行くかのように、銃身を短くしたショットガンを脇に抱えている。

「その銃についてお話を聞かせてください」ケイリンはいった。「常に携帯しているのですか？」

「ああ、そうだ」ストークリーがいった。「今度のは遊びじゃねえ。ここはくされ殺戮地帯《キル・ゾーン》だ、わかるか？　手元にないと生き残れねえ。今、襲われてもおかしくねえだろ」

「すると、こうしてわたしと話していても、命の危険を感じるとお考えですか？」

「ああ、そんで、こうしておれと話してると、あんたの命も危険だと思うぜ」

「抗争のことを聞かせてください。どういった背景があるのですか？　抗争がはじまった理由は？」

「このくそ抗争は今にはじまったんじゃねえよ、意味わかるか？　最近のドンパチはくそほども驚くことじゃない。これがくそ日常なんだよ」

「言葉遣いを少し抑えていただけませんか？　放送に使いたいので」

「そんなことくそほども関係ねえし、言葉遣いも抑えねえ。気に入らねえなら、おれの地区《フッド》から失せろ」

ケイリンの腋の下はぐっしょり濡れていて、だんだん腹が立ってきた。涼しいスタジオでテッドとパトリシアと冗談を飛ばし合い、九十秒のあいだ緑色のスクリーンに架空の雲を指し示したりしていたときのことを思い出した。ロディーが続けろというようにうなずいていた。

「暴力はいつものことだとおっしゃるんですか？」ケイリンはいった。

「そういうとこだ《フッド》」ストークリーがいった。「そういう流儀だ。やられる前にやらねえと終わりだ」

「麻薬は絡んでいるのですか？」

「そういう面もあるが、核心じゃねえ。今回のはリスペクトの問題だ、わかるか？」

「よく耳にする言葉です。リスペクトですか。どんな意味があるのですか？」

「相手が誰だろうと、どんないい分があろうと関係ねえ。おれに逆らうやつがいたら、その場でぶっ倒すって意味だ」

「こういうことでよろしいんでしょうか。どんなことでも決して人から文句をいわせない。そういうことですか？」

「くそ簡単にいえばそんなとこだ」

「抗争に人種の要素があるかどうか教えていただけませんか？　アフリカ系アメリカ人対ラテン系とか？」

「ラテン系にはぶっちゃけ恨みはねえ。だが、誰だろうと撃つ」

「抗争がいつ終わり、ハーストンの住民がまた安全に暮らせるようになるか、見込みはありますか？」

「抗争の前だって安全じゃなかった。抗争が終わったからって、何で安全になる？」

ケイリンは中継終了の合図をした。ストークリーが顔のバンダナを下げ、マリファナに火をつけた。「吸うか？《ウォント・サム》」ストークリーがいった。

「いえ、けっこうです」ケイリンはいった。マリファナは、焼けている落ち葉の山に誰かが小便をかけているようなにおいだった。ストークリーがロディーにも勧めると、ロディーは首を振ったが、ずっと笑みを絶やさなかった。「ひとつ訊いてもいいですか？」ケイリンはいった。「よく耳にする問いかけなのに、まともな回答を聞いたことがないんです」

ストークリーが煙を吸い込み、しばらく肺にとどめた。「ああ、何だ？」言葉をひねり出すかのように、ストークリーがいった。目が潤んでいる。

「自分たちがNではじまる言葉を使うのはいいのに、わたしのような人が使っちゃいけないのはなぜですか？」

「まともに答えてやろう」ストークリーがいった。「ニガにニガといわれたら、どういうつもりでニガといったのかはわかる。だが、あんたにニガといわれたら、心から〝ニガ〟といってるかもしれねえだろ」

ストークリーが立ち去り、ロディーが荷物をまとめているあいだ、ケイリンは局のバンの陰に立って、マルボロ・ライトを吸った。ギャングには適切な質問をしたのに、編集で放送禁止用語に電子音をかぶせると、副詞と代名詞しか残らなかった。仕事はましになるかもしれないし、と思った。慣れて、鍛えられ、面の皮が厚くなり、度胸がつくかもしれない。反政府ゲリラが銃撃してくるところで、防弾チョッキを着て土壁の陰にしゃがみ、衛星電話でアンダーソン・クーパー（ジャーナリスト、アンカーマン）と話をするような女性リポーターになれるかもしれない。ええ、そんな場面が見える。

フランキー・ラ・ピエドラ・モンターニェスは〈ロコ〉のボスだった。スキンヘッドは石器時代の〝ナイフ〟のようにあちこち角張っていて、口は両端が垂れている口ひげと同じ形だ。シャツは着ておらず、胸や腕に刺青がごちゃごちゃと彫ってある。蜘蛛の巣の刺青の真ん中で髑髏がにやついている。ソンブレロと弾帯を身に着けたタフガイ《チョロ》とまぶい若い女《チカ》。掌紋に〝M〟の文字が彫ってあり、〝この手が命じたら仕事に行け〟というキャプションがついている。そして、ルーツに対する誇りを見せるため、アステカの戦いの絵文字も入れている。

フランキーは〈カーナル〉という、メキシカン・マフィアの位の高いメンバーだった。メキシカン・マフィアは〈ラ・エメ〉としても知られる刑務所《プリズン》ギャングだ。ロコはラ・エメの卸しから麻薬を仕入れ、利益の一パーセントをキックバックとして納める。キックバックはこっちから申し出た。誰もがいつか自分も刑務所に入ると思っているが、ラ・エメににらまれるくらいなら、スプーンを鋭利に削った凶器で自分を二十回くらい突き刺して、先方の手間を省いたほうがいいからだ。

フランキーは緊急ミーティングを招集し、ロコたちがマクラーリン・パークの円形競技場に集まっていた。人々がチェスをしたり、干上がった噴水の周りでランチを食べたりするところだ。だが、ギャングがやってくると、そういう連中はさっといなくなった。「あのくされバイオレーターの連中は、いかにもくされ憶病者のようにうしろから忍び寄る」フランキーがいった。「おそらくおれたちがジュニアの強盗にかかわってると思ってるのだろうが、それは戯言《たわごと》だ。おれたちを叩く口実だ。おれたちに対する挑戦だ。おれたちを脅してる。おれたちが手を引くと思ってる」ギャングたちが雄叫びを上げた。頭を振り、銃を振りかざし、悪態をついている。フランキーは静かにしろと両腕を上げた。「戦争だ」フランキーはいった。「情けも、手加減も無用だ。見つけたらすぐに撃て。妙なやつがいると思ったらまず殺《や》れ。ごちゃごちゃ訊くのはあと回しだ」フランキーは真顔でギャングたちの顔をひとつずつ見た。「あんなことをやってくれたバイオレーターズには、血で償わせる」フランキーはいった。「これがおれたちの使命だ。最後までやり遂げる。倒れた仲間を無駄死にさせるわけにはいかねえ。倒れたやつらはロコだ。おれたちの家族《ヌエストラ・ファミリア》だ。おれたちの心の中で永遠に生きる」

バイオレーターズは報復を予期して、グループで移動するようになった。誰もひとりでうろついたり、玄関先でマリファナ・タバコを吹かしたりしなくなった。キンキー、セドリック、ハッサン、オマリ、ドッドソンが〈ホット・ドッグ・ヘブン〉裏のコンクリートのピクニック・テーブルでチリ・ドッグを食べていた。通りからは見えないところだ。〈ホット・ドッグ・ヘブン〉の横のビルは解体されていた。残っているのは古い木材、壊れたコンクリート、錆びついた鉄筋だけだった。反対側には〈ヨーロピアン・オート・マート〉があり、トローンがそこで車を物色している。

「あいつを見ろよ」キンキーがいい、トローンの方を顎で示した。「あいつ、車は買うってのに、くされホット・ドッグを買うカネはねえらしい」

ドッドソンは打ちのめされたときの痛みがまだ残っていた。肋骨にはぐるぐるテーピングをし、食事のたびに鎮痛剤を飲み、マリファナを何本も吸っている。アイゼイアに電話して、命を助けてくれたことに礼をいおうかと思ったが、くだらない話しかできないだろう。アイゼイアなんか知るか。

「ブーズがそろそろ退院する」キンキーがいった。「ジュニアはまだ病院にいて、もう一回手術するようだが、死にはしねえ。あいつのママがストックトンに連れ帰るといってる。ストリートから引き離すと。くそ。あっちにもストリートくらいあるじゃねえか」

トローンが手を丸めて目にあてがい、ベンツ500SLをのぞこうとしている。青いドレス・シャツの袖をまくっている白人のセールスマンがトローンに話しかけ、口元だけで笑みを浮かべている。

「セールスマンはどうすりゃいいかわかってねえ」キンキーがいった。「トローンはラッパーで、車をキャッシュで買うかもしれねえのに」

「それか、見かけどおりかもな」ドッドソンはいった。「カネの無い悪党《サグ》」

「知りてえのは」セドリックがいった。「ロコの連中がどうやって仕入れの日取りを知ったのかだ？　何日とか、何時とか」

「そんな不思議でもねえよ」ドッドソンはいった。「ロコの連中はジュニアをずっとつけてたんだろ。こそこそした連中だからな。こっそりあの壁を越えて、カメラや暗視ゴーグルを持った国境警備をすり抜けられるなら、何だってすり抜けられる」

キンキーが駐車場を見ている。「おお、くそ」キンキーがいった。

セールスマンが慌ててオフィスに走っていった。トローンが駐車場の周りに張ってある鎖を飛び越えて、こっちに走ってきた。「やつら来るぞ」トローンがいった。

ドッドソンは見た。赤いバンダナで顔を覆ったロコのグループが、車列のあいだをこそこそ移動している。体を起こし、撃ちはじめた。「殺せ、あのくそったれどもを殺せ」ひとりのロコがいった。ドッドソンは隣の空き地に向かって走った。セドリックとオマリもすぐうしろを走っている。トローンは大型ごみ収集容器《ダンプスター》に向かい、頭から陰に飛び込んだ。銃弾が緑色の金属に穴を穿った。ハッサンはテーブルの下から脚を出すのに手間取り、胸に二発喰らい、オニオン・リングを口に頬張りながら死んだ。

ロコが大声を上げた。「やったぞ、やったぞ」

ドッドソン、セドリック、オマリは解体したビルの瓦礫の陰に隠れて撃ち返した。敵の銃弾がコンクリートを砕き、鉄筋に跳ね、古い木材にめり込んだ。キンキーは〈ホット・ドッグ・ヘブン〉の脇に背をつけ、角から銃を出して撃っている。衝撃と畏怖、全面銃撃戦だ。九ミリ、三八、四五、三五七口径弾が一斉に飛び交った。両陣営が立ち上る硝煙に弾倉の弾をぜんぶ撃ち込んだ。

ひとりのロコが被弾した。「撃たれた」そいつがいった。「撃たれちまった」

銃弾がオマリのこめかみを穿ち、頭の反対側から脳みそが飛び出た。

「ああ、くそ」セドリックがいった。「オマリが殺《や》られた」

「いい加減にしやがれ」キンキーがいった。ビルの陰から出ると、デンゼル・ワシントンのまねのようなことをやり、二挺の拳銃を横に向けて同時に撃っているロコのメンバーに向かって歩いていった。途中まではかっこよかったが、太股に一発喰らうとさっきまでいたところへ跳ねながら逃げ帰るしかなかった。

またひとりロコが倒れた。「フランキーがやられた」ロコのひとりがいった。「誰か助けろ」

ドッドソンはビルの基礎の一部のうしろに隠れて、リボルバーを捨てたあとで買った安《サタデー》物拳《ナイト・スペシャル》銃を撃っていた。わざと狙いを外していた。ロコが死んでも、ドッドソンが狙っているポルシェ・パナメーラにめり込んだ弾を警察がほじくり出さないかぎり、使用済みの弾が自分の銃と合致することはない。

ロコの連中が近づいてきた。頭を下げ、身をかわし、銃を撃ちながら、鎖を越えて移動してくる。キンキーは弾切れになり、足を引きずって逃げ出した。ドッドソンとセドリックは立ち上がって逃げた。

「やつら逃げるぞ！」ロコが叫んだ。「あのくされ臆病者を殺《や》れ」

ドッドソンは撃たれずに安堵しながら、〈ホット・ドッグ・ヘブン〉の壁伝いに通りを走っていった。乾いた銃声が背後から聞こえ、前の車のフロントガラスが砕けた。〝ロコの連中が追いかけてくる〟。ドッドソンはブロックの端まで全力で走った。角を曲がったら、待ち伏せて、追いかけてきたら撃てばいい。だが、痛みとマリファナのせいで速く走れなかった。肺が焼け焦げ、傷口を縫った腎臓のあたりがずきずきと痛んだ。ロコがしだいに近づき、銃声も大きくなってきた。ドッドソンは足を止め、戦って死のうかと考えたが、そのとき、〝オープン〟の看板がタコス店の窓に垂れ下がっているのに気付いた。ドッドソンは急いでドアから中に入り、店内を抜けて裏口に回った。背後から銃声とガラスの割れる音が聞こえた。

ランプだけがついている。二十五ワット電球が一本のロウソクのように灯り、周囲は闇に包まれている。アイゼイアはベッドに背をもたせかけて床に座っていた。ニュース番組が流れている。

「ふたつのライバル・ギャングがハーストンの〈ホット・ドッグ・ヘブン〉裏で銃撃戦を繰り広げました」キャスターがいった。「警察によると、彼らのいう全面戦争における新たな小競り合いだろうとのことです。十五人ものギャング・メンバーが何十発も撃ち合いました。

戦闘員の四人が死亡。ひとりは大型ごみ収集容器《ダンプスター》の中で死んでいました。この犠牲者は一発も発砲していませんでした。別の犠牲者はまだ十四歳でした。ほかに負傷者が三人いて、地元の病院に搬送されました。しかし、残念ながら、犠牲者はこれにとどまりません。警察によると、今回の銃撃戦にかかわったギャング・メンバーひとりが〈ロス・アミーゴズ・タケリア〉に逃げ込みました。そのギャング・メンバーは逃げたものの、店を所有するセレナ・ルイスとエクトル・ルイスが銃撃戦に巻き込まれ、現場で死亡が確認されました。また、最悪の事態には至らなかったとはいえ、おふたりの十歳になるご子息が頭部に被弾しました。ハーストン・コミュニティー・ホスピタルに搬送され、現在も危険な容体です。少年の執刀医、ドクター・アメリア・ロペスがマスコミ関係者に伝えたところによると、少年は深刻な脳損傷を受けており、手術を受けたとのことです。助かる見込みは不明ですが、生き延びたとしても、両親が亡くなったという悲報と向きあうことになります」

アイゼイアは立ち上がり、円を描くように歩いていた。やがて立ち止まり、額を壁につけた。〝どうしてこんなことになった？　あの人たちが死んだ？　死んだ？　男の子が脳に損傷を受けた？　正気じゃない。抗争が招いた。ドッドソンがはじめた抗争が。ドッドソン。ドッドソンのくそったれ〟

部屋にとどまっていられなくなり、当てどなく歩き回った。〝こんなことになったのは、ぜんぶあいつのせいだ。こんなことをやらかすなんて、どんだけばかなんだ？　おれはどうだ？　これからどうすればいい？　ドッドソンのくそったれ。そもそもアパートメントに入れちゃいけなかったんだ〟

アパートメント。あそこのことを考えると、懐かしさと苦しさで胸がいっぱいになる。

「人生を取り戻したい」アイゼイアはいった。「マーカスを取り戻したい」兄の名を口にしたことが決め手になった。アイゼイアの良心が破壊槌《バタリング・ラム》となって拒絶の壁を打ち抜き、その穴からマーカスが突風のように吹き出てきた。兄が何をいうのか、どんな口調でいうのか、アイゼイアは手に取るようにわかる。ずっと叫び続けていたかのように、その声はざらつき、空手チョップの要領で片手をもう一方の掌に打ち付けた。ふたつにぶった切ろうとしているかのように。

〝何てことをした？　何てことを？　おまえのせいだ。おまえの。首を振るな。おまえが抗争のきっかけをつくった。犯罪に手を染めると決めたとき、おまえが最初のドミノを倒したんだ。そして、次々とドミノが倒れ、こんなことになった。あの罪もない人たちが死に、息子さんは母親と父親を奪われた。ああ、嘆き悲しんでいたのは知っているが、こんなふうにしかできなかったのか？　泥棒になるしかなかったのか？　品格はどこへやった？　道徳心はどこへやった？　おれが何年も手塩にかけてやったのは、何のためだ？　おまえが自分の才能を使って人にたかり、人に寄生する最低のクズの犯罪者になるためか？〟

アイゼイアは歩を速め、ほとんど走っていたが、マーカスの声から逃れることはできなかった。マーカスの存在があまりに生々しくて、息を首筋に感じたり、靴のかかとを踏まれたような気がして転びそうになった。

〝どこへ行くんだ、アイゼイア？　逃れられると思っているのか？　世界の果てまで歩いていっても、あの人たちは死んだままで、あの男の子はやっぱりみなしごだ。その子のことはどうする、アイゼイア？　少しは考えたのか？　まあ、今からでも考えはじめて、どう償ったらいいのか決めろ。さもないと、そのみじめな人生が終わるまで、毎日、毎晩つきまとい、夢に出てやるからな〟

18 内通者 二〇一三年七月

この二十分で四度目になるが、カルのふたつ目の携帯電話が鳴った。番号を知ってるのは、〈Dスター〉、仲間、ボビー・グライムズ、それにおふくろくらいだ。腹が立った。家が焼け落ちてるのでもなけりゃ、電話も、テキスト・メッセージも、ドアをノックするのもだめだといっておいたというのに。いいかもな、とカルは思った。自分が所有している中でいちばんでかい無意味なものは、焼くのがいいかもしれねえ。どうだい、ドクター・フリーマン？家に火をつけるってのは？電話が鳴り続けている。カルは立ち上がって電話に出た。Dスターかもしれねえし、ちょうどクロノピンがなくなりかけてるし。

「ミスター・ライトですか？ミスター・カルバン・ライトですか？」白人男の口調だ。

「ああ、ミスター・カルバン・ライトだ。そっちはどこのどいつだ？どこでこの番号を仕入れた？」

「私はブライアン・スターリングと申します。ドクター・フリーマンの秘書をしております」

「何だって？」

「ドクター・フリーマンの下で働いております。ドクター・ラッセル・フリーマンの下で」

「ラジオに出てるドクター・フリーマンか？　あの本を書いたドクター・フリーマンか？」

「そうです。ご連絡を差し上げた理由を説明させてください。あなたの内科医、ドクター・マックリンがドクター・フリーマンと話をしていたときに、あなたが重度の燃え尽き症候群だと詳しく伝えたそうで。ドクター・フリーマンは心配して、私に連絡を取らせたというわけです」

「ドクター・フリーマンがおれのことを知ってるのか？」

「先ほど申し上げたとおり、ドクター・マックリンから詳しくお伝えいただいております」

人に――当然ドクター・フリーマンにも――詳しく状況をお伝えする許可など出した覚えはないが、おれの記憶はぼろぞうきんだ。

「ドクター・フリーマンの著書を活用するにあたって、問題が生じていると伺いましたが」

「効果が薄いようなんだ」

「あなたのように複雑かつ重大なケースでは、そういうこともままあります」

カルバンは自分の病状が複雑かつ重大だと聞いてほっとした。ほかの連中はおれがいかれてると思っている。

「さいわい、ドクター・フリーマンに面会予約の方がキャンセルされまして」ブライアンがいった。「あす十一時にスケジュールに空きが出ました。いらしていただけますか？」

カルはためらった。ドクター・フリーマンには会いたいが、午後二、三時まで起きられないし、支度する時間も要る。まともに考えられるようにして、Ｄスターからクロノピンをもらわないといけない。「来週は空いてねえのか？」カルはいった。

「あいにく。ドクター・フリーマンは著書のキャンペーン・ツアーに出発する予定なので。ヨーロッパ、アジア、ドイツ。一月まで戻りません」

「すると、こっちしだいか、あしたがだめなら来年になるのか？」

「基本的には、そうです」

ブライアンは予約のことは友人にも他言しないようにといってきた。著名なラッパーがドクター・フリーマンに面会するとなれば、タブロイド紙の見出しになりますから。さらに、著名人用の特別待遇をご用意しておりますので、人目につかずにオフィスに来ていただけますと説明し、念のためもう一回繰り返した。

「よし」カルはいった。「それじゃ、あしたな」

「ええ、ミスター・ライト」ブライアンがいった。「ドクター・フリーマンもあなたにお会いできるのを楽しみにしております。あなたの音楽が大好きなんです」


電話を切ったあと、スキップはくず入れから犬の糞用の熊手を取り、北の斜面の方へ歩いていった。カメのような形をした大きな岩のところで左に折れ、平らな岩から平らな岩へ飛び移りながら、ほかの凡百の巨岩と変わらない巨岩がまとまって突き出ているところにたどり着いた。その巨岩群の片側に、セイヨウサンザシの絡まった枝がある。長さ一センチちょっとの針のように鋭い棘が生えている。その枝を熊手で払うと、ふたつの突き出た巨岩のあいだに深いくぼみが見えた。そこに熊手を突っ込み、ヘビがいないことを確かめてから、防水のキャンプ用品入れを引っ張り出した。そこには銃が入っている。新品で、ビニールに包まれている。銃販売の際に身元確認のないユタ州とアリゾナ州のガン・ショーで、銃の代理《ストロー・》購入《バイヤー》業者にカネを払って買ってもらった銃だ。

　アサルトライフル二挺、タクティカル・ショットガン、レミントンM700スナイパー・ライフル、そして、拳銃五、六挺。スキップはグロック18cを選んだ。ボニィの提携先から買った特殊な銃だ。18cはフルオートマチック・マシンピストルで、いわゆるプラスチック拳銃だ。ポリマー樹脂製で、羽根のように軽い。グロックの発射速度は毎分千二百発で、三十三発のマルチプル・インパクト・ブレットを収納できる弾倉を一・六五秒で空にする。三十三枚の漁網を放つような感じだが、どの結び目もまともに当たれば死ぬ。何があっても外すことはない。終わったら、小生意気なくそったれをつけ狙い、あのくされカートも撃ち殺す。

　スキップは少し練習しようと思った。ゴリアテを低木の林に連れていき、撃てるような動物を狩り出させてみよう。公正を期すためにふつうの弾薬を使い、銃をセミオートに設定しよう。ジグザグに逃げるウサギに狙いを定めているうちに、アドレナリンが高まり、反射神経の錆が落ちていった。命中したとき、ウサギは身をよじり、のたうち、地面に倒れた。すぐさまゴリアテが飛びつき、歯をむいてうなり、細切れにちぎると、ふわふわの毛が砂漠の風に漂った。

彼らはドッドソンのアパートメントにいて、『ザ・ションダ・シモンズ・ショー』がはじまるのを待っていた。いい住まいだ、とアイゼイアは思った。淡いクリーム色とベージュ色、ベルベル人の手織り絨毯、壁の上品な絵や飾り。シェリースが組み合わせたのだろう。ドッドソンが二杯のエスプレッソと温かいデニッシュの皿を持って、キッチンから出てきた。「おれが何してるかわかるか？」ドッドソンがいった。「おもてなしってやつだ」

ションダ・シモンズがノエルにインタビューをしている。この一週間ずっとプロモーション映像を流している。なぜここで鑑賞することに同意したのか、そもそも、なぜそんなものを鑑賞するといってしまったのか、アイゼイアは自分でもわからなかった。あの案件は終わった。失敗に終わった犬の誘拐は最後の手だった。プライドをぐっと飲み込んで、二万ドルをもらっておけばよかった。一ドルももらえないよりはるかにましだし、フラーコのコンドミニアムの契約にもぐっと近づいていた。もうとても手が届かない。おまけに、スキップの相手をしないといけない。あれだけいかれたやつだから、またおれを殺そうとするかもしれないが、しかるべきときに対処するつもりだ。

「はじまったぞ」ドッドソンがいった。

〝豊満〟という言葉では、ションダ・シモンズの容姿は表現しきれない。ＸＸＬサイズの数字の〝８〟といったほうが近い。男好きのする顔だが、チョコレート・ケーキのモカチーノ・アイシングのようなメイクで、まつ毛にいたっては箒代わりに床を掃けるくらい長く、カルの家にあったシャンデリアみたいなイヤリングをつけている。

「ありがとう、ションダ」ノエルがいった。「自分をしっかり持つようにするわ」

「あのドレスが役に立つかもしれないわね。あんなぴっちぴちなのを見たのは、新品のバイブレーターのプラスチックフィルム包装をはがしたとき以来よ」

ノエルがげらげらと笑った。「認めちゃうけど、あれ着るのちょっと大変だったの」

ノエルは自然と人の心を奪う。無理やり周りに振りまかなくても、もともと性的魅力を備えている。スカートは男物のボクサー・ショーツのようで、ブラウスの丸い襟ぐりは深くあいていて、アクセサリーがきらめいている。金色に染めた短い髪を額になでつけ、笑顔は小悪魔的で強気だ。

「くそ、ノエルはそそるぜ」ドッドソンがいった。「だが、よくいうだろ。いくらいい女でも、どこかの誰かにケツを蹴っ飛ばされる」

「どうしてこれを観てるんだ?」

「ノエルを見たことがないっていってただろ。だから見る機会をつくってやったのさ」

「ひとつ訊くけど、前の男はどうしてる?」画面のションダがいった。

「さあね。口も利いてないし」ノエルがいった。

「たしかに、ビショップ・ドン・ファンのピンプ・カップで殴ったからには、話をするのは難しいでしょうね」

「そんな噂もあるようね」ノエルがいった。

「カルバンと離婚する理由はいろいろありそうね」ションダがいった。「知らない人がいるかもしれないからいっておくけど、カルバンていうのはブラック・ザ・ナイフの本名よ――具体的にふたりの仲を引き裂いたものはある？」

「ええ。カルバンのDNA」ノエルがいった。「誇大妄想の変態だから。自分がどんなビッグか自慢してないときには、あたしにいやらしいことをさせようとする」

「おっと、あたしたち、グローブを取ってノーガードの打ち合いするわけね」

「グローブはだいぶ前から取っ払ってる。素手で殴ってやらなきゃ、カルバンはあたしが部屋にいることにも気付かないから」

くすくすという笑い声とまばらな拍手が、ほとんど女だらけの観衆にさざ波のように広がった。

「カルが深刻な問題を抱えていると、いくつかの筋から聞いてる。ドラッグのことだと思うけど」ションダがいった。

「カルバンはずっとその問題を抱えてたけど、今はドラッグに狂ってる」ノエルがいった。

「狂ってる？　狂ってるって？」

「こういえばいいかしら。あすの朝、目が覚めて、カルバンのように一日をはじめるとする。まずフォカリン、フェンタニル、クロノピン、ウェルブトリンと、クリスピー・クリーム・オリジナル一ダースをV8野菜ジュースのスパイシー味で割ったウォッカで流し込むから、その時点で狂ってなくても、その日のうちには狂ってるってこと」

「そうなるでしょうね」ションダがいった。観衆が笑い、手を叩いた。「さて、小耳に挟んだんだけど、新しいプロジェクトが進行中なんだってね」ションダがいった。

「どうして知ってるの?」ノエルがいった。

「知るのが仕事だから」

「まあ、まだ計画段階だけど、本決まりになったら、真っ先に知らせてあげる」

「約束?」

「もちろん。あなたはあたしのお気に入りなんだから。次はハンドバッグのこと話していい?」


インタビューが終わった。アイゼイアは立ち上がった。「そろそろ帰る」アイゼイアはいった。

「デニッシュは食わねえのか?」ドッドソンがいった。

「デニッシュは好きじゃない」

「エスプレッソも好かねえのか?」

「もう飲んだ」

「へえ、ならとっとと失せりゃいいだろ。おまえの兄貴は行儀だけは教えなかったらしいな」

「兄の話はするな」むかしのアパートメントの寝室にいたときのように、アイゼイアは立ち尽くしていた。怒りで言葉も出せず、拳を握りしめても、ぶつけるものもなく脇に下ろしている。ようやくここに来た理由を思い出した。

「どうしたんだよ？」ドッドソンがいった。「この件のことで腹を立ててるのか？　無理もねえが。おれがゆうべ悪い夢を見たの、知ってるか？　ドッグ・フードのボウルにはまって出られなくなって、誰が夕食を食いに来たと思う？」

「フラーコ・ルイス」アイゼイアはいった。「誰かわかるか？」

「ああ、誰かはわかる」ドッドソンがいった。「ふたりの〈ロコ〉がおれを追ってタコス店に入ってきたときに撃たれたガキだろ。両親はロコふたりに殺されて、その子も頭に一発喰らった。ずっとそれを根に持ってるのか？」

「待てよ。あのふたりはおまえを追っていたんだぞ？　信じられない」

ドッドソンは悪びれるふうでもなく、気まずそうにさえ見えない。いつものドッドソンだ。動じない、不安もない、いつでも準備万端。

「フラーコがどうなったのか知ってるのか？」アイゼイアはいった。「気にしてるのか？」

「気にするのは自分のことだけだ」ドッドソンがいった。

「フラーコは脳に損傷を受け、死ぬまで傷害を抱える」

「へえ、それがどうした？」

「それがどうした？」

「おれはそのガキも親も撃ってねえ」

「おまえが抗争をはじめたんだろ。ジュニアを襲ったときに、抗争をはじめたんだろ」

「おれにも責任はある。だが、おまえにもある。いろんなやつにある」

「良心が痛まないのか？　いや、良心があるのか？」

ドッドソンがついに食いつき、顎を突き出し、クール過ぎる顔つきがこわばり、戦闘態勢に入った。「言葉に気をつけろ、おい。おれの肩に止まってる天使じゃあるまいし。肩にはもう先客がいるし、そいつがおれに何を囁いてるかはおまえの知ったことじゃねえ」

ドッドソンが皿をキッチンに戻した。アイゼイアはテレビを見つめていた。ドッドソンに突きつけるために長いあいだ待った。罪悪感をいくらか肩代わりさせ、人に寄生する最低のクズの犯罪者だと思わせたかった。罪を認め、許しを請い、償いを申し出ると思っていたのに、こいつはそんな話を持ち出したおれが悪いとでもいうかのように逆ギレしている。アイゼイアは怒りも感じていたが、何より感じたのは圧倒的な悲しみだった。ドッドソンはそういうやつだ。人というのはそういうものだ。自分がどじを踏んだばかりに、他人の人生を台無しにしたらどうする？　自分はかすり傷ひとつ負わずに切り抜けた。それが大事なんだと思ってるんじゃないのか？

タイレノールのコマーシャルが流れている。おじいさんが孫を高い高いして、くるくる振り回している。タイレノールはいろんな状況でいちばんお医者さんに薦められる鎮痛剤ですというナレーションが入った。アイゼイアもこれまでタイレノールをたくさん飲んできたが、ジェネリック薬の値段が数分の一だとわかってやめた。

アイゼイアはじっとしたままでいた。現実感がどくどくと血流に入り込んでいる。もう一度論理を点検し、笑みを漏らしそうになった。

ドッドソンがタオルで手を拭きながらキッチンから出てきた。「帰るといってたような気がしたが」ドッドソンがいった。

「わかった」アイゼイアはいった。

「何がわかったんだ？　帰るっていったことか？」

「内通者が。誰が内通者なのかわかった」

ブライアン・スターリングの指示はこんな感じだった。カルがベンチュラ・ブールバードから半ブロック南のキャピタル・ウェイ四五三、アモス・センター・ビルに行く。そこに入っているのは弁護士やファイナンシャル・アドバイザーだ。中に入るところを見られても、仕事で来たとしか思われない。中に入ったあと、ロビーを横切り、エレベーターの前を素通りして左の廊下に折れる。突き当たりに非常口がある。そこを抜けて、細い道を渡り、ドクター・フリーマンのビルの屋内駐車場に入る。そこでブライアンが待っていて、奥の階段からオフィスの従業員通用口へカルを案内する。

もっともドクター・フリーマンのオフィスはビバリーヒルズにあるし、カルが入るふたつ目のビルはまだ工事中だ。駐車場には空っぽの空間があるだけだ。スキップは古くさくて特徴のないカローラに乗り、ふたつのビルに挟まれた細い道で駐める。ラッパーが目の前を通り過ぎる。車であとをつけ、撃ち、奥の出口から走り去るという手はずだ。ぴったりの舞台を見つけるまで、だいぶかかった。

カー・ラジオがついている。ドジャーズの実況中継だ。スキップは茶のコーデュロイ・パンツと〈グッドウィル〉で買ったねずみ色のフード付きスウェット・シャツを着て、帽子のひさしを下げて顔を影にしている。カローラは盗んだ車だから、ゴム手袋を着けている。グロック18cとスキー・マスクがシートの下にあり、ベレッタがアンクル・ホルスターに入っている。電話はダッシュボードに動かないように固定し、〈ウーバー〉のアプリを画面に出し、助手席にはマックナゲットの残りがある。顔を外から見られないようにシートをうしろに倒しているが、こっちからはダッシュボード越しに外の様子がよくわかり、うしろ側も見えるようにミラーの角度を調整しておいた。胸の上で腕を組み、手袋をはめた両手を腋の下に挟んで、仮眠を取っているふりをしている。誰かが通りかかっても、よくいる〈ウーバー〉の運転手が休憩中に野球中継を聞いているとしか思わない。

準備は調った。

カルはラケットボール・コートよりやや狭いくらいのウォークイン・クローゼットにいた。仕立屋にあるような三面鏡で服装をチェックしていた。さいわい、無意味な持ち衣装はほんの一部しか焼かなかった。ドクター・フリーマンとの面会のために、カルは〈ドルチェ&ガッバーナ〉のファイブ・ポケット・ウォーキング・ショーツ、〈アレキサンダー・マックイーン〉のピケ地のロゴ入りポロシャツ、〈ジミー・チュウ〉の〝スローン〟というペイズリー柄ジャカード織りスリッポンを選んだ。カジュアルだが、カネを持っていて、そんじょそこらの患者じゃないことをドクター・フリーマンに伝えられる。自分で運転していけば、まずまちがいなく道に迷うから、歯が痛くなったから歯医者に行く――今すぐだ、ニガー――とバグにいうことにした。ちがう、五分後じゃねえ。ちがう、仲間にいう必要はねえ。いいから車に乗れ。いわれたとおりやれ。いなくなったと騒ぎになるころには、もういなくなってる。

いろいろ考えれば、満足だった。ドラッグはやってるし、それほど敏感ではないが、なかなかいい気分だ。いかれて混乱し、部屋に籠るのはうんざりだ。こんなのはもう終わりにしてもいいころだ。

準備は調った。

アイゼイア、アンソニー、ドッドソンは階下のキッチンにいた。巨大なピット・ブルが犬用の出入り口から入ってきたとき、カルがテンペ・バーベキューを食べていた中央のキッチンカウンターの周りに立っていた。

アイゼイアは居心地が悪かった。早まってしまったような気がする。もう事件を解く鍵が見えている。さざ波が立つ水面の下で何かきらりと光っている。

「それで、今度はどういう用件ですか?」アンソニーがいった。

「いつからノエルとつき合ってる?」アイゼイアはいった。

「つき合ってませんが。そんな話、どこで聞いてきたんですか？」

「おまえはノエルとずっとつき合ってる。ひょっとするとノエルがまだここにいたころから。辻褄も合う。似合いのカップルだしな」

「ええと、嬉しいお言葉ですが、それは誤解です。私たちがつき合っているという話はどこで仕入れたんですかと訊いたのですが」

「ノエルが『ザ・ションダ・シモンズ・ショー』に出ていた」

「ええ、私も見ました。私のことはひとこともいってませんでしたよね」

「ノエルはカルが飲んでいる薬品名を知っていたが、おまえから聞いていないとすれば、ノエルはどうやって知った？　バグとチャールズは知らないだろうし、ボビーは気にもしない。おまえが教えたんだろ、アンソニー。そうとしか考えられない」

「そういわれましても。ちがうので」

アイゼイアはアンソニーをまともに見た。アンソニーはしばらく目を合わせていたが、疲れたように力なく溜息をついた。「わかりました、ええ、ノエルとつき合ってます」アンソニーがいった。「本気です。結婚するつもりです。いけませんか？」

「なぜ薬品名を教えた？」

「何となく教えただけです」アンソニーがいった。「自慢したかっただけかもしれません」

「そんなものが自慢になるのか？」ドッドソンがいった。「そんなんでガールフレンドができたとはびっくりだぜ」

私道《ドライブウェイ》で車のエンジン音がとどろき、トリック・エキゾーストがアイドリング状態で甲高い音を出している。

「バグはどこへ行く?」アイゼイアはいった。

「知りません。知りたいとも思いませんが」アンソニーがいった。「もう一度いいます。どういう用件ですか、アイゼイア?」

アイゼイアはしだいに嫌な気持ちになっていった。何かがおかしい。ミセス・ワシントンの厳しい声が聞こえてくる。〝ここが帰納的推理の紛らわしいところです。つまり、すべての事実をわかっているわけではないかもしれない〟。ドッドソンがそわそわしはじめ、早く切り込みたくてしかたないのか、しきりにうなずいている。「いいぞ」アイゼイアはいった。

「おまえはノエルのためにカルの動向を探り続けてたな」ドッドソンがいった。

「ああ、状況ぐらいは伝えるよ」アンソニーがいい、肩をすくめた。「おもしろいって、笑えるっていってるよ。ノエルがそういうのももっともだ」

「やめとけ、いとこ。尻尾はつかんでる。おまえとノエルは、スキップがカルに弾を喰らわせられるように、カルを家から出そうとしてたんだろ」

「あんたら、これが陰謀だと思ってるのか? そんな、いかれてる」

「ほかにどんなことをノエルにいってたんだ?」ドッドソンがいった。「いつカルが外に出るか? いつ窓際に行くか? いつひとりきりになるか?」

「あの、わかってないね——」アンソニーは渋滞にはまっていて強烈な尿意を催したかのような顔になった。「いやいい、もうその話はしない」アンソニーがいった。「それじゃ、よければ、ほかにもやることがあるから」

チャールズが入ってきた。「カルはどこ行くんだ？」チャールズがいった。

「何のことです？」アンソニーがいった。「部屋にいるのではないんですか？」

「バグがどこかへ連れ出した。今さっき出てったぞ。バグに電話したが、電源が切れてるようだ。カルはおれが話してる途中で電話を切りやがった」

アイゼイアがキッチンから慌てて出て行くとき、アンソニーがにやついているのが見えたような気がした。


アイゼイアは制限速度の二倍のスピードで、カルの家の前の丘を下った。運転していると、思いどおりに動けるような気がする。潤滑ゼリー《KY》並に滑らかに六速ギアを操り、目の焦点を合わせ、まばたきさえしないで、路面に記してあるかのようにターンするところや進路が見えてくる。

「マジか」アウディの尻が大きくドリフトして左の急カーブを高速で曲がると、ドッドソンがいった。「誰に運転を教わった？」

アイゼイアはカルに電話をかけ、スピーカー・モードにした。「カル、アイゼイアだ」

「どうした、ミスター・Q」カルがいった。「あの性悪女の尻尾でもつかんだのか？」

「どこにいる？」

「ある人に会いにいくところだ」

「誰に？」

「知ったことじゃねえだろうが？　おれはドクター・フリーマンに診てもらいてえ。だから会いにいく」

バスのあえぐようなエンジン音が聞こえる。カルたちは街中を走っている。ドクター・フリーマンのオフィスはビバリーヒルズだ。ビバリーヒルズならフリーウェイに乗るだろう。

「聞いてくれ、カル」アイゼイアはいった。「会いにいかないでくれ。これは罠だ」

「罠？　何でドクター・フリーマンがおれを罠にかける？　バグ、一ダース買いに寄る時間はあるか？　何？　遅れていいなら寄る？　遅れたらおまえの仕事が残ってると思うか？　どうだ、バグ？」

「どこで診てもらうんだ、カル？　カル？」

「おい、バグ、何やってんだ――ああ、おまえのせいだ。こんなに飛ばしてなけりゃ、おまえにこぼしたりしてねえよ、運転もできねえぶきっちょが」

「カル、車を停めておれを待っていてくれ」

「このばか、見ろよ。おい、おい！　この車に誰が乗ってるのかわかってんのか？　ウインドウくらい閉められるぜ、バグ、くされウインドウのあけ閉めもできねえと思ってんのか？　どのボタンだ？　何だと？　番地を見ろって？　くされ番地はてめえが見ろ」

「カル、聞いてるか？　カル？」

「見つけたぜ、バグ。何だありゃ？　おい、バグ、駐車スペースだ、そこに駐めろ。できねえって何だよ？　駐め方、忘れたのか？」

「電話を耳につけろ、カル。聞こえるか？」

「何だよ、バグ、通り過ぎたじゃねえか。ほんとにくその役にも立たねえな。付き人の誰かと交代させるからな。ディディーなんか、頭の上に傘を差して日差しを遮ってくれる付き人がいるしな」

「行くな、カル。行くな！」

「自分で運転してくればよかったぜ。いくらおれでも、駐車スペースくらいは見ればわかる。おい、一ブロック行ったら、ぐるっと回ってさっきのスペースで降ろせ。それくらいできるよな、バグ？　ブロックをぐるっと回っておれを降ろすんだ。それも手に余るのか？　何？　今、黙れといったのか？　誰に口を利いてるのかわかってねえようだな。これでキメるってどういう意味だ？　これって何だ？　何する気だ、バグ？　何でこんなとこで停める？」

バグが車から降り、しばらくしてカルのドアがあく音が聞こえた。「何だよ？」カルがいった。「降りろって？　何で降りねえといけねえんだ？　おれに触るな、バグ、くそが、おれの――降りたくねえ――わかった、わかった、降りる、そんなことしなくても――シート・ベルトで窒息しちまうぜ、バグ」電話が路面に落ちる硬質な音がして、通話が切れた。

アイゼイアはギアを一段下げ、斜面を猛スピードで下り、交通量の多い道路に入った。

「どこへ行く？　あいつらどこにいるかわかんねえぞ」ドッドソンがいった。

「カルは一ダース買いたいといっていた」アイゼイアはいった。「クリスピー・クリームの話だろう」

スキップはカローラの中で待っていた。十一時に会う約束だったが、今は十一時十五分だ。ラッパーは遅れている。珍しくもねえ。スキー・マスクをかぶり、グロックのスライドを引いて戻した。「来いよ、まぬけ」スキップはいった。「どこにいる？」

カルはアモス・センターのロビーに入った。シート・ベルトが食い込んだ喉のあたりがひりひりし、ずぶ濡れだった。バグに車から引きずり出されたあと、フィデリティー・ビル前の噴水に投げ込まれたのだ。カルはためらった。ブライアン・スターリングの指示がいささか台無し《ウォーターログド》になってしまった。ブライアンは廊下がどうのといっていたが、ロビーから三つ伸びている。カルはいった。「どれにしようかな《イーニー・ミーニー・マイニー》」

アウディは流れる車を縫ってベンチュラ・ブールバードを走っていた。〈クリスピー・クリーム〉に差しかかると速度を緩めた。「で？」ドッドソンはいった。「クリスピー・クリームに来たが。どうする？」

「カルはバグに飲み物をこぼしていた」アイゼイアがいった。「右折なら、助手席に座っているものは左に傾く」アイゼイアが右折した。

「何でここで曲がったとわかる？」ドッドソンはいった。「さっき通り過ぎた細い道に折れたかもしれねえぞ」
アイゼイアは答えず、不安げな顔を前に向けていた。「カルは誰かに声を上げていて、ウインドウを閉めたかった——なぜだ？　なぜカルは——あそこ、道路工事だ。手持ち削岩機《ジャックハンマー》を使っている。カルはやかましい音を聞きたくなかった。この道でいい」
ドッドソンは腹が立ってきた。アイゼイアが場外ホームランをかっ飛ばせるように、ソフトボールを優しく投げるのが自分の役目になったみたいだ。「そうかよ」ドッドソンはいった。「だが、どこへ行きゃいいのか、まだわからねえぞ」

不気味な廊下を抜けて中庭に出た。三つ目の廊下《マイニー》は迷路のようで、カルは次々に角を曲がり、ロビーに戻った。廊下はまっすぐだったが、出口の表示があるはずだった。あれがそうか？　ぼやけた赤い光が奥に見える。それとも、酔っぱらって精神安定剤《アチバン》を飲み過ぎたときに見えるふわふわのやつか？

何かが背後から近づく音が聞こえる。スキップはバックミラーをのぞいた。五人のスケートボーダーが見える。帽子、ノー・ヘル、ロゴ入りTシャツ、黒か青の〈ヴァンズ〉のスニーカー。おそらく高校の三年生だ。カローラの前を通り過ぎ、みんなよろめくような足取りで駐車場に入っていった。「ついてねえ」スキップはいった。少年たちが柱のあいだで8の字を描いて滑る〝エイト〟をしたり、スケートボードの車輪をきしらせて駐車場のブロックを走る音に耳を澄ました。駐車場に行って、失せろということもできるが、従わないときにはどうする？　ひとり残らず撃つしかない。「ありえねえ」スキップはいった。ラッパーが指示どおりにアモス・センターの非常口から現われた。ふらついているように見える。入ってすぐのスペースで立ち止まり、どっちに行こうか考えている。その後、スキップの前を歩き過ぎ、駐車場に入っていった。引っかくような音に続いて、スケートボードがばたりと止まった。

スケートボーダーがいった。「おい、マジかよ？」

ドッドソンはカルのことなど忘れていた。アイゼイアにわからないといわせたい一心だった。「今おれたちは何してるんだ？」ドッドソンはいった。

アイゼイアが車を徐行させ、うしろからクラクションが響いた。「カルは〝見つけたぜ、バグ〟といっていた。住所だろう」

「このブロックのどのビルにも住所はあるぜ」ドッドソンはいった。

「そのすぐあと、カルは駐車スペースを見つけたが、バグはそこには駐められないといっていた。理由は？」アイゼイアの視線が消火栓に留まった。「あれが理由だ！」

〝くそ〟とドッドソンは思った。〝もうちょっとだったのによ〟

アイゼイアが車を駐め、ふたりは降りた。通りの両側にオフィス・ビルがある。フィデリティー・ビルの時計は十一時十七分を指している。約束時間はおそらく十一時だったのだろう。朝のラッシュが終わり、昼時になる前。

「どのビルだ？」ドッドソンはいった。「どれも同じに見えるが」

「カルは〝何だありゃ？〟といっていた」アイゼイアがいい、ぐるりと見回した。「何だ？」アイゼイアが動きを止めた。タール運搬機とトラックがアモス・センターの前に駐まっている。トラックからクレーンが屋根に伸び、入り口の上に足場が組んである。「あれだ」アイゼイアがいった。そっちに向かって歩き出した。ドッドソンもついて行った。〝ちきしょう〟

スキップは額を前腕にのせ、前腕をハンドルにのせていた。ガキどもとラッパーがラップをしている。

おれは勃ってるぜ　女の顔にしぶきを立て
女のナカに全部ハメる、おれのムスコはイキまくる
コカインはすっからかん《ドレイニング》、ランニングでトレーニング
おれのチンギス・ハンは　どんどん生ませて倦んでいく
新しい朝が来て、おれはまだヤリたくて
ヤリてえ、ヤリてえ、ヤリてえ、夜明けまで

ヤリてえ、ムスコが揺れるぜ
ヤリてえ、種が切れるまで
ヤリてえ、ヤリてえ、ヤリてえ、夜明けまで

「正気か？」スキップはいった。


アイゼイアとドッドソンはアモス・センターのロビーに入り、エレベーターまで歩いていった。「カルを殺すなら人のいないところが必要だ」アイゼイアはいった。「屋上だ」エレベーターの扉があいた。ふたりは乗ったが、アイゼイアはすぐに降りた。「このまま行け」アイゼイアはいった。

「おまえはどこへ行く？」ドッドソンがいった。

「どれが空きオフィスなのか確かめる。スキップはそのどれかを使うかもしれない。さあ行け」扉が閉まった。

アイゼイアはカルが屋上にいないことを知っていた。エレベーターには乗っていない。オーデコロンの香りがしない。だが、ロビーには香りが残っているから、ここにいたのはたしかだし、あの体調では階段を使ったとは思えない。一階のオフィスか地下駐車場に誘い込んだのかもしれないが、それは考えられない。防犯カメラがあるし、人々の出入りが多い。やはり、このビルのどこであっても、カルを殺すとは考えられない。また頭皮がつんつんする

ような感覚がした。カルを危険に曝したのはおれだ。カルが殺されたりしたら、おれのせいだ。マーカスに死ぬまで取り憑かれる。〝なぜここにした？〟とアイゼイアは思った。〝なぜアモス・センターにした？〟。理由があるはず……理由などなくて……ここがカルの終着点でないのかもしれない。

ドッドソンはエレベーターで屋上に向かった。各階で止まり、人々が乗ったり降りたりした。内心では、アイゼイアに追い払われたのかもしれないと疑っていた。おれがいると邪魔で、また指示に従わないと思われているのかもしれない。だが、スキップがカルと屋上にいたらどうする？　銃もないのにどうしたらいい？　屋上に行かないと、カルが撃たれたら、アイゼイアにおまえのせいだといわれ、かといって屋上に行ったら、おれが殺されるかもしれない。五万ドルの二十五パーセントは、命を賭ける価値があるか？　シェリースが何ていうか、ドッドソンにはわかる。〝死人にカネは必要ないのよ、ドッドソン。ばかなまねはしないで〟。シェリースはきつい女だが、何度となく迷いを覚ましてくれた。よし、次の階で降りて、アイゼイアにくたばれといってやろう。

ようやくラップが止まった。ガキどもが笑い、喜び合う声が聞こえる。握手をしたり、肩をぶつけ合ったり、まぬけ丸出しで騒いでいるらしく、声がコンクリートの壁に響いてやかましい。しばらくすると、ガキどもがスケートボードに乗って駐車場から出てきた。ラッパーは駐車場にひとりいる。スキップは駐車場に行って、これ以上、妙なことにならないうちに、カルを始末したかったが、ガキどもがカローラに向かって走ってきて、細い道いっぱいに広がっていた。スキップはクラクションを鳴らし、ガキどもに向かって車を走らせたが、ガキどもはそれでも近づいてきた。〝死ねよ、くそが、おら、来て轢けよ。おら、ビッチ、轢いてみろよ〟。そういいながら、ボンネットを拳で叩いた。〝そんなとこで何してる、マスでもかいてんのか、くされ負け犬か?〟。フード付きスウェット・シャツを着て、〝プランB〟のマークがついた帽子をかぶったガキが、フロントガラスに痰を吐きかけた。スキップはそいつを危うく撃ちそうになった。

ようやくガキどもがいなくなった。スキップはアクセルを踏んだ。車がぶるぶる震えて、エンジンが切れた。「信じられねえ」スキップはいった。そして、車から降り、グロックを持った手を脇に垂らし、駐車場の入り口へ足早に歩いていった。ラッパーが角を曲がった先にいるのが、音でわかる。

「話がちがう」ラッパーがいった。「ブライアンに騙された」

アイゼイアがアモス・センターから走って出てきた。出てきたドアに引き返そうとしたが、ドアはもう閉まっていた。出入り口のスペースから逃げられなくなっていた。

「今日はついてるらしいな」スキップはいった。にやりと笑い、死の星のような目を輝かせた。小生意気な男の方に歩き、銃を顔に向けた。マルチプル・インパクト・ブレットはラッパーに使う予定だったが、こっちに使う方がよさそうだ。こいつの肉片を細い道中に巻き散らし、遺族が身元確認もできないようにして、細切れのまま棺に入れてやる。ラッパーはベレッタでしとめればいい。

「今のうちいっておきたいことはあるか、くそったれ？」スキップはいい、丸めた手を耳に当てた。「何だって？　聞こえねえな。何ていったんだよ？　お願いだから撃たないでくれ、もう小生意気なまねはしねえってか？」命乞いして、泣き叫び、小便でも漏らしてくれないものかとスキップは願った。とにかく、そこに突っ立ってこっちをにらみつけていなければいい。「ぶっ殺してやると思ってたぜ」スキップはいった。「殺してやる」

アイゼイアは怯えるというより、腸が煮えくり返っていた。このくだらない殺し屋がおれの胸に弾を喰らわせようとしている。これまでの人生が瞼に映し出されたりはしなかったが、フラーコの姿は浮かんだ。マーガレットを見たときの満面の笑み。そして、マーカス。《ザ・ウェイ・ユー・ドゥ》を歌いながらバスルームから出てくるときの満面の笑顔。

「死ぬ覚悟はいいか？」スキップがいった。

「いつだってできてる」アイゼイアはいった。

頭上から降ってくる重さ三十五キロ超のルーフィング紙のロールが、スキップにはまったく見えなかった。スキップはアスファルト上で踏みつぶされたレッドブルの空き缶のようにくずおれた。グロックが暴発した。一・六五秒のうちに、三十三発のマルチプル・インパクト・ブレットがカローラに命中した。

アイゼイアが見上げると、ドッドソンが屋上から下をのぞき込んでいた。「おれのプーマがタールだらけになっちまった」ドッドソンがいった。「そこのくそったれに、新しい靴を弁償してもらわねえとな」

カルは駐車場から出て、目の具合が悪いのかと思い、何度か目をしばたたいた。ミスター・Qがここで何をしてる？　ついさっき電話で話してたよな？　ブライアン・スターリングと関係があるのか？　何であの車はめったくそに撃たれていて、何であの白人男は銃とでかい黒い紙のロールと一緒に地面に転がってる？　あれがブライアン・スターリングなのか？　ブライアン・スターリングは死んだのか？「わからねえ」カルはいった。手首の外側を目に当て、泣きはじめた。「わからねえ」

19　一発のいまいましい弾　二〇〇六年四月

タコス店での銃撃事件の翌日、マーカスの声が頭の中でこだまするなか、アイゼイアは病院に行った。テレビに出ていた少年に面会させてほしいといったが、看護師には、あなたは未成年だし、肉親ではないから面会はできないといわれた。少年の名前はもちろん、何も教えられません。ドクター・ロペスと話をしたいなら、オフィスに連絡してアポを取ってください。

アイゼイアはカフェテリアに行き、レジの近くの席についた。何百人もがトレイを持って通り過ぎた。二時ごろ、人の流れがまばらになったとき、緑の手術着とランニング・シューズという格好のラテン系の女が見えた。名札には〝アメリア・ロペス医師〟とあった。痩せているが、健康そうだった。長い腕にとがった肘、濃い日焼け、きつくだんごに結った髪。マラソンだ、とアイゼイアは思った。彼女が〈ヨープレイ〉のヨーグルトを食べ終えるのを待ってから、向かいの席に移った。「あの男の子」アイゼイアはいった。「脳に損傷を負った子。あの子が撃たれた原因はおれにあります。あの子の両親が死んだのもおれのせいです」

アイゼイアははじめから終わりまで、包み隠さず医者に伝えた。

ている。


「何ていったらいいか」ドクター・ロペスがいった。

「おれのせいです」アイゼイアはいった。「ぜんぶ」泣いていた。頭を垂れ、涙が膝に落ちている。

「自分を追いつめ過ぎじゃないかしら。ああなるとはわからなかったわけでしょう」

「償いをしないと」

「どうやって？」

「兄のマーカスはおれのただひとりの肉親でしたが、誰かが奪っていった。おれはあの子から奪った肉親の代わりになりたいです」

ドクター・ロペスがアイゼイアを見た。「あなた、優しい子ね、アイゼイア。ほんとにそう思うし、そんな志には感心するけど、面会許可は出せないわ。家族しか許可できないから」

「どうすればいいですか？」

「あたしなら？　赦しを祈るしかないでしょうね」


何週間かが過ぎた。フラーコの見舞いに来たのは、州の医療貧困者救済プログラムで派遣されたケースワーカーだけだった。フラーコは深い鬱状態になり、〝ママ〟というようなことを何度も何度もうめいていた。ドクター・ロペスは抗鬱薬を処方したが、よくならなかった。

少年のおじが現われたときは、ドクター・ロペスは胸をなで下ろした。おじはそわそわしていた。えび茶のシャツにえび茶のネクタイ、タックの入ったねずみ色のスラックスという格好で、髪をうしろになでつけて耳にかけている。タコス店のことを訊いてきた。ルイス家は店舗を所有していたのか、生命保険に入ってたのか、そして、市に対する訴訟はあるのか。フラーコ？　ああ、そうだった、どんな具合だ？　おじは甥の顔も見ずに帰った。

祖父母も見舞いに来た。おじいさんの目は白濁していて、ふたりはコルトンの老人ホームにいて、職員に連れてきてもらった。おじいさんはほとんど目が見えないようだった。おばあさんは歩行器を使って歩き、ほとんど耳が聞こえない。ドクター・ロペスは援助してくれる親族はほかにおられませんかと訊いた。いいえ、息子がひとりいるだけですが、その息子も年金暮らしで当てにならない。メキシコにも親戚はいますが、あちらはあちらで大変で。

こういうことは前にもあった。子供がひとり残されて、両親に会いたがっても会えなくて、絶望に打ちひしがれていく。心理的な問題ではあるが、医療の責任でもある。血圧、ストレス、コルチゾール・レベルの上昇。少年が苦しむ姿は見たくない。自分の子とたいしてちがわない年格好だし。アイゼイアを思い出した。どこまでも誠実な態度。フラーコから奪った家族の代わりになりたいという思い。

アイゼイアはドクター・ロペスのオフィスを訪れた。「面会者リストに入れます」ドクター・ロペスがいった。「ただし、面倒を起こしたり、少しでもフラーコを動揺させたりしたら、取り消します」ドクター・ロペスはフラーコのＭＲＩ画像を見せ、九ミリ弾が頭蓋を砕き、脳の左側を引き裂き、何百万もの脳細胞を破壊して左目近くから出ていった経路をペンで指し示した。

「この損傷で脳全体が腫れました」彼女がいった。「死ぬ可能性もありました。頭蓋に穴をあけて、頭蓋内の圧力を解放するしかなかった」

「頭蓋に穴をあけたんですか？」アイゼイアはいった。「どうやって？」

「頭皮をめくり上げて、切削器具《バー》で穴をあける。そして、外科用電動鋸で一部を切除する。きれいとはとてもいえません。それから、フラーコに人工呼吸器を取り付けて、意図的に昏睡状態にしました」

アイゼイアは大病を患ったことも、大けがを負ったこともなく、入院したこともなかった。生物学で〝A〟をもらっても、これには驚くばかりだった。「待ってください。わざわざ昏睡状態にしたんですか？」

「血流量を減らして脳を休ませます。その後、呼吸チューブを気管切開チューブに取り換える。フラーコの喉から伸びてるのが見えるでしょう」

「フラーコはどうやって食べるんですか？」アイゼイアはぞっとして、そう訊いた。ほんとうに首に穴を空けたのだろうか？

「鼻腔栄養法を使いました。そのあとまた手術して、割れた左眼窩の骨片を取り除きました。手術はそれで終わりじゃありません。頭蓋の損傷を修復して、切除部分にセラミック・プレートを当てないといけません」

この説明をすべて呑み込むのにしばらくかかった。「でも、大丈夫なんですよね？」

「期待できるかぎり最高の容体です」ドクター・ロペスがいった。

「どのくらいでふつうの生活に戻れますか？」

「戻れないでしょうね」ドクター・ロペスがいった。「右半身が麻痺しているから、死ぬまで車椅子で過ごすことになります。認知機能も損なわれています。話し方、読み方、書き方、腕の動かし方、手の使い方、そういうことも覚え直さないといけないでしょう。それに、ものの名前も。それも覚え直すことになります。椅子。家。車。精神的損傷も出てくるかもしれません」ドクター・ロペスがペンでMRI画像を軽く叩いた。「一発のいまいましい弾のせいで、これだけの影響が出るなんて」

アイゼイアはフラーコの枕元に立った。少年は小さく、蠟紙のように蒼白だった。目の周りがつぶれ、頭髪を剃った頭にフランケンシュタインのような縫い目があり、体のあちこちからチューブが伸びていて、モニターにさまざまな数字が点滅している。「よお、フラーコ」アイゼイアはいった。「おれはアイゼイアだ。おまえが気にしないなら、しばらくいさせてもらうぜ」フラーコは鎮静剤を打たれていて、反応しなかった。アイゼイアは座り、ラップトップで脳損傷について調べた。二時間そうしていて、あしたも来るといって病室を出た。

アイゼイアは毎日来て、同じことをした。よお、フラーコといい、ラップトップをひらいて座る。おまえの気持ちはわかるとか、おれもそうだったといいたい気持ちを抑えた。マーカスを失った気持ちは誰にもわからないし、フラーコの気持ちも、今となっては意味のなくなった言葉でしかわからない。怯え、見捨てられ、怒りに震え、途方に暮れている。今はそこにいるだけでいい。よくもならないが、悪くなることもない。

ドクター・ロペスはときどき様子を見にいった。アイゼイアが『ハリー・ポッター』を朗読したり、フラーコがアイゼイアのイヤホンで音楽を聞いたり、アイゼイアがテニス・ボールでジャグリングしたり、マジックを見せたりしていた。ドクター・ロペスは何もいわずに病室を出た。

アイゼイアは病院の近くにワンルーム・アパートメントを借りた。タン色の毛足の長い絨毯には穴があいていて、バスルームは下水のにおいがする。一日に二度フラーコを見舞った。見舞っていないときには、図書館に行き、読み聞かせる本を探し、ジャグリングの稽古をし、マジックの練習をした。フラーコはそういうのを楽しんだ。

アイゼイアは病院のカフェテリアで食事をとるか、〈ボンズ〉で買ったビニール包装のサンドイッチを、ホームレスのように路肩で食べた。まだ時間はあまるほどあった。クラブマガのジムが病院の近くにあったので、稽古をはじめた。クラブマガというのはイスラエル軍によって考案された格闘術だ。基本理念は防御即攻撃だ。かなりの腕前になったが、ベルトや試合には興味がなかった。

フラーコがリハビリをはじめた。運動療法、認知療法、失語症治療、言語療法。ゆっくり前に進んでいった。

マーカスの声は遠ざかる気配もなかった。とてもリアルで近いので、マーカスがいるような気がする。病室にいるときも、路肩に座ってサンドイッチを食べているときも。眠ろうとしているときさえ、上から見下ろしている。

〝あの少年に『ハリー・ポッター』を読み聞かせれば、義務から解放されると思っているなら、大きなまちがいだ。フラーコはおまえの義務の最初のひとつだ。抗争が死と破壊をもたらし、罪のない人々は命を奪われるのではないか、子供たちの命を奪われるのではないかと不安になり、暮らしている土地を恥じるようになる。おまえはそういう人たちの顔を上に向け、苦しみを和らげ、正義をもたらし、社会に貢献するんだ――ああ、すまない、おまえ泣いてるのか？　まあ、自分を哀れんで泣いているわけじゃないことを願う。おれはおまえが哀れだとは思わないし、おまえもそう思ってはいけない。何だ？　それは何だ？　起きてしまったことすべてを埋め合わせるのは無理だって？　それは言い訳か？　あらゆる人への償いはできないから、誰の埋め合わせもしないのか？〟

アイゼイアは夜盗で稼いだカネを使うのをやめ、フラーコに残すカネにも手を付けなかった。ほかに何ができるのかわからなかった。使えるカネがないから、〈ハーストン・アニマル・シェルター〉で仕事を得た。動物は好きだし、ハリーも好きだったが、市の予算カットのあおりを受けて、ハリーはアイゼイアを解雇せざるを得なかった。

アイゼイアは〈ホプキンズ工作・溶接〉の夜間用務員になった。ビデオを見て工作機械の使い方を学び、夜間に練習した。ミスター・ホプキンズは、アイゼイアが顧客のビンテージ飛行機スピットファイアのキャノピーを取り付けているところを見た。感心したが、ユニオン・ショップ（非組合員を採用後、一定期間内に労働組合に加入させなければならないという労働協約上の協定がある事業所）だから、アイゼイアを雇えなかった。

ホプキンズはアイゼイアをガリソン・ローブルズに紹介した。カスタムの火器と弾薬をつくる銃工だ。ガリソンは銃工技術を教える代わりに低賃金で働く機械工を探していた。アイゼイアはその仕事を受けるのをためらった。例の銃撃事件以来、銃を見るのも嫌だったが、さらに、ドクター・ロペスと知り合い、一発のいまいましい弾がしでかしたことを知ったために、ほとんど恐怖症にまでなっていた。

アイゼイアは十一歳のとき、クモが怖かった。バスタブにクモが入っていたから、風呂に入りたくないといい張ったことがある。

「あんな小さな虫なのにか？」マーカスがいった。「刺したりしないぞ」

「そんなの知らないよ」アイゼイアはいった。「入るもんか」

「おれはヘビが怖かった。写真も見られなかった。だから、詳しく調べて、何が気持ち悪いのか、細かく分析した。怖いもの《ブギーマン》じゃなくて、ただのものにした」

「まだ怖いの?」

「ああ、怖い。怖くてしかたない――だが、それがどんなものなのかはわかる」

アイゼイアはガリソンのところで働きながら、銃と弾薬について多くを学んだ。銃はまだ怖いが、どんなものなのかはわかる。


ほかにも仕事はいろいろ変わった。〈コーヒー・カップ〉のバリスタになり、エスプレッソ、ラテ、モカ・フラペチーノをつくった。コーヒーとその香りについて学んだ。香り《アロマ》を、炭、チョコレート、赤色の果実、キャラメルなど、十を超える要素に分類する。においそのものに敏感になった。部屋に入るとき、人に会うとき、包みをあけるとき。弁護士事務所の令状送達人にもなった。探されたくない人たちを探し出し、送達する文書を読み上げるのが好きだった。離婚、呼び出し状、訴訟、罰則付き召喚令状、停止命令。法学の短期講座を取ったようなものだ。スポーツ用品店でも働いた。ロック・クライミングの壁があり、はまってしまった。そこの従業員に、イーグル・ピーク、ストーニー・ポイント、ジョシュア・ツリーなどに連れていってもらった。

いちばんよかったのは〈TK・スクラップ〉で働いていたときだ。ドミンゲス水路にほど近い五ヘクタール弱の荒涼とした一角が職場だ。TKは潤滑油と汗のにおいがする痩せたじいさんで、TKがあとふたりは入れそうなオーバーオールを着て、〝STP〟のマークがほとんど判別できないくらい汚い帽子をかぶっていた。

「何て名だ、おい《サン》?」TKがいい、手より汚いぼろきれで手を拭いた。

「アイゼイア・クィンターベイです」アイゼイアはいった。

「車関係の仕事はしたことあるか、アイゼイア・クィンターベイ?」

「ありませんが、工具の使い方はわかるし、覚えも早いです」

「ここには六百台からの車両と、あらゆるパーツがある。どれがどれかわからなけりゃ、ここでは使えん」

「わかります」アイゼイアはいった。アナハイム・ストリートのランプから出てくる車の製造年と型をすべて見てきた。アイゼイアが半径四十メートル内の車をすべていい当てると、TKがいった。「なあ、こんな話は知ってるか? 老夫婦が教会の礼拝に出ていて、祈りの最中にじいさんがばあさんに身を寄せてこういう。〝すかしっぺが出ちまった。何かいったほうがいいか?〟。するとばあさんがいう。〝いいえ、でも補聴器の電池を換えたほうがいいわね〟。アイゼイアは久しぶりに笑った。TKはポール・モールに火をつけ、目を細めて煙を吸い込んだ。「まあ、おまえならやっていけそうだな、小僧《ボーイ》」TKがいった。

若いころ、TKはエクリプス・ターボを駆り、オンタリオ国際空港近くの広い通りでレースをしたり、〈カルスピード〉でスーパー・ゴーカートを走らせたり、大幅に改造したCR-Xでスポーツ《S》カー《C》・クラブ《C》・オブ・アメリカ《A》主催のレースに出たりしていたが、やがてそんな余裕はなくなった。アイゼイアは乱雑に箱詰めされたトロフィーを倉庫で見つけた。TKはアイゼイアに運転技術を教えた。本物の運転技術を。ヒール・アンド・トゥ、レブ・マッチ、サイド・ドリフト。ふたりは自分たちでレース・コースをつくった。事故車両を並べたS字コース、外周フェンス沿いの直線コース、そこからタイヤの山を大きく回る右カーブ、S字コースに戻り、倉庫前でゴール。そこで急ブレーキをかけないと、クレーンに突っ込む。

TKが車を用意して、アイゼイアに引っかき傷だらけのヘルメットをかぶせて運転席に座らせると、授業開始だ。TKは腕はあるが、忍耐力という美徳は持ち合わせていなかった。助手席で次々と指示を出し、アイゼイアには見えなかったものを指摘し、片手でハンドルを切ってカーブを曲がった。

「広く、もっと広く、ばか野郎――よし、よし、次は折り返しだ、目いっぱいブレーキを踏め、ラインを決めろ――ちがう、そのラインじゃねえ、早い、回せ、回せ、放せ――やり過ぎ、やり過ぎだ――くそ、小僧、路面から外れて点数をもらえる競技なら、おまえはくされチャンピオンだ」

夕方だった。オイルと錆が熱気で焦げ、太陽が六百もあるかのように、フロントガラスが陽光をぎらぎらと反射している。アイゼイアとTKは、トレーラートラックに追突したアウディを解体していた。アイゼイアはずっとアウディが好きで、これはS4だった。羊の皮をかぶった小型ロケットのようなものだ。

「この話は聞いたことがあるか？」TKがいった。「美人が通りを歩いてた。ブラウスの前がはだけていて、片方のおっぱいが出ていた。すると、警官がやってきてこういった。〝お嬢さん、おっぱいが出てるの気付いてますか？　公然猥褻で逮捕されてしまいますよ〟。するとその美人がいった。〝しまった、赤ちゃんをバスに置き忘れちゃった〟」

アイゼイアはげらげら笑い、アウディの車内に入ってシートの取り外しをはじめた。シートは無傷だった。ダッシュボード以外の内装も無傷だった。そのとき思いついた。車の解体ができるなら、組み立てだってできるんじゃないか？

「この車を買いたいんですが」アイゼイアはいった。

「この車をか？」TKがいった。「バンパー、ラジエーター、ハンドル、ストラット・サスペンション、ショック・アブソーバー、フロント・クロス・メンバーもねえし、エンジンはぼろぼろ、ほかに何が要るかわかんねえぞ」

「エンジンは修理できるし、動力伝達経路《ドライブトレイン》は問題ない。車体後部は新品と変わらないですよ」

「こいつのパーツは高いし、ここにはアウディはあまり入ってこねえんだぞ」

「こいつでいいんです」

「古いシボレーとはわけがちがうぞ。こういうドイツ車の修理は悪夢だぞ」

「そのときは手を貸してくれますよね」

アイゼイアは十九歳になったが、まだふらふらしていた。スクラップ工場で働き、フラーコを見舞い、ジムの連中と遊んだ。何人かの女と寝たが、一、二週間で別れた。女たちはアイゼイアが変わってると思っていた。この不眠症の物静かな若者はとても頭がいいのに、ぱっとしない仕事に就き、楽しいことはまるでしないで、暇なときには体の不自由な男の子と一緒に過ごしてばかり。

フラーコとマーカスに心の中でしょっちゅうなじられるのを除くと、アイゼイアの最大の悩みは脳の状態だった。錆びついているような気がしていた。ニューロンがざらつき、パイの皮のように硬くなっている。学校に戻ろうかとも思ったが、アイゼイアは高校中退だ。高等学校卒業程度認定試験に合格して、何年もかけて学部のコースをちんたら修了しないと、おもしろい勉強はできない。ほかの仕事にも就けるが、新人に逆戻りだし、企業の出世階段を登るのも気が進まなかった。最初の案件が転がり込まなかったなら、そっちの道をひたすら進み続けていたかもしれない。

洗濯の日だった。アイゼイアは洗い物を集めて、洗濯室に持っていった。年輩の女性がいた。顔がしわくちゃで、どこかに眠っていた四〇年代の野球のグローブのように肌が黒かった。花柄のムームーを着ていて、意表を突く〝ページボーイ〟風にセットした銅色のウィッグを着けている。片手を腰に当て、やり切れないつらさに耐えているように見えた。

「申し訳ないけど、若い方」彼女がいった。「乾燥機から服を取り出してもらえないかね？

急に腰が痛くなって動けないんだよ」

アイゼイアはまだ温かい服をテーブルに載せた。ムームー、スポーツ用の靴下、パラシュート並にでかい白いパンティーしか持っていないかのようだった。アイゼイアはタオルを畳んでやった。

「あたしはマイラ・ジェンキンズだ」彼女がいった。「でも、みんなミス・マイラと呼んでくれる。おまえさんはアイゼイアだね？ たまに見かけてた。とっても優しい若者だ。いつもきっちりした身なりで礼儀正しい。乱暴な言葉遣いもない。うちのブレンダにはちょっと若いけど、あの子がバーナードとくっつく前にあんたと出会ってたらよかったのに。あの男をひと目見て、役立たずのろくでなしだと思ったが、とにかくブレンダはそいつと結婚しちまった。あんまり器量よしでもないから、えり好みはできなかったけど。週末に式を挙げたんだが、ブレンダは精一杯きれいだった。式はつつがなく終わり、披露宴も順調に進んでいたんだけど、業者がちがうケーキを持ってきてね。ちっちゃなココナツ味のやつで、〝ハッピー・バースデー・シェルドン〟て書いてあったのさ」

「お気の毒に」アイゼイアはいった。早いとこ洗濯室から出て、あとで洗濯しに来たかったが、もう手遅れだった。

「もちろん、ブレンダはああいう子だから、大きな災難が待っていた」ミス・マイラがいった。「結婚祝いの贈り物が盗まれてしまったのさ。ぜんぶで三十か四十の贈り物が、きれいに包装されてたのに。かわいそうなブレンダ。目を泣きはらしてたよ」

アイゼイアは畳む手を止めた。「何があったんです?」アイゼイアはいった。

「それがさ、ホテルではレセプション・ホールの準備ができてなくて、バーナードがつっかえながら誓いの言葉をいうあいだ、来てくれた人たちに贈り物を持たせてるのも気が引けるから、あたしたちが借りてた部屋に置いてもらったんだ。ほら、ブレンダがメイクをしてもらったりするのに使う部屋にさ。それで、式が終わって、贈り物を取りにいったら、なくなってた。ひどい話だろ。かわいそうなブレンダ。毎日そういっちまうんだ」

「ホテルの警備係は何ていってますか?」

「警備係の人はホテルに責任はないって。それしかいうわけないだろ?」

アイゼイアは少し考えて、こういった。「何ていうホテルです?」


〈ブルー・ウェイブズ・リゾート・アンド・スパ〉は盛りを過ぎたホテルだった。パンフレットで埋め尽くされたテーブルの上に、プラスチックのバショウカジキが吊り下げられている。金色の紋章がついた青いカーペットはところどころ擦り切れ、淡い色の木の家具にはこぼれた水のあとやタバコの焦げあとがついていた。レモンの香りの〈プレッジ〉家具磨きスプレー、掃除機の排気、コーヒー、モップの水のにおいがする。

アイゼイアはミス・マイラを連れて、きしったり、ガタガタ音を立てるエレベーターで六階に上がった。「あそこがあたしたちが借りてた部屋、六〇四号室だけど」ミス・マイラがいい、ドアを顎で示した。戸惑っているような口調だった。「ここが見たかったのかい?」

ロビーに戻ると、茶色のスラックスと鮮やかな黄色のブレザーという格好の若いアジア系の女に声をかけられた。幅広の顔に小さな目がついていて、髪は真ん中でわけてうしろに垂らし、顔の肌はバスケットボールの表面のようにでこぼこしている。自動車局の自分の窓口に並んでいる人たちに向けるようなまなざしで、アイゼイアたちを見た。「何かご用ですか？」彼女がいった。

「警備係の責任者に会いたいのだけど」アイゼイアはいった。

「エドにですか？」彼女がいった。アイゼイアたちがつまらない勘ちがいをしているかのような口ぶりだ。

「責任者がエドという方なら」

「このブレザーはどう思いますか？　春のカラーらしいのですが」

「悪くないわ」ミス・マイラがいった。

「お優しいんですね。カラシナの瓶詰めのようですよね」

彼女はカレン・モチヅキだと名乗った。アイゼイアたちを地下に案内し、照明がぎらつき、強烈な漂白剤のにおいがする長い廊下を通った。産業用洗濯機のうなりが壁越しに響いている。「めったにご覧になれないホテル警備の裏側です」カレンがいった。「派手でなまめかしいものばかりではありませんけど。最近はしっかり目を光らせておかないといけませんし。いつアルカイダがギフト・ショップを爆発させるかわかりませんから」

警備係責任者のホテル内の地位は低いにちがいない、とミス・マイラは思った。オフィスは狭苦しくて、トイレのような光沢のあるベージュ色に塗ってあり、天井は配管や電気ケーブルで込み合っている。責任者の男は灰色のメタル・デスクについていて、手を頭のうしろで組んでそっくり返っていた。

「入ってくれ」男が体を起こしもしないで、そういった。「エド・ブレビンスです。さあ、座って座って、ここでは堅苦しいのはなしだ。当ててみましょうか。贈り物が盗まれた件で来たんでしょ。ミセス・ジェンキンズですよね？　そっちは——」

「友人です」アイゼイアがいった。

エドはヒットラーみたいなヘアスタイルとミスター・ポテト・ヘッド（ジャガイモのおもちゃ）みたいな耳をした貧乏白人《レッドネック》の映画のオーディションをしているみたいだ、とミス・マイラは思った。半袖のワイシャツは洗濯かごから取ってきたばかりのようだし、安物のストライプのネクタイはさっきのバショウカジキの背びれみたいに硬そうだ。

エドが体を起こし、申し訳なさそうに笑みを見せ、毛深い手でコーヒー・カップを包んだ。

「奥さん、この前もいいましたが、あの贈り物ひとつひとつを弁償したいのはやまやまですが、ホテルの方針はホテルの方針なんです。別の千人くらいの宿泊客にも、同じことをいってきました。ホテルは盗難には責任を負いかねます。宿泊契約書に書いてあるし、各部屋にも表示があります。要するに、我々にはどうしようもないんですよ。だろ、カレン？」

カレンは胸の前で腕を組み、ドアに背を向けて立っていた。「あなたがそういうなら、そうなんでしょ、エド」カレンがいった。

「この種の盗難は炊き出し所のホームレスみたいな茶飯事でして」エドがいい、あくびした。「マリオットでもヒルトンでもあります。カレン、座ってくれんか？　シークレット・サービスのエージェントみたいだぞ」

〝ハマー〟と記されたダッフル・バッグが、ファンタ・オレンジ色のカウチに載っている。カレンがそれをドブネズミの死体の尻尾をつまむようにバッグの口のあたりをつかんで、どさりと床に置いた。空いたところに座って、こういった。「これでいい、エド？」

エドはしばらく黙り、大きく息を吸い込み、鼻から吐いた。頭の中で十まで数えるのが聞こえてくるようだ、とミス・マイラは思った。アイゼイアの態度に戸惑っていた。あたしをここに連れてきておいて、これまでひとことも喋ってないんだから。

「奥さん、この前いったとおりです」エドがいった。「犯人はあなたがホテルに入ってきたときから目をつけていたんです。おそらく観光客のような格好で、あなたにこんにちはなんて声をかけていたかもしれない。そういう連中は人当たりがいいんです。いやほんとに。そして、あなたがたが式に出るのを待って部屋に入り、ほしいものを取って、あなたがたも、誰も気付かないうちにとんずらする。見事としかいいようがない。本物のプロですよ」

「どうやって出ていったんでしょう？」アイゼイアがいった。

「どうやって誰が出ていったと？」エドがいった。

「そのプロです。三十か四十もある贈り物を、どうやって部屋から出し、誰にも見られることなくホテルから持ち出したんでしょう?」

「いい質問だ」エドがいった。職場見学に来た子供の質問に答えるような口調だった。「考えてみてくれ。このホテルには百八十室あって、地上階の出口が十二カ所、地下駐車場にも四つある。それをぜんぶふたりで監視するのはとても無理だ。だろ、カレン?」

「あなたがそういうなら、そうなんでしょ、エド」カレンがいった。

「防犯カメラには、何か映ってなかったんですか?」アイゼイアがいった。

「いや、残念ながら」エドがいった。「防犯カメラのシステムが週末ずっと落ちていたんだ。いまいましいコンピューターだ。どうしようもない」

「犯人はひとりじゃない」アイゼイアはいった。「しかも、アマチュアだ」

カレンが咳払いをした。

「よくわからないんだが」エドがいった。

「三十か四十の贈り物を、誰にも見られずにひとりで運び出すことはできない。ほかの客や清掃員の目がある。犯人はおそらくふたりで、プロじゃない。プロならぜんぶの贈り物を取ったりしない。特にかさばるものは取らない。運びにくいし、パンチ・ボウルなど、ウォーターフォード・クリスタルでもなければ盗んでもしかたないし、ここはビバリーヒルズじゃない。プロなら、アクセサリーや電子機器が入っていそうな小さなものを狙う。だから、アマチュアだ」アイゼイアがエドをまともに見た。「それに、犯人は従業員だ」

洗濯機がまだうなっているが、この部屋は静まり返っているように感じられた。ミス・マイラには耐えがたい緊迫感だった。家に帰って『ションダ・シモンズ』でも見たいのに、アイゼイアはどうするつもりなのかしら？　話をでっち上げようとしてるの？

母親にキスするときのように、エドが口を結んだ。「その非難は冗談では済まされないぞ」エドがいった。「きみのためにいっておくが、裏付けるものはあるんだろうな」

「従業員はどの部屋に贈り物が置いてあるのか、いつ人がいなくなるのかわかる」アイゼイアはいった。「キー・カードも使えるから、すんなり中に入れる。部屋から贈り物を運び出すにしても、まず別の部屋に移してから、たとえばその〝ハマー〟のバッグに詰めて、少しずつホテルの外に運び出せばいい」

「なるほど」エドがいい、立ち上がった。「とても興味深い推理だが、あいにくただの臆測に過ぎないし、私がきみなら探偵の仕事は私に任せるね。さあ、今日はとてもきついスケジュールなものだから——」

「六〇五号室だ」アイゼイアはいった。

「六〇五？」エドがいった。

「あんたが贈り物を隠した部屋だ。そこに隠したから誰にも見られなかった。ブレンダの部屋と廊下を挟んだ真向かいで、あのやかましいエレベーターの隣だからいつも空き室になっている。今日もそこを使ったんじゃないか？　ひとことといっておこう。終わったらシャワーを浴びたほうがいい。あんたらふたりとも、コンドームの潤滑油のようなにおいがするぞ」

「どうしよう」カレンがいい、手のにおいを嗅いだ。

エドがゴリラのように胸を突き出した。前に乗り出し、腕をまっすぐ下ろし、掌をデスクに勢いよく突いた。「推理は好きなだけすればいいが、証拠も、目撃者も、何もない」

「そうよ、エド」カレンがいった。「がんばって」

「清掃員に話を聞いた」アイゼイアがいった。「盗みのことはみんな知っていて、あんたには〝前科〟があるといっていたぞ」

ミス・マイラはアイゼイアの顔を見た。清掃員って誰？

「そんなのは真っ赤な嘘だ」エドがいった。「誰がいったのかはわかる。あのエスメラルダのやつだな。あの女は私に恨みを抱いてるが、理由はさっぱりわからん」

「チキータ・バナナなんていってからかうからよ」カレンがいった。「だからじゃないの」

「一回か二回だけだ。それに、経営側が私のいい分よりあの女のいい分を信じると思ってるなら――」

「あたしだってあんたのいい分より彼女のいい分を信じるわ」カレンがいった。「ああ、あんたってまぬけね。あたし、どうしていいわれるまま、こんなことに首を突っ込んでしまったんだろう」

「カレン、私に任せておけ」

「黙ってなさいよ、エド。お願いだから黙ってて」エドがいい返そうとしたが、カレンが顎を砕きそうな勢いでエドをにらみつけた。目にかかっていた髪をどけると、その顔はさっきより輝きを増し、赤くなっていた。「ほんとに、ほんとにごめんなさい」カレンがいった。

「どうにかして水に流してもらうことはできませんか？　何でもいうとおりにしますから」

「どうします、ミス・マイラ？」アイゼイアがいった。ミス・マイラはアイゼイアをまじまじと見た。アイゼイアの背中に翼が生えてきたかのように。

「水に流してもいいわ」ミス・マイラはいった。

「退屈してたから、エドと寝ただけなの」カレンがいった。「信じてもらえます？」

ブレンダはものすごく喜んだ。ほとんどの贈り物を取り戻せたし、なくなったものの代わりに三百ドルもらった。そして、アイゼイアに、お礼として、チョコレート・チップ・クッキーを焼いてくれた。ただし、ミス・マイラは食べないほうがいいと警告した。

「この若者は特別」ミス・マイラは親友のエレインにいった。「この若者には天賦の才がある」

エレインとアーサーのステッドマン夫婦は負債を抱えていたが、プライドが邪魔して、ひとり立ちした子供たちに支援を求められずにいた。バスの座席とかラジオで広告を打っている負債処理の専門家、ドン・ホイーラーに助けを求めた。ドン・ホイーラーは代理人として働くことを承諾する文書にサインする必要があるといったが、実際には、その文書はふたりの家をホイーラーに譲与する不動産譲与証書だった。

「私がばかだったんだ」アーサーがいった。「公証人に認証までさせてしまった。この家に四十二年住んでるというのに」

「サインしたのはいつですか？」アイゼイアはいった。

「文書へのサインか？　金曜日、七時ごろだが。どうしてそんなことを？」

ホイーラーが月曜日まで文書を郡記録保管官に提出できないことを、アイゼイアは知っていた。ホイーラーの家に忍び込み、文書を盗み、コンピューターを破壊したあと、近所のガキどもが残り物をあされるようにドアをあけて出てくるまで、きっかり六分かかった。文書を受け取ったとき、アーサーは泣いて喜んだ。バートン・スタンレーにアイゼイアの話をし、バートンが妹のアニタに話し、アニタが婚約者のチューダーに話した。

アイゼイアは〈コーヒー・カップ〉でチューダーに会った。五十代、一分の隙もない服装、きれいにそろえた細い口ひげ、マニキュアを塗った爪、アイスホッケーのパック並に厚い金無垢のロレックス。ナプキンで座面を払ってから座る周到ぶり。

「アニタの娘が麻薬の売人と付き合うようになり、駆け落ちしてしまったのですよ」チューダーがいった。「アニタは狼狽してました。警察に通報したものの、家出人の捜索はしないとのことで。たいがい勝手に帰ってくるといわれたようです」

「どうして駆け落ちしたんですか？」アイゼイアはいった。

「私がダーシーといい合いになったのが原因ですから、当然ながら私の不徳の致すところです。あの子はまるで始末に負えず、すっかり甘やかされているので、そのままをいった。すると、口答えしてきて、私やアニタを口汚くののしったので、私はあの子を平手でひっぱたいた。きつく。当然でしょう。大人ならみなそうする」

「家出してどれくらいになります？」

「四日、五日、そんなところです」

「写真はありますか？」

「お貸しできます」

「売人ですが、どんなやつでした？」

「どんなやつかですか？　若くて、スキンヘッドで、だぶだぶの白いTシャツを着て、頭にドゥーラグをかぶっていた。それで範囲は限定されますかね？」

「名前はわかりますか？」

「シェイクです。信じられます？　シェイクですよ。ああ、もうひとつあります。シェイクは麻薬の売買をしていても、実のところ麻薬の売人ではない。ＹｏｕＴｕｂｅにいくつか映像をアップしただけで、当然のようにラップ・アーチストと名乗る資格を得たようですな。独創性の観点から、それはどうなんですかね？　私がシェイクに何といったと思います？ああ、アーチストなのか？　誰のようなアーチストだ？　ビリー・ホリデイか？　ウィントン・マルサリスか？　ジョン・リー・フッカーか？　アートは時代を超えて存続する。今から百年後にはおまえのことも、おまえのまぬけな《シンプル・サイモン》ラップもきれいに忘れ去られているが、ビリーやジョン・リーはまだ愛されている。何の話だったか？」

「シェイクです。どんな特徴があるかという話です」

「ええと、待ってくださいよ。前腕に刺青があったな。あの男がうちでオレンジ・ジュースを飲んでいたときに見ました。王冠だった。王様の王冠と文字がいくつか、ＣＲＲとかＣＭＭとか、そんな感じの。ほかにあったかな？　数字もいくつか。１９００だったか？」

「王冠はプリンス・ストリートのことです」アイゼイアはいった。「それから１７００ですね。番地《ブロック・ナンバー》です。文字はＣＨＨです。〝クリップ・ヘッドハンターズ〟の略です」

「思い出したぞ」チューダーがいった。「イニシャルのようなものもあった。ＢＫ。そうだ、それははっきり覚えている。ＢＫだ。それで少しは範囲が狭まるんじゃないか？」

「ＢＫは〝ブラッド・キラー〟のことです」アイゼイアはいった。「〈クリップ〉系ギャングと〈ブラッド〉系ギャングは対立しています」

「ほんとなのか。この世界はどうなってしまうのか？」チューダーがいった。「私も過酷な環境で育ったが、近ごろの若者たちはまったくちがう生き物だ。〝ブラッド・キラー〟とは。私が子供のころは、誰かを殺さなくても仕返しくらいできた。一対一、タイマン、拳と拳で決着をつけたものだが。引き金はどんなばかでも引ける。仲間を抜けるのにリンチを受けるなんて戯言《たわごと》もなかった。それまで聞いたこともないような卑怯な所業だ。五、六人が寄ってたかってひとりを痛めつけるなんて。近ごろは、そういうのがワルなのか？　私にいわせれば、クズのやることだ。自分のことは自分でどうにかできなければ、そもそもストリートでやっていこうなんて思っちゃいけない」

　クラクションが聞こえた。チューダーの純白のレンジローバーに乗ったアニタが、純白の爪でウインドウの下枠を叩いていた。エジプト女王のようにつんと澄ましている。ガムを嚙み、ラインストーンのついたサングラスをかけ、ブロンドに派手なカールをかけた髪形のエジプト女王がいればだが。

「アニタ」チューダーがいった。「いつ着手していただけるのか、知りたがっているようだ。すぐにでもはじめていただけたらと思っていますが」

アイゼイアはチューダーが気にくわなかった。傲慢だし、助けを求めているというより、こっちがいわれたとおりにするものと思い込んでいて、愛想さえ見せない。それに、チューダーの小指の指輪も、出来合いにしてはぴったり過ぎるメタリック・ブルーのスーツも、ロレックスの腕時計も気にくわない。金無垢の〝ヨットマスター〟で、ドッドソンがほしがっていたものだ。値段は一万九千ドルちょっと。「ただで引き受けるつもりはありません」アイゼイアはいった。

「勘ちがいしていたらしい」チューダーがいった。「地域奉仕の一環としてこういうことをしているのかと思っていたが」

「そういうときもあります」

「だが、私の依頼はそうではないと?」チューダーがいい、ラペルについた架空の糸くずを指ではじいた。「いいでしょう、若い方。そちらの業務に対して、いくら請求するつもりだ?」

「千ドルです」アイゼイアはいった。適当にいった額だ。

「千ドルとは――冗談だろ」チューダーがいった。「千ドルなんてカネは出すつもりはない。そこまで虚仮にできると思ってるのか？　誰に向かってふっかけてるつもりだ？　懸命に日々の食いぶちを稼いできた。きみがまだ――どこへ行く？」

　チューダーは駐車場でアイゼイアに追いついた。「二百ドル出そう。私にいわせれば、それだってかなり気前のいい額だ」

「いや、けっこうです」

「けっこうだ？　これまで一日働いて二百ドルも稼いだことなどないくせに」

「あります」

「忍耐にも限度があるぞ、若いの。だが、これならどうか。娘の身を案じているから、今日はふんだくらせてやる。だが、今日だけだ。三百ドル出すが、ダーシーを無傷で母親のもとに帰すことが条件だ。引き受けるか？」

「いや、引き受けません」

「ちょっと現実を直視してみようじゃないか。あの子を連れてくるくらい、わけないだろう」

「クリップの縄張り《フッド》に入って、麻薬の売人のもとにいる少女を連れ帰るのがわけないと思っているなら、おれがそちらに三百ドル出しますから、自分で娘さんを連れ帰ってください」

「したたかなやつだ。その点はたいしたものだが、かなり大きな報酬を逃そうとしているぞ」チューダーがアニタを見て、ほほ笑み、こういった。「万事、大丈夫だ、心配ない、話はもうすぐまとまる」アニタがガムの風船を破裂させた。「なあ、話をよく聞けよ、若いの」チューダーがいった。「きみは婚約者の前で私のメンツを潰している。それを私は決して忘れんぞ」

「覚えていたらどうなります？」アイゼイアはいい、脅迫を受け流した。

「これは本当に最後の提案だ。私ははったりをかけるような男ではないぞ。五百ドルでどうだ。これでだめなら帰れ」

「帰ります」

「おい、五百ドルを窓の外に投げ捨ててしまうんだぞ。自業自得だ。私は無理に頼むつもりはないからな。アニタのためだとしてもな」

「チューダー？」アニタがいった。「わたしの娘を取り戻すまで、ヤッてあげないから」

チューダーが混み合ったエレベーターで放屁したときのような笑みを浮かべた。「小切手は受け付けてくれるか？」チューダーがいった。「現金の持ち合わせがないんだ」

クリップの縄張り《フッド》をゆっくり走って人を探すのは、車に乗ったまま人を撃つ動きと同じだから、逆に撃たれる可能性も高い。アイゼイアは、〈バスキン・ロビンズ〉で〝ダブル・スクープ・コーン〟を食べながら大声で喋っている、ダーシーと似た年格好の少女三人組を見つけた。

「妹を探してる。ダーシーって子なんだけど？」アイゼイアはいった。「ママが死んだから、どうしても会って話がしたいんだ」

「電話すればいいじゃん」ひとりの少女がいった。

「あの子がどう受け止めるかわからない。そうじゃないか？　気絶したりするかもしれないし。だから直接、伝えないといけない」プリンス・ストリートを三ブロック行ったところにある茶色いアパートメントに、ダーシーっていう肌の色が薄い子がいるけど、と少女たちは教えた。

　茶色のアパートメント・ビルはL字型だった。どのドアも〝L〟の内側についていて、ところどころ化粧漆喰がはがれて、大きな白い斑点ができている。二階の手すりに洗濯物が干してあり、中身があふれている大型ごみ収集容器《ダンプスター》が駐車場に置いてある。フロントガラスに日差しが反射して前から見られないように、アイゼイアはエクスプローラーを太陽に向けて駐めた。女たちが玄関前に座り、話をしている。子供たちが階段を駆け回り、じいさんたちがドミノで遊んでいる。

　アイゼイアが〝トレイル・ミックス〟の最後のひとくちを食べていると、ダーシーが上階のアパートメントから現われた。十六歳だが、もうすぐ三十五歳になりそうなやつれようで、スリップの上にバスローブを羽織り、けば立った部屋履きをはいていた。手すりに寄り掛かり、下の駐車場を見ている。駐車場がまだあってがっかりしているようにも見える。誰かに呼ばれた。肩を落とす。空を見上げ、重い足取りで中に戻った。

　アイゼイアは階段で上の階に行き、そこのドアをノックするところを想像した。〝ドゥーラグ〟をかぶり、上半身裸のシェイクが出てきて、いったい何の用だと訊くので、ダーシーを家に連れて帰ると伝えると、シェイクが拳銃を抜いてアイゼイアの頭を撃ち抜く。最善の手でないのはたしかだ。しばらく考えると、別の手が思い浮かんだ。

「九一一です。どうされました？」

「女の子が、拉致されてるんです。まだ十六歳の女の子です。ひどいことをされてますよ」

「現場はどこですか？」

数分後、四台のパトロール・カーが駐車場になだれ込んだ。群集の見ている前で、ひとりの警官がダーシーの腕をつかんでアパートメントから出てきた。「あたしは何もしてないよ」ダーシーがいった。「放して！」

さらにふたりの警官が手錠をはめられたシェイクを連れて出てきた。「おめえら、まちがいだって」シェイクがいった。「あの女は合意の上で転がり込んだんだ」

天啓だった。アイゼイアは一日で千ドル稼ぎ、留守番電話に新しいメッセージが入った。噂がこの界隈に広まったのだろう。〝あたしの娘がいじめられてるんです〟。〝警察にはめられました〟。〝生みの親を探したいのですが〟。〝うちのクラスのコンピューターが盗まれました〟。〝夫の行方がわからないんです〟。〝夫から逃れられないんです〟。〝うちの息子は自殺なんかしてないんです〟

依頼料を請求しようか？　アイゼイアは思った。チューダーに請求したような額ではなくても、報酬を得る。ひとかどの人物になる。マーカスが何ていうかはわかっていた。

〝報酬を得る？　報酬がほしいのか？　カネについては教えなかったか？〟

「カネの問題じゃない」アイゼイアはいった。「人助けができる。社会に少しずつ還元し、役に立てる。兄さんもいってただろう、忘れたのか？」アイゼイアは待った。マーカスが朝食用テーブルにつき、〝シュレデッド・ウィート〟とコーヒーを前に椅子に背をもたせかけ、うなずきながら考えている姿が見える。

〝そうか。やってみりゃいいさ、アイゼイア〟

20

安らかに眠れ《R・I・P》　二〇一三年八月

スキップは逮捕され、重度の脳震盪、頸部損傷、鎖骨、顎骨、肋骨の骨折、肩腱板断裂のため、郡刑務所病院に収容された。昏睡状態に陥る直前、スキップは医者にこういったという。〝おれの犬を頼む〟

アイゼイア、ハリー、動物保護施設のボランティア数人で〈ブルー・ヒル〉へ行き、犬たちを保護した。ゴリアテ、アッティラ、ほかの数匹は凶暴過ぎて、やむなく安楽死させた。残りの犬と子犬はハリーが里親、保護施設、そして、ピット・ブル・ブリーダーの友だちにわけた。世界にはもっとピット・ブルがいるが、ハリーはここの犬をぜんぶ殺処分するのは耐えられなかった。アイゼイアも子犬を一匹引き受けた。アレハンドロがいなくなったので、家でぬくもりを感じるものが必要だった。

カルは自分からマリブの〈トランキリティー〉リハビリ施設に入院し、ドクター・フリーマンに週三回診てもらった。ふたりが一緒にグラウンドを歩いている写真を撮って、タブロイド紙に売り渡したやつがいた。ドクター・フリーマンの著作の売れ行きが、六百パーセント上がった。

アンソニーはカルの離婚が成立したあと、すぐに仕事を辞めるつもりだったが、ノエルが有名ラッパーとの暮らしにまつわる暴露本のネタを集めていた。カルが正気を失いはじめると、そんなネタを逃すのはあまりに惜しかったので、カルが死ぬか、どこかに収容されるまで、仕事を続けるようアンソニーを説得した。ハッピー・エンドが必要だった。ノエルは『ゼロから這い上がり、逆戻り』の企画を暴露本専門の出版社に売り込んだ。編集者には、巨大なピット・ブル、〝焚き火〟、殺し屋、ＩＱという無免許探偵のことを伝えた。編集者は八十五万ドルのアドバンスを出した。

ノエルのボディーガードのロジオンは鬼のような巨漢だった。目は氷に載せられた魚のよう、額は片方だけ太い眉毛から急に後退するネアンデルタール人のようだ。元ＫＧＢのエージェントで、反体制派の連中への尋問の〝応用〟が専門だった。よく使っていた道具は、節だらけの巨大な手と長くて鋭い爪だった。バイロンがいうには、人間のものじゃなくダチョウの脚のようだった。

カルの《この地上でおれはいったい何してる《ザ・ファック・アム・アイ・ドゥーイン・オン・ジス・アース》》という曲を聞いたとき、チャールズはこのアルバムは大失敗に終わると思った。チャールズの考えでは、カルが早くスタジオに入れば、それだけ早く赤っ恥をかき、グランディオーズの出番も早まる。それから、ノエルにカルをディスるトラックに出てくれと頼んだのは、バグだった。だからチャールズの電話には、ノエルの番号が登録されていなかったのだ。

チャールズは《乗っ取る《ティキン・オーバー》》のアルバムをほかのレーベルに売り込みをかけたが、乗ってきたところはなく、カネが入ってこないから、兄弟はじきに文無しになった。カルの家に居座り、カルの酒を飲み、九十インチの〈シャープ〉のテレビでビデオ・ゲームをやった。ある日の午後、チャールズは麻薬ビジネスに戻ろうと電話をかけ、バグは焚き火の後始末をしていた。いかしたケツの白人女《PAWG》とその仲間が泳ぎに来ると、灰がプールに流れ込んでいた。「おい、チャールズ」バグが押し箒を手に持っていった。「電話なんか切って、こいつを見てみろよ」焦げた燃えかすの中に、ダイヤモンドやエメラルド、溶けて固まった金やプラチナが転がっていた。テディ・ザ・グリームのアクセサリーの残骸だった。兄弟はそれを売り払い、タイヤとリムの店を買った。

ボビー・グライムズはいちばん大きな打撃を被った。主力アーチストがリハビリ中で、〈グリーンリーフ〉は〈ＢＧＭＥ〉の買収提案を取り下げた。ほかのお抱えアーチストたちも〈ＢＧＭＥ〉を去った。ボビーは破産するらしいとションダ・シモンズはテレビで伝えた。

スキップを雇った人物がまだ謎のままで、アイゼイアの頭から離れなかった。前かがみで肘掛け椅子に座り、頭の中で今回の件をいろんな角度から見直し、逆さにしたり、横から見たりしているあいだ、マーカスの好きなディビッド・ラフィンという歌手にちなんで名付けた犬のラフィンが、靴を噛んだり、トイレ・シート以外のあらゆるところにおしっこをしていた。仕事に戻るしかすることがなかった。

ミスター・エバーウッドはアルツハイマー病になり、一万五千ドル相当のクルーガーランド金貨をどこに隠したのか思い出せなくなった。スーザン・ポールは、夫婦だけの秘密として寝室で撮影したビデオで前夫に強請られていた。野蛮な連中《バンダルズ》が妊娠中絶医院を荒らし《バンダライズ》ていた。〝赤ちゃん殺し〟や〝死の収容所〟と塀に書かれたり、吸引器や外科手術用チェアが盗まれていた。

デロンダの友人のノナの夫は酔うとノナを殴るという。しかも、夫はほぼ毎日酔う。アイゼイアはバスのチケット代を払い、ノナの父親のアールをベーカーズフィールドから呼び寄せた。アールはユニオン・パシフィック鉄道で、貨車を連結したり連結を解いたり、ケーブルでホイスト式クレーンにつなぐ仕事をしている。アールは、〝サンダーバード〟という安ワインを半ガロン（約一・九リットル）ばかり抱えて酒屋から出てきたノナの夫を出迎え、ぶちのめし、手を踏みつけてノナを殴れないようにし、〝サンダーバード〟を飲みながらバスでベーカーズフィールドに帰った。

ノナは夫がまだ蹴ったり噛み付いたりできるとわかると、デロンダのところに身を寄せることにした。アイゼイアは引っ越しを手伝うと申し出た。ノナはシェリースとも友だちで、シェリースはドッドソンを寄こした。アイゼイアとドッドソンは、ドッドソンの十年物のツートン・カラーのレクサスRSを引っ越しトラック代わりにして、後部シートとトランクにノナの家財を詰め込み、ルーフにマットレスを括り付けた。オドメーターは十八万キロメートルを差していたが、銀行の金庫室のように静かで、路面の穴ぼこを踏んでも、歩道の石蹴り遊びの線を踏んだくらいにしか感じなかった。ドッドソンは首を引っ込め、まっすぐ伸ばした片腕でハンドルを握っていた。ステレオから2パックのラップが流れていた。アイゼイアは不機嫌だった。

「新しいタイヤを買わねえとな」ドッドソンがいった。「この車のタイヤがいくらするかわかるか？ 公共輸送機関はよくやってるよ。こいつを廃車にして、バスの定期券を買ったほうがいいかもな。かまわねえけどさ。話をしなくてもよ。どうしてもおまえと話がしたいわけじゃねえが、ちょっと気になったから訊くと、おまえ、おれにお礼状《サンキュー・カード》を出すの忘れてねえか？」

「何をしてもらったサンキュー・カードだ？」アイゼイアはいった。

「おまえの命を救ってやったろ」

「おまえからお礼状をもらった覚えもないが」

アイゼイアは黙った。事件を解く鍵がポラロイド写真のように浮かび上がりつつある。筋になったりぼやけたりしながら、色が現われてきた。2パックのラップがうるさい。「ちがうものをかけてくれないか？」アイゼイアはいった。

「かけれるけど、かけたくねえよ」ドッドソンがいった。

「飽きないか？」

「いや。2パックのアルバムぜんぶで何曲だ？ たしか二、三百曲、収録されてるが、録音済みの曲はもっとある。ああ、2パックは曲作りの天才だ。シュグ・ナイトと〈デス・ロウ・レコード〉は覚えてるか？ シュグは2パックからぼったくってたんだぜ。2パックは何百万枚もCDを売ったのに、死んだときはほとんどすっからかんだった」

「シュグがめたのか?」

「カネを使っちまったって意味なら、そのとおりだ」ドッドソンがいった。「だが、2パックのママのアフェニがシュグを訴え、残りの曲を手中に収めた。何曲もあった。おお、ちょっと聞けよ」

2パックのラップがはじまった。

むかし仲間にいわれた　他人を信用すんな
仲間みたいに戦うが　偽物のくそ野郎だ

「やっぱ、2パックは自分の声に従っときゃよかったんだ」ドッドソンがいった。「ミュージック・ビジネスでは誰も信用できねえ。くそ野郎どもを四六時中見てるだけで、目玉から視力まで盗まれる」

アイゼイアはシートでもぞもぞした。複数の線がポラロイドに重なる。事実がつながる。論理。事件を解く鍵。はじめからそこにあった。すぐそこに。

ドッドソンが急ブレーキをかけ、マットレスがフロントガラスに覆いかぶさり、箱に入れておいたぬいぐるみが車の前部シートにこぼれ落ちた。

「何だよ?」アイゼイアはいい、片目のコアラを肩越しに放り投げた。

「2パックが死んだあと、アフェニは遺された曲を使って、アルバムを七枚出した」ドッドソンがいった。「安らかに眠れ《レスト・イン・ピース》を意味する″R・I・Pアルバム″といわれてる。コレクターズ・アイテムみたいになった。六枚はプラチナ・ヒット。《ザ・ドン・キルミナティ》だけで五百万枚も売れた」ドッドソンがアイゼイアを見て、こういった。「2パックは生きてたときより死んでからのほうが売れた」

「わかってるさ」アイゼイアはいい、指を鳴らした。

ボビー・グライムズは、カルの精神状態がトイレにぐるぐる吸い込まれていくさまを、なすすべなく見ていた。契約で定められた締切までにまともなアルバムを完成させるのは、うちのスター・アーチストにはとても無理だ。カルを契約不履行で訴えることもできるが、訴えてどうなる？　弁護士連中が一年はうるさいだろうが、主力アーチストを失うのは変わりないし、カルは〈グリーンリーフ〉が〈BGME〉を買収する大きな理由でもある。

だが、カルは2パック以上の曲作りの天才だ。アルバム一枚にはふつう十曲入っているが、録音するのは十五から二十曲あり、そこからビートが弱かったり、歌詞に面白みがなかったり、ほかの面でも本人の眼鏡にかなわなかったものを間引いていく。ボビーは何とかして間引いた曲を使って多くのアルバムをつくりたかったが、カルがどうしても首を縦に振らなかった。そんなアルバムは二流だという。マーケットでだぶついて、おれの名前に傷がつくだけだ。ボビーにはそんな曲を勝手にリリースする権利もあるが、おれは裁判所に訴えて差し止めて、アルバムを公然とぶった切る。インタビューを受け、ツイッターでファンに呼びかけ、二流の曲しか入っていないといい、ボビーが自分のところのアーチストの意向を無視していると全世界に訴えかける。そうなればアルバムはこけて訴訟になり、〈グリーンリーフ〉は手を引く。ほしいものが手に入るのは弁護士連中だけだ。

ところが。

カルが早めに神と面会することになれば、ボビーはアフェニのように多くのアルバムをリリースできる。地下室で見つかったテープ音源とか、失われた録音とか、適当な売り文句をつける。データ用のハードディスクに三百曲以上も入っているとわかれば、〈グリーンリーフ〉もじっとしていない。リミックス・バージョン、トリビュート、ライブ音源、ほかのアーチストによるボーナス・トラックを加えれば、カルが麻薬から足を洗い、毎食テンペ・バーベキューを食い、百まで生きるより、多くのアルバムを出せる。そうなれば、〈グリーンリーフ〉との交渉で値段を吊り上げてもいいし、取り引き自体を白紙に戻してもいい。誰かがカルをばらしてくれるだけでいい。通りかかった車から撃たれたように見せかけ、警察の目をノエルかクウェイラッドに向けるが、何も出てこない。2パックを殺した犯人も、それをいうなら、ビギーを殺した犯人だって見つかっていない。

ボビーがサクラメントのレイブを宣伝しているとき、ジミー・ボニファントは幻覚剤《エクスタシー》の密売買をやっていたし、〝ビタミンX〟（エクスタシーの別名）のダブルくらい提供しないと、レイブをやる意味がない。ふたりのやり手はコンドミニアムに同居し、午前三時に〈シルバー・スキレット〉で朝食を食べ、麻薬仲間を家に呼んで、同じ部屋でキメる暮らしをしていた。

やがて、ふたりともLAに引っ越し、そのころにはジミーは大量のブツを動かしていて、大勢の危険な連中と友好関係を築いていた。ボビーは誰か紹介してくれとジミーに頼み、ジミーは砂漠でピット・ブルを育てているスキップという男がいるといった。スキップはいかれたやつだが、いつもやり遂げる。様子をうかがっておこう。だが、スキップがたくらみに加わったときには、カルは家から一歩も出なくなっていて、通りがかりの車から撃ち殺したりはできなくなった。すると、あのいかれた男はあのいまいましい犬を放ち、クィンターベイを誘い込んでしまい、すべてが台無しになった。そのスキップが昏睡状態に陥ったのは不幸中の幸いだった。面倒を引き起こすことがないのはたしかだが、〈グリーンリーフ〉との取り引きは2パックと同じく死んでいて、ボビーの債権者が毎日、電話してくる。破産宣告をしてもいいが、アルバムから漏れたカルの曲は会社の資産だし、顧問弁護士がうまい手を考えてくれないと、それも手放すことになる。すでに会社の金庫は空っぽだし、社員はあらかた解雇し、例の曲はクラウドの中のクラウドに隠した。

これからベリーズに行き、マネーロンダラー御用達のベリーズ中央銀行に隠してある七桁の非常用資金をのぞいてくる。しばらくそこにいる予定だった。ビーチに寝そべり、モヒートを何杯か飲み、現地の人材をちょっと見て、今後のことをあれこれ考える。いずれカムバックを果たす。必ず。元ワシントン市長マリオン・バリーは、娼婦とクラックを吸っている姿をビデオに撮られた。刑務所から出てくると、また市長選に立候補し、五十六パーセントの票を集めて当選した。マリオン・バリーが復活できるなら、私だってできる。

　ボビーがオフィスで機内持ち込み用の荷物をまとめていたとき、ヘガンが不自由な方の腕をさすりながらやってきた。白人がビーズ付きのドレッドロックにするのは、まるで日本人観光客がカウボーイ・ハットをかぶっているみたいに滑稽だとボビーは思った。過去にしがみつくのはやめて、そろそろスタイルを変えてもいいころなのに。ヘガン・ザ・殺し屋《ハチェット・マン》・スウェイジーの時代は終わったのだ。ボビーはこいつもベリーズに連れていくつもりだった。こいつは知り過ぎているから、近くに置く方がいい。事故に遭うかもしれないし、マンバに噛まれるかもしれないし、流砂に呑み込まれるかもしれない。何だってあり得る。

「用意はできましたか?」ヘガンがいった。「四〇五号線の混みようはひどいから」

「すぐに終わる」ボビーはいった。

「セキュリティーも通らないといけないし」

「飛行機に乗ったことくらいある。車を回しておけ」

　ヘガンは黙っていた。もうじきボビーを始末する。例の非常用資金を出させて、誰が何を知ってるのかをわからせてやる。このごたごたを円満に終わらせるつもりはないが、用心しないといけない。ボビーは何のためらいもなくカルを消せと命じた。おれの場合も、機会があればそうするだろう。

「自分の車から荷物を降ろしてこないと」ヘガンはいった。

「どっちのせいで遅れるって？」ボビーがいった。

ボビーがパスポートを探していたとき、ヘガンが動く方の手を上げてうしろ向きで戻ってきた。

するとし、チャールズがヘガンの頭に銃を突きつけて入ってきた。バグもうしろにいる。

「どうかしたのか？」ボビーはいった。

「調子はどうだ、ボビー？」チャールズがいった。

「誰かハム・サンドイッチを振り回したか？」バグがいった。「何かにおいがしたと思ったが」

「どういうことだ？」ボビーはいった。

「旅行に出かけるのか？」チャールズがいい、機内持ち込み用の鞄を見た。「そいつに何が入ってる？　カルの曲か？」

幅木沿いに逃げるネズミのように、パニックの疾風がボビーをさっと撫でていった。

「あんたら？」ヘガンがいった。「知りたいことがあるなら、何でも教える。おれはただの取り次ぎだ。それ以外のことはしていない」

ボビーがヘガンに対して死神のような顔を向けた。「なあ」ボビーはいった。「すべて誤解だ。いったん座ろうじゃないか。事細かに説明しよう」

「どうする、バグ？」チャールズがいった。「ボビーと一緒に座りてえか？　事細かに説明してもらいてえか？」

「いいや」バグがいった。「脂肪がつき過ぎて押しつぶされちまった。そんな話を聞いてる暇はねえ」

「そんなら、どうしたいんだよ？」

「実はよ、野球してえ気分なんだ」

衝撃と混乱に満ちたはじめの数秒のあいだ、ボビーはバグが〝ルイビル・スラッガー〟を肩に担いでいるのに気付いていなかった。アルミ・モデルで、テニス・ラケットのような通気穴のついたレザー・グリップが巻いてあった。バグが何度か試しにスイングすると、風がボビーの髪を乱し、デスクの書類を吹き飛ばした。「打席入り《バッターラップ》だ」バグがいった。


アイゼイアはぼんやりした不満に包まれて、ニュースを見た。あれだけ大騒ぎして、駆けずり回ったのに、結局どうなった？　あの事件は何だったのか？

「今夜もうひとつ入ってきたニュースは、レコード・レーベル社長、ボビー・グライムズにまつわるものです」女のキャスターがいった。「ミスター・グライムズはセンチュリー・シティーのオフィス近くの大型ごみ収集容器《ダンプスター》から這い出ようとしているところを発見されました。脳震盪を起こしており、打撲、骨折、内出血もあったそうです。グライムズはシーダーズ・サイナイ病院に搬送され、重体だということです。奇妙なことに、襲撃者や襲撃当時の状況を警察に訊かれたとき、グライムズは回答を拒みました。この事件には、もうひとつ意外なつながりがあります。別の事件で負ったけがが原因で昏睡状態に陥っていた殺し屋とされる人物が、今日になって意識を回復し、グライムズの部下であるヘガン・スウェイジーがある委託殺人にかかわっていると証言したようなのです。明日の午後、州検察官がその事件に関して記者会見をひらく予定です。もっと楽しい話題としては、我らがベテラン気象予報士、ケイリン・ケネディーと週末の天気予報に目を向けてみましょう。さて、週末の天気はどうなりそうですか、ケイリン？」

アイゼイアはじっと考えていた。社会にとってさほど重要でもなさそうなラッパーの命が助かったが、善が悪に打ち勝ったというわけではない。善がましな方の悪を生かしてやったという感じだ。だが、スキップはもう街中をうろついていないし、それはなかなかの成果じゃないか？　あの頭のいかれた男はまちがいなく邪悪だった。自分を見る目が厳し過ぎるのかもしれない、とアイゼイアは思った。かもしれない。よかった点は当然、ボーナスのカネで、フラーコのコンドミニアムが現実味を帯びてきた。

アイゼイアはローンをもうひとつ組めないかと、チューダーのところに車で行った。ビル正面に駐めようとしていたとき、カルのビジネス・マネージャーから電話がかかってきた。残念な知らせがあるという。ボーナスはなくなります。カルの派手な金遣いと納税義務のつけがついに回ってきました。破産申請をする予定で、長い債権者リストができています。ドクター・フリーマンには一万六千ドルも借りをつくっていました。そちらも列に並んでいただくことになりますが、ごく一部しかお支払いできないかと思います。お支払いできるとしても。救いがあるとすれば、必要経費分の小切手はカルの口座が凍結される前に切られており、一両日中にお手元に届きます。「くそったれ！」アイゼイアはいい、ハンドルを両手で叩いた。あれだけ働き、気をもみ、おまけに危うく殺されそうになったというのに、カネがもらえないとは。カネだけのために引き受けたというのに。

アイゼイアはフラーコをハリウッド・ボウル（円形劇場）に連れていき、マーガレット・チョーを観た。とてもおもしろかった。全身に刺青を彫っていて、等身大パネルよりずっときれいだった。あんな大舞台にひとりきりで上るのだから、たいしたものだと思った。小道具も、特殊効果も使わず、笑いを求めている一万七千の観衆と体ひとつで向き合っている。フラーコはおかしくないところでさえ、首がもげそうなくらい笑っていた。ショーが終わると、まるで無人島に取り残されたみたいに両手を大きく振った。「ナーガレット！　ナーガレット！」フラーコがいった。「サイコーだよ、ナーガレット！　サイコー！」

アイゼイアとフラーコはセクション8のアパートメントを探しはじめた。どれもみすぼらしくて気が滅入った。アイゼイアはうちで一緒に暮らせばいいとフラーコにいい、フラーコも考えてみると答えた。フラーコの要望は若い女の子がいっぱいいるクールなところだった。

ドッドソンが自分の分の必要経費をもらいに来た。国税局に対する立場が変化しかけているとかで、現金でほしいという。「うんざりだな？」玄関から入ってくると、すぐにそういった。「おれたちの〝給料日〟まで、カルは世界のカネをぜんぶがめてたのにな。ついてねえったら。つきが回ってきて、儲かりますようにって祈るしかねえ。ところで、事件を解決したご褒美に、ちょっとばかり色をつけてくれてもいいんじゃねえか？」

「おれもそのうち気付いていた」アイゼイアはいった。

「ああ、わかるぜ。長年、取るに足らない知的レベルだと気にも留めず、さげすんできたやつに、いきなりお株を奪われちまったんだからな。おまえ、何ていってたっけ？　おれが仕事をするわけだから、だっけ？」

「ほかに行くところはないのか？」

「あまり自分を追いつめんなよ。よくいうだろ。生あるかぎりはすべて試練だが、あとでマジで死んじまうって。ほら。おまえの分だ」ドッドソンがアイゼイアに銀行小切手を差し出した。

「これは何だ？」アイゼイアはいい、金額に目を落とした。

「ジュニアはブツの仕入れに八万五千ドル持ってた。おれは盗んですぐ五千をデロンダにやった。それは残りを山分けしたものだ」

「四万よりだいぶ大きい額だが」

「地方債ファンドを買ったのさ。七パーセントの利札《クーポン》付きだ。もうそんなのはねえ。数日前にやっと満期になったんだが、それを買ってなけりゃ、もっと早く渡せていたわけだ」

「もっと早くにいえなかったのか？」

「びっくりさせようと思ってよ。ああ、忘れるとこだった」そういうと、ドッドソンが鍵束を放ってよこした。

「何の鍵だ？」アイゼイアはいった。

「ゆうべのレイカーズの試合は見たか？」ドッドソンがいった。「コービーがけがして試合中はほとんど流してた。歳のせいだから笑いものになる前に引退したほうがいいなんてシェリースはいってた。おれはコービーはここぞってときにキメるために体力を温存してるんだといった。第四クウォーターも残り六分というとき、コービーが連続で十二点決めて試合に勝った」

「何の話だ、ドッドソン？」

「チューダーに連絡してみろ。書類は用意してあるはずだ。おれの分で頭金は払っておいた。おまえので残りを払っても、いくらかあまる。大学進学資金の積み立てもしなきゃまずいだろ。高えぞ。シェリースの学生ローンなんか、おれの子供が学生ローンを組むころまで完済しねえ。シェリースが妊娠してるってのはいったっけか？　それがよ、きのうわかったのさ」

「おめでとう」

「フラーコによろしくいっとけ」ドッドソンがいい、玄関に向かった。「おれも大学で何人かいいかした女と付き合ったっていっとけよ」

アイゼイアは小切手を持って玄関に寄り掛かり、ドッドソンが気取った足取りで通りを渡り、車に戻るまで見送った。

アイゼイアは屋上に立ち、マーカスの灰が入った骨壺を赤ん坊のように抱いていた。太陽がスカイラインのうしろに沈みかけ、琥珀色と桃色に染まる雲の腹も闇に消えつつある。アイゼイアは骨壺をあけ、灰を風に飛ばした。灰は白い息のように風に呑まれ、アイゼイアの家、近所、街を清め、さらにジェット・ストリームに乗って、たしかに清めを必要としている世界へと降り注いでいった。

アイゼイアは家の中に戻り、スープを温め、立ったままカウンターで飲んだ。家が静かだ。珍しくもないが、何かがちがう。がらんとしている――いや、ちょっとちがう。何かがなくなったような感覚。ドッドソンが壁にでかいテレビを取り付けようと、おれのトロフィーを取り去ったときの感じに似ている。そこに何があったのか思い出せなくても、何かがなくなっているのはわかる。

朝になっても、まだそのことを考えながら、肘掛け椅子に座ってエスプレッソを飲み、メールを読んでいた。何とはなしに《ザ・ベスト・オブ・ザ・テンプテーションズ》をかけ、《マイ・ガール》のイントロが聞こえてきたとき、マーカスがいなくなっているのだとわかった。考えてみれば当然だ。灰が飛んでいったのだから、一緒に飛んでいかないわけがない。天賦の才を受けた弟には兄の思い出があればいいのだから、とどまる理由はない。赦されたわけではないかもしれないが、勘弁くらいはしてほしいね、とアイゼイアは思った。

エピローグ

アイゼイアは小児愛者《ロリコン》を追っていたときアウディの〝顎先〟をこすってしまっていた。そこで、代わりのパーツを探そうと〈TK・スクラップ〉に行った。久しぶりに顔を出し、TKに会えて嬉しかった。TKはまるで変わっていなかった。ドイツ車置き場にアウディが二台あると教えられた。「いつか来ると思って、状態のいいやつを取っておいた」TKがいった。

ドイツ車置き場への行き方はいくつかあるが、アイゼイアはここのカーブはタイミングが遅れ気味で、あっちは早過ぎたなどと思い出しながら、むかしのレース・コースをたどった。タイヤの山を大きくカーブしていたとき、それがほかの多くの事故車と並んでいるのに気付いた。しばらく前からそこにあったらしく、厚い埃に覆われ、土に沈み込んだタイヤのあたりに草が生えている。フロント・フェンダーとボンネットはなく、エンジン・ベイは空っぽ、内装は取り去られてクモの巣だらけだ。いつ目覚めて嚙み付いてくるかわからないと思っているかのように、アイゼイアはその車の周りを回った。後部ウインドウはあらかたなくなっているが、左隅にはモザイク状のガラスが残っていた。そこに、金色のバスケットボールの一部と、紫色の〝L〟の縦棒が見えていた。

謝　辞

以下のかたがたにお礼を申し上げる。クレイグ・タカハシ、ダグマラ・クレシオッチ、ジーン・フェリターは、友情をはるかに超えて本書を支えてくれた。アンディー・ルークターの助言と計り知れない忍耐力は非常に貴重だった。パット・ケリーは作家であり、友人であり、心の助言者でもあった。兄弟のジャック、ジョン、ジェイムズにも、しかたないから礼をいっておく。おかげで、帽子のサイズ以上に頭でっかちにならずに済んだ。編集者のウェス・ミラーには大きな恩義がある。存外な書き手にしてくださった。フランシス・フクヤマの親切心と寛容さは私の人生を変えた。エスター・ニューバーグとゾーイ・サンドラーは、いかなる障害をも乗り越え、どんな扉もひらくと揺るぎなく信じてくださった。そして、妻のダイアンにも。私の夢を夢見てくれた。

遅咲き日系人作家が生み出した、ロス黒人街の「ホームズ」

エッセイスト・書評家
渡辺由佳里

私が『IQ』の作者ジョー・イデと出会ったのは二〇一六年五月にシカゴで開催されたブックエキスポ・アメリカの会場だった。日系アメリカ人の新人作家ということで興味をいだいて会話を交わし、ゲラ版の本を受け取った。

読みはじめてすぐ、予想していた内容とまったく異なることに驚いた。アジア系アメリカ人作家の作品は、中国系二世のエイミー・タンのベストセラー小説『ジョイ・ラック・クラブ』のように「移民体験」を描いたものが多い。だから無意識のうちに「日系人体験」を描いた小説を期待していたのである。ところが、舞台は犯罪多発地帯として知られるサウス・セントラル地区からロングビーチ市にかけてのロサンゼルス大都市圏南部で、しかも主人公は黒人の青年なのだ。

主人公のアイゼイア・クィンターベイは、彼が暮らす黒人コミュニティでは「IQ」というニックネームで知られている。名前のイニシャルであるI.Qが示すようにIQが並外れて高く、シャーロック・ホームズのように謎を解き、難問を解決する。シャーロック・ホームズもそうだが、この小説の最大の魅力はアイゼイアの複雑なキャラクターだ。常に冷静で感情を表に出さず、他人と心理的な距離を持つアイゼイアだが、コミュニティの隣人から助けを求められたら厄介な仕事でも応じる。しかも報酬が目当てではない。払える者が払える範囲でいいというスタンスだ。それは過去の自分の罪を償うのが目的なのだが、その謎がシリーズ第一巻のこの作品で次第に明らかになる。

アイゼイアは、ある事情から世話をしてる身体障害者の少年フラーコのために大金が必要となり、腐れ縁のビジネスマンであるドッドソンの口利きで仕事を紹介してもらう。クライアントは、スランプに陥っている有名ラップ・ミュージシャンのカルだ。数日前、自宅に侵入してきた巨大な犬に激しい襲撃を受けたのだという。カルは前妻が自分の命を狙っていると主張し、アイゼイアに依頼してきたのだ。一方でカルの部下やプロデューサーは単なる怨恨絡みだろうと考えて犯人捜しに消極的であり、適当に事件を決着させてカルが仕事に復帰することを望んでいた。アイゼイアはわずかな手がかりから犬の襲撃がプロの殺し屋が関わった計画的な犯行であることを見抜き、ドッドソンとともに捜査に乗り出していく。

全体的には映画を観ているようなアクションとスピーディな展開だが、過去の回想では文芸小説のような哀愁が漂う。また、主人公IQのハードボイルドなストイックさと、ロングビーチ出身のミュージシャンによってつくられたギャングスタラップを思わせるスラングの数々が印象的なコントラストになっている。これらの対比する組み合わせが絶妙な味を創り出し、読者はふだん入り込めない世界へのバックステージパスをもらったような気分になる。

また、この小説は、アメリカ人ですらほとんど知らないロサンゼルス南部の黒人とヒスパニック系ギャングの間の抗争についても光を当てている。アメリカの産業の変化とグローバル化で労働者階級から中産階級への道が閉ざされるようになり、職がない都市部では、若者が手っ取り早い就職先としてギャングを選ぶ。当然のように縄張り争いが起こり、黒人やヒスパニック系という「人種」が対立グループのアイデンティティになる。白人によるマイノリティへの人種差別はよく知られているが、マイノリティ同志も人種差別をする。それがアメリカの現実であり、哀しい人間の性なのだ。イデのスリラーは、その残酷な現実から目を背けていない。本書に登場するロングビーチのギャングたちも、モデルとなった組織が現実に数多く存在する。

この作品が二〇一七年にアメリカ探偵作家クラブ賞（エドガー賞）最優秀長篇賞にノミネートされたとき、「やはり！」と納得したのは、初めて読んだときにそれだけの価値がある作品だと思ったからだ。その後本書はアンソニー賞、シェイマス賞、マカヴィティ賞など、数々のミステリ文学賞の新人部門を総なめにして絶賛を浴びた。

それにしても、日系人のイデが黒人コミュニティを題材に選んだのは不思議だった。そこで、その疑問点について、著者に直接尋ねてみた。

イデの両親はどちらも日系アメリカ人だが、育ったのは犯罪が多いことで知られるロサンゼルスのサウス・セントラル地区だという。イデは、自分の故郷を、親しみを込めて「ザ・フッド（低所得者が多い黒人街の通称）」と呼ぶ。

二世や三世の日系アメリカ人からは、親から「一生懸命勉強して医者になれ」とか「ベストな大学に行け」といったプレッシャーを与えられたと聞くが、イデの両親はそうではなかったという。「（政府が設定した）貧困ラインは、見上げないと見えない」と冗談を言うほど貧しかったイデの両親は、どちらも長時間労働で、4人の息子の教育に立ち入る時間もエネルギーもなかった。「自分たちで勝手に育ったようなもの」とイデは言う。

イデの友だちはほとんどが黒人で、仲間として受け入れてもらうために、彼らの話し方、スタイル、態度を真似した。羨望もあった。家族が貧しくてお下がりしか着られないのは自分と同じなのに、黒人の友だちの着こなしは、なぜかクールだった。イデ少年を魅了したのは、スタイルだけではない。ヒップホップのようなストリートの言葉もだ。リズム、構文、言葉の選択、抑揚、限りなくクリエイティブなスラング……。そのすべてがイデ少年には詩的に感じた。彼らの真似をして溶け込むことで、内気だったイデ少年は、タフなフッドで勇敢に生きることができたという。「偶然に日本人に生まれた黒人として完璧に通用はしませんでしたが、子ども時代のこのバージョンの自分をずっとありがたく思っているんです」とイデは振り返る。

だからこそ、この小説には、黒人コミュニティやロスの音楽シーンの内情を知っている人にしか書けないようなリアリティがある。それには、少年時代の体験もさることながら、イデの経歴が役立っていることがわかる。

イデは、大学卒業後に小学校の教師になったものの、子どもが苦手だということに気付いて退職。大学院を終えて、大学で教えたが、それも中断。その後、ビジネスコンサルタント、企業の中堅管理職、虐待を受けた女性を援助するNGOの運営など職を転々とした。その間、文章を書くことの夢は捨てきれなかった。そこで、あるとき決意して安い賃金の仕事をやりながら脚本を書き始めた。その間に就いた仕事は、アパートの管理、従業員全員がトランス・ジェンダーの電話代行サービス業、後に詐欺師だとわかったフランス人実業家のアシスタントなどだった。

努力が実って脚本家になった後も、自分が書きたいことを書かせてもらえない葛藤などもあり、五十代後半になって思い切って書いたのがこの処女小説『IQ』なのだ。

出版界にまったくコネがない無名の新人の作品だったが、本書は米《ニューヨーク・タイムズ》や《ワシントン・ポスト》、英《ガーディアン》などメジャー紙の書評で高評を得、ベストセラーリストに入り、数々のミステリ文学賞の新人部門を総なめにした。「自費出版で車のトランクに積んで売り歩くことだけは避けたい」と祈っていたイデにとって、この成功はショックですらあった。「家族のために作った料理が（料理のアカデミー賞と言われる）ジェームズ・ビアード賞を取ったような感じ」と彼は言う。

では、黒人の若者である主人公のＩＱは、どこから生まれたのだろうか？

少年時代のイデの愛読書は、コナン・ドイルの〈シャーロック・ホームズ〉シリーズだった。十二歳になるまでに、短篇をすべて読了し、何度も読み返したという。ホームズは、イデ少年のようにはみ出し者だった。タフガイではないのに、知性のパワーだけで敵を倒し、自分が住む世界をコントロールするホームズに、イデ少年は憧れた。彼が育ったサウス・セントラル地区は、「学校への通学路が命を脅かすほど危険な地域」だったので、彼にとって、知性のパワーを武器にするホームズがすごく魅力的に感じたのだ。

「私の生い立ちと愛読書。これらの要素のすべてが自然に繋がり、『フッドのシャーロック・ホームズ』が誕生したのです」とイデは説明する。実際にアイゼイアとドッドソンのバディはホームズとワトスンのコンビの現代的な変形であるし、謎の犬にまつわる奇妙な事件は『バスカヴィル家の犬』を思わせるなど、『ＩＱ』には随所にコナン・ドイルの影響が見られる。

だが、アメリカの人種問題は取り扱いが難しい。アジア系コメディアンがアジア系を揶揄したり、黒人が黒人への蔑称を使ったりすることは許されるが、ほかの人種がそれをするのはご法度だ。そんなアメリカで、アジア系アメリカ人作家が、黒人社会の小説を書いたことに抵抗を覚える人はいなかったのだろうか？

そんな筆者の質問に対してイデは、「驚いたことに、アフリカン・アメリカンのコミュニティからは、まったくネガティブな反応はありませんでした。好意的に受け止められており、とてもうれしく思っています」と答えた。黒人女性だけの読書会でも課題図書に選ばれ、ゲストとして参加したりもしている。

五十八歳で作家デビューしたイデは「遅咲き」と言える。そして、一つの職業で「成功」した人でもない。黒人の友だちを羨望して真似したけれども、黒人になれたわけではない。自分を取り囲む世界への憧れと心理的な距離感を持って生きてきたことは想像に難くない。でも、そういう生き方をしてきたからこそ、まれな観察眼が鍛えられたにちがいない。『ＩＱ』は、そんなイデだからこそ書くことができた作品であり、生み出すことができたクールな主人公だ。ＩＱは、イデ少年がなりたかった黒人街のシャーロック・ホームズなのかもしれない。

＊＊以下本篇読了後にお読みください＊＊

本書の事件は無事解決を迎えたものの、エピローグではマーカスを死にいたらしめた人物に関する手がかりがついに発見されるという、読者の期待を煽る終わり方となっている。二〇一七年に刊行された本書の続篇 *RIGHTEOUS* では兄の死の謎を再び追うアイゼイアと、ラスベガスでの新たな事件が描かれる。さらにシリーズ第三作 *WRECKED* も本国で今年十月に発売される予定だ。

二〇一八年 五月

訳者略歴　1968年生，東京外国語大学外国語学部英米語学科卒，英米文学翻訳家　訳書『東の果て、夜へ』ビバリー，『バッド・カントリー』マッケンジー，『人類暗号』オルソン（以上早川書房刊）他多数

HM=Hayakawa Mystery
SF=Science Fiction
JA=Japanese Author
NV=Novel
NF=Nonfiction
FT=Fantasy

I Q

〈HM㊻-1〉

二〇一八年六月二十五日　発行
二〇一九年三月　十五日　六刷

（定価はカバーに表示してあります）

著者　ジョー・イデ
訳者　熊《くま》谷《がい》千《ち》寿《とし》
発行者　早川　浩
発行所　株式会社　早川書房

郵便番号　一〇一‐〇〇四六
東京都千代田区神田多町二ノ二
電話　〇三‐三二五二‐三一一一（大代表）
振替　〇〇一六〇‐三‐四七七九九
http://www.hayakawa-online.co.jp

乱丁・落丁本は小社制作部宛お送り下さい。
送料小社負担にてお取りかえいたします。

印刷・中央精版印刷株式会社　製本・株式会社フォーネット社
JASRAC 出1805924-906　Printed and bound in Japan
ISBN978-4-15-183451-6 C0197

本書は活字が大きく読みやすい〈トールサイズ〉です。